国学经典

唐宋名家文集

苏轼集

〔北宋〕苏 轼 著　李之亮 注译

中州古籍出版社
·郑州·

图书在版编目（CIP）数据

唐宋名家文集．苏轼集／（北宋）苏轼著；李之亮注译．—郑州：中州古籍出版社，2010．3（2025．2重印）
（国学经典）
ISBN 978-7-5348-3287-1

Ⅰ．①唐… Ⅱ．①苏…②李… Ⅲ．①古典文学–作品集–中国–唐代②古典文学–作品集–中国–北宋③古典散文–作品集–中国–北宋 Ⅳ．① I214.01② I214.412

中国版本图书馆 CIP 数据核字（2009）第 241590 号

TANGSONG MINGJIA WENJI　SUSHI JI

**唐宋名家文集　苏轼集**

| | |
|---|---|
| 责任编辑 | 翟羽佳 |
| 责任校对 | 苏晓园 |
| 美术编辑 | 曾晶晶 |
| 装帧设计 | 张　胜·生生书房 |

| | |
|---|---|
| 出 版 社 | 中州古籍出版社（地址：郑州市郑东新区祥盛街27号6层　邮编：450016　电话：0371-65788693） |
| 发行单位 | 河南省新华书店发行集团有限公司 |
| 承印单位 | 辉县市伟业印务有限公司 |
| 开　　本 | 640 mm×960 mm　1/16 |
| 印　　张 | 20 |
| 字　　数 | 252 千字 |
| 印　　数 | 48 001—53 000 册 |
| 版　　次 | 2010 年 3 月第 1 版 |
| 印　　次 | 2025 年 2 月第 12 次印刷 |
| 定　　价 | 28.00 元 |

本书如有印装质量问题，请联系出版社调换。

# 前　言

苏轼字子瞻，眉州眉山（今四川眉山）人。生于仁宗景祐三年（1036年）十二月十九日卯时，卒于徽宗建中靖国元年（1101年）七月二十八日，享年六十六岁。他是仁宗嘉祐二年（1057年）的进士。说起他考进士，笑话一大堆。据传在乡试、会试、皇帝面前的殿试中，他都耍了鬼把戏。乡试时，他和弟弟苏辙一同参加，苏轼接过题目一看傻了眼：考题出自什么书，他一点儿印象都没有。那时候的考试，如果不知道考题出处，根本写不出一个字儿来，干等着得零分拜拜。苏辙瞥见哥哥抓耳挠腮，想帮他一把，可监考的人恨不得比考试的举子还要多，这个弊可怎么作呀？到底是苏氏兄弟，苏辙灵机一动，计上心来，他不慌不忙地抓起笔管儿轻轻吹了几下，苏轼一看，喜出望外，于是奋笔疾书，即时交卷，得了高分。您猜这个弊是怎么作的？原来苏辙吹笔管儿是在告诉哥哥：这句话出于《管子》的注文。（这个故事载于宋人蔡絛的《铁围山丛谈》卷二。另一种说法是：苏洵带苏轼、苏辙兄弟拜访张方平时，张方平私拟了几道题对二苏进行测试，且说审不出题的是苏辙，苏轼用笔敲了几下案子，苏辙顿时领悟。见《宋人佚事汇编》卷十二引《瑞桂堂暇录》，可见此事颇带传奇色彩。据孔凡礼《苏轼年谱》卷二，苏氏兄弟参加的是嘉祐元年开封举人试。）到了次年会试，欧阳修担任大主考，出的题目是《刑赏忠厚之至论》。苏轼在答卷里说:"皋陶曰'杀之'三,尧曰'宥之'三。"意思是法官皋陶多次要处死罪犯,帝尧却多次要赦免此人。欧阳修读罢大为叹赏,想把他置为第一,同考官王珪提醒欧阳修说:这两句话不见于经书,很可能是举子瞎编的。欧阳修无奈,只得把他列在第二。您看苏轼胆子有多大,造谣居然造到帝尧头上了。事后欧阳修问他此典出自何书,苏轼一笑答道:"何须出处!"到了殿试,该轮到苏轼帮苏辙了:这回的考题是《礼义信足以成德论》,苏辙弄不清出处,苏轼假装着急发怒朝监考吏人索要砚台,边拍桌子边骂:"小人哉!小人哉!"苏辙一听,立刻明白此题出自《论语》的"樊迟学稼"注。这是孔子当年骂樊迟的话:"小人哉,樊须也!"

苏轼中进士后,还没等授官,当年四月(殿试最终结果就是在当年的三四月间公之于世),老家的母亲程氏去世了。按照当时的礼法,为直系长辈尽孝守丧是天经地义的头等大事,马虎不得,所以苏轼不得不回到眉州,为母守孝。等他孝期已满回到汴京时,仅得到一个河南府福昌县主簿(福昌县办公室主任)的小官。他能服气吗?可巧第二年朝廷组织制科考试(由皇帝亲自主持策问的小规模考试。只要有高官举荐,不论是布衣还是进士,都有资格参加。制科考中后,便成为国家挂上号的重点培养对象了),苏轼兄弟双双参加了这次考试,又取得了轰动朝野的斐然成绩。于是嘉祐六年,苏轼被任命为签书凤翔府节度判官厅公事。凤翔府就是今天陕西的凤翔县,别看今天不大,在宋朝可是数得着的大都市。在这里当签判,比州郡通判低不了多少,也算没委屈他吧。三年任期满后,回到汴京,已经是仁宗驾崩、英宗在位的治平二年(1065年)了。英宗本想破格提拔他担任翰林学士,宰相韩琦认为再好的干部也不可以提拔太峻,于是给了他一个"判登闻鼓院"的差事,大致相当于国务院信访办主任,级别不算低了。随后再次参加秘阁考试,中了最高一等,于是改为"直史馆"。在宋朝,士子能进入史馆工作,那可真是前途无量,直上青云应该是指日可待了。怎奈噩耗连连，先是结发妻子王弗病故，接着是父亲苏洵病故，全都赶在一块儿了。苏轼不得不再次回到家乡处理这一切。等到他再回汴京时，国家的形势已经发生了翻天覆地的变化：英宗辞世，神宗即位，王安石变法箭在弦上。苏轼先任判官诰院（相当于今中央组织部一个司局长），一年多以后，因为和王安石政见不合离开朝廷，当了几天开封府推官，接着到更远的杭州当通判去了。此后历任密州、徐州、湖州知州。中国很多的文人都有个很不好的毛病，就是心理阴暗：谁太强太优秀了，非把它整垮、骂垮再踏上一脚，让他永世不得翻身，正所谓"木秀于林，风必摧之"，说得再俗一点儿就是"人怕出名猪怕壮"。这点儿德行早在庄子的著作里就被揭露得淋漓尽致了：哪棵树长得又粗又大又高又直，随时都会被人齐根儿砍掉；倒是那些长得歪七扭八不成材料的树没人搭理，能活一千年。所以人家庄子甘愿做歪脖子树，拒绝成为栋梁之材，真是聪明绝顶。闲话少说，苏轼当时名满天下，很多文人都心里不舒服——这么个人活着就令人芒刺在背，再加上他对新法不以为然，必然成为小人们的眼中钉、肉中刺，想方设法也得拔了他。刚到湖州没俩月，苏轼便被诬以反对新法、侮慢皇帝的大罪拿到了京城御史台，定为"御案"，严加审问。虽然最终因不少官员如退休副相张方平、当朝副相吴充、谏官司马光、同榜进士章惇等极力救解，太皇太后曹氏也给神宗施加压力而没判死刑，还是被一脚踢到了黄州（今湖北黄冈），担任了一个"不签书州事"的团练副使。因为居住地叫东坡，所以他给自己取了个具有纪念意义的号，叫做东坡居士。苏轼在这里一待就是五年，直到元丰七年（1084年），才被调到汝州，"职务"依旧是团练副使，唯一的恩典是离京城近了些。一年后神宗去世，司马光执政，苏轼立刻被任命为登州知州；到任七天，又被召回朝廷，授予礼部郎官；半个月后，任命为起居舍人；几个月后又升任中书舍人；次年再升为翰林学士兼翰林侍读学士。您如果想了解什么叫"一朝天子一朝臣",看看苏轼的履历就全明白了。然而好景不长,元祐二年(1087年)九月,宰相司马光去世,朝廷里开始暗流涌动,被弹压下去的变法派人物纷纷摩拳擦掌,私下里做着卷土重来的准备。元祐四年(1089年),备受攻讦的苏轼实在受不了,主动请求出为外任,得到了杭州知州的任命。躲了两年,被召回朝,担任了翰林学士承旨(翰林院院长)。干了几个月,还是受攻击,便到颍州(今安徽阜阳)当知州去了。改任扬州知州未久,再次回朝担任礼部尚书,这是苏轼一生中当过的最大的官。这一年是元祐八年(1093年),是北宋的大灾之年,更是苏轼个人的大灾之年。由于太皇太后高氏去世,给了新法派一个最佳的反攻契机。就苏轼本人而言,先是第二任妻子王闰之去世,接着是朝廷剧烈动荡,苏轼首当其祸,被赶出京城,担任了定州(今河北定州)知州,没几天,便因莫须有的罪名贬为英州(今广东英德)知州,走到半路,再贬为惠州(今广东惠州)安置——您了解什么叫"安置"吗?我只说一句您就能明白:元丰年间到黄州,好赖还给了个"团练副使",算是朝廷命官;如今安置在惠州,连这点面子也没了。苏轼在惠州待了三年,噩耗再传:因为"罪大恶极",继续贬为"昌化军安置"。昌化军在今天海南省昌江县的昌化镇——那可真叫北部湾的一颗明珠啊!这一年是哲宗绍圣四年(1097年),苏轼六十二岁。从没有见过大海的苏轼老人,在这风景秀丽的海滨小镇免费不带薪旅游了三年,哲宗死了,徽宗即位了。宋朝有个规矩,新皇帝登基都要大赦,苏轼也不例外,元符三年(1100年)的五月,已经在海南熬了三年的苏轼得到了一个惊天喜讯:朝廷特赦他离开海南回到内地,安置在廉州(今广西合浦)。悲喜交集的苏老刚刚揩干激动的热泪便上路了。当年八月,朝廷里的新党知道他已经没有任何东山再起的能力,于是"善心"大发,再赦他"永州(今湖南永州)居住",走到英州时又接到圣旨,授予他"提举成都府玉局观、任便居住"。提举成都府玉局观是宋朝特有的祠禄官,即光拿俸禄没有职事的"官";"任便居住"好理解:反正是个大闲人,爱在哪儿住就在哪儿住吧,没工夫搭理你了。苏轼早年在常州买过几亩地,于是决定到那里安度晚年。然而已经六十六岁高龄、身心备受摧残的东坡老人实在抗不过天命,次年建中靖国元年(1101年)七月二十八日,卒于常州。

这位中国历史上千古一人的伟大文学家、艺术家,用他丰富的诗歌、散文、词曲、书法、绘画作品以及对儒学经典、诸子百家、文学理论、中医中药、佛教道教、音乐舞蹈、饮食养生、格致方技、天文博物、自然物理方面的深湛研究,更以他能容纳整个山川宇宙的阔大胸怀,吸引、感动和鼓舞着一代又一代的华夏子孙。我之所以说他是"千古一人",是因为翻遍中国历史,找不到任何一个人能在广义文化领域中的造诣超越他,哪怕是和他比肩接武,都绝对没有一丁点儿可能。世间一切的微观和宏观,经他一番点化,便立刻成为神奇。连后来想把他置于死地的政敌李定都不得不承认:苏轼的才能的确不是一般人能想象的。正因为他是这样一位旷世奇才,胸中既有一粟又有沧海,既有蜉蝣又有日月,更有世上的苍生黎元,所以造就了他无比开阔的襟怀。他大多数时间里聪明绝顶,唯独在当官儿这一点上,却时时显得那么幼稚可爱。今天我们说得如此轻松,殊不知"幼稚可爱"这四个字,却是用苏轼多少年遭受贬谪和监视居住的沉重代价换来的。严格意义上说,他不是块应该丢进仕途的材料,这是他的本性决定了的。宋人王宗稷《东坡先生年谱》说,按照少年苏轼的个人意愿,他既不想结婚也不想考进士做官,只想隐于山林草泽读书为乐。然而上天却似乎有意要让这位稀世奇人经受世间的种种磨难。南宋人高文虎在他的《蓼花洲闲录》中说:"苏子瞻泛爱天下士,无贤不肖,欢如也。尝言:'上可陪玉皇大帝,下可以陪悲田院乞儿。'子由晦默少许可,尝戒子瞻择友。子瞻曰:'眼前见天下无一个不好人,此乃一病。'"梳理一下,意思是说苏轼对天下所有人都充满了爱心，不论是聪明愚钝，都能一见如故，推心置腹。他曾经说："我上可以陪伴玉皇大帝，下可以和救济院里的乞丐成为朋友。"他弟弟苏辙性格内向，对人有防范之心，曾经告诫他哥哥与人交往一定要谨慎，别让人家给坑害了。苏轼回答说："在我眼里，天底下没有一个坏人啊。"不过他也承认："这的确是我的一个缺点。"多么可亲可爱的一位古人！翻遍五千年的中国史，您还能找出这么"不精明"、这么"缺心眼儿"的堂堂大学士吗？上面说到，他其实本不该是个踏入肮脏仕途的人，因为他的性格与为官者的性格相差太远太远了。他的《亡妻王氏墓志铭》话语不多，却用了相当的篇幅记载他在凤翔府时的一幕幕："轼有所为于外，君未尝不问知其详。曰：'子去亲远，不可以不慎。'日以先君之所以戒轼者相语也。轼与客言于外，君立屏间听之，退必反覆其言曰：'某人也，言辄持两端，惟子意之所向，子何用与是人言？'有来求与轼亲厚甚者，君曰：'恐不能久。其与人锐，其去人必速。'已而果然。"意思是说妻子王弗跟随苏轼到凤翔府，苏轼出外公干，王弗没有一次不仔细询问他到哪里去，干什么事，和什么人打交道，等等，还要叮嘱他："你离家人远，一切都必须小心谨慎。"苏轼在客厅里接待客人，王弗都要在屏风后面细细地听，客人走后，她便会对苏轼说："此人不是个厚道人，说起话来过于油滑，专拣你爱听的说，你何必跟他多费口舌？"有个前来和苏轼套近乎想交朋友的家伙，王弗说："看样子你们长不了。此人与人相交太急切，一旦你没了利用价值，他甩开你时同样也会如此急切。"日后证明王弗所说都极为准确。看来在人事方面，王弗确实比苏轼聪明，确切地说，这小两口儿的聪明没在同一个平台上。

  因为苏轼活得光明坦荡，胸中没有一丝一毫的阴翳，所以说话做事几无遮拦，也从来不计后果。熙宁四年担任判官诰院时，王安石想变革科举考试的内容，苏轼跟他抬起杠来，惹得王安石大为恼火，一个命令把他赶到开封府推官的位置上去——你不是到处逞能吗？让你一头扎到审不完的案子里去。您说多个心眼儿的人谁会跟当朝首相抬死杠啊。可在苏轼身上，这还算是轻的，他还敢跟皇帝过不去呢，牛不牛？还是在这一年，神宗皇帝想孝敬太皇太后曹氏和自己的母亲皇太后高氏，在京城订了几千盏浙灯的货，准备元宵节时张挂。事到临头，朝廷又想节约开支，压低灯的收购价格。身为开封府推官的苏轼闻知后一脑门子气，立刻上了封《谏买浙灯状》。状中说："卖灯之民，例非豪户，举债出息，畜之弥年。衣食之计，望此旬日。陛下为民父母，唯可添价贵买，岂可减价贱酬？此事至小，体则甚大。"真够咄咄逼人了。您看明白了吗？苏轼说：卖灯的百姓都是些小手艺人，不是大款，大款人家也不干这种事啊。这些手艺人举债购买了原材料，盼了将近一年，穿衣吃饭，就指望把这些灯卖了呢。陛下身为万民之主，要买也得加价购买，怎么能给人家压价呢？这件事看起来不算大，可造成的恶劣影响却绝不可低估。奏本递上去之后怎么样了呢？神宗该压价还是压价，苏轼却倒大霉了。《东坡先生年谱》说："御史知杂事诬告先生过失，未尝一言以自辩，乞外任避之，除通判杭州。"御史大人弹劾苏轼目无君上，实在可恨。苏轼没说二话，自请出京，于是到了杭州。因为篇幅所限，不能举例太多，总之他大半辈子做的这种傻事绝不止十件八件，而且记吃不记打，真是"此乃一病"！直到到了黄州才稍有醒悟。在《答李端叔书》中自我解嘲地说："想当初苏某应的制科是直言极谏科。考了个有宋以来的全国第一，于是自认为应该遇事就直言极谏才是听皇帝的话，为皇帝效忠。"殊不知谏一次贬一次，如今贬到海南岛来了，这才明白自己犯了多大的傻。朝廷设的科目仅仅是个科目呀，自己怎么给个棒槌就认真（纫针）了呢？您说这种人适合当官吗？这就是"眼前见天下无一个不好人"的苏轼！

不过也别全信苏轼自己说的，他有时候也骂人。说到骂人，宋朝人最会骂。而宋朝人里，苏轼最会骂。举两个例子，就知道啥叫"国骂"的最高境界了。司马光执政之后，将王安石制定的所有新法一概废除。苏轼被召回朝之后，认为这种做法过于极端，并指出熙宁新法不是一无是处，要区别对待，比如王安石改原来的差役法为雇役法，就对百姓有利，不必废除。司马光是个很倔的老头儿，听不进去。苏轼却喋喋不休地给他讲道理，直到司马光"色忿然"，还在那儿说个不停。被司马光撵出政事堂后，苏轼气得发昏，大骂："司马牛！司马牛！"司马牛是孔子的一个弟子，苏轼活学活用，说司马光简直倔得像头牛。水平！苏轼这辈子受王安石的气不少，贬到黄州也和王安石不无干系，所以对王安石，苏轼有一肚子的怨恨，能不骂他？不过苏轼骂王安石，那叫一个绝。在黄州时，有一次苏轼请客。宋朝的文人喝酒要有酒令儿，而且都是些雅玩意儿，不像今天"老虎杠子鸡"之类，俗不可耐。他出了个什么酒令儿呢？约定每人先讲一句典故，然后必须用《周易》中两个双卦名作为概括。《周易》一共六十四卦，双名的有十五个，依次为《小畜》、《同人》、《大有》、《噬嗑》、《无妄》、《大畜》、《大过》、《大壮》、《明夷》、《家人》、《归妹》、《中孚》、《小过》、《既济》、《未济》。您想这难度有多大？不过宋朝读书人玩儿的就是学问，不像今天读书人，本来没什么学问，却偏偏觉得自己是个大师。一个先说："孟尝门下三千客，《大有》、《同人》。"意思是孟尝君门下食客三千，都是同心辅佐主人的，的确是"大有同人"，不为不妙。又一个说："刘宽婢羹污朝衣，《家人》、《小过》。"说后汉刘宽的婢女上菜时不小心把主人的衣裳泼脏了，那也是自家人犯了点小过错。轮到苏轼，缓缓说道："牛僧孺父子犯法，《大畜》、《小畜》。"表面上在说唐朝宰相牛僧孺和他儿子牛蔚都因罪遭贬，实际上却在骂王安石和他儿子王雱，一个是大畜生，一个是小畜生。神了！

在苏轼身上，儒、释、道三教合一的色彩体现得格外浓重。儒家认为士子应该"用之则行，舍之则藏"，苏轼一辈子的确如此。道家认为养生甚至成仙是可以实现的，苏轼在"藏"的境遇之中绝没有怨天尤人，而是兢兢业业、认认真真、孜孜矻矻地研究养生之道。佛家主张涅槃更生，苏轼毕生敬佛，与高僧的交往几乎多于士大夫。直到临终，还在和径山长老惟琳谈经说偈，他感叹道："西方不无，但个里着力不得。"意思是说西方乐土不是不存在，只是现在实在是用不上力了。后学钱世雄鼓励他说："固先生平时践履至此，更须着力。"东坡先生一辈子敬佛，再加把劲儿啊。苏轼留给这个世界的最后一句话是："着力即差。"越使劲儿就越错——这是他活了六十六岁后的大彻大悟。他真说对了：他着力的仕途的确是动辄出错甚至犯法，而他没有着力的除去仕途以外的一切领域，却都没有出错儿——这些没有出错儿的方面合起来，超过了一万个达·芬奇。

苏轼的话题，三天三夜也说不完，还是回到他的散文创作上来说几句吧。一般人评价苏轼散文，都会用"纵横捭阖"来形容。的确，他的散文气势恢弘，汪洋恣肆，和他父亲苏洵的风格有些相近，却和苏辙的婉转柔丽相去甚远。苏洵、苏轼父子的性格也相近，这正是人们常说的"文如其人"。这父子二人的散文受《战国策》影响较深，加之他们先天就具有运筹帷幄决胜千里的大气概，写起文章来如游龙来去，倏忽万变，却又万变不离其宗——把架势摆足了，把气运足了，把读者的胃口吊足了，他又回来了！这真是别人想学都学不来的大本事。比如上面提到的"皋陶曰'杀之'三，尧曰'宥之'三"，仅此一句，您就能感受到它具有何等的张力，难怪欧阳修、梅尧臣这等文坛巨擘看了之后都眼睛放光，他们从来没见过这种大气象啊！他的《赤壁赋》，被后人誉为与唐代王勃《滕王阁序》交相辉映的赋体双璧，千余年来无人望其项背。其实那本是苏轼身处逆境的一种感慨，却已经是气象万千、气冲牛斗了。大凡读过几年书的国人，有几个不会背诵此赋的？说到"牛斗"，自然会想起此赋当中那句"月出于东山之上，徘徊于斗牛之间"，又想起明末清初有个叫张尔岐的人写的《蒿庵闲话》，书中批评说："东坡文字，亦有信笔乱写处。……七月日在鹑尾,望时日月相对,月当在娵訾。斗、牛二宿在星纪,相去甚远,何缘徘徊其间?坡公于象纬未尝留心,临文乘快,不复深考耳。"这段话有点儿过于专业化,大意是说苏轼写《赤壁赋》的七月里,月亮应该在十二星次的"娵訾"这一次上,距斗宿和牛宿很远(十二星次依次是:星纪、玄枵、娵訾、降娄、大梁、实沈、鹑首、鹑火、鹑尾、寿星、大火、析木)。并因此断定苏轼不懂星象胡编乱写。古往今来总有那么一些所谓"学者",眼睛很喜欢盯着别人的错处,哪怕是针鼻儿小的错处,也会铆劲儿夸大,然后证明作者很无知而他很聪明、很博学;甚至别人并没有错,也会拿着高倍放大镜细细搜索,大发议论,以证明作者非常无知而他非常聪明、非常博学。用句韩愈的话,这叫"小人不乐成人之美"。其实苏轼这句话无非是说月亮在高空徘徊,"牛斗"仅仅是太空的代名词而已。试想,如果今天有人形容某位英雄"豪气冲牛斗",还需要预先考证此时此刻牛、斗二宿处于十二星次的哪一次吗?如果按照张尔岐的意见,苏轼这句话就应该写成"月出于东山之上,徘徊于娵訾之间"了?真有意思!

苏轼的散文究竟好在何处,读者最有发言权,所以我还是少说为佳。这个选注本,大部分选自茅坤编的《唐宋八大家文钞》,另选入了《唐宋八大家文钞》未录而我认为相当优秀的几篇文章。在写这本小书之前,我已经把苏轼所有散文都作了较为详细的注释和编年,书名叫做《苏轼文集编年笺注》,2010年由四川巴蜀书社出版,共计十册。是书既是国家古籍整理领导小组下达的重点项目,又是四川出版集团圈定的重点项目。如果读者感到读这本小书不过瘾,还不能充分感受冲塞天地的气量,可以看看我耗费数年整理的那本全集加注、外加作品编年和详尽附录的苏轼散文。还有一句话必须要说:由于时间仓促,书中若有注译不妥之处,诚恳地希望读者不吝批评。

李之亮<br>2009年8月

# 目 录

前赤壁赋 ............................................................. 1
后赤壁赋 ............................................................. 6
六事廉为本赋 ......................................................... 9
刑赏忠厚之至论 ...................................................... 13
留侯论 .............................................................. 17
决壅蔽 .............................................................. 22
贾谊论 .............................................................. 29
六国论 .............................................................. 35
教战守策 ............................................................ 43
定军制策 ............................................................ 49
谏买浙灯状 .......................................................... 56
缴进范子渊词头状 .................................................... 63
刑政 ................................................................ 66
江行唱和集叙 ........................................................ 71
范文正公文集叙 ...................................................... 73
六一居士集叙 ........................................................ 79
田表圣奏议叙 ........................................................ 85
徐州鹿鸣燕赋诗叙 .................................................... 88
文与可字说 .......................................................... 92

| | |
|---|---|
| 仁说 | 95 |
| 刚说 | 98 |
| 方山子传 | 103 |
| 上梅直讲书 | 107 |
| 答谢民师书 | 111 |
| 答秦太虚书 | 116 |
| 答李端叔书 | 122 |
| 醉白堂记 | 127 |
| 李太白碑阴记 | 132 |
| 喜雨亭记 | 135 |
| 凌虚台记 | 138 |
| 超然台记 | 142 |
| 墨君堂记 | 147 |
| 放鹤亭记 | 150 |
| 文与可画筼筜谷偃竹记 | 154 |
| 石钟山记 | 159 |
| 眉州远景楼记 | 163 |
| 密州通判厅题名记 | 168 |
| 钱塘六井记 | 172 |
| 庄子祠堂记 | 177 |
| 李氏山房藏书记 | 181 |
| 众妙堂记 | 185 |
| 思堂记 | 188 |
| 二疏图赞 | 191 |
| 文与可飞白赞 | 193 |
| 石菖蒲赞 | 195 |
| 游沙湖 | 198 |
| 记承天寺夜游 | 200 |

|  |  |
|---|---|
| 游白水书付过 | 202 |
| 记游庐山 | 204 |
| 书欧阳公《黄牛庙》诗后 | 207 |
| 表忠观碑 | 210 |
| 伏波将军庙碑 | 218 |
| 淮阴侯庙碑 | 223 |
| 潮州韩文公庙碑 | 227 |
| 司马温公神道碑 | 235 |
| 唐陆鲁望砚铭 | 253 |
| 天石砚铭 | 254 |
| 六一泉铭 | 256 |
| 三槐堂铭 | 259 |
| 思无邪斋铭 | 264 |
| 择胜亭铭 | 266 |
| 祭司马君实文 | 270 |
| 祭韩忠献公文 | 273 |
| 惠州祭枯骨文 | 276 |
| 朱亥墓志 | 278 |
| 亡妻王氏墓志铭 | 280 |
| 朝云墓志铭 | 283 |
| 荐鸡疏 | 285 |
| 东坡羹颂 | 287 |
| 养老篇 | 289 |
| 徐州谢奖谕表 | 290 |
| 凤翔太白山祈雨祝文 | 293 |
| 祭常山祝文 | 295 |
| 北岳祈雨祝文 | 297 |

# 前赤壁赋①

壬戌之秋②,七月既望③,苏子与客泛舟游于赤壁之下。清风徐来,水波不兴。举酒属客④,诵明月之诗⑤,歌窈窕之章⑥。少焉⑦,月出于东山之上,徘徊于斗牛之间⑧。白露横江,水光接天。纵一苇之所如⑨,凌万顷之茫然⑩。浩浩乎如冯虚御风⑪,而不知其所止;飘飘乎如遗世独立⑫,羽化而登仙⑬。

于是饮酒乐甚,扣舷而歌之。歌曰:"桂棹兮兰桨⑭,击空明兮溯流光⑮。渺渺兮予怀⑯,望美人兮天一方⑰。"客有吹洞箫者,倚歌而和之⑱。其声呜呜然,如怨如慕,如泣如诉,余音袅袅,不绝如缕,舞幽壑之潜蛟⑲,泣孤舟之嫠妇⑳。

苏子愀然㉑,正襟危坐,而问客曰:"何为其然也㉒?"客曰:"'月明星稀,乌鹊南飞'㉓,此非曹孟德之诗乎㉔?西望夏口㉕,东望武昌㉖,山川相缪㉗,郁乎苍苍,此非孟德之困于周郎者乎㉘?方其破荆州㉙,下江陵㉚,顺流而东也,舳舻千里㉛,旌旗蔽空,酾酒临江㉜,横槊赋诗㉝,固一世之雄也,而今安在哉?况吾与子渔樵于江渚之上㉞,侣鱼虾而友麋鹿㉟,驾一叶之扁舟,举匏樽以相属㊱,寄蜉蝣于天地㊲,渺沧海之一粟㊳。哀吾生之须臾㊴,羡长江之无穷,挟飞仙以遨游,抱明月而长终,知不可乎骤得㊵,托遗响于悲风㊶。"

苏子曰："客亦知夫水与月乎？逝者如斯，而未尝往也㊷；盈虚者如彼，而卒莫消长也㊸。盖将自其变者而观之，则天地曾不能以一瞬㊹；自其不变者而观之，则物与我皆无尽也，而又何羡乎？且夫天地之间，物各有主，苟非吾之所有，虽一毫而莫取。惟江上之清风，与山间之明月，耳得之而为声，目遇之而成色，取之无禁，用之不竭，是造物者之无尽藏也㊺，而吾与子之所共适。"

客喜而笑，洗盏更酌。肴核既尽㊻，杯盘狼藉㊼。相与枕藉乎舟中，不知东方之既白。

[题解]

这篇赋写于神宗元丰五年（1082年）七月，即苏轼因乌台诗案被贬为黄州团练副使的第三年夏天。作者曲折地表现了内心的苦闷和不平，认为对于人生，应该从两个方面去看：就其变化而言，荣辱得失都会发生变化；就其不变而言，物我都是无尽的。表达了古代士子善于平衡心态的旷达人生态度。

[注释]

①赤壁：又叫赤鼻矶，在今湖北黄冈临长江处。②壬戌：元丰五年。此时苏轼为黄州团练副使。③既望：农历每月的十六日。④属客：斟酒劝客。⑤明月之诗：《诗经·陈风·月出》。⑥窈窕之章：《月出》的第一章："月出皎兮，舒窈纠兮，劳心悄兮。"⑦少焉：不大工夫。⑧斗牛：南斗和牵牛，二十八宿中的两个星宿名。⑨纵一苇之所如：任凭小船自由漂流。⑩凌万顷之茫然：凌驾于宽阔迷茫的大江之上。⑪冯虚御风：驾驭清风行于虚空之中。冯，"凭"的古字。⑫遗世独立：遗弃尘世，独存于天地之间。⑬羽化：道教徒称飞升成仙为羽化。⑭桂棹兮兰桨：桂树、木兰制成的船桨。⑮击空明：船桨击打着月光照亮的江水。溯流光：逆行于月光浮动的水面。⑯渺渺兮予怀：我的心胸辽阔幽远。⑰望美人兮天一方：遥望美人，却在天的那边。美人，喻君王。⑱倚歌而和之：按照歌声的弦律伴奏。⑲舞幽壑之潜蛟：使深谷中潜伏的蛟龙起舞。⑳泣孤舟之嫠妇：使孤舟上的寡妇哭泣。嫠（lí），寡妇。㉑愀然：忧愁变色的样子。㉒何为其然也：乐曲为什么显得如此凄哀？㉓"月明"二

句:曹操《短歌行》中的诗句。第一章云:"月明星稀,乌鹊南飞,绕树三匝,无枝可依。"㉔曹孟德:曹操,字孟德。㉕夏口:古城名,三国时孙权所建。在今湖北武昌。㉖武昌:鄂州州治,在今湖北鄂州。㉗相缪:连续不断。㉘孟德之困于周郎:曹操为周瑜所困。汉献帝十三年,孙吴联合刘备在赤壁火烧曹操战船,曹军大败。按:曹操与周瑜所战的赤壁在今湖北嘉鱼长江边,与黄冈的赤鼻矶不是一处。此处是苏轼假历史故事来抒发感情,并未苛求地点的真实。㉙破荆州:汉献帝建安十三年七月,曹操南击荆州。八月,荆州刺史刘表病卒。九月,刘表的儿子刘琮以荆州投降曹操。荆州,汉刺史州名,在今湖北襄阳。㉚下江陵:曹操占领荆州后,又于当阳长坂击败刘备,进攻江陵。江陵,汉郡名,在今湖北江陵。㉛舳舻(zhú lú):长方形的大船。㉜酾酒临江:将酒洒入大江之中,表示誓师。㉝横槊:横执长矛。㉞江渚:江中的小洲。㉟侣鱼虾而友麋鹿:与鱼虾和麋鹿为朋友,指隐居生活。㊱匏樽:葫芦制成的酒器。匏(páo),葫芦。㊲蜉蝣:一种很小的飞虫,夏末生于水边,生命只有几个小时。此句说人生不过如蜉蝣寄托于天地之间,生命极为短促。㊳渺沧海之一粟:人就如同一粒粟米,十分渺小。㊴须臾:片刻。㊵知不可乎骤得:深知时光不可能屡屡取得。㊶托遗响于悲风:将洞箫余声留在凄风之中。㊷"逝者如斯"二句:流去的时光就像江水一样,但又像从未流去(因为江水永远奔流,并无根本的变化)。㊸"盈虚者如彼"二句:忽圆忽缺的感觉就像月亮一样,最终既没有消亡,也没有长大(因为月亮圆而复缺,缺而复圆)。㊹天地曾不能以一瞬:天地万物竟瞬间也没有停止过运动。㊺造物者之无尽藏:是大自然中用之无尽的宝藏。㊻肴核:菜肴果品。㊼狼藉:纵横散乱的样子。

[译文]

元丰五年的秋天,七月十六日,我和朋友乘着小船,到赤壁之下游玩。清风缓缓地吹拂过来,水面没有大的波浪。我举起酒杯,劝宾客同饮,朗诵《月出》之诗,吟唱"窈窕"古篇。不大工夫,月亮从东山缓缓升起,徘徊在斗宿和牛宿之间。白蒙蒙的雾气笼罩着江面,水的银光与天相连。任凭小船在水面自在漂流,浮在茫茫无际的大江之上。在浩瀚的水中,小船宛如凌空乘风而行,不知道它将停留到什么地方；我们这些船上的人也像脱离了尘世，无所牵挂，随之飞升成了神仙。

于是乎我们开始饮酒，越发快乐，我不禁敲击着船舷唱起歌来。唱道："桂木的船啊兰木的桨，拍击着明晃晃的水波，在月光浮动的江面逆流而上。我的情怀悠远而绵长，向往着心中的美人，她却在天边遥远的地方。"宾客中有会吹洞箫的，随着我的歌声吹箫伴奏，箫声呜咽，像满含着幽怨，又像在倾吐着眷恋，像在抽泣，又像是在低声地诉说。余音哀婉悠长，如同细细的丝缕连绵不绝。这乐声能使潜藏在深渊的蛟龙闻之起舞，能使独居在小船上的寡妇闻之悲泣。

苏某有些凄凉之感，整好了衣襟端然而坐，问宾客道："为什么奏出如此凄怨的乐声呢？"宾客回答说："'月明星稀，乌鹊南飞'，这不是曹孟德的诗句吗？向西望去是夏口，向东望去是武昌，这里山环水绕，草木葱郁茂盛，这不是当年曹操被周瑜打败的地方吗？遥想当年曹操夺取荆州，攻破江陵，顺流东下之时，巨大的战舰千里相连，猎猎旌旗遮蔽了天空。洒酒江中，誓师出征，横握长矛慷慨赋诗，无疑是当世之豪杰，如今又在什么地方呢？何况我与你们在江中的小岛上捕鱼打柴，把鱼虾当做伴侣，把麋鹿作为朋友；驾着一只小船，举杯相互劝酒；将蜉蝣般短暂的生命随意寄托在天地之间，渺小得像大海之中的一粒粟米。哀叹着生命的短促，羡慕着长江的滚滚无尽。渴望着与神仙为伴而遨游太空，希望如明月一般永世长存。却又深知这种愿望是无法实现的，只好把这种无奈之情寄托在曲调之中，在瑟瑟的秋风中吹奏出来。"

苏某对宾客说道："你真的明白流水和明月的道理吗？江水如此不断地涌流，但它实际上却并没有流走；月亮时圆时缺，但它最终并没有消逝和增长。如果从运动变化的角度去看待世界，那么天地间的万事万物，连一眨眼的工夫都没有保持原状；如果从静止的角度去看待世界，那么万事万物和我们自身都不存在穷尽和消亡，我们又何必无端地羡慕它们呢？再说天地之间，万物各有其主宰，倘若本不是我应当拥有之物，即使是一丝一毫也不应该去占有。只有江上的清风，和山间的明月，耳朵听到了便是美妙之音，眼睛看到了便是美丽之色，得到这些不会有人禁止，享用这些可以没有穷尽，这是大自然给予所有人的无穷宝藏，是我和你都可以享受的恩赐。"

宾客听罢高兴地笑了，于是洗净杯盏重新斟满酒，菜肴果品已经被吃光，杯子盘子散乱成一片。大家彼此相枕相靠睡在船上，不知不觉间，东方已经露出了银白色的曙光。

# 后赤壁赋

是岁十月之望①,步自雪堂②,将归于临皋③。二客从予,过黄泥之坂④。霜露既降,木叶尽脱,人影在地,仰见明月,顾而乐之,行歌相答⑤。已而叹曰:"有客无酒,有酒无肴,月白风清,如此良夜何⑥?"客曰:"今者薄暮,举网得鱼,巨口细鳞,状似松江之鲈,顾安所得酒乎?"归而谋诸妇⑦。妇曰:"我有斗酒,藏之久矣,以待子不时之需。"

于是携酒与鱼,复游于赤壁之下。江流有声,断岸千尺。山高月小,水落石出。曾日月之几何⑧,而江山不可复识矣!予乃摄衣而上⑨,履巉岩,披蒙茸⑩,踞虎豹⑪,登虬龙⑫,攀栖鹘之危巢⑬,俯冯夷之幽宫⑭,盖二客不能从焉。划然长啸⑮,草木震动,山鸣谷应,风起水涌。予亦悄然而悲,肃然而恐,凛乎其不可留也。反而登舟,放乎中流,听其所止而休焉。

时夜将半,四顾寂寥。适有孤鹤,横江东来⑯,翅如车轮,玄裳缟衣⑰;戛然长鸣⑱,掠予舟而西也。须臾客去,予亦就睡。梦一道士,羽衣蹁跹⑲,过临皋之下,揖予而言曰⑳:"赤壁之游乐乎?"问其姓名,俯而不答。"呜呼噫嘻!我知之矣!畴昔之夜㉑,飞鸣而过我者,非子也耶?"道士顾笑,予亦惊寤。开户视之,不见其处。

[题解]

这篇赋写于元丰五年的十月,是上一篇写完后的第三个月。作者对不同季节的景色做了生动的描绘,非常逼真。与上一篇相比,本文的出世情绪更加浓烈,以致把飞鹤想象成了梦中的道士。

[注释]

①是岁:元丰五年。②雪堂:苏轼贬到黄州后所建的堂名。建堂时正下大雪,堂的四壁又画雪景,故名。③临皋:亭名,故址在今湖北黄冈南长江边。苏轼贬到黄州后的住所之一。④黄泥之坂:从雪堂至临皋亭经过之处。⑤行歌相答:边走边唱,相互酬答。⑥如此良夜何:将如何度过这样的良宵?⑦谋诸妇:向妻子询问。⑧曾日月之几何:这才过了几天啊。苏轼写《前赤壁赋》至此,仅仅过了三个月。⑨摄衣:撩起衣襟。⑩披蒙茸:披开杂生的乱草。⑪踞虎豹:蹲坐在状如虎豹的石上。⑫登虬龙:攀援虬龙一样的大树枝。虬,传说中无角的龙。⑬栖鹘:栖息于树上的鹘。鹘(gǔ):一种鸷鸟。危巢:树高处的鸟窝。⑭冯夷:传说中的水神。⑮划然:高而长的啸声。⑯横江东来:横穿长江由东飞过来。⑰玄裳缟衣:形容孤鹤全身白羽,如人穿白绸衣,尾部纯黑,如人披黑氅。古人以上衣为衣,下衣为裳。⑱戛然:高而尖的叫声。⑲羽衣:道士穿的道服。古人称道士升仙为羽化,故道士称为羽客,所穿的衣服称为羽衣。蹁跹:飘舞轻快的样子。⑳揖予:向我拱手施礼。㉑畴昔之夜:昨天夜里。

[译文]

这一年十月十五日,我从东坡雪堂出发,打算回临皋亭去。有两位客人跟随着我,一起走过黄泥坂。这时候霜露已经降下,树叶也都脱落了。我们的身影倒映在地上,抬头望见天空悬挂的明月。四下顾望,心里十分惬意,于是一面走一面吟诗,相互唱和酬答。过了一会儿,我叹惜道:"有宾客却没有美酒,即使有了美酒也没有菜肴。明月皎洁,清风送爽,如此美好的夜晚,我们怎么可以将它错过呢?"一位宾客说:"今天傍晚,我撒网捕到了一条鱼,大嘴巴,细鳞片,其形状和松江的鲈鱼非常相似。不过,到哪里能够弄到酒呢？"苏某回到家中与妻子商量，妻子说："我有一斗酒，已经珍藏了很长时间，就是为了应付先生突然的需求呢。"

我们带着酒和鱼，重新回到赤壁下游玩。江水发出巨大的声响，陡峭的江岸高高耸立。由于山势很高，月亮显得小了很多，水位降低之后，礁石裸露出来。才隔了几多时日呀，上次游览过的江水山峦竟然很难辨认出来了。于是苏某撩起衣衫走上岸边，踏着险峻的岩石，拨开纷乱的野草，蹲伏在形如虎豹的怪石上，攀住虬龙一样的树枝，爬上了猛禽做巢的悬崖，俯看水神冯夷所居的深宫。两位客人都没能跟随我到达最高之处。我划然发出一声长啸，草木都被震动了，高山像是与我的声音产生共鸣，深谷中响起了悠悠的回声，此刻风声乍起，波浪汹涌。苏某不觉产生了阵阵哀伤，继而感到了恐惧，觉得这里实在令人惧怕，不可以久留，于是回到船上，把船划到江心，任凭它漂流到哪里随意停泊。

此时已经快到半夜了，苏某望望四周，感觉非常冷清寂寞。正好有一只白鹤横穿江面从东方飞过来，翅膀如车轮一般大小，尾部的黑羽如同黑色的长裙，满身的白羽如同洁白的衣衫。高声尖叫着，擦过我们的小船继续向西飞去。不多时分，宾客离船而去，苏某也回家睡觉了。梦中见到一位道士，穿着羽毛编织的大氅，步履轻快地向前而行，经过临皋亭下时，向苏某拱手作揖道："赤壁之游快乐吗？"苏某问他姓名，他却低头不答。"啊哈！苏某知道先生的来历了。昨天夜里边飞边叫经过苏某小船之上的白鹤，不就是先生你吗？"道士回头笑起来，苏某也猛然间惊醒。推开柴门向外看时，却看不到道士究竟在什么地方。

# 六事廉为本赋①

事有六者,本归一焉。各以廉而为首,盖尚德以求全。官继条分,虽等差而立制;吏功旌别,皆清慎以居先。器尔众才,由吾先圣。人各有能,我官其任。人各有德,我目其行。是故分为六事,悉本廉而作程②;用启庶官,俾厉节而为政。善者善立事,能者能制宜。或靖恭而不懈③,或正直而不随。法则不失,辨别不疑。第其课兮④,事区别矣;举其要兮,廉一贯之。蔽吏治之否臧⑤,必旌美效⑥;为民极之介洁⑦,斯作丕基⑧。所谓事者,各一人之攸能⑨;所谓贤者,通众贤之咸暨⑩。拟之网罟⑪,先纲而后目⑫;况之布帛,先经而后纬。于冢宰处八法之末⑬,厥执既分⑭;在西京同大孝之科⑮,于斯为贵。乃知功废于贪,行成于廉。苟务渎货,都忘属厌⑯,若是,则善与能者为汙而为滥⑰,恭且正者为诐而为憸⑱。法焉不能守节,辨焉不能明贤。故圣人恶彼败官,虽百能而莫赎;上兹洁行⑲,在六计以相兼⑳。此盖周公差次之,小宰分掌者㉑。考课则以是黜陟㉒,大比则以为用舍㉓。彼六条四曰洁,晋法有所亏焉㉔;四善二为清,唐制未之得也㉕。曷曰独标兹道,分贯其余㉖?始于善而迄辨,皆以廉而为初。念厥德之至贵,故他功之莫如㉗。譬夫五事冠于周家㉘,闻之《诗》《雅》;九畴统之皇极,载自箕书㉙。噫,绩效皆烦，清名至美。故先责其立操，然后褒其善理。是以古者之治，必简而明，其术由此。

[题解]

此赋针对当时官吏贪廉不齐的现状提出自己的看法。作者认为，任何一个官员，不管他能力有多强，品质不好，贪渎成性，都不能算是好官。只有守住不贪这条红线，国家政事才能顺畅地施行。本文是作者目睹了熙宁变法中有些官员因自身的贪婪而破坏世风、激起民怨的现实，引用《周礼》的古训有感而发，表现了作者对国家前途命运的高度关切。

[注释]

①六事：是《周礼·天官·小宰》里记载的地方官吏须遵守的六条准则，即"廉善、廉能、廉敬、廉正、廉法、廉辨。"②作程：立为准则。③靖恭：恭谨奉守。④第其课：对官吏的政绩评出等级差别。第，次序。⑤否臧：善恶优劣。否，恶；臧，善。⑥旌：表彰。⑦民极：万民表率。⑧丕基：巨大的基业。⑨攸能：所能。攸，助词，所。⑩咸暨：全部做到位。咸，皆；暨，至。⑪网罟：捕鱼及捕鸟兽的工具。⑫先纲而后目：谓织网须先有纲而后才会有目。纲，提网的总绳。目，网上的孔眼。⑬冢宰：《周礼》天官之首，即后来的宰相。⑭厥执既分：谓官吏各司其职，分工甚明。厥，代词，其。⑮西京同大孝之科：西汉的孝廉科。西京，长安（今陕西西安），为西汉之都城。大孝之科，即孝廉科。汉代察举的科目之一。⑯属厌：饱足、满足。⑰善与能者为污而为滥：谓善良有能力的人变得厚颜无耻。⑱恭且正者为诐而为恑：谓谦恭正直之士将变成恑诐之徒。诐，谄佞。⑲上兹洁行：崇尚这种廉洁的品行。上，通"尚"，崇尚。⑳六计：即上面所说的六事。㉑小宰：周代天官冢宰的主要属官。㉒考课则以是黜陟：古代官吏考绩制度，经三次考核决定升降赏罚。㉓大比则以为用舍：三年大比的时候作为取舍的依据。《周礼·地官·乡大夫》："三年则大比，考其德行道艺，而兴贤者能者。"㉔彼六条四曰洁，晋法有所亏焉：六条当中只有第四条强调了清廉，晋代的法令有很大的缺陷。《晋书·武帝纪》载，各郡的中正官要根据朝廷规定的六条推举贤才，一为忠恪匪躬，二为孝敬尽礼，三为友于兄弟，四为洁身劳谦，五为信义可风，六为学以为己。作者认为这六条当中只有第四条强调了廉洁，这样的法令缺陷太

大。㉕四善二为清，唐制未之得也：四种善行当中只有两条体现了清廉，唐朝的制度不能说是得其要领。《旧唐书·职官志》载唐代考课官员的制度，一是德义有闻，二是清慎明著，三是公平可称，四是恪勤匪懈。作者认为这四条里只有前两条强调了廉洁，是远远不够的。㉖曷曰：为什么说。独标兹道，分贯其余：把这一条特别强调出来，并以此条贯穿其他各条。㉗他功之莫如：其他的功绩都不如这一条重要。这一条，指廉洁。㉘五事：《尚书·洪范》中所说的貌恭、言从、视明、听聪、思睿。周家：指周王朝。古代一直有家天下的概念，故曰周家。㉙九畴统之皇极，载自箕书：天帝赐给大禹治理天下的九类大法，都记载于箕子的书里。箕书，指《尚书·洪范》篇，相传为箕子所作。

[译文]

为官者需要遵循的有六个原则，归结起来却只有一条。每个人都必须保持廉洁，恪守道德才能保全自身。官员的等级必须分清，虽然有高有低却都有相应的制度；区分官员们功绩高下，都要以他们是否清廉谨慎为首。器重他们这些人才，根据的是前代圣人制定的标准。每个人具有不同方面的才干，君王则根据各人所长分别任用。每个人具有不同的品德，君王时时在观看着他们的行事。因此分成了六大原则，却都本着廉洁而确定为最高准则。任用百官，都要使他们砥砺名节而后处理政事。善良者凭借善良去处理政事，能力强者凭借能力去处理政事。有的官员恪守条法兢兢业业，有的官员立身正直不随心所欲。考课他们的条文不会有所偏移，是非正误都能分辨清晰。评价他们的业绩分出等次，业绩高下自会有所区别。然而观其主要功绩，是否廉洁则是贯穿始终的。国家会排除对于官员政绩评价中的各种不当议论，奖赏他们美善的治迹；然而为官是否谨慎廉洁，却是评价其美丑的最根本依据。所谓政事，各人有各人的所长；廉洁，是所有为官者都必须遵守的原则。拿捕鱼和捕鸟的网打比方，需要先有总绳才能有网眼；拿织布来打比方，需要先有经线才能有纬线。宰相八法中，官绩只处在最末的位置，其执掌已经分给了少宰。在汉代，清廉和大孝被划归在同一科目中

(即孝廉科），由此可以看出廉洁是何等的可贵。可以很清楚地知道，官员的事功必然毁于贪渎，道德必然成于廉洁。如果一味追求财货，永远也不会有满足的时候。这种风气蔓延开来，那么善良而有能力的人也会变得厚颜无耻，谦恭正直的官员也将变成憸诐之徒。即使立法，也无法迫使官员们恪守名节；即使考课，也无法彰显真正的贤明。所以圣人憎恶那些贪渎的官员，即使能力再强也绝不饶恕；崇尚这种廉洁的品行，要求六条都必须和廉洁结合起来考察。这是周公时就已定下的规矩，是由少宰分管的事务。考察官员就依照这个原则决定升迁或贬黜，选拔人才就也以这个原则决定取用或放弃。晋代举贤六条中，只有第四条说到了廉洁，这样的法令缺陷甚大；唐代考课官员的四条当中，只有前两条体现出对清廉的要求，这种制度也很不完善。为什么要突出强调廉洁，并把它贯穿到其他诸条之中呢？因为从第一条"善"到第六条"辨"，廉洁是最根本的出发点。明白了廉洁是何等的宝贵，才会知道其他各条当中再大的成绩也无法和它相比。比如周代，就是把五事看得头等重要，我们从《诗经》的风、雅当中已经有明显的体会；将"九畴"作为治理天下的准则，也已经记载在《尚书·洪范》篇里了。啊，官员们的功绩治效名目繁多，但只有恪守清廉的人才能获得最美好的名声。所以为帝王者必须先使官员们树立廉洁的操守，再去表扬他们的能力和业绩。上古圣王治理天下，其制度法令简明扼要却极其有效的原因，就在于此。

# 刑赏忠厚之至论

尧、舜、禹、汤、文、武、成、康之际①,何其爱民之深,忧民之切,而待天下之以君子长者之道也②。有一善,从而赏之,又从而咏歌嗟叹之,所以乐其始而勉其终。有一不善,从而罚之,又从而哀矜惩创之③,所以弃其旧而开其新④。故其吁俞之声⑤,欢休惨戚⑥,见于虞、夏、商、周之书。成、康既没,穆王立⑦,而周道始衰。然犹命其臣吕侯⑧,而告之以祥刑⑨。其言忧而不伤,威而不怒,慈爱而能断,恻然有哀怜无辜之心,故孔子犹有取焉。

《传》曰:"赏疑从与⑩,所以广恩也。罚疑从去⑪,所以慎刑也。"当尧之时,皋陶为士⑫,将杀人,皋陶曰"杀之"三⑬,尧曰"宥之"三,故天下畏皋陶执法之坚,而乐尧用刑之宽。四岳曰"鲧可用"⑭,尧曰"不可,鲧方命圮族"⑮,既而曰"试之"。何尧之不听皋陶之杀人⑯,而从四岳之用鲧也?然则圣人之意,盖亦可见矣。

《书》曰:"罪疑惟轻,功疑惟重,与其杀不辜,宁失不经⑰。"呜呼,尽之矣。可以赏,可以无赏,赏之过乎仁。可以罚,可以无罚,罚之过乎义。过乎仁,不失为君子;过乎义,则流而入于忍人⑱。故仁可过也⑲，义不可过也。古者赏不以爵禄，刑不以刀锯⑳。赏之以爵禄，是赏之道行于爵禄之所加，而不行于爵禄之所不加也。刑之以刀锯，是刑之威施于刀锯之所及，而不施于刀锯之所不及也。先王知天下之善不胜赏，而爵禄不足以劝也㉑。知天下之恶不胜刑，而刀锯不足以裁也。是故疑则举而归之于仁，以君子长者之道待天下，使天下相率而归于君子长者之道㉒，故曰忠厚之至也。

《诗》曰："君子如祉，乱庶遄已。君子如怒，乱庶遄沮㉓。"夫君子之已乱，岂有异术哉？时其喜怒而无失乎仁而已矣。《春秋》之义㉔，立法贵严而责人贵宽，因其褒贬之义以制赏罚，亦忠厚之至也。

[题解]

本文是作者嘉祐二年（1057年）应礼部会试时的答卷。文章论述了上古圣君以忠厚为本、慎于用刑的仁政思想。当时的主考官是欧阳修。据说欧阳修看了此文后，很想把他列在第一，只因为作者引用的经典查无出处，才不得已抑居其次。

[注释]

①文、武、成、康：周文王姬昌、周武王姬发、周成王姬诵、周康王姬钊。都是古代圣王。②而待天下之以君子长者之道也：以宽和谦恭对待天下人民。③哀矜惩创之：对他施以惩罚以警其将来不再犯。④开其新：给他指明重新做人的道路。⑤吁俞：感叹应答之词。⑥欢休惨戚：欢乐、高兴、悔恨、哀伤。欢休表示对圣王的敬爱，惨戚表示对自己过失的愧悔。⑦穆王：周昭王的儿子，名满。昭王南巡时死于汉水，穆王即位，周王朝开始衰微。⑧吕侯：又作"甫侯"，穆王时担任司寇。穆王听从他的谏议制定刑罚，其内容载于《尚书·吕刑》。⑨祥刑：慎重用刑。⑩赏疑从与：给人奖赏时发现疑点，也要履行旧有的赏格。与，给予。⑪罚疑从去：给人惩罚时发现疑点，就要停止惩罚。⑫皋陶：舜时大臣，掌刑狱之事。⑬三：表示多次。⑭四岳：尧时的四个大臣，主管四方诸侯之事。鲧：传说中的部落首领，是大禹之父。四岳举荐鲧治水，

但因他采用堵的办法，多年未能治理水患，被舜杀死。⑮方命圮族：《尚书·尧典》中的话，意谓鲧是个违逆王命、败坏家族的人。⑯何：为什么。不听：不同意。⑰《书》：《尚书》，古代儒家经典名，孔子所编定。罪疑惟轻：犯了罪而尚存疑点的，宁可从轻处罚。宁失不经：宁可自己承担违规的责任。⑱忍人：残忍暴虐的人。⑲过：逾越，超越。⑳刀锯：刑具。㉑爵禄不足以劝：单靠爵位利禄不能达到劝勉的目的。㉒相率：互相带领，争先恐后。㉓《诗》：《诗经》，儒家经典名，是我国第一部诗歌总集。以下这句话出自《诗经·小雅·巧言》。祉：福。此处指以仁待人。遄已：很快就会平息。怒：威严。遄沮：很快就会停止。此句意谓对一般祸乱要以仁相待，可以止乱；对谗佞之人引起的祸乱，要怒责谗人，也可以止乱。㉔《春秋》：我国第一部编年体史书，孔子所作，即现在《春秋左传》、《春秋公羊传》、《春秋穀梁传》的经文部分。

[译文]

　　唐尧、虞舜、夏禹、商汤、周文王、周武王、周成王、周康王的时代，是多么深切地爱惜着他们的子民，多么诚恳地关切着他们的百姓，用多么忠厚的君子长者的态度管理着天下。一个人做了一点点好事，随即便会奖赏他，接着又会歌颂和赞美他，目的是用这种方法来彰显他良善的开端，以勉励他持之以恒。一个人做了一点点恶事，随即便会处罚他，接着又会怜悯和惩戒他，目的是要使他抛弃以往的过错，启发他重新走上善路。因此那些充满感情的感叹应答之声，那些欢快喜悦、哀愁悲叹之情，都反映在虞、夏、商、周的篇章里。成王、康王死后，周穆王即位，周朝的政治开始衰败。但此时的穆王还能训诫其大臣吕侯，要求施用刑罚时一定要非常谨慎。他的话满含忧虑却并不哀伤，威严却并不愤怒，慈爱而又果断，有哀怜无辜者的同情之心，所以孔子认为他还有值得肯定之处。

　　《尚书》中说："难以确定应否赏赐时就赏赐，这样做可以达到推广恩德之效；难以确定应否惩罚时就不要惩罚，这是因为刑罚一定要谨慎使用。"尧统治天下的时候，皋陶担任刑狱之官，打算处死一个罪犯。皋陶几次决定处死，尧却几次下令赦免此人。故而天下的人都敬畏皋陶执法的坚定，同时对帝尧的慎刑而感到欣慰。四岳说："鲧可以委以重任。"帝尧说："不能，鲧经常违犯法令，坑害族群。"接着又说："可以试用。"为什么尧不听从皋陶处死罪犯的意见，却听从四岳任用鲧的意见呢？通过这两个例证，便可以体会出圣人的苦心了。

《尚书》又说："难以确定罪行轻重的情况下，量刑一定要从轻；难以确定功绩大小的情况下，赏功一定要从厚。与其妄杀无辜的人，宁可不杀而违犯成法。"啊，道理讲得何等透彻！可以奖赏，可以不奖赏时，奖赏他就是超越了仁；可以惩罚，可以不惩罚时，惩罚他就是超越了义。超越了仁，仍然不失为君子；超越了义，就会渐渐变成残忍之徒。所以仁是可以超越的，而义则不能超越。上古时期，奖赏不用爵位和俸禄，刑罚不用刀锯。用爵位与俸禄来奖赏功绩，这种奖赏的办法，只能施于适合得到爵位和俸禄者的身上，而不能施于爵位和俸禄无法加给的人身上。用刑时使用刀锯，体现的是刑罚的威严，这样的刑罚只能施加于应该受到刀锯相加的人身上，而不能施加于不应该受到刀锯相加者的身上。上古圣王很清楚天下的善举是赏不胜赏的，爵位和俸禄不足以起到激励他们的作用；也很清楚天下的恶行是罚不胜罚的，刀锯不足以起到制裁他们的作用。因此，赏罚无法确定时，便根据仁的原则来处置，使人们趋向于仁，用君子长者之道善待天下之人，使他们都趋向于君子长者之道，所以说这样的做法堪称是忠厚到极致了。

《诗经》中说："君子如果能以仁待人，乱象或许很快就会结束。君子如果听到谗言便给予怒斥，乱象或许也很快就会结束。"君子止息变乱，难道能有什么特殊的方法？无非是让自己的喜怒都不违背仁义而已。《春秋》的本旨，制定法度时要以严厉为贵，而要求人民时，则应该以宽恕为贵。根据《春秋》褒贬人事的基本原则来规定赏罚法令，也同样会忠厚到极致。

# 留侯论①

古之所谓豪杰之士者，必有过人之节②，人情有所不能忍者③。匹夫见辱④，拔剑而起，挺身而斗，此不足为勇也⑤。天下有大勇者，卒然临之而不惊⑥，无故加之而不怒，此其所挟持者甚大⑦，而其志甚远也。

夫子房受书于圯上之老人也⑧，其事甚怪，然亦安知其非秦之世有隐君子者出而试之⑨？观其所以微见其意者⑩，皆圣贤相与警戒之义⑪。而世人不察，以为鬼物，亦已过矣。且其意不在书⑫。

当韩之亡，秦之方盛也，以刀锯鼎镬待天下之士⑬，其平居无罪夷灭者⑭，不可胜数，虽有贲、育⑮，无所获施⑯。夫持法太急者⑰，其锋不可犯，而其末可乘⑱。子房不忍忿忿之心⑲，以匹夫之力⑳，而逞于一击之间㉑。当此之时，子房之不死者，其间不能容发㉒，盖亦已危矣。千金之子㉓，不死于盗贼㉔。何者？其身之可爱，而盗贼之不足以死也。子房以盖世之才，不为伊尹、太公之谋㉕，而特出于荆轲、聂政之计㉖，以侥幸于不死㉗，此固圯上之老人所为深惜者也。是故倨傲鲜腆而深折之㉘。彼其能有所忍也，然后可以就大事㉙。故曰：孺子可教也。

楚庄王伐郑㉚，郑伯肉袒牵羊以逆㉛。庄王曰："其君能下人，必能信用其民矣㉜。"遂舍之。勾践之困于会稽㉝，而归臣妾于吴者㉞，三年而不倦。且夫有报人之志㉟，而不能下人者，是匹夫之刚也。夫老人者㊱，以为子房才有余，而忧其度量之不足，故深折其少年刚锐之气，使之忍小忿而就大谋。何则？非有生平之素㊲，卒然相遇于草野之间，而命以仆妾之役㊳，油然而不怪者㊴，此固秦皇之所不能惊，而项籍之所不能怒也。

观夫高祖之所以胜，而项籍之所以败者，在能忍与不能忍之间而已矣。项籍唯不能忍，是以百战百胜而轻用其锋㊵。高祖忍之，养其全锋以待其弊㊶。此子房教之也。当淮阴破齐而欲自王㊷，高祖发怒，见于词色。由此观之，犹有刚强不忍之气，非子房，其谁全之？

太史公疑子房以为魁梧奇伟㊸，而其状貌乃如妇人女子㊹，不称其志气㊺。呜呼，此其所以为子房欤！

[题解]

本文通过记述历史人物张良和圯上老人的一段奇特交往，揭示出人才的涵育，一定要经历必要的磨难，锻炼和培养善于忍耐的坚韧性格和高远阔大的襟怀。如果一味按照个人的好恶行事，充其量不过具有匹夫之勇，难以成为名垂青史的真正栋梁。这是一篇自警性质的短文，具有很强的人生哲理意味。

[注释]

①留侯：张良，刘邦起兵后的主要谋臣。②过人之节：超乎常人的品德。③人情有所不能忍者：按照人之常情有些是让人无法忍受的。④匹夫：平民。见辱：受到羞辱。⑤此不足为勇也：这不能算是真正的勇敢。⑥卒然：突然之间。卒，通"猝"。⑦所挟持者：胸中的抱负。⑧子房受书于圯上之老人也：《史记·留侯世家》载：张良游于下邳圯上，有位老人走到张良面前，故意把鞋子甩到桥下，命张良说："孺子，下取履！"张良很生气，但因他是长者，强忍怒气为他取上鞋子。老人又命张良替他穿上鞋子，张良为他穿好鞋，老人笑着离去。张良心中暗惊。老人走了一里地又折转回来，对张良说："孺子可教矣。后五日平明，与我会此。"过了五天，张良天刚亮就来到桥上，老人已

经坐在那里了。他嫌张良来得晚，命他再过五天早些来会。过了五天，张良半夜就来到桥上，老人高兴地说："理当如是。"于是给他一部书，张良打开一看，是一部《太公兵法》。⑨隐君子：道德高尚的隐士。⑩微见其意：稍稍透露出自己的用意。其，指圯上老人。⑪警戒：警醒告诫。⑫其意不在书：圯上老人的本意不仅仅是送给张良一本兵书，而在于磨炼他的意志，扩展他的胸怀。⑬鼎镬：用来烹煮的器物。⑭平居：居于家中。夷灭：合族遭到杀戮。⑮贲、育：孟贲和夏育，春秋时卫国的两位勇士。⑯无所获施：得不到施展本领的机会。⑰持法太急：指用严刑峻法对待人民。⑱其末：刑罚所忽略之处。⑲子房不忍忿忿之心：张良原为韩国贵族。韩被秦消灭后，张良丧失了贵公子的身份，内心愤怒不平，于是变卖家产，想通过刺杀秦王为韩国复仇。⑳匹夫之力：一个人的力量。㉑一击：张良请了一位大力士，手执一百二十斤的大铁锥，在博浪沙掷锥狙击秦王，但击中的是秦王的副车，行刺失败。㉒其间不能容发：形容九死一生。秦王遭到狙击后十分恼怒，下令全国搜捕刺客。张良变姓名逃到民间，处境十分危险。㉓千金之子：贵家子弟。㉔不死于盗贼：不因与盗贼角胜负而送命。言这样死去太不值得。㉕伊尹、太公之谋：指佐圣王谋天下，而不是斤斤于个人私仇。伊尹，商代开国功臣。太公，姜太公，周代开国功臣。㉖荆轲、聂政之计：指专以行刺为手段的谋划。荆轲，战国时人，曾为燕太子丹刺杀秦王，事败被杀。聂政，战国时人，曾为严仲子刺杀韩相侠累。㉗以侥幸于不死：出于侥幸而未被抓捕处死。㉘倨傲鲜腆：傲慢无礼。折之：摧折他的报复心理。㉙就大事：成就佐圣王谋天下的事业。㉚楚庄王伐郑：事在《左传》宣公十一年及十二年。首次伐郑，攻下郑之栎（今河南禹州）后，郑与楚盟，共同反晋。后因郑有求于晋，再次依附晋，楚国怒其反复，再次兴兵伐郑。㉛郑伯：郑襄公。肉袒牵羊：脱去上身左半部衣裳，露出左臂和胸，牵着羊，春秋时期表示投降臣服的礼节。逆：迎接。㉜下人：屈居人下。信用其民矣：取信于人民。㉝"勾践"句：越王勾践被吴国打败之后，被困在会稽山上。会稽山在今浙江绍兴。㉞臣妾于吴：勾践与妻子来到吴国，甘心做吴王的奴仆。㉟报人：报复仇敌。㊱夫老人者：那位圯上老人。㊲非有生平之素：素昧平生，此前从来没有交往。㊳仆妾之役：奴仆婢侍才做的事。㊴油然而不怪：顺其自然不以为怪。㊵轻用其锋：轻率地炫耀自己的锐气。

留侯论 19

㊶养其全锋以待其弊：让他随意表现、炫耀，静待他锐气消蚀。㊷淮阴破齐而欲自王：指刘邦大将韩信平定齐地。汉建国后，韩信被封为楚王，后降为淮阴侯，故称其为淮阴。韩信破魏、赵后挥师攻齐，齐地平，韩信派人请求刘邦封他为齐地假王（代理王）。刘邦当时被项羽困在荥阳，正一筹莫展，听罢十分恼怒，骂道："我日日夜夜盼着韩信来救我，他不但不来，还要求什么假王！"这时张良从旁示意，刘邦有悟，又说道："大丈夫要当就当真王，为什么要当假王！"于是派张良前往齐地，封韩信为王。㊸太史公：司马迁。司马迁的《史记》每一篇后，都以"太史公曰"的形式发表对历史人物和事件的看法。㊹状貌乃如妇人女子：指张良的相貌柔弱纤瘦，并不是高大魁梧的男子。㊺不称其志气：与他的器局度量并不相称。

[译文]

古代被人称作豪杰之士的人，一定具有胜人的节操，有普通人无法忍受的度量。一般的人受到侮辱，会拔剑而起，挺身上前格斗，这不能算作真正意义上的勇敢。天下真正具有大勇敢的人，遇到突发事件来临会毫不惊慌，无缘无故对他施以侮辱也不会发怒。这是因为他胸怀远大的志向，人生目标高远的缘故。

张良从桥上老人那里接受兵书的事，确实显得有些古怪。但又怎么晓得那不是秦代一位隐居的君子有意来考验张良呢？看那位老人用来微微显露出自己意图的形式，都是圣贤相互警醒的道理。一般人无法明白，把那位老人当成了神怪，也就太荒谬了。何况老人真正的用意并不在于授给张良一部兵书。

在韩国已经灭亡，秦国正强盛之际，秦王用刀锯、油锅等酷刑对付天下的士子，平白无故惨遭杀戮的人，数也数不清。即使有孟贲、夏育那样的勇士，也没有施展本领的机会。执法用刑过于严酷的君主，他的锋芒万不可硬碰，而他衰微之势一旦显现，则完全可以利用。当初张良压抑不住对秦王的愤恨，企图凭借个人之力，在一次狙击中逞一时之勇，当时他没有丧命，生与死几乎在毫发之间，实在是太危险了。富贵人家的子弟，绝不甘心死在盗贼之手。

为什么呢？因为他知道自己生命的宝贵，死在盗贼手里太不值得。张良具有盖世的才能，不去效法伊尹、姜尚那样做深谋远虑的大事业，却想学荆轲、聂政之流行刺的下策，终出于侥幸而未被捕获处死，这实在是桥上老人为他深深惋惜之处。所以那位老人故意拿出傲慢无理的态度、用粗恶的言语狠狠摧挫他，他如果能忍受，然后才能成就宏伟的功业，所以老人说："这少年是值得我教诲的。"

楚庄王攻伐郑国，郑伯脱去上衣裸露身体、牵着羊去迎接楚庄王。庄王说："那位国君能够委屈自己，尊重别人，一定会得到百姓的信任，而使他的子民为他效力。"于是放弃了对郑国的进攻。越王勾践被围困在会稽山上，与其妻子到吴国去做奴仆，数年不敢有所懈怠。至于那些有复仇意愿却不肯委屈自己仰视别人的人，不过是匹夫的刚强罢了。那位桥上老人，察觉出张良才智有余，却担心他的度量不够宏大，所以才狠狠地摧挫他年轻人的刚强脾气，使他能忍下小的愤怒，去实现远大的谋略。为什么这样讲呢？老人和张良此前并没有任何交往，突然在郊野相遇，便命他去做奴仆才做的贱事，张良泰然处之而能不以为怪，这自然是秦始皇都无法使他感到惊恐，楚霸王项羽都不能把他激怒的修养了。

汉高祖之所以能够成功，项羽之所以最终惨败，原因就在于是否具有能够忍耐的素养。项羽不能忍耐，因此百战百胜，却不惜随意使用他的精锐之师。汉高祖刘邦能忍耐，很注意蓄养他的精锐力量，这是张良教给他的。当淮阴侯韩信攻破齐国要自立为齐王的时候，刘邦为此大发雷霆，从语言到神色都已经显露出来。由此可以看出，他还有刚强不能忍耐的脾气，如果没有张良时时劝诫，还有谁能成全他的大业？

司马迁猜想张良一定是个身材魁梧的人，其实张良的相貌竟然和妇人女子差不多，这和他的志向及气量很不相称。啊，这大概就是张良之所以成为张良的原因吧！

# 决壅蔽①

所贵乎朝廷清明而天下治平者②,何也?天下不诉而无冤③,不谒而得其所欲④,此尧、舜之盛也。其次不能无诉,诉而必见察⑤;不能无谒,谒而必见省⑥。使远方之贱吏⑦,不知朝廷之高⑧;而一介之小民,不识官府之难,而后天下治。

今夫一人之身,有一心两手而已;疾痛苛痒⑨,动于百体之中⑩,虽其甚微⑪,不足以为患,而手随至。夫手之至,岂其一一而听之心哉?心之所以素爱其身者深⑫,而手之所以素听于心者熟,是故不待使令而卒然以自至⑬。圣人之治天下,亦如此而已。百官之众,四海之广,使其关节脉理相通为一,叩之而必闻,触之而必应,夫是以天下可使为一身。天子之贵,士民之贱,可使相爱,忧患可使同,缓急可使救⑭。

今也不然,天下有不幸而诉其冤,如诉之于天;有不得已而谒其所欲,如谒之于鬼神。公卿大臣不能穷其详悉⑮,而付之于胥吏⑯。故凡贿赂先至者,朝请而夕得;徒手而来者⑰,终年而不获⑱,至于故常之事⑲,人之所当得而无疑者,莫不务为留滞⑳,以待请属㉑,举天下一毫之事,非金钱无以行之。

昔者汉、唐之弊,患法不明而用之不密㉒,使吏得以空虚无据之法而绳天下㉓,故小人以无法为奸。今也法令明具㉔,而用之至密,举天下惟法之知。所欲排者㉕,有小不如法㉖,而可指以为瑕;所欲与者㉗,虽有所乖戾,而可借法以为解,故小人以法为奸㉘。今天下所为多事者㉙,岂事之诚多耶?吏欲有所鬻而不得㉚,则新故相仍㉛,纷然而不决,此王化之所以壅遏而不行也㉜。

昔桓、文之霸㉝,百官承职㉞,不待教令而办;四方之宾至,不求有司㉟。王猛之治秦㊱,事至纤悉㊲,莫不尽举,而人不以为烦。盖史之所记㊳:麻思还冀州㊴,请于猛。猛曰:"速装,行矣;至暮而符下。"及出关,郡县皆已被符。其令行禁止,而无留事者㊵,至于纤悉,莫不皆然。苻坚以戎狄之种㊶,至为霸主㊷,兵强国富,垂及升平者㊸,猛之所为,固宜其然也。

今天下治安,大吏奉法,不敢顾私;而府史之属㊹,招权鬻法㊺,长吏心知而不问㊻,以为当然㊼。此其弊有二而已:事繁而官不勤,故权在胥吏。欲去其弊也,莫如省事而厉精㊽。省事莫如任人,厉精莫如自上率之。

今之所谓至繁㊾,天下之事,关于其中㊿,诉之者多而谒之者众,莫如中书与三司㉛。天下之事,分于百官㉜,而中书听其治要㉝;郡县钱币,制于转运使㉞,而三司受其会计㉟,此宜若不至繁多㊱。然中书不待奏课以定其黜陟㊲,而关与其事㊳,则是不任有司也㊴;三司之吏,推析赢虚㊵,至于毫毛,以绳郡县㊶,则是不任转运使也㊷。故曰:省事莫如任人。

古之圣王,爱日以求治㊸,辨色而视朝㊹。苟少安焉㊺,而至于日出㊻,则终日为之不给㊼。以少而言之㊽,一日而废一事,一月则可知也;一岁,则事之积者不可胜数也。故欲事之无繁,则必劳于始而逸于终,晨兴而晏罢。天子未退,则宰相未敢归安于私第;宰相日昃而不退㊾,则百官莫不震悚㊿,尽力于王事,而

决壅蔽 23

不敢宴游。如此，则纤悉隐微莫不举矣。天子求治之勤⑦，过于先王，而议者不称王季之晏朝⑫，而称舜之无为⑬；不论文王之日昃⑭，而论始皇之量书⑮，此何以率天下怠耶⑯！臣故曰：厉精莫如自上率之，则壅蔽决矣。

[题解]

这篇论文就当时高官不勤于政务、属吏玩弄法令以欺蒙朝廷的现状进行了剖析，并提出了相应的解决办法。作者认为，朝廷很多事务不能顺畅地办理，甚至造成无贿不办的局面，主要是由于属吏作梗，主官对此放任自流。要解决这道难题，必须选择勤于政事的官员，为下属作出表率，上梁正则下梁不敢不正。朝廷管理天下，如人心指使四肢百骸道理相同，只有浑身通畅，才能健康运行，任何地方发生梗阻，都会严重影响机体的运转。

[注释]

①决壅蔽：本文是作者系列策论当中《策别课百官》之第三篇。壅蔽，指社会危机和积弊。②所贵：真正可贵的。③不诉：没有诉讼。无冤：没有冤案。④谒：请托。⑤诉而必见察：有了讼诉一定要明察公断，使之没有冤枉。⑥省：过问、处理。⑦远方之贱吏：边远地区的低级官吏。⑧不知朝廷之高：不感到朝廷高不可攀。⑨苛痒：皮肤瘙痒。苛通"疴"。⑩百体之中：泛言人身体各个部位。⑪虽其甚微：虽然这种不舒服很轻微。⑫素爱：一向爱护。⑬不待使令：不等发出指令。卒然：突然、立即。卒，通"猝"。⑭缓急：偏义复词，意谓急难。⑮穷其详悉：把事情查得详密细致。⑯胥吏：府衙中的佐吏。⑰徒手而来者：没有带礼品行贿的人。⑱不获：得不到解决。⑲故常之事：按常规应顺理成章办理的事。⑳务为留滞：一定要借故推延，迟迟不予办理。㉑请属：请托贿赂。㉒法不明而用之不密：法律条文不明确详细，使用法律时疏漏之处很多。㉓吏得以空虚无据之法而绳天下：某些官吏便利用法律的疏漏而残害人民。㉔明具：明白详密。㉕欲排者：想打击陷害的对象。㉖小不如法：稍有一点不合于法之处。㉗与：给予方便，即想开脱的对象。㉘以法为奸：玩弄法律条文而肆为奸利。㉙所为：即"所谓"。为，通"谓"。㉚"吏欲"句：官吏们利用法律条文索贿没有达到目的。㉛新故相仍：旧案未结，新案又积压下来。㉜王化：王道教化，即朝廷政令。㉝桓、文：春秋时齐桓公

和晋文公，都是春秋五霸之一。㉞承职：尽心尽职。㉟不求有司：不必请求有关部门即可办理。意即官吏们主动替宾客处理有关事宜。㊱王猛：字景略，十六国时前秦苻坚的丞相。他办事果断，思路清晰，使前秦日渐强盛，削平诸国，封为清河郡侯。㊲事至纤悉：处理的事务包括很琐屑的小事。㊳史之所记：史书中的记载。关于王猛的事迹，《晋书》和《十六国春秋·前秦录》都记载得比较详细。㊴麻思还冀州：《晋书·王猛传》载：麻思因母死而从关中回冀州奔丧，请于王猛，王猛要他立即动身，说天黑之前下达文书，要求各郡县放行。麻思刚出函谷关，沿途郡县都已经接到了文书。㊵无留事：没有积压的事务。㊶苻坚：字永固，本为氐人，后起兵建立前秦。因苻坚是西北异族，故称为戎狄之种，含有轻蔑之意。㊷至为霸主：发展成为北方霸主，与东晋隔江相峙。㊸垂及升平：几乎达到太平盛世。㊹府史之属：办具体事的小吏。㊺招权鬻法：揽权弄法。㊻心知而不问：心里明白但不去过问。㊼以为当然：认为这是理所当然、不足为怪的现象。㊽省事而厉精：精简官署的具体职事，要求官吏必须勤于政务。㊾至繁：事务十分繁杂。㊿关于其中：夹杂在这些烦琐的事务性工作中。(51)中书：中书省，宋代最高的政务机构，掌全国政令发布、官吏除授等。三司：唐代以度支、盐铁和户部为三司，宋代沿置，为中央最高财政部门。(52)分于百官：分派给各个事务部门，使他们各司其职。(53)听其治要：听取各部门的工作要点，并给予政策指导。(54)制：管理。转运使：宋代各路中所设的官名，主要管理所属州县的粮谷转运、地方财政出支及监察郡县官员。(55)受其会计：汇总各路转运使的账目，掌握全局。(56)此宜若不至繁多：按这样的程式办事，事务应该不算繁杂。(57)“然中书”句：然而中书省不等官吏们述职和考察，就直接决定他们的升迁和黜降。(58)关与其事：直接插手具体事务。(59)不任有司：没有督责相关部门办理具体事务。意谓有关部门形同虚设。(60)推析赢虚：仔细计算盈余亏损。(61)以绳郡县：以此来督责郡县官吏。(62)不任转运使也：没有让转运使发挥应有的作用。(63)爱日：珍惜光阴。(64)辨色：观察天色。视朝：上朝听政。(65)苟少安焉：假如稍稍贪图安逸。(66)至于日出：等太阳升起再上朝。(67)不给：事情办不完，时光不够用。(68)以少而言之：以最少的数量计算。(69)日昃：日头偏西。(70)莫不震悚：没有一个不小心翼翼。(71)天子：宋仁宗。求治之勤：寻求治理之道十分勤苦。(72)议者：议论国事的大臣。称：称颂、赞扬。王季：周文王的父亲季历。晏朝：退朝很晚。《史记·周本纪》称他“日中不暇食而待士”。⑬而称：却片面地赞赏。舜之无为：舜的无为而治，指任官得人，自己十分清闲而天下得到治理。⑭文王之日昃：周文王往往忙到太阳偏西，还顾不上吃饭。⑮始皇之量书：指秦始皇每天要看一百二十斤公文才休息。事见《史记·秦始皇本纪》。量书，用称称量书的重量。⑯此：指周文王、秦始皇那种勤于政务的精神。

［译文］

朝廷清明、天下太平，最可贵的标志是什么呢？必须是天下没有狱讼并且没有冤情，人们无须拜谒权贵就能得到自己想得到的利益，这是尧、舜时期盛世之象。次之则是虽有狱讼，经过诉讼后肯定能得到合理的审理；要拜谒权贵，但拜谒后肯定能得到应有的关注。让远方的卑贱小吏，不认为朝廷是高不可攀的；让普通的小民百姓，不认为官府是难打交道的。能做到这些，天下也就安定了。

这就好比一个人的身体，有一颗心和两只手而已。病痛瘙痒出现在身体的不同部位，虽然这种不舒服非常轻微，不足以成为大患，而且随手就能够抓到。随手能够达到痛痒之处，还不是由于每个动作都听从了心的指挥吗？人的心爱他的身体是很深的，人的手一直很熟练地听从着心的指使，所以不用发令，手便会自然而然地迅速投向不舒服之处。圣人治理天下，也完全是这么个道理。朝廷官员甚多，天下幅员甚广，要使这样一个庞大的躯体中每一处关节脉络通畅无阻，使它们彼此融会为一个整体，敲击任何一处马上就能听到，触及任何一处立即作出反应，这样天下就像成为了一个有机的整体。尊贵的天子，卑微的士民，都能够相互关爱。有了忧患，上下可以共同承担解决。

如今却不是如此，天下有不幸的人需要申诉他们的冤情，却如同向上天申诉一样难；出于不得已需要拜谒权贵解决急难，却如同参见鬼神一样难。公卿大臣不能认真详尽地处理事务，把事务都交给属下的官吏,所以先把贿赂送过来的,早上有请求晚上就能办妥;空着两手而来的,一年之久也不可能得到解决。那些极为平常的例行公事,人人都应该不用行贿就该得到解决的,官吏们一概都拖延不办,等着他们送礼过来。普天之下一丝一毫的小事,没有金钱贿赂都行不通。

以往汉朝、唐朝的弊端,主要是法令不够严明,实施起来又很不严密,使得官吏们得以凭着空泛不实的所谓法令肆意祸害天下,所以小人可以借法令的粗疏而作恶。如今的法令详细完备,条文也十分严密,全国上下没有人不懂得法律。权臣对于自己想要排挤的人,只要有细微之处与法令相悖,便可以指责他违犯了法令;而对于自己想要袒护的人,即使是不合于情理,也可以借助某些法律条文为他辩解开脱。所以小人得以在法令严密的情况下作恶。如今天下之人都说要做的事情太多,难道真的是事务繁多吗?官员们想要徇私而没有得逞,接替他的新任官员只能接过上一任留下的烂摊子,纷繁杂乱,故而久拖不决,这是朝廷严令之所以被阻遏欺蒙得不到推行的原因。

当年齐桓公、晋文公称霸于诸侯,百官各司其职,无须听到命令便已经把事情办好了;四方宾客来到国中,无须层层求助于任何机构。王猛治理前秦,再细微的事情都关心过问,人们并没有感到患苦。据史书记载:麻思打算回冀州,向王猛请示。王猛说:"赶快收拾收拾就走吧。到了傍晚,放行的文书就会下来。"麻思出了关,沿途郡县都预先收到了相关的命令。王猛令行禁止,办事绝不拖延滞留,以至很小的事,莫不如此。苻坚以戎狄之身成为一代霸主,国家富足军事强大,几乎接近于太平盛世,有王猛这样的人替他操持,达到这样的程度实属必然。

如今天下太平安定,大官们都遵守法令,不敢徇私谋利,而他们属下的官吏却肆意弄权玩弄法令,大官们明知其弊而不去过问,认为这是理所当然的。这样做的弊端表现在两个方面：一方面是事务多，另一方面却是主管官员不亲自理政，所以实权都掌握在下面的小吏手里。要革除这种弊端，不如简省事务以劝励官员；简省事务，不如慎重地委任有才干的官员；劝励官员，不如从最高层做出良好的表率。

当今所谓事务繁多，是因为天下所有的事务都汇聚在中央，申诉的人相当多，拜谒请托的人也相当多，而最多的当属中书省和三司。如果能把天下的事务分给百官去处理，而中书省只需要掌握其要点。郡县的钱谷财务由转运使司掌管，而三司只需要核清账目。这样的话，中书省和三司就不至于堆积如此繁杂的事务了。如今中书省还没看完官员的汇报就已经匆忙决定了对他们的奖励或责罚，这等于把具体部门的事务都揽过去了。三司官员出于一己之意编制出详细的账目，并以此苛求郡县必须照此办理，转运使几乎可以不再设置了。所以说：简省事务不如慎重地任用官员。

古代的圣王，珍惜白日是为了治理好天下大事，分辨日色是为了早些升朝问政，如果稍有贪图安逸之心等到太阳出来，那么一天的时间就不够用了。按最少的数字来计算，一天荒废一件事，一个月荒废的事就可想而知了；一年之中，累积的事情就数不胜数了。所以说要想让事务不至繁杂，必须要从早晨开始辛苦，一天才能稍感轻松地结束。天子没有退朝，宰相就不敢回家偷安；宰相到太阳偏西还没有回家，百官就都会兢兢业业地做事，而不敢宴饮逸游。能做到这一步，那么再细小的事情都能够处理妥当。当今天子追求大治比先王还要勤奋，议论朝政的人不去赞赏王季很晚才退朝，却一味称道舜帝的无为而治；不赞赏周文王太阳偏西了还来不及吃饭，却去谈论秦始皇度量批阅的奏疏。这样的态度怎么能改变人们的怠惰呢？所以苏某认为：劝励官员，不如从最高层做出表率。这样一来，阻遏和欺蒙自然就会消除了。

# 贾谊论①

非才之难②,所以自用者实难③。惜乎贾生王者之佐④,而不能自用其才也。夫君子之所取者远⑤,则必有所待;所就者大⑥,则必有所忍。古之贤人,皆负可致之才⑦,而卒不能行其万一者⑧,未必皆其时君之罪⑨,或者其自取也。

愚观贾生之论,如其所言,虽三代何以远过⑩。得君如汉文⑪,犹且以不用死⑫。然则是天下无尧、舜,终不可有所为耶?仲尼圣人,历试于天下⑬,苟非大无道之国⑭,皆欲勉强扶持⑮,庶几一日得行其道⑯,将之荆⑰,先之以冉有⑱,申之以子夏⑲。君子之欲得其君⑳,如此其勤也。孟子去齐㉑,三宿而后出昼㉒,犹曰"王其庶几召我"。君子之不忍弃其君,如此其厚也。公孙丑问曰:"夫子何为不豫㉓?"孟子曰:"方今天下,舍我其谁哉㉔,而吾何为不豫?"君子之爱其身,如此其至也。夫如此而不用,然后知天下之果不足与有为㉕,而可以无憾矣。若贾生者,非汉文之不能用生,生之不能用汉文也。

夫绛侯亲握天子玺而授之文帝㉖,灌婴连兵数十万㉗,以决刘、吕之雄雌。又皆高帝之旧将。此其君臣相得之分㉘,岂特父子骨肉手足哉㉙。贾生洛阳之少年,欲使其一朝之间㉚,尽弃其旧而谋其新㉛,亦已难矣。为贾生者,上得其君㉜,下得其大臣如绛、灌之属㉝，优游浸渍而深交之㉞，使天子不疑，大臣不忌，然后举天下而唯吾之所欲为，不过十年，可以得志。安有立谈之间㉟，而遽为人痛哭哉㊱？观其过湘为赋以吊屈原，萦纡郁闷㊲，跃然有远举之志㊳。其后卒以自伤哭泣，至于夭绝㊴，是亦不善处穷者也㊵。夫谋之一不见用㊶，则安知终不复用也？不知默默以待其变㊷，而自残至此。呜呼，贾生志大而量小，才有余而识不足也。

古之人有高世之才，必有遗俗之累㊸，是故非聪明睿哲不惑之主，则不能全其用㊹。古今称苻坚得王猛于草茅之中㊺，一朝尽斥去其旧臣㊻，而与之谋。彼其匹夫㊼，略有天下之半㊽，其以此哉㊾。

愚深悲贾生之志㊿，故备论之㉛。亦使人君得如贾生之臣，则知其有狷介之操㉜，一不见用，则忧伤病沮，不能复振。而为贾生者，亦谨其所发哉㉝。

[题解]

本文对贾谊的超群才干和内在性格缺陷进行了综合分析。作者认为，一个真正的人才，不仅仅表现在他聪明智慧一个方面，还必须具有君子宠辱不惊的襟怀和百折不挠的意志。特别是在自身受到排挤打击时，一定要经得起考验，努力把压力转换成动力，才能最终实现高远的抱负，一蹶不振只能把自己彻底毁灭。

[注释]

①贾谊：西汉洛阳人，年十八，以才学闻于时。二十岁入朝为博士，升为太中大夫。他提出劝农立本、削弱诸侯实力等多项政治主张，遭到周勃、灌婴等老臣的反对，贬为长沙王太傅，过湘水时，为赋以吊屈原。四年后文帝召他回京，见于宣室，问鬼神事。后拜梁王太傅，梁王坠马死，贾谊自伤未能尽职，抑郁而死，时年三十三。②非才之难：人具有才能并不难。③所以自用者实难：把自己的才能施之于用才是最难的。④王者之佐：天子的辅臣。⑤所取

者远：所求取的功业是需要长期努力才能得到的。⑥所就者大：所从事的事业是治国的大事。⑦可致之才：可以致治的宏才，即经邦治国的才能。⑧卒：最终。⑨时君：当时的帝王。⑩虽三代何以远过：即使是夏、商、周三代，也未必能胜过它（贾谊的治国设想）。⑪汉文：汉文帝刘恒，公元前180年至前157年在位。他重用老臣，同时启用有才能的新秀，重视农桑，使国家出现了建国以来第一次繁荣，是西汉前期较为圣明的君主。⑫不用：未得到重任。⑬历试于天下：指孔子周游列国，想说服各国国君实行自己的政治主张。⑭大无道：非常昏庸暴虐。⑮勉强扶持：勉励劝说，且以实际行动来帮助他们。⑯庶几：希望。一日：终有一天。⑰将之荆：准备到楚国。⑱先之以冉有：让冉有先之楚国。冉有，孔子弟子冉求，字子有，在孔子四科中居政事科。⑲申之以子夏：又让子夏重申自己的想法。子夏，孔子的弟子，姓卜，名商。⑳得其君：寻找一个可以共事的国君。㉑孟子去齐：孟子见齐王无道，辞去在齐所任的官职，想以此刺激齐王悔过。㉒三宿：停留三天。昼：古地名，故址在今山东临淄。㉓公孙丑：孟子的弟子。《孟子·公孙丑章句下》说："孟子去齐，充虞路问曰：'夫子若有不豫色然。前日虞闻诸夫子曰：君子不怨天，不尤人。'"此处问孟子的应是孟子的另一弟子充虞，而不是公孙丑。苏轼书写有误。不豫：不开心。㉔舍我其谁：除了我还有谁呢？㉕果不足与有为：确实无法辅佐而成就大业。㉖绛侯：汉初太尉周勃，吕后死后，诸吕阴谋篡夺帝位，周勃闯入北军，夺得兵权，保住了刘氏江山。后封为绛侯。亲握天子玺而授之文帝：周勃平诸吕后，迎立代王刘恒即天子位，是为文帝。㉗灌婴：汉初睢阳人，曾随刘邦转战南北，屡立奇功，封为颍阴侯。连兵数十万：指与齐哀王刘襄联合。周勃诛诸吕后，灌婴与周勃、陈平等共立代王为君。㉘君臣相得之分：天子与大臣患难与共的情分。㉙岂特父子骨肉手足哉：难道仅仅是父子兄弟才有骨肉亲情吗？㉚其：指汉文帝。㉛尽弃其旧而谋其新：把老臣全都遗弃而依凭新臣。旧，指绛侯、灌婴等人。新，指贾谊等后起之秀。㉜上得其君：得到天子的信任。㉝"下得其大臣"句：下面维护好周勃等人。㉞优游浸渍：不露声色、从容不迫地跟他们拉近感情。㉟立谈之间：短时间的交谈之中。㊱遽：急切地。为人痛哭：贾谊《治安策序》说："臣窃惟事势，可为痛哭者一，可为流涕者二，可为长太息者六。"㊲萦纡郁闷：心绪烦闷。萦纡，回曲的样子。㊳跃然：跳跃的样子。远举：指退出官场而隐居。㊴夭绝：中年而死。㊵不善处穷：不善于在逆境中存身立命。㊶一不见用：一时间不被采用。㊷默默以待其变：保持缄默等待时局的变化。㊸遗俗之累：被世俗之人所鄙弃的烦恼。㊹全其用：保全高才之士使之得到任用。㊺称：赞美。苻坚得王猛：苻坚，十六国前秦的君主。王猛，字景略，北海剧（今山东寿光）人，隐居陕西华山。苻坚的大臣吕婆楼向他推荐王猛有治国之才，王猛得到召见，拜为中书侍郎，升丞相，秦日渐强盛，削平诸国，封清河郡侯。临终时告诫苻坚不要图晋，苻坚没有听从，终有淝水之败。㊻斥去其旧臣：苻坚得王猛后，旧臣仇腾、席宝等人谗害王猛，苻坚大怒，贬仇、席等，于是满朝皆服。㊼匹夫：谓苻坚不过是一勇之夫。㊽略有天下之半：夺取了半壁江山。苻坚在王猛的运筹之下，于公元370年灭前燕，376年灭前凉，统一了北方，与晋形成了对峙之势。㊾以此：完全是由于有了王猛。㊿愚：自谦之辞。(51)备论：详细地分析议论。(52)狷介：洁身自好，不与世俗同流。(53)谨其所发：待人接物要谨慎，不要锋芒毕露。

［译文］

具有才能并不难，怎样把自己的才能发挥出来才是最难的。可惜贾谊堪称是位辅佐帝王的才子，却没能发挥出他的才能。君子要想达到长远的目标，一定要等待相应的时机；要想成就伟大的功业，一定要有所忍耐。古代那些贤能之士，都有建功立业的杰出才干，但有些人最终并没有能够施展其才能的万分之一，究其原因未必都是当时君王的过错，也许就是他们自己造成的。

我看贾谊的议论，如果真能实现他的目标，即使是夏、商、周三代的成就，又怎能超过他的设想？遇到像汉文帝这样的明君，尚且因未得重用郁郁而死，那么如果天下没有尧、舜那样的圣君，难道就终身不能有所作为了吗？孔子是个圣人，曾周游列国推行他的政治理想，只要不是极端无道的国家，他都想尽力去帮扶，希望有朝一日能推行他的政治主张。将要抵达楚国时，先派子夏去进行联络，又派冉有再次申明自己的主张。君子要想得到了解自己的国君的重用，就应该是如此殷切。孟子离开齐国时，在昼地停留了三天才最终离去，临行时还说："齐王大概还会召见我。"君子不忍心抛离他的国君，感情竟是这样的深厚。公孙丑问孟子道："先生为什么不高兴呢？"孟子回答说："当今的天下，如果想要把国家治理好，除了我还能有谁？我凭什么要不高兴？"君子爱惜自己，就是这样的周到。如果做到了这一步，还没有得到重用，那就应该明白，这世上的确已经没有一个可以共图大业的君主，也就没有什么遗憾了。像贾谊这样的人，并不是汉文帝不重用他，而是他自己没能适时接受汉文帝的重用。

绛侯周勃曾亲手捧着皇帝的印玺献给汉文帝，灌婴曾联合数十万兵力，决定刘、吕两家的胜败，他们又都是汉高祖的旧将。这说明他们君臣遇合的深厚情谊，哪里只是父子骨肉之情能够比拟的呢？贾谊只是洛阳的一个年轻人，要想使汉文帝在一朝一夕间全部弃旧图新，实在是太难了。从贾谊的角度考虑，理应上面取得皇帝的信任，下面得到大臣们的支持，对周勃、灌婴这样的老臣，必须从容地、逐渐地和他们建立深厚的感情，让天子对自己没有疑虑，大臣对自己没有猜忌，然后全天下才会按他的主张去治理。不出十年，便可以实现他的理想抱负。怎么可以在短暂的交谈后，就突然痛哭起来了呢？看他路过湘江作赋凭吊屈原，心里十分忧郁苦闷，大有远离尘世退隐山林的心思。其后终因时常感伤，动辄哭泣，以至短命早夭。唉，贾谊只是个志向远大却器局狭小，才力有余而识见不足的人啊。

古人具有出类拔萃的才能，必定会遇到因超迈世俗所带来的困境，所以说，如果不是聪明睿智、不受蒙蔽的君主，就不可能充分发挥他们的作用。古今之人一致称道苻坚能从草野之中启用了王猛，在很短时间内全部贬斥了多位旧臣，而与王猛商讨军国大事。苻坚那样一介武夫，居然能够占据天下之半，其原因或许就在于此吧。

　　我深深惋惜贾谊未能施展他的抱负，故而对他发表详尽的评论。同时也希望君主明白：得到像贾谊这样有才的臣子，就应当了解这类人有孤高自爱卓尔不群的性格，一旦他们得不到重用，就会忧伤颓废，无力重新振作。而作为贾谊这类的人，也应该认真控制自己的锋芒才是。

# 六国论

春秋之末,至于战国,诸侯卿相,皆争养士。自谋夫说客、谈天雕龙、坚白同异之流①,下至击剑扛鼎、鸡鸣狗盗之徒②,莫不宾礼。靡衣玉食③,以馆于上者④,何足胜数?越王勾践有君子六千人⑤,魏无忌、齐田文、赵胜、黄歇、吕不韦,皆有客三千人⑥,而田文招致任侠奸人六万家于薛⑦,齐稷下谈者亦千人⑧,魏文侯、燕昭王、太子丹⑨,皆致客无数。下至秦、汉之间,张耳、陈余号多士⑩,宾客厮养皆天下豪杰⑪,而田横亦有士五百人⑫。其略见于传记者如此。度其余当倍官吏而半农夫⑬。此皆奸民蠹国者,民何以支而国何以堪乎⑭?

苏子曰⑮:此先王之所不能免也。国之有奸,犹鸟兽之有猛鸷⑯,昆虫之有毒螫也⑰。区处条理,使各安其处,则有之矣。锄而尽去之,则无是道也。吾考之世变,知六国之所以久存,而秦之所以速亡者,盖出于此,不可以不察也。

夫智、勇、辩、力⑱,此四者,皆天民之秀杰也⑲,类不能恶衣食以养人⑳,皆役人以自养者也㉑。故先王分天下之富贵,与此四者共之㉒。此四者不失职,则民靖矣㉓。四者虽异,先王因俗设法,使出于一㉔。三代以上出于学㉕,战国至秦出于客㉖,汉以后出于郡县吏㉗,魏、晋以来出于九品中正㉘,隋、唐至今出于科举㉙。虽不尽然㉚，取其多者论之㉛。

六国之君，虐用其民，不减始皇、二世，然当是时，百姓无一人叛者。以凡民之秀杰者，多以客养之，不失职也。其力耕以奉上，皆椎鲁无能为者㉜，虽欲怨叛，而莫为之先㉝，此其所以少安而不即亡也㉞。

始皇初欲逐客㉟，用李斯之言而止㊱。既并天下，则以客为无用，于是任法而不任人㊲。谓民可以恃法而治㊳，谓吏不必才㊴，取能守吾法而已，故堕名城，杀豪杰，民之秀异者，散而归田亩，向之食于四公子、吕不韦之徒者㊵，皆安归哉？不知其能槁项黄馘以老死于布褐乎㊶？抑将辍耕太息以俟时也㊷？秦之乱虽成于二世，然使始皇知畏此四人者㊸，有以处之㊹，使不失职，秦之亡不至若此速也。纵百万虎狼于山林而饥渴之㊺，不知其将噬人。世以始皇为智，吾不信也。

楚、汉之祸㊻，生民尽矣。豪杰宜无几㊼，而代相陈豨从车千乘㊽，萧、曹为政㊾，莫之禁也㊿。至文、景、武之世(51)，法令之密，然吴濞、淮南、梁王、魏其、武安之流(52)，皆争致宾客，世主不问也(53)。岂惩秦之祸(54)，以为爵禄不能尽縻天下之士(55)，故少宽之，使得或出于此也邪！

若夫先王之政则不然，曰："君子学道则爱人，小人学道则易使也(56)。"呜呼！此其秦、汉之所及也哉！

［题解］

本文是一篇史论文。战国这段历史，是很多文人热衷议论的话题，苏洵、苏辙也都作过相同题目的论文。作者认为，战国时期之所以能够维持那么长时间，关键是统治者给各种人才以生存的空间和发挥才干的机会。古往今来，人才的聚集和培养都是最重要的，谁失去了人才，谁就丧失了统治的基础。

［注释］

①谋夫：以为人出谋划策为生的人。说客：游说诸侯的纵横家。谈天雕

龙：指战国时期以邹衍、邹奭为代表的阴阳五行家。《史记·孟子荀卿列传》载："自邹衍、邹奭之徒各著书言治乱之事，齐人颂曰：'谈天衍，雕龙奭。'"所谓谈天，即指以金、木、水、火、土五德生克为基础的理论。所谓雕龙，指邹奭发挥邹衍的理论，如雕镂龙文。坚白同异：战国时期刑名家的两个议题。公孙龙提出"离坚白"，认为石头的坚硬、色白、本质为石三者是分离的，肉眼只能见到白、石而看不到坚，手只能摸到坚、石而摸不到白，此种理论割裂了事物的统一性。惠施提出"合同异"，认为"山与泽平"。此种理论过分夸大事物的统一性而抹杀事物的差别。②击剑：据《庄子·说剑》载：赵文王善养剑客，门下剑客三千余人。扛鼎：据《史记·秦本纪》载，秦武王爱好举重，力士任鄙、乌获、孟说等皆因此而得至大官。后武王与孟说谈论举鼎，以至折断了膑骨。鸡鸣狗盗之徒：战国时，齐公子孟尝君到秦国做官，后秦王欲杀死他，孟尝君得知此消息后，向昭王的宠姬幸姬求救。幸姬要他的狐皮裘才肯帮忙，然而此裘却早在孟尝君刚到秦国时就已经献给了昭王。这时，孟尝君的门客中有个善学狗叫的，夜入秦宫，盗出狐裘，献给了幸姬，孟尝君等得以脱身逃出咸阳。走到函谷关时，天没亮，故关不开。孟尝君怕秦昭王反悔派兵追杀。这时门客中有个善学鸡叫的，他一学鸡叫，众鸡全都跟着鸣叫，守关者以为天已放亮，所以打开了关门，孟尝君得以出关脱险。③靡衣玉食：轻软华美的衣服，珍美可口的食品。④馆于上：安排住在高级的馆舍。⑤君子六千人：《国语·越语》载：越王勾践将军队分为左右军，而其私率君子六千人为中军。韦昭注说：私率君子，相当于齐国的士。⑥魏无忌：战国四公子之一的魏信陵君。《史记·魏公子列传》说他能礼贤下士，门下有食客三千。齐田文：战国四公子之一的齐孟尝君。食邑于薛（今山东滕县东南）。《史记·孟尝君列传》说他舍业养士，有食客数千人。赵胜：战国四公子之一的赵平原君，赵惠文王的弟弟，夫人是魏信陵君的姐姐。《史记·平原君列传》亦载其善养士，门客数千。黄歇：战国四公子之一的楚国春申君，楚顷襄王时任左徒，考烈王时任令尹。《史记·春申君列传》载其门下食客三千。吕不韦：战国末富商，秦庄襄王时任相国。嬴政立后，吕不韦也学战国四公子，养门客数千人。⑦而田文招致任侠奸人六万家：《史记·孟尝君列传》载：孟尝君在自己的封地薛收养侠客及逃亡的罪犯六万户。⑧稷下：齐国首都临淄稷门之下。

谈者：议论政事或学术的人。齐宣王喜好文学游说之士，当时邹衍、淳于髡、田骈、接予、慎到等七十多人常于稷下议论政事，时称稷下学士。⑨魏文侯：战国时魏国国君，公元前446年至公元前397年在位。由于他礼贤下士，国中称其仁。燕昭王：战国时燕国国君，名平，公元前311年至公元前279年在位。他曾卑身厚币以招贤者，并采纳郭隗的建议，筑黄金之台以求士，各国贤者纷纷来到燕国。太子丹：战国时燕国太子。他曾在秦国做人质。回国后欲报仇，于是招勇士荆轲等去刺杀秦王。⑩张耳：原为魏国儒生。陈胜起义后，他归于陈胜部下。又转到项羽帐下，封为常山王。后归刘邦，封为赵王。陈余：原为魏国儒生，亦参加陈胜起义。他与张耳既是同乡，又是刎颈之交。后因矛盾激化，互相攻杀，击败了张耳，封为代王。⑪厮养：地位低下的门客，如养马劈柴的役夫。⑫田横：原为齐国贵族。秦末起兵，自立为齐王，后被汉兵击败，率徒属五百人逃到海岛。刘邦命他归洛阳，田横因不愿向汉称臣，行至途中自杀，徒属五百人皆自杀。⑬度其余当倍官吏而半农夫：意谓估计不见于传记所载的应当是官吏的一倍、农夫的一半。⑭民何以支：人民群众拿什么来负担这么多人的衣食？堪：承受。⑮苏子：作者自称。作者以这样一种方式发表议论。⑯猛鸷：猛兽和凶禽。⑰毒螫：蛇毒和蝎螫。⑱辩：辩士。力：大力士。⑲天民之秀杰也：人民中优秀杰出的人才。⑳类：不同人群的分类。恶衣食以养人：被别人用粗恶衣食来养活。此句意谓这些秀杰之士不可能像常人一样得到恶衣恶食就知足。㉑役人以自养者也：役使他人来供养自己的人。㉒与此四者共之：与这四种人共同享有。㉓民靖：百姓安宁。㉔使出于一：使他们在同一原则下得到选拔。㉕三代以上出于学：夏、商、周三代时，这些人才都出自学校教育。㉖客：门客。㉗汉以后出于郡县吏：从西汉始，官吏一般由郡县小吏中选拔培养，负责考察推荐的除朝官之外，更多的是地方刺史和太守，被选拔出来的人有的直接授官，有的经一段时间学习后授官。这种制度称为察举。㉘魏、晋以来出于九品中正：曹丕称帝的第一年，即黄初元年，接受了吏部尚书陈群的建议，在全国各州郡设立大中正、中正职，专事选拔地方秀杰人才。九品中正的基本原则是由中正官将自己所辖地区内的人才按优劣分为上上、上中、上下、中上、中中、中下、下上、下中、下下九等，依次向朝廷推荐人才。曹魏初期，奉行曹操唯才是举的原则；司马氏秉政后，九品中正法暗改为以门阀高低为标准，成为维护门阀制度的工具。㉙科举：指最高统治者采取开科考试的方法来选拔人材的制度。此制自隋代开始，唐、宋两代继承并发展了这种制度。㉚虽不尽然：虽然并不完全如此（正确）。㉛取其多者论之：取每个时期主要的选拔方式而论。如“三代以上出于学”，世有通过军功、通过自荐和他人举荐而得官者。“汉以后出于郡县吏”，也有通过太学射策而得官者等。㉜椎鲁无能为者：愚钝粗鲁没有能力的人。㉝莫为之先：没有人作为他们的领袖。㉞少安而不即亡：意谓政治稍显安定，没有立即灭亡。㉟始皇初欲逐客：秦王嬴政在位时，韩国派郑国以帮助秦国修渠为名消耗秦国国力。此事暴露后，秦国宗室大臣请求秦王把外国人一律驱逐出境。客，客居于秦国的人。㊱李斯：战国时楚国上蔡（今河南上蔡）人，曾与韩非子同就学于荀子。秦王决定逐客时，李斯担任秦国长史，也在被逐之列。他认为秦国的做法实际上是在驱逐人才，上《谏逐客书》，列举大量事实说明客居于秦的人为秦国的壮大作出了卓越的贡献。秦王阅罢，收回成命。秦统一全国，李斯担任秦朝丞相。㊲任法而不任人：一切遵依法度而不再信任人才。㊳恃法：依靠法律。㊴吏不必才：官吏不一定非要有才干。㊵“向之”句：以前在四公子、吕不韦等人门下做食客的人才。此句意指这一类人才，而并非实指四公子、吕不韦的门客。㊶槁项黄馘：面黄肌瘦的样子。老死于布褐：终老于贫寒而无所作为。㊷辍耕太息：陈胜少年时为他人佣耕，曾辍耕于垄上，对同耕者说：“日后有人富贵了，彼此不要忘记旧情。”同耕者讥笑他说：“你是个替人耕地的人，什么时候才能富贵呢?”陈胜叹息道：“燕雀安知鸿鹄之志哉?”俟时：等待时机。㊸四人：指上文提到的智、勇、辩、力四种人。㊹有以处之：有相应的职位来安置他们。㊺纵百万虎狼：放纵百万虎狼般的有才之人。饥渴之：使之处于饥渴的状态或境地。㊻楚、汉之祸：项羽、刘邦争夺天下的惨祸。㊼豪杰宜无几：英雄豪杰应该没有几个了。㊽代相陈豨：陈豨（xī），刘邦的将领。汉初任赵国相，大养宾客。又任代国相。后来勾结匈奴叛汉，刘邦亲率军队征讨，陈豨战败被杀。㊾萧、曹：萧何和曹参。二人都是辅佐刘邦建立汉王朝的功臣。萧何为相国，死后，曹参继任丞相，忠实执行萧何所制定的政策。㊿莫之禁：不能禁阻他。(51)文、景、武：西汉初期的三位皇帝。文帝刘恒，公元前179年至公元前157年在位。景帝刘启，公元前156年至公元前141年在位。

武帝刘彻，公元前140年至公元前87年在位。㊷吴濞：吴王刘濞，刘邦兄刘仲的儿子，封于吴。他曾击破英布叛军，收罗亡命为己所用。景帝时，晁错请削诸侯王之地，刘濞以"清君侧、诛晁错"为名首倡叛乱，即七国之乱。兵败被杀。淮南：淮南王刘长，刘邦的幼子。其子刘安继任淮南王，养士数千。后因谋反罪被杀。梁王：梁孝王刘武，汉文帝的儿子，他也曾延致四方宾客。魏其：魏其侯窦婴，孝文皇后从兄窦广国之子。七国之乱，拜为大将军。七国平，封魏其侯。他亦喜养士，天下士人争归之。后因救灌婴事得罪丞相田蚡，坐弃市。武安：武安侯田蚡，孝景皇后的弟弟。汉武帝即位后，封为武安侯，拜太尉。窦太后死，为丞相。㊼世主：当世皇帝。㊽惩：借鉴。㊾縻：束缚，约束。㊿"君子"二句：出自《论语·阳货》，意思是说贵族学习了道就懂得以仁待人，百姓学习了道就易于被统治者驱使。道，儒家所提倡的仁义道德。

[译文]

春秋末年，直到战国时期，诸侯卿相，都争相蓄养人才。上自谋士说客，善于谈天说地、雕饰文辞的，善于辩论坚白同异的；下至善于击剑、力能扛鼎的，会学鸡鸣、擅长狗盗的一班人，没有不以宾客之礼善待他们的。穿着华丽衣装，吃着珍美食品，住在上等客馆的人，多得数都数不清。越王勾践有"君子"六千人；魏公子无忌、齐公子田文、赵公子赵胜、楚公子黄歇以及吕不韦等人，都有门客三千人；田文还招聚了任侠犯罪者六万家安置在他的封邑薛地；齐国稷下聚集的游谈学者也有上千人；魏文侯、燕昭王、燕太子丹等，都曾招致无数的宾客。到了秦、汉之时，张耳、陈余也号称帐下人才济济，宾客仆役，都堪称天下俊杰；齐国田横也有敢死之士五百人。这些都是见于史书记载的，估计不见于史籍的养士数量，应当是当时官员的一倍，农夫的一半。这些人都是残害百姓蛀蚀国家之徒，人民如何吃得消，国家又怎么能支撑得了呢？

苏某以为：这是古代帝王无法避开的事。国家有奸邪之人，如同鸟兽中有猛兽鸷禽，昆虫中有螫人咬人的毒虫一样。将他们分别加以处置，使他们能够各安其位，这种做法能使他们存活下去。倘若把他们全部铲除,是没有道理的。我曾考察过世道的兴废,知道六国所以能长期存在,秦朝所以很快就灭亡,原因就在这里,所以这种现象不可不加关注。

有智慧、有勇气、有辩才、有气力的四种人,都是黎民当中的佼佼者,他们大多不肯穿破旧之衣、吃粗劣之食受人厮养,都是些需要役使别人取得奉养的人。所以前代帝王把天下财富分出一部分,与这四种人共同享有。这四种人不失其职,人民便能安定下来。这四种人虽然各有其特点,先王却能根据习俗制定法令制度,使他们在同一原则下受到选拔。三代以上,是从学校中拣选;战国到秦代,是从门客中拣选;汉代以后,是从郡县小吏当中拣选;魏、晋以来,是通过九品中正之法进行拣选;隋、唐以来直到如今,则是通过科举考试进行拣选。虽不是完全如此,但就绝大多数而论无疑是这样的。

六国的君主,虐待奴役他们的子民,丝毫不亚于秦始皇和秦二世,然而当时的人民,没有一个人起来造反。因为但凡百姓中优秀杰出的人才,大多都被当做门客奉养起来,没有使他们失去职分。那些辛勤耕作供养贵族的,都是些愚痴蠢笨毫无作为的人,即使他们有反叛之心,也没有谁肯做他们的领袖,这就是六国所以能够维持一定时期的安定而没有很快灭亡的原因。

秦始皇当初想驱逐宾客,后来听从了李斯的建议才没有付诸实施。并吞天下之后,就认为宾客已经没有用处,于是只认同法律而不再信任人才;说人民可以凭借法律来统治,说官吏不必具有才干,只要能遵守我的法律就足够了。所以毁坏名城,杀戮豪杰。人民当中的优秀杰出之辈,都被送回了田亩中。如此一来,从前寄食于四公子、吕不韦之流的那些门客,都归向何处了呢?不知道他们能颈项枯槁、面黄肌瘦、忍饥挨饿地老死在贫苦之中呢,还是停止耕作,坐在垄上叹息等待时机呢?秦朝的变乱,虽然爆发在秦二世当政之时，然而假使秦始皇当初懂得畏敬这四种人，想办法妥善处置他们，使他们不失其业，秦朝的灭亡，还不至于如此之快。将数以百万计的虎狼放到山林中去，让它们忍饥挨饿，竟然不明白它们将来必定要吃人。世人都认为秦始皇聪明，我是不相信的。

楚、汉相争的大祸，老百姓都快死光了，英雄豪杰也应该没剩多少了。然而代相陈豨的侍从仍然有成千辆车，萧何、曹参当政，都没有加以禁止。到了汉文帝、景帝、武帝之时，法令已经相当严密，然而吴王刘濞、淮南王、梁王、魏其侯、武安侯那些人，都还争着招致宾客，当世帝王并没有过问。这难道是鉴于秦朝祸乱的教训，以为单靠爵位俸禄不能束缚住天下人才，所以稍加宽容，使他们能够从宾客中脱颖而出吗？

上古圣王的政治理念并不是如此，孔子就说过："君子学习了道德就懂得关爱别人，小人学习了道德就容易被使用。"哎，这是秦朝和汉朝能够做得到的吗？

# 教战守策

夫当今生民之患①,果安在哉②?在于知安而不知危,能逸而不能劳。此其患不见于今③,将见于他日。今不为之计④,其后将有所不可救者。昔者先王知兵之不可去也,是故天下虽平⑤,不敢忘战。秋冬之隙⑥,致民田猎以讲武⑦,教之以进退坐作之方⑧,使其耳目习于钟鼓旌旗之间而不乱⑨,使其心志安于斩刈杀伐之际而不慑⑩。是以虽有盗贼之变,而民不至于惊溃。及至后世,用迂儒之议,以去兵为王者之盛节⑪,天下既定,则卷甲而藏之。数十年之后,甲兵顿弊⑫,而人民日以安于佚乐⑬。卒有盗贼之警⑭,则相与恐惧讹言,不战而走。开元、天宝之际⑮,天下岂不大治?惟其民安于太平之乐,酣豢于游戏酒食之间⑯,其刚心勇气,消耗钝眊⑰,痿蹶而不复振,是以区区之禄山一出而乘之⑱,四方之民,兽奔鸟窜,乞为囚虏之不暇⑲,天下分裂,而唐室因以微矣。

盖尝试论之。天下之势,譬如一身。王公贵人所以养其身者,岂不至哉⑳?而其平居常苦于多疾。至于农夫小民,终岁劳苦而未尝告疾,此其故何也?夫风雨霜露寒暑之变,此疾之所由生也㉑。农夫小民,盛夏力作,而穷冬暴露㉒,其筋骸之所冲犯,肌肤之所浸渍，轻霜露而狎风雨㉓，是故寒暑不能为之毒。今王公贵人处于重屋之下㉔，出则乘舆，风则袭裘㉕，雨则御盖㉖，凡所以虑患之具㉗，莫不备至。畏之太甚而养之太过，小不如意㉘，则寒暑入之矣㉙。是故善养身者，使之能逸而能劳，步趋动作，使其四体狃于寒暑之变㉚，然后可以刚健强力，涉险而不伤。

夫民亦然。今者治平之日久，天下之人骄惰脆弱，如妇人孺子不出于闺门，论战斗之事，则缩颈而股栗，闻盗贼之名，则掩耳而不愿听。而士大夫亦未尝言兵㉛，以为生事扰民，渐不可长㉜。此不亦畏之太甚而养之太过欤？

且夫天下固有意外之患也，愚者见四方之无事，则以为变故无自而有㉝，此亦不然矣。今国家所以奉西、北之虏者㉞，岁以百万计，奉之者有限㉟，而求之者无厌，此其势必至于战。战者，必然之势也。不先于我，则先于彼，不出于西，则出于北。所不可知者，有迟速远近㊱，而要以不能免也㊲。天下苟不免于用兵，而用之不以渐㊳，使民于安乐无事之中，一旦出身而蹈死地，则其为患必有所不测㊴。故曰：天下之民知安而不知危，能逸而不能劳。此臣所谓大患也。

臣欲使士大夫尊尚武勇，讲习兵法。庶人之在官者㊵，教以行阵之节。役民之司盗者㊶，授以击刺之术。每岁终则聚之郡府，如古都试之法㊷，有胜负，有赏罚，而行之既久，则又以军法从事㊸。然议者必以为无故而动民㊹，又悚以军法㊺，则民将不安，而臣以为此所以安民也㊻。天下果未能去兵，则其一旦将以不教之民而驱之战㊼。夫无故而动民，虽有小恐，然孰与夫一旦之危哉㊽？今天下屯聚之兵，骄豪而多怨，陵压百姓而邀其上者㊾，何故？此其心以为天下之知战者，惟我而已。如使平民皆习于兵，彼知有所敌㊿，则固已破其奸谋而折其骄气。利害之际,岂不亦甚明欤?

[题解]

本文是作者《策别安万民》当中的一篇。作者认为,国家和平安定久了,百姓就会不自觉地安于现状,耽于享乐,而忘记了西、北两边还有契丹和西夏虎视眈眈。朝廷应当时时刻刻防备外敌入侵,要使百姓懂得,一旦战争爆发,就要拿起武器与敌人作战,保卫自己的国家。作者一针见血地指出:天下百姓知安而不知危,能逸而不能劳,的确是国家的大忧虑。

[注释]

①生民:民众。②果安在哉:究竟在哪里?③不见于今:不在今天出现。见,"现"的古字。④为之计:为此早做考虑,想出对策。⑤平:和平安定。⑥秋冬之隙:秋收后入冬比较空闲的时候。⑦致民:召集民众。田猎:以军事编制的形式打猎。讲武:讲述战争之事。⑧进退坐作:进攻退守、卧倒起立。⑨钟鼓旌旗:古代军队作战的指挥标志,击鼓以明进退,观旗以知号令。⑩斩刘:斩杀。不慴:不害怕。⑪去兵:减少军队的数量。盛节:美德、圣德。⑫甲兵:盔甲武器。顿弊:损折锈蚀,不能再用。⑬佚乐:即"逸乐",安逸享乐。⑭卒:通"猝",突然间。⑮开元、天宝:唐玄宗李隆基的两个年号。开元自公元713年至741年,天宝自742年至756年。前一段时间物阜民安,史称"开元盛世"。⑯酣豢:纵情享乐。⑰钝眊:迟钝萎缩。眊(mào):眼睛昏蒙。⑱区区:小小。禄山:安禄山,唐玄宗时平卢节度使。天宝十四年,安禄山突然起兵叛唐,挥师南下,所过之处如入无人之境,仅两个月的时间便打到了黄河一线。乘之:钻了唐王朝没有战备的空子。⑲乞为囚虏之不暇:乞求成为囚犯俘虏都来不及。⑳至:周到细致。㉑此疾之所由生也:这些正是造成疾病的原因。㉒穷冬:寒冷的冬天。暴露:身体很多部位都露在外面。㉓轻霜露而狎风雨:对霜露侵害毫不在意,对风吹雨打早习以为常。㉔重屋:两层的楼房。㉕袭裘:穿上皮衣。㉖御盖:打伞。古人称伞为盖。㉗虑患之具:防止风霜雨雪侵害的用具。㉘小不如意:稍不留心。㉙寒暑入之:由寒暑所致的疾病就侵入肌体了。㉚四体:四肢,泛指身体。狃:适应。㉛言兵:谈论战争之事。㉜渐不可长:刚有苗头便扼制不让它发展。㉝变故:突发的事变。无自而有:没有可能发生。㉞西、北之虏:指西北地区的西夏和北部的辽国。虏,

中原政权对异族政权的蔑称。㉟奉之者有限：所纳的岁贡财货是有限的。㊱迟速远近：指战争是很快就发生，还是推迟发生；在边远地区发生，还是在近地发生。㊲要：总而言之。㊳用之不以渐：所使用的兵卒不循序渐进地进行训练。㊴为患必有所不测：那时所出现的祸患有多严重，是很难估计的。㊵庶人之在官者：指为官府服役的平民百姓。㊶役民之司盗者：为官府缉捕盗贼的差役。㊷都试：古代一种考试武士的制度。汉代规定，每年立秋时总试骑兵，论战讲武。㊸军法从事：用正规军队的法令严格教练，严行赏罚。㊹议者：议论政事的大臣。㊺惊以军法：又听说用严厉的军法约束民众。㊻此所以安民：这才是真正意义上的安定民众。㊼一旦：有朝一日。㊽孰与夫一旦之危哉：和有朝一日不懂作战白白送死比起来，哪个更危险呢？㊾邀其上：要挟朝廷。㊿彼知有所敌：使他们明白，没有他们，朝廷照样有人抵御外侵。

[译文]

如今百姓的忧患，究竟在哪里呢？就在于只知享乐而不知考虑隐藏的危机，只能享乐而不能吃苦练兵。这种祸患即使当时看不出来，日后也会出现。如今不早为此做好打算，以后就会产生无可挽救的后果。古代圣王深知不能放弃武备，因此尽管天下太平，也不敢松懈军备。每年秋末冬初农闲时，集结百姓田猎以练习武艺，把攻、退、站、卧的基本科目教给他们，使他们习惯于钟鼓旌旗的指挥，以便真打起仗来不感到惊慌失措；使他们习惯于斩杀敌人，以便真打起仗来不感到畏惧。因此尽管发生盗贼叛乱，民众也不至于惊慌溃散。到了后世，采用了那些迂腐儒生建议，把削减武备作为王者的美好品德。天下安定后，就收起武备。几十年以后，武器铠甲都已锈蚀，百姓一天比一天安于享乐。一旦有了突然的变故，就非常惊恐互相传讹，不战而逃。开元、天宝年间，天下难道不是一片娱乐升平吗？正因为那时的百姓安于太平盛世的享乐，舒适地生活在吃喝玩乐之中，人们的刚强勇敢消磨殆尽，变得萎靡不振，因此一个小小的安禄山乘机而出，全国的百姓，像惊恐的鸟兽一样四处奔窜，争先恐后地乞求投降，天下分裂，而唐王朝也就因此衰落了。

愚臣试论教战守的道理如下。天下兴亡安危的大势，就像是人的身体。王公贵人对自己身体的保养，难道还不周到吗？但他们平时常常苦于多病。再看那些农夫小民，终年劳苦，但却从不生病，这是什么原因呢？风雨霜露寒暑的变化，是疾病产生的根源。农夫小民，盛夏时奋力劳作，隆冬时身体暴露，他们的筋骨经常冒着烈日寒风，肌肤经常被雨雪霜露所浸泡，他们对风雨霜露的侵袭都已习惯了，所以严寒酷暑不能对他们造成损害。如今王公贵人住在高大深邃的屋宇之中，出门就乘车，刮风时就穿上皮衣，下雨时就撑开伞盖，凡是可以保护自己的用具，没有一件不准备齐全。对外界风寒的畏惧太过分，对自己身体的保养也太过分，稍不注意，就会受风中暑。因此善于保养身体的人，应该使自己能逸能劳，经常锻炼身体，使身体习惯于寒暑的变化，才可以使身体刚健强力，经历各种侵袭而不致受伤。

民众也是这样。如今太平的时间很长了，天下的人骄惰脆弱，就像妇人小孩足不出户，谈论起战争之事，就缩着脖子，双腿战栗；听见盗贼的名字，就捂住耳朵不愿意听。而那些士大夫也从不谈论战争之事，认为这是制造事端骚扰民众，此风不可长。这不也是对外界风寒的畏惧太过分而对自己的身体保养太过分吗？

再说国家总会有意外的事变，见识短浅的人见到眼下国内安定，就认为事变无从发生，这也是不正确的。如今国家用来供奉契丹和西夏的财货，每年数以百万计，供奉者的财力有限，而要求者贪得无厌，这样下去必然会引发战争。战争是必然的趋势，不是我们首先开战，就是他们首先开战；不是和西夏打，就是和契丹打。现在不能确定的，只是发生的时间早晚、地点远近而已，但战争肯定是不可能避免的。国家如果免不了发生战争，又不能使人民逐渐地接受训练，使人民总处于安乐无事之中，一旦使他们面对战争，其结果是不可设想的。所以说：天下民众只知安乐而不知危机，只能安逸而不能劳苦，这就是我所说的大患。

我认为应当使官吏们都重视鼓励勇敢和军备，讲论演习兵法。为官府服役的平民百姓，要把队列的节制调度教给他们；为官府捉拿盗贼的差官，要把刺杀的本领教给他们。每年年底在州郡官府集结，按古代总考的方法，让他们较量胜负，进行赏罚。经过较长时间的训练之后，进一步可以根据军法的规定要求他们。然而议论此事的人一定会说这是无故扰乱民众，又加上军法约束，民众将会感到不安，而我以为只有这样才能安定民众。国家本来不能不打仗，一旦发生意外，就只能驱赶着没有经过训练的民众参加战斗，只是白白地去送死罢了。没发生战争就开始训练百姓，虽然会使百姓产生一些恐惧，但是与一旦束手就戮比起来哪个更危险？如今国家的军队，骄横霸道，动不动就怨气冲天。对下欺压百姓，对上强求要挟，为什么呢？这是因为他们心里认为天下懂得打仗的人只有自己。如果让百姓都习于作战，那么禁军将卒们知道还有与自己一样懂得作战的人，就足以击败他们的奸谋，摧折他们的骄横。教民战守的好处和专用禁军的害处，难道不是很明白了吗？

# 定军制策

自三代之衰，井田废①，兵农异处，兵不得休而为民，民不得息肩而无事于兵者，千有馀年，而未有如今日之极者也。三代之制，不可复追矣。至于汉、唐，犹有可得而言者。

夫兵无事而食，则不可使聚，聚则不可使无事而食。此二者相胜而不可并行②，其势然也。今夫有百顷之闲田，则足以牧马千驷，而不知其费。聚千驷之马，而输百顷之刍，则其费百倍，此易晓也。昔汉之制，有践更之卒③，而无营田之兵④，虽皆出于农夫，而方其为兵也，不知农夫之事，是故郡县无常屯之兵，而京师亦不过有南北军、期门、羽林而已⑤。边境有事，诸侯有变，皆以虎符调发郡国之兵⑥，至于事已而兵休，则涣然各复其故⑦。是以其兵虽不知农，而天下不至于弊者，未尝聚也。唐有天下，置十六卫府兵⑧，天下之府八百馀所，而屯于关中者⑨，至有五百，然皆无事则力耕而积谷，不惟以自瞻养，而又有以广县官之储⑩。是以兵虽聚于京师，而天下亦不至于弊者，未尝无事而食也。

今天下之兵，不耕而聚于京畿三辅者⑪，以数十万计，皆仰给于县官。有汉、唐之患，而无汉、唐之利，择其偏而兼用之⑫，是以兼受其弊而莫之分也。天下之财，近自淮甸⑬，而远至于吴、蜀⑭，凡舟车所至，人力所及，莫不尽取以归于京师。晏然无事，而赋敛之厚，至于不可复加，而三司之用⑮，犹苦其不给。其弊皆起于不耕之兵聚于内，而食四方之贡赋。

非特如此而已，又有循环往来屯戍于郡县者⑯。昔建国之初，所在分裂⑰，拥兵而不服，太祖、太宗躬擐甲胄⑱，力战而取之⑲。既降其君，而籍其疆土矣，然其故基馀孽犹有存者。上之人见天下之难合而恐其复发也⑳，于是出禁兵以戍之㉑。大自藩府㉒，而小至于县镇，往往皆有京师之兵。由此观之，则是天下之地，一尺一寸，皆天子自为守也。而可以长久而不变乎？

费莫大于养兵，养兵之费，莫大于征行㉓。今出禁兵而戍郡县，远者或者数千里，其月廪岁给之外㉔，又日供其刍粮㉕。三岁而一迁㉖，往者纷纷，来者累累，虽不过数百为辈，而要其归，无以异于数十万之兵三岁而一出征也。农夫之力，安得不竭？馈运之卒㉗，安得不疲？

且今天下未尝有战斗之事，武夫悍卒，非有劳伐可以邀其上之人㉘，然皆不得为休息闲居无用之兵者，其意以为为天子出戍也。是故美衣丰食，开府库，辇金帛，若有所负，一逆其意㉙，则欲群起而噪呼，此何为者也？天下一家，且数十百年矣。民之戴君，至于海隅，无以异于畿甸㉚，亦不必举疑四方之兵而专信禁兵也㉛。曩者蜀之有均贼㉜，与近岁贝州之乱㉝，未必非禁兵致之。

臣愚以为郡县之土兵㉞，可以渐训而阴夺其权，则禁兵可以渐省而无用。天下武健㉟，岂有常所哉㊱？山川之所习，风气之所咻㊲，四方之民一也㊳。昔者战国尝用之矣。蜀人之怯懦，吴人之短小，均尝以抗衡于上国㊴，夫安得禁兵而用之㊵？今之土兵，所以钝弊劣弱而不振者，彼见郡县皆有禁兵，而待之异等㊶，是以自弃于贱隶役夫之间㊷，而将吏亦莫之训也。苟禁兵可以渐省，而以其资粮益优郡县之土兵，则彼固已欢欣踊跃出于意外，戴上之恩而愿效其力㊸，又何遽不如禁兵耶㊹？夫土兵日以多，禁兵日以少，天下麕从捍城之外㊺，无所复用。如此，则内无屯聚仰给之费，而外无迁徙供亿之劳㊻，费之省者，又已过半矣。

[题解]

宋代不但冗官多，冗军也很多。所谓冗军，即国家供养着大量军队，无事之时坐食廪俸，养成骄横之气，一旦战事来临，又没有战斗力。作者认为，国家不应该供养如此之多的闲军，而应该把地方军队的积极性调动起来，充分发挥他们的优势，逐渐减少禁军的数量，以减轻朝廷的经济压力。

[注释]

①井田：古代的一种土地制度。以方九百亩为一里，划为九区，形如"井"字，故名。其中间一区为公田，周围八区为私田，八家均之，每家百亩，共同供养公田。公事完成后方可治私事。从春秋时起，井田制度已经日趋崩溃。②二者：指士兵不打仗白白吃饭，就无须让他们聚集在一起，聚集在一起就不能让他们无事可做白白吃饭。相胜：单独看起来都很好。不可并行：不可能同时存在。③践更之卒：即更卒。古代更卒有三种，分别是卒更、践更、过更。每月一轮换为卒者叫做卒更；出雇更钱雇人为卒者叫做践更；出钱三百入官府，由官府为其安排为卒者叫做过更。④营田：即屯田。汉代以后，历代帝王为了节省军费，利用士兵或招募流民在军队驻扎地种田垦荒，以供军饷。⑤南北军：西汉时期驻守京城的两支军队。汉代帝王为防范军队哗变，将京师驻军分为南、北二军，不相统属，分别掌握在皇帝手里。期门、羽林：也是护卫京城的军队，但掌握在郎中令手中，与南、北军分属于不同的系统。目的也是防范一支军队力量过大。⑥虎符：古代调兵的符信，因其形状像虎头，故名。郡国之兵：郡县所驻的地方军队。⑦涣然：分而散开。⑧十六卫府兵：府兵制度起源于南北朝的西魏，宇文泰掌握西魏政权时创立，其制为：天子置六

军，合为百府，分属于二十四军开府，选拔体力强壮者充当府兵，另立户籍。隋代府兵户籍改属于州县。唐初整顿成为兵农合一的军事制度。府兵终身服役，征发时自备兵器粮米，定期宿卫京师或戍守边境。⑨屯于关中者：屯驻在关中一带的府兵。关中，指今陕西中部以长安为中心的地区，当时长安是唐朝的首都。⑩县官：官府。⑪京畿三辅：京城及其附近地区。⑫择其偏而兼用之：把汉代南北军、唐代十六卫制度当中不完善的方面都取用过来。⑬淮甸：淮南地区。宋代设有淮南路，包括今江苏北部、安徽大部及河南南部一部分。⑭吴、蜀：以苏州为中心的吴地和以成都为中心的蜀地。⑮三司：北宋前期负责全国财政收支运转的部门。⑯循环往来屯戍于郡县者：宋代的禁军有轮戍制度，为了防止军队久驻一地形成过大的势力，往往频繁调防，故称循环往来屯戍于郡县。⑰建国之初，所在分裂：北宋建国初期，只占有中原地区一百多个州郡，这些州郡的节帅尚有一些不愿归服赵匡胤。其余江南、蜀中、浙江、福建、湖北、湖南、山西等地，还都存在割据政权。⑱太祖：宋代开国皇帝赵匡胤。太宗：宋代第二代皇帝赵光义。躬擐甲胄：亲自穿上戎装拿起武器。宋代建国初期二十年间，为了征讨拥兵自固的军阀和割据政权，赵匡胤和赵光义多次御驾亲征，亲临前线指挥作战。⑲取之：消灭割据偏国，划入宋朝版图。⑳上之人：帝王。天下之难合而恐其复发：因为五代十国持续了五十多年，割据势力依然存在，短时期内很难融合为一，所以赵匡胤很担心国家重新回到分裂状态。㉑出禁兵以戍之：派出皇帝亲自掌握的中央军到各地戍守。㉒藩府：节度使、总管、都督等军阀坐镇的大郡。㉓征行：征伐和调防。㉔月廪岁给：每月的廪给，每年的供应。㉕刍粮：粮食。㉖三岁而一迁：指驻防的禁军每三年就要换防一次。㉗馈运：运输粮草装备。㉘劳伐：功劳。邀其上之人：向朝廷邀功请赏。㉙一逆其意：稍稍违逆了他们的意愿。㉚畿甸：京城附近地区。㉛举疑四方之兵：对四方军队一概怀疑。㉜蜀之有均贼：真宗咸平三年（1000年），蜀中军校王均占据成都，自号大蜀。后被雷有终、杨怀忠等剿灭。㉝贝州之乱：仁宗庆历七年（1047年），河北军卒王则纠集数郡军校联合造反，改元德圣。后被文彦博、明镐等剿灭。㉞土兵：宋代地方军队名。北宋军队分为四种，最精锐者为禁军。其次为厢军，相当于今各省军区所辖的系统。再次为土兵，属于维持地区治安的、担当朝廷派发劳役的杂军。最末为蛮夷兵，为组织少数民族组建的军队。㉟武健：武夫悍卒。㊱岂有常所哉：哪里会有固定的居所？㊲咻（xǔ）：口中呼出的暖气。此处指风气的熏育。㊳四方之民一也：各地之民都是一样的。㊴上国：中原大国。郎晔注解说："如诸葛亮、周瑜辈，皆尝以吴、蜀之兵与魏抗衡。"㊵安得禁兵而用之：那时候哪儿有禁军使用呢？㊶待之异等：待遇不同，而且相差很远。㊷自弃于贱隶役夫之间：自己瞧不起自己，甘心把自己等同于下贱之隶劳役之夫。㊸戴上之恩：感戴朝廷的恩德。㊹遽：就。㊺扈从：为天子护驾。捍城：守卫京城。㊻供亿：供给转运。

［译文］

自从三代衰亡，井田制度废除，士兵和农夫的身份就明显分开，士兵不能在无事时成为平民，平民也不能停止劳作而供养军队，这种情况至今已有一千多年了，但从没有像今天这样到达极限。三代时的制度，不可能再详细考证到底是个什么样子，但是汉朝和唐朝以来的制度，还是有文献可考的。

士兵不打仗而白白吃饭，就不能让他们聚集在一起，聚集在一起就不能让他们无事可做而白白吃饭。这两者单独看来都是可行的，但不能并行，这是大势之必然。如果有一百顷闲置的土地，足可以放牧几千匹马，也不觉得有多大花费。但是如果聚集了几千匹马，而供给它们一百顷土地上生长的刍草，那么这些花费就要增加一百倍，这是很容易明白的道理。过去汉朝的制度，有轮戍的士兵，而没有营田的军队，尽管他们都是来自农家，但他们一旦成为士兵，就不再承担农夫的义务，所以郡县没有常设的军队，而京师也不过只有南北军、期门军、羽林军而已。边境发生战事，诸侯发生叛乱，都是用虎符调集各郡国的军队。等到战事结束，军队的任务完毕，就仍旧分散回到原来的地方。所以尽管那些士兵不务农，而天下并没有因此而产生弊端，就是因为不使士兵们聚集在一起的缘故。唐朝夺取了天下之后，设置了十六卫府兵，天下的府兵有八百余处，仅屯驻于关中一带的，就有五百处，在没有战事时，他们全都耕种田地积累粮谷，不仅仅用以养活自己，又可以增加官府的储备。因此军队虽然聚集于京师周围，而天下也没有因此产生弊端，就是因为朝廷从不让士兵们无事可做而白白吃饭。

如今天下的军队，不事耕作而聚集于京畿附近的，达几十万之多，全都靠官府供养。这就只有汉、唐时的弊端，而没有汉、唐时的益处，选择了两朝不利的一面合而用之，因此两朝的弊端搅在一起。天下的财物，近处取自淮河一带，远处取自吴越和蜀中。凡车船所能到达的地方，人力所能涉及的地方，没有一处的粮谷不是大量运往京师。在国家平安无事时，赋税的厚重，就到了无以复加的地步，而三司还在发愁不够用。其弊病都是源于不事耕作的军队聚集在京师，需要各地大量的贡赋来供养他们。

不仅如此，国家还有一部分轮流屯戍在地方郡县的军队。我朝刚刚建国之时，各节度使分裂国家，拥兵自强，不服从中央。太祖、太宗亲自身披甲胄，奋力征战才夺取了天下，使那些割据的诸侯伪国投降，并收取了他们的疆土，然而他们的老巢中还有一些暗中不服从朝廷的势力。天子见到天下如此难于统一，恐怕分裂的局面再次出现，于是派出禁兵来驻守那些地方，大到名藩重镇，小到一县一镇，到处都有中央军队。由此看来，似乎天下的疆土，每尺每寸，都要由天子自己来守卫了。这种情况可以长久保持而不加变更吗？

国家财政的支出没有比供养军队花费更多了，供养军队的费用，没有比往来调防更耗费钱财了。如今使禁兵出外屯戍于郡县，最远的达到几千里，除了供给他们正常的津贴之外，还需每日供给他们粮食草料。三年调防一次，纷纷攘攘地来，纷纷攘攘地去，虽然每支军队不过数百人，但总计起来，就与几十万的军队三年一次出征的耗费相当了。农民们的收获，怎么能不被搜刮干净？运输的脚夫，怎么能不疲劳不堪呢？

况且如今天下并没有战争发生，那些凶悍的士卒，并没有什么辛劳的征伐可以向上邀功。然而他们又确实都是不休息没派上什么实际用场的士兵，他们认为自己是为天子而出戍。因此美衣丰食，打开府库，发放金帛，就像他们得到这些财物是理所应当的。稍微有一点没有满足他们，就会群起鼓噪，这是为什么呢？天下统一已经几十上百年了。民众对君王衷心拥戴，哪怕是天涯海角之民，也与京城附近并没有什么两样，朝廷也不必怀疑外地的军队而只相信禁兵。过去蜀中王均和近年贝州戍卒的叛乱，未必不是由于禁兵所致。

臣苏轼认为郡县的土兵，可以逐渐地训练他们而不给他们过多的权力，那么就可以渐渐地减少禁兵了。天下的武夫健卒，哪有固定的出处呢？山川的磨练，风气的陶冶，四方的民众均同一理，当年战国时就曾经得到过证明。凭着蜀人懦弱的性情，吴人短小的身材，都曾经与大国分庭抗礼，他们当时哪里有禁兵可用呢？如今的土兵，之所以顽钝疲弱而不能自振，是因为他们看见郡县到处都有禁兵，而彼此的待遇又差得很远，所以把自己看做贱隶役夫，而朝廷将帅官吏也不对他们进行正规训练。如果禁兵可以渐渐地省置，而把用来供养他们的资粮加给郡县的土兵，他们一定喜出望外，感戴皇上的恩德而愿意贡献自己的力量，又怎么知道他们不如禁兵呢？土兵渐渐增多，禁兵渐渐减少，那么天下除了殿庭仪卫和捍守京城之外，禁兵就再没有别的用处了。这样一来，京城就可以免除屯戍供给的费用，外路也没有了供养轮戍士兵的负担，军费的支出，就可以节省一大半。

# 谏买浙灯状①

熙宁四年正月□日，殿中丞、直史馆、判官告院②、权开封府推官臣苏轼状奏③：右臣向蒙召对便殿④，亲奉德音⑤，以为凡在馆阁⑥，皆当为朕深思治乱，指陈得失，无有所隐者。自是以来，臣每见同列，未尝不为道陛下此语，非独以称颂盛德，亦欲朝廷之间如臣等辈，皆知陛下不以疏贱间废其言，共献所闻，以辅成太平之功业。然窃谓空言率人，不如有实而人自劝⑦。欲知陛下能受其言之实，莫如以臣试之。故臣愿以身先天下试其小者⑧，上以补助圣明之万一，下以为贤者卜其可否，虽以此获罪，万死无悔。

臣伏见中使传宣下府市司买浙灯四千余盏⑨，有司具实直以闻⑩，陛下又令减价收买，见已尽数拘收，禁止私买，以须上令⑪。臣始闻之，惊愕不信，咨嗟累日。何者？窃为陛下惜此举动也。臣虽至愚，亦知陛下游心经术⑫，动法尧、舜，穷天下之嗜欲，不足以易其乐；尽天下之玩好，不足以解其忧，而岂以灯为悦者哉？此不过以奉二宫之欢⑬，而极天下之养耳⑭。然大孝在乎养志，百姓不可户晓，皆谓陛下以耳目不急之玩，而夺其口体必用之资。卖灯之民，例非豪户，举债出息，畜之弥年。衣食之计，望此旬日。陛下为民父母，唯可添价贵买，岂可减价贱酬？此事至小，体则甚大。凡陛下所以减价者，非欲以与此小民争此豪末，岂以其无用而厚费也？如知其无用，何必更索？恶其厚费，则如勿买。且内庭故事，每遇放灯，不过令内东门杂物务临时收买⑮，数目既少，又无拘收督迫之严，费用不多，民亦无憾⑯。故臣愿追还前命，凡悉如旧。京城百姓，不惯侵扰，恩德已厚，怨讟易生⑰，可不慎欤？可不畏欤？

近日小人妄造非语，士人有展年科场之说⑱，商贾有京城榷酒之议⑲，吏忧减俸，兵忧减廪。虽此数事，朝廷所决无此，然致此纷纷，亦有以见陛下勤恤之德未信于下，而有司聚敛之意或形于民⑳。方当责己自求，以消谗慝之口。而台官又劝陛下以严刑悍吏捕而戮之㉑，亏损圣德，莫大于此。而又重以买灯之事，使得因缘以为口实㉒，臣实惜之。方今百冗未除，物力凋弊，陛下纵出内帑财物㉓，不用大司农钱㉔，而内帑所储，孰非民力？与其平时耗于不急之用，曷若留贮，以待乏绝之供？故臣愿陛下将来放灯与凡游观苑囿宴好赐予之类，皆饬有司，务从俭约。顷者诏旨裁减皇族恩例㉕，此实陛下至明至断，所以深计远虑，割爱为民。然窃揆㉖，其间不能无少望于陛下㉗，惟当痛自刻损，以身先之，使知人主且犹若此，而况于吾徒哉？非惟省费，亦且弭怨。昔唐太宗遣使往凉州讽李大亮献其名鹰，大亮不可，太宗深嘉之。诏曰："有臣若此，朕复何忧？"㉘明皇遣使江南采鸧鹢，汴州刺史倪若水论之，为反其使㉙。又令益州织半臂背子、琵琶捍拨、镂牙合子等㉚，苏许公不奉诏㉛。李德裕在浙西㉜，诏造银盝子妆具二十事㉝，织绫二千匹，德裕上疏极论，亦为罢之。使陛下内之台谏有如此数人者，则买灯之事，必须力言；外之有司有如此数人者，则买灯之事，必不奉诏。陛下聪明睿圣，追迹尧、舜，而群臣不以唐太宗、明皇事陛下，窃尝深咎之。臣忝备府僚㉞，亲见其事，若又不言，臣罪大矣。陛下若赦之不诛，则臣又有非职之言大于此者㉟，忍不为陛下尽之？若不赦，亦臣之分也。谨录奏闻，伏候敕下。

[题解]

本文作于熙宁四年（1071年），作者三十六岁，任监官告院，兼开封府推官。作者提出，节俭首先要从帝王做起，为万民做出好的榜样。继而提出压低价格购买浙灯，更是欺骗和剥削平民百姓的不当之举。王者只有取信于民，才能得到百姓的拥护，否则就会失去民心。本疏上奏后，御史弹劾他言语过失，作者没有进行申辩，自请外任，出为杭州通判。

[注释]

①谏买浙灯：熙宁四年元宵节，神宗为讨太皇太后曹氏和皇太后高氏高兴，下旨在汴京收买浙式丝灯四千多盏。去年订货时讲好了价钱，至元宵将近收买丝灯时，朝廷竟然压低了收购价。苏轼愤然上书，指出朝廷购买浙灯本已属于奢侈浪费，又和小民争丝毫锥末之利，甚为不该。这封奏疏递上之后，立即遭到王安石等人的指斥，苏轼知道自己不可能有所作为，于是自请出京，担任了杭州通判，以避风险。②判官告院：北宋官名，掌文武官员、将校告身及封赠等事并签发文书。③权：代理。开封府推官：开封府主要属官之一，协助府尹审理狱讼案件。当时苏轼是兼任判官告院和开封府推官的。④便殿：皇帝上朝之余召见个别大臣议事的小殿。⑤德音：皇帝的玉音。⑥馆阁：北宋史馆、昭文馆和集贤院合称三馆，是士子高升的必由之路。阁，指秘阁，也是储备人才的育贤之处。⑦有实而人自劝：自己拿出实际行动给别人看，才会起到真正劝励他人的作用。⑧以身先天下试其小者：以自身先于其他人用一件小事做个试验。⑨下府市司：下达到开封府和市易司。苏轼此时担任开封府属官，所以对此事了解得比较详细。⑩具实直以闻：开具实际需要的钱数报告朝廷。⑪上令：朝廷下一步的旨令。⑫游心经术：心思都用在学习经术上面。⑬二宫：指太皇太后曹氏和皇太后高氏。高氏是神宗的生母，曹氏是仁宗的皇后。⑭极天下之养：意思是说神宗为了表示孝心，肯用天下之物产来孝敬二宫。⑮内东门：即内东门小殿，是皇帝、太后临时召见大臣议政的小殿，在前殿与后宫相交之处。杂物务：相当于内东门小殿临时办公厅，负责处理在这里发生

的一应开销。⑯民亦无憾：百姓也没有怨恨。憾，这里是恨的意思。⑰怨讟易生：怨恨很容易产生。讟（dú），痛恨。⑱士人有展年科场之说：士子们中间传言今年会试可能要推迟一年。展年，向后推一年。这是奸人故意造出的谣言，目的是要挑起社会的混乱。⑲商贾有京城榷酒之议：商贾中间流传朝廷准备在汴京征收高额酒税的消息。⑳有司聚敛之意或形于民：有关部门聚敛民财的意图已经被百姓看破。㉑台官：御史台的官员。㉒口实：借口。㉓内帑（tǎng）财物：由内府掌管不受国家审计的财产。㉔大司农：古代九寺之一，又叫司农卿，是主管全国资产收支的部门。㉕裁减皇族恩例：指按照比例对宗室贵族例行的赏赐和支给进行裁减。㉖揆：揣度，猜想。㉗少望：一些怨恨。望，怨恨。㉘"昔唐太宗遣使往凉州讽李大亮献其名鹰"六句：据《资治通鉴》载，贞观三年冬，唐太宗派使节到凉州。凉州都督李大亮有一只很好的鹰，使者暗示李大亮，要他把鹰进献给太宗，李大亮给太宗上密表说："陛下一向拒绝畋猎，而使节却要臣把鹰献给陛下。如果这真是陛下的意思，则与陛下一贯的主张大相背离；如果只是使节自作主张，便是陛下用人不当。"太宗得奏，对大臣说："李大亮称得上忠诚正直。"亲书诏令予以褒奖，并赏赐他胡瓶一只，荀悦《汉纪》一部。㉙"明皇遣使江南采鸂鶒"三句：据《旧唐书·倪若水传》载，开元四年，唐明皇命宦官到江南采鸂鶒等名禽，途经汴州，刺史倪若水上书劝谏。明皇心知其非，即召宦官返回长安。为反其使，为此而召还那位使臣。㉚益州：今四川成都。半臂背子：短袖的背心。琵琶捍拨：弹奏琵琶所用的拨子。镂牙合子：外观上镂刻豁牙的盒子。㉛苏许公：苏颋，字廷硕，京兆武功（今陕西武功）人。历任监察御史、给事中、中书舍人等。明皇时由工部侍郎参知政事，袭父爵，号小许公。与燕国公张说威望相当，世称"燕许"。㉜李德裕在浙西：李德裕字文饶，真定赞皇（今河北赞皇）人，历翰林学士、浙西观察使、西川节度使、兵部尚书、左仆射。在文宗大和七年（833年）、武宗开成五年（840年）两度为相。早在宝历元年（825年）七月，敬宗命浙西打造银盝子妆具二十件，李德裕上奏称本道金银概不外流。敬宗心知其非，遂罢造作。㉝盝（lù）：古代小型妆盒。往往为多层套装，盝体方形，盖顶四周向下倾斜。㉞忝备府僚：即备员于开封府担任府僚。忝，有辱，古代的谦辞。㉟臣又有非职之言大于此者：臣还会拿出不在自己职权范围内却比购买浙灯更严重的事上奏。

[译文]

熙宁四年正月某日，殿中丞、直史馆、判官告院、权任开封府推官臣苏轼进状奏言：臣此前蒙恩受宣召到便殿对策，亲耳聆听了皇帝的德音，以为凡是在馆阁里任职的官员，都应当替皇帝深切考虑天下的治与乱，并须陈述政令的得失利弊，无须有所隐晦。自从那次之后，臣每每见到同僚，没有一次不向他们交待陛下这番言语，不仅以此称颂圣上的仁德，同时也希望朝廷当中像臣这样的官员，都了解陛下不会因我辈的疏远距离和身份微贱而拒绝采纳我们的言论，一起贡献所见所闻，以此来辅佐帝王成就太平盛世的丰功伟业。然而又私下认为，与其空发议论作他人榜样，不如用实际的行动自动勉励别人。想要明白陛下愿意接受臣下建议是否属实，不如以臣为例亲自试一试。所以臣愿意以自身为百官之先，而举一小事为例作为试探，在上可用来弥补圣上聪明之万一，在下可以为贤者验证其事可行不可行，纵然臣因此而获罪，甚至罪该万死也无怨无悔。

臣曾见内廷官员传宣圣命下到开封府及市易司，要购买浙江花灯四千多盏，有关部门开具实际价格上报朝廷，陛下又下旨压低价格收买，目前已经确定全部官买，禁止私下交易，以便等候朝廷降下下一步的旨令。臣最初听到这个消息，深感惊愕而不敢相信，咨嗟叹息了好几天。为什么呢？因为臣私下实在是为陛下此举感到惋惜。臣虽然非常愚钝，也还知道陛下一向潜心于圣贤经典，任何举动都力求以尧、舜为榜样，纵然是把天下嗜欲享乐都集中起来，也不足以替代以尧舜为法带来的快乐；纵然是把天下珍玩宝物都放在面前，也不足以疏解为国为民的深深忧虑，难道会以这些花灯为最大的喜悦？这样做无非是想侍奉太皇太后和皇太后，使她们心情愉悦，尽可能做到以天下之力奉养她们罢了。然而最大的孝敬在于涵养心志,老百姓不可能家家户户都了解陛下的孝心,都会认为陛下拿这些满足耳目之需、有没有两可的玩物,去夺取他们用来果腹所必须的资财。那些卖灯的百姓,清一色都不是什么豪门大户,不得已以高息借债,存放一年之久。一家的衣食所需,都指望这十天八天把灯卖出。陛下身为万民父母,只可以增加价钱去买此物,怎么可以压低价钱去购买呢?这件事看起来不是大事,但其影响却很大。陛下之所以要压低购价的原因,如果不是想和小民争毫末之利,难道是因为这是些没有实际用处的东西而不想花费大量钱财?如果明知这些东西没有实际用处,何必还非要购买?如果觉得为此花费太多实在不值,那还不如不购买。况且内廷一向的规矩,每年遇到灯节需要挂灯,不过是命内东门杂物务临时收买而已,不但数量不多,又没有强令官收和催督强迫的严令,费用不算太多,百姓也没有太大的不满。所以臣希望陛下追还已经发出的圣命,一切都按照原定的方案进行。京城里的百姓,不习惯官府的侵扰,获得的皇恩圣德一向很多,一旦使他们遭受损失,很容易对朝廷产生怨恨,对此能不慎之又慎吗?能不时时怀有戒惧之心吗?

近些日子就有别有用心的小人编造不利于朝廷的恶毒言语,士子们中间也出现了可能延长一年举行科举考试的说法,商人们中间则出现了京城要大量征收酒税的传言,官吏们担心削减俸禄,士兵们担心削减廪给。虽然这些传言,朝廷根本没有做过打算,但是谣言纷纷到了这种地步,也说明陛下忧心民事的仁德还不为天下士民深信,而有关部门聚敛民财的心思,多少已经被百姓察觉到了。臣以为应当问责自己,改正错误,以求百姓信赖,那么谗言恶语自然会不攻自破。如今御史台的官员们又在劝说陛下用严酷的刑罚,派凶悍的吏人逮捕甚至杀戮他们,有损陛下仁德的举措,没有比这样做更严重的了。不幸又加上购买浙灯这件事,使台官们因而得到镇压百姓的借口,臣实在为此深感惋惜。当今冗官冗政都还没有撤除，民力早已凋敝，陛下即使是从内廷拿出银钱，不用司农寺出钱，难道内廷的银子就不是百姓的血汗钱吗？与其寻常时节把钱耗费在不急之事上面，何不将钱留存起来，以待困乏之时再使用？故而臣希望陛下将来燃放花灯以及所有游玩观赏亭台苑囿饮宴赐予之类的费用，都要明令相关部门，务必要以勤俭节约为原则。前不久陛下下诏裁减宗室皇族的赐予比例，这实是陛下最明智的决断，是真正的深谋远虑，是把亲爱者的利益拿出一部分关爱百姓了。然而臣私下以为他们当中，不可能没有对陛下怀有怨恨的，正应当下决心从自我做起，例行节俭，以自身为天下做出表率，使人人都知道帝王本身尚且如此节俭，更何况他的子民呢？这样不但节约了开支，还阻塞了怨恨。当年唐太宗派使者前往凉州暗中敦促李大亮将他的名鹰贡献给朝廷，李大亮不同意，太宗不但没有怪罪，而且深深地赞赏他的做法。下诏说："有这样的大臣，朕还有什么值得忧虑的?"唐明皇派遣使者到江南采买䴔䴖，汴州刺史倪若水提出劝谏，玄宗为此召回了南行的使节。又命益州为朝廷织半臂背子和琵琶捍拨、镂牙盒子等物，许公苏颋拒不奉诏行事。李德裕在浙西节镇时，有诏命他制造银盝子妆具二十事，以及织造缭锦二千匹，李德裕上疏极论此事不当，朝廷也因此罢休，不再制作。假如陛下信任的御史台、谏院官员有这样几个人，购买浙灯的事，肯定会极力劝谏；朝廷之外各个相关部门有这样几个人，购买浙灯的事，也肯定不会奉诏去做。陛下耳聪目明天生睿圣，追法尧、舜，而群臣却不把陛下当做唐太宗、唐明皇那样侍奉，臣私下里也曾感到深深的内疚和自责。臣辱为开封府的僚属，亲眼见到此事，如果缄口不说，罪过就更大了。陛下如果能宽赦臣的冒昧不予诛杀，那么臣还有非本职之内却大于此事的谏言要说，岂能忍心不为陛下把话说尽？如果陛下不予宽赦，也是为臣者应当承受的处分。谨录上述文字呈交上闻，恭敬地等待陛下的裁断。

# 缴进范子渊词头状①

元祐元年二月八日,朝奉郎、试中书舍人苏轼状奏②。今月八日,准吏房送到词头一道③,司农少卿范子渊知兖州者④。右臣谨按:子渊见为殿中侍御史吕陶弹奏⑤,为修堤开河,糜费巨万,及护堤压埽之人,溺死无数,自元丰六年兴役至七年,功用不成,其罪甚于吴居厚、蹇周辅⑥,乞行废放。今来差知兖州,臣欲作责词,又缘吕陶奏状已进呈讫,别无行遣,其兖州又是节镇⑦,自来系监司以上差遣⑧,即非责降有罪去处。臣欲不为责词,又缘子渊无故罢司农少卿,出领外郡,似缘上件弹奏。有此疑惑,乞明降指挥,合与不合作责词。谨录奏闻,伏候敕旨。

[题解]

这是一篇实用性文字,是作者担任中书舍人时向朝廷递交的征询文书。意思是说犯有大错的范子渊究竟应该如何处置,希望朝廷给予明确的指示。此前他已经上书揭发范子渊罪行,认为这种人绝不应该继续担任重要职务,表现出作者强烈的爱憎。此处只是希望得到朝廷的认可,原来的态度并没有改变。

[注释]

①范子渊:建州(今福建建瓯)人,熙宁三年进士。曾任都水监丞。神宗元丰中除都水使者(都水监的最高长官)。深得王安石信任,主持治水十余年。哲宗元祐元年,除司农少卿。御史吕陶劾其糜费巨万,出知兖州,又责知

峡州。词头：朝廷命翰林学士或中书舍人撰拟诏敕时的摘要或提要。②中书舍人：宋代负责起草圣旨的官，属中书省。③吏房：宋代中书省所设的机构名。《宋史·职官志》载，中书分掌五房：曰孔目房、吏房、户房、兵礼房、刑房。④司农少卿：司农寺的次长。兖州：在今山东兖州。⑤殿中侍御史：御史台官名。吕陶：字元钧，成都人。元祐初，任殿中侍御史，献邪正之辨。为司马光之政确立了理论基础。《宋史》有传。⑥吴居厚：字敦老，洪州（今江西南昌）人。嘉祐年间进士。元丰间，为京东转运判官，升副使，又升任转运使。与河北转运使蹇周辅、李南公等会议盐法，搜刮无遗。元祐初治其罪，贬黄州安置。蹇周辅：字磻翁，成都双流人。为河北都转运使，召为户部侍郎、知开封府。元祐初，言官弹劾他立江西、福建盐法掊克扰民，罢知和州（今安徽和县）。⑦节镇：宋代州郡分为节度、团练、刺史、防御四等，按其军事位置重要与否而定。节镇：节度州，其重要性仅次于各路安抚使所在的中心督府。⑧监司以上差遣：意谓兖州为军事要镇，应当由具有路分长官资格的官员担任其知州。监司，路分长官。宋代路级政区内设安抚司、转运司、提点刑狱司、提举常平司，诸司各有所职，互不统摄，但均有监察属下官员的职责，故统称为监司。

[译文]

　　元祐元年二月八日，朝奉郎、试中书舍人苏轼进状奏言：本月八日，准吏房递送到词头一道，是任命司农少卿范子渊知兖州的文字。臣谨按：范子渊现被殿中侍御史吕陶弹劾，理由是他主持修筑堤岸疏通黄河，耗费资财以数万计。此外在开河期间，修河及压埽的民工淹死无数，从元丰六年动工直到元丰七年，没有取得任何功效，其罪比搜刮民财的吴居厚、蹇周辅还要重大，恳请朝廷罢免流放。如今却命范子渊担任兖州知州，臣本打算写篇责降之词，又因吕陶弹劾范子渊的奏本已经进呈，然而朝廷并没有对范子渊作出任何贬谪，兖州又属于大藩镇，本该派路分监司以上的官员前往知州，也就是说兖州并非贬斥有罪官员的地方。臣如果不写责降文字，又因范子渊无缘无故被罢免了司农少卿，出京担任外郡的郡守，好像是根据上面那份弹奏文字而来，所以有这些疑惑不解之处，请求朝廷颁发明确的处理意见，该不该写责降之词。谨录上面文字呈交上闻，恭敬地等待陛下的裁断。

# 刑 政

《书》曰:"临下以简,御众以宽①。"此百世不易之道也。昔汉高帝约法三章②,萧何定律九篇而已③。至于文、景,刑措不用。历魏至晋,条目滋章④,断罪所用,至二万六千二百七十二条,而奸益不胜,民无所措手足。唐及五代止用律令⑤,国初加以注疏⑥,情文备矣。今《编敕》续降⑦,动若牛毛,人之耳目所不能周,思虑所不能照,而法病矣。臣愚谓当熟议而少宽之。人主前旒蔽明⑧,黈纩塞耳⑨,耳目所及,尚不敢尽,而况察人于耳目之外乎?

今御史六察⑩,专务钩考簿书⑪,责发细微,自三公九卿⑫,救过不暇。夫详于小,必略于大,其文密者,其实必疏。故近岁以来,水旱盗贼,四民流亡⑬,边鄙不宁,皆不以责宰相,而尚书诸曹⑭,文牍繁重,穷日之力,书纸尾不暇⑮,此皆苛察之过也。不可以不变。《易》曰:"理财正辞,禁民为非曰义⑯。"先王之理财也,必继之以正辞,其辞正则其取之也义。三代之君,食租衣税而已,是以辞正而民服。自汉以来,盐铁酒茗之禁⑰,贷榷易之利⑱,皆心知其非而冒行之,故辞曲而民为盗。今欲严刑妄赏以去盗,不若捐利以予民⑲,衣食足而盗贼自止。

夫兴利以聚财者,人臣之利也,非社稷之福。省费以养财者，社稷之福也，非人臣之利。何以言之？民者国之本，而刑者民之贼。兴利以聚财，必先烦刑以贼民，国本摇矣，而言利之臣，先受其赏，近岁宫室城池之投，南蛮、西夏之师[20]，车服器械之资，略计其费，不下五千万缗[21]，求其所补，卒亦安在？若以此积粮，则沿边皆有九年之蓄，西夷北边，望而不敢近矣。赵充国有言[22]："湟中谷斛八钱[23]。吾谓籴三百万斛，羌人不敢动矣。"不待烦刑贼民，而边鄙以安。然为人臣之计，则无功可赏。故凡人臣欲兴利而不欲省费者，皆为身谋，非为社稷计也。人主不察，乃以社稷之深忧，而徇人臣之私计，岂不过甚矣哉？

[题解]

这是元祐元年苏轼从登州知州任召还担任中书舍人、知制诰时，替副宰相吕公著写的一篇上书文字。当时共写了两篇，本文是第二篇。司马光重新执政后，吕公著任副相，二人同心协力共克时艰，苏轼根据吕公著的意见，针对新法太密的时弊，提出新皇帝务必施行仁政，宽其刑法，才能彻底改变百姓对朝廷、对官府与民争利的敌视的态度。

[注释]

①临下以简，御众以宽：出自《尚书·大禹谟》，意思是帝王对下面臣民的管束要简易，处理要宽大。②汉高帝约法三章：刘邦攻进咸阳后，和当地百姓相约：杀人者死，伤人及盗抵罪。总共只有三条，所以说是约法三章。③萧何定律九篇而已：刘邦建国之后，委托萧何制定律令。萧何仅定汉律九篇。④条目滋章：条目越来越烦琐。⑤律令：类似今天刑法的法令，即犯何等罪当用何等法，有明确的规定。苏轼在文中所说的法，指的是青苗、保甲之类的法典，与律令不是同一个概念。⑥国初加以注疏：指宋朝初年由窦仪主持编写的《大宋刑统》。《大宋刑统》和唐律一样都是十二篇，内容也与唐律基本一致。⑦《编敕》：北宋时期由于没有较为详尽的法典，有些刑部、大理寺无法裁量的案件，只能上交皇帝亲自审定，由皇帝亲自批示的文字叫"敕"，属于个案性的裁决案例。由于这种裁决出自帝王本意，必然对类似案件具有指导性，又由于这类"敕"越来越多，汇编为本书，就是"编敕"。续降：一本接

一本地颁发。北宋最早的《编敕》是仁宗初年的《天圣编敕》，其后又有《嘉祐编敕》、《元祐编敕》等数部。⑧前旒：帝王所戴冕旒前面垂下的串珠。⑨黈纩：黄绵所制的小球。悬在冠冕之上，下垂到两耳旁边，以示帝王不想妄听是非之词。黈（tǒu），黄色。纩（kuàng），棉絮。⑩御史六察：唐宋时置监察御史，分察六部、六事，号为六察官。据《新唐书·百官志》载，御史一察官人善恶；二察户口流散，赋役不均；三察农桑不勤；四察妖猾盗贼；五察德行孝悌，茂才异等；六察黠吏豪宗兼并纵暴，贫弱冤苦不能自申。⑪簿书：各部门之间往来的文书。⑫三公：太师、太傅、太保。这里泛指宰辅大臣。九卿：秦代以来设立的九个中央部门，如太常寺、太府寺、鸿胪寺、大理寺、司农寺等，以后历代都有所调整，名称也不尽相同。这里泛指中央各部门的高官。⑬四民：士、农、工、商。⑭尚书诸曹：指尚书省六部：礼、吏、户、兵、刑、工，又称为六曹。⑮书纸尾：在文件末尾签署意见。古人认为这种举措非常无聊，所以戏称"书纸尾"。⑯理财正辞，禁民为非曰义：出自《周易·系辞》下篇。其意参看本文译文。⑰自汉以来，盐铁酒茗之禁：汉武帝时期，桑弘羊等人向朝廷献策，将利润丰厚的盐铁茶酒等买卖收归朝廷所有，严禁民间私自交易。其目的是将厚利从民间夺取到朝廷。⑱贷权易之利：由官府放贷收取高利，并收取民间贸易之税。⑲捐利以予民：即让利于民。⑳南蛮、西夏之师：征讨南方交趾和西北西夏的朝廷军队。㉑缗：古代以一千文钱为一缗。俗称为一贯。㉒赵充国：陇西上邽（今甘肃天水）人，后移居湟中（今青海西宁），西汉时期著名的将领。㉓斛：古代量器名，每斛等于十斗。

[译文]

《尚书》中说："上对下要简约，管理民众要宽松。"这是百代不可改变的大道。当年汉高祖入关之后，与秦民约法三章；萧何制定律令，不过九篇而已。到了文帝、景帝之时，刑法几乎无所施用。经过曹魏到了晋代，法律条文越来越多，定罪量刑所使用的，竟达二万六千二百七十二条之多，而奸宄盗贼却治不胜治，平民百姓几乎无所措其手足。唐朝和五代只使用律令，宋朝初年，对律令加以注解疏理，终于使律令情理兼备。如今各种《编敕》接连颁降，条文动辄多如牛毛，以至人的耳目无法周览，脑子想记也记不过来，于是乎法令出现了大问题。臣愚昧，认为此事应当仔细议论，稍微放宽一些。帝王的冕旒尚可遮蔽目光，黊纩尚可塞住耳朵，耳朵和眼睛能及的官员，尚且无法看尽，何况观察耳目所及之外的事物呢？

如今御史台的监察官员，一心只在细细考核文书材料，发现指出其中细微的不足，上自三公九卿，补救小过错都来不及。任何事情如果在小处过于苛细，势必忽略大的方面，条文过于慎密的，其实际成效必然会被忽视。所以近年来，水灾旱灾、大小盗贼，各业之民四散流亡，边疆没有安宁之象，都不去问责宰相，而尚书各部中，文书表格如山之重，一天到晚地批阅，在文件末尾签署意见都忙不过来，这完全是苛察小事没完没了所造成的，不能再继续下去了。《周易》中说："圣人治理财货，要用之有节，制定号令的词语，一定要出于道理，禁止他的百姓做有罪的事，这就叫义。"前代帝王处置财货之事，一定会有相应的理由给人们作出说明，这些理由合情合理，所以获取财货就不会偏离义。三代时期的君主，不过衣食少量的租税而已，所以说话刚正而百姓悦服。从汉朝以后，盐、铁、酒、茶这些利润高的货物，必须官收其利，严禁私下交易赚钱，还要征收民间交易之利，那些帝王心里明明知道这样做是不合理的，却还要一意孤行，因为他们的说辞不在理，所以百姓起而为盗。如今想要用严酷的刑罚和不合理的奖赏消弭盗贼，不如让利给百姓，百姓衣食丰足，盗贼便会不剿自止。

变法兴利从而聚敛钱财，得利的是那些大臣，根本不是国家社稷之福。节省耗费来蓄养资财，是国家社稷之福，而不能使臣子们获利。为什么这么说呢？百姓才是国家的根本，而刑罚则是百姓最痛恨的罪恶工具。变法兴利来聚敛资财，必然要先制定种种刑罚来残害人民，国家的根本就动摇了。而那些赞成取利于民的臣子，当然会最先受到朝廷的奖赏。近年来修造官室城池的巨大投入，平息南方异族和抵御西夏进犯所用的军队，兵车服用器械所费资财，粗略地计算一下，也不下五千万缗之多，要求得相应的补足，最终能在什么地方？如果用这些费用囤积粮草，那么沿边州郡都能有九年的储备，西北和契丹，也就只敢远望而不敢靠近了。汉朝大将赵充国曾经说过："湟中的谷米每斛才八钱。我购买上三百万斛，西羌人就不敢乱动了。"不需要靠苛酷的刑法来残害百姓，而边境一派安宁。当然，如果站在臣子的角度考虑，他们就没有什么功劳可以邀赏了。所以说凡是臣子想要兴作谋利而不想节省费用的事，都是为他们自身谋划，完全不是为社稷考虑的。人主不能细察，竟然拿江山社稷的深深忧虑，去填塞臣子们的私囊，岂不是太过分了吗？

# 江行唱和集叙①

夫昔之为文者,非能为之为工②,乃不能不为之为工也。山川之有云雾,草木之有华实③,充满勃郁④,而见于外⑤,夫虽欲无有,其可得耶?自闻家君之论文⑥,以为古之圣人有所不能自已而作者⑦。故轼与弟辙为文至多,而未尝敢有作文之意。己亥之岁⑧,侍行适楚⑨,舟中无事,博奕饮酒,非所以为闺门之欢⑩。而山川之秀美,风俗之朴陋⑪,贤人君子之遗迹,与凡耳目之所接者,杂然有触于中⑫,而发于咏叹。盖家君之作,与弟辙之文皆在,凡一百篇,谓之《南行集》。将以识一时之事⑬,为他日之所寻绎⑭,且以为得于谈笑之间,而非勉强所为之文也。时十二月八日。江陵驿书⑮。

[题解]

仁宗嘉祐四年十月,苏洵奉诏赴京师,子苏轼、苏辙同行。父子三人自嘉州登舟,沿江而下,一路上彼此唱和,写了一百多篇诗文,由苏轼编辑成集。抵达江陵驿后,苏轼写了这篇叙。他根据自己的创作经验,提出了"有触于中而发为咏叹"的创作思想,批评了无病呻吟的写作态度。

[注释]

①江行唱和集:又叫《南行前集》,苏轼早年编的一部诗文集。②非能为之为工:并非能够写得工巧就算是工巧。③华实:花朵和果实。④勃郁:积

蓄十分丰厚。⑤见于外：显露在外表上。⑥家君之论文：苏洵曾写过《仲兄字文甫说》，是一篇文学理论之作。在这篇文章中，苏洵把水比做创作的源泉，把风比做创作的灵感。只有风水相激，才能写出好的文章。⑦有所不能自已：有自己无法抑制的创作激情。⑧己亥之岁：嘉祐四年，1059 年。⑨侍行：侍奉父亲出行。适楚：来到楚地。春秋战国时，江陵是楚国的政治文化中心。此处指来到江陵。⑩非所以为闺门之欢：不同于在家里那样欢快闲适。⑪朴陋：古朴淳厚而带有野性。⑫杂然：纷纷然。有触于中：触动内心的感情。⑬识：记录。一时之事：指此行途中的见闻。⑭为他日之所寻绎：作为日后追忆的资料。⑮驿：驿站，古代官道或水路旁供人休息的处所。

[译文]

　　以往那些善于写文章的人，并非把写得工巧当成工巧，而是把不能不写当成最大的工巧。山川之间云腾雾绕，草木本身开花结果，充实丰满，浓郁深厚，显现在山川草木之外，即使是想要它不存在，能做得到吗？我曾经听到家父论述文章写作，认为古代那些圣人，大多都是有不能不写的冲动才写作的。所以苏某和弟弟苏辙虽然写了不少文章，却从来不敢有为写文章而写文章的心思。嘉祐四年，我兄弟侍奉父亲来到古楚国都城江陵，在船上清闲无事，下下棋饮饮酒，毕竟不同于在家里那样欢快闲适。但此地山河之秀丽，民风之古拙淳厚，古代贤哲君子的遗迹，以及凡是眼睛看见的、耳朵听见的，都能触动内心的情感，于是把这些情感写成诗文吟诵出来。父亲的作品，和弟弟苏辙的文都收集在一起，共有一百篇之多，取名叫做《南行集》。用来记录一段时间内的见闻，同时作为今后追忆查检的资料，何况这些文字都作于谈笑之间，并不是强迫自己为写作而写出的诗文。此时为十二月八日，苏轼写于江陵驿。

# 范文正公文集叙①

庆历三年②,轼始总角入乡校③,士有自京师来者,以鲁人石守道所作《庆历圣德诗》示乡先生④。轼从旁窃观,则能诵习其词。问先生以所颂十一人者何人也⑤,先生曰:"童子何用知之?"轼曰:"此天人也耶⑥,则不敢知;若亦人耳,何为其不可?"先生奇轼言⑦,尽以告之,且曰:"韩、范、富、欧阳,此四人者,人杰也。"时虽未尽了了⑧,则已私识之矣⑨。嘉祐二年⑩,始举进士至京师,则范公殁⑪。既葬,而墓碑出⑫,读之流涕,曰:"吾得其为人⑬。"盖十有五年而不一见其面,岂非命也欤?

是岁登第,始见知于欧阳公⑭,因公以识韩、富⑮,皆以国士待轼⑯,曰:"恨子不识范文正公。"其后三年⑰,过许⑱,始识公之仲子今丞相尧夫⑲。又六年,始见其叔彝叟京师⑳。又十一年㉑,遂与其季德孺同僚于徐㉒。皆一见如旧。且以公遗稿见属为叙㉓。又十三年㉔,乃克为之㉕。

呜呼!公之功德,盖不待文而显㉖,其文亦不待叙而传。然不敢辞者,自以八岁知敬爱公,今四十七年矣!彼三杰者㉗,皆得从之游,而公独不识,以为平生之恨。若获挂名其文字中,以自托于门下士之末㉘,岂非畴昔之愿也哉㉙!

古之君子，如伊尹、太公、管仲、乐毅之流㉚，其王霸之略㉛，皆素定于畎亩中㉜，非仕而后学者也。淮阴侯见高帝于汉中㉝，论刘、项短长㉞，划取三秦㉟，如指诸掌㊱。及佐帝定天下，汉中之言，无一不酬者㊲。诸葛孔明卧草庐中㊳，与先主策曹操㊴、孙权，规取刘璋㊵，因蜀之资㊶，以争天下，终身不易其言㊷。此岂口传耳受尝试为之而侥幸其或成者哉？

公在天圣中㊸，居太夫人忧㊹，则已有忧天下致太平之意，故为万言书以遗宰相㊺，天下传诵。至用为将㊻，擢为执政㊼，考其平生所为，无出此书者㊽。今其集二十卷，为诗赋二百六十八，为文一百六十五。其于仁义礼乐、忠信孝弟，盖如饥渴之于饮食㊾，欲须臾忘而不可得㊿。如火之热，如水之湿，盖其天性有不得不然者。虽弄翰戏语㉑，率然而作㉒，必归于此㉓。故天下信其诚，争师尊之㉔。孔子曰："有德者必有言㉕。"非有言也㉖，德之发于口者也。又曰："我战则克，祭则受福㉗。"非能战也，德之见于怒者也。元祐四年四月十一日。

[题解]

本文是作者为名臣范仲淹的文集写的一篇序。作者幼年在乡校时即听过范仲淹的大名。本文回顾了范仲淹毕生"先天下之忧而忧，后天下之乐而乐"的伟人襟怀。对这位堪比伊尹、太公、管仲、乐毅以及诸葛亮的贤哲寄托了深深的爱戴和景仰之情。

[注释]

①范文正公：范仲淹，苏州吴县（今江苏苏州）人。真宗大中祥符中进士。仁宗时为吏部员外郎、知开封府。因得罪宰相吕夷简，罢知饶州。西夏元昊反，他守边多年，号令严明，敌不敢犯，拜枢密副使，进参知政事。因立志革除弊政，又被贬为河东陕西宣抚使，迁户部侍郎，徙青州。卒后谥曰文正。②庆历三年：1043年。③总角：童年。古代儿童把头发束在头的两端，称为总角。乡校：地方上的学校。④石守道：石介，字守道，兖州奉符（今山东

兖州）人。仁宗天圣八年进士,曾通判濮州。后罢官,隐居徂徕山下耕田授学,人称徂徕先生。范仲淹、富弼、杜衍、韩琦等人入朝执政,石介认为他们都是当朝英杰,因此仿韩愈《元和圣德诗》作《庆历圣德诗》一首,盛赞一时朝臣。乡先生:乡校中的老师。⑤十一人者:指石介《庆历圣德诗》中所赞颂的韩琦、范仲淹、富弼、杜衍、晏殊、贾昌朝、章得象、欧阳修、余靖、蔡襄、王素。⑥天人:神仙。⑦奇轼言:对我的话深感惊奇。⑧未尽了了:对他们了解得不十分清楚。⑨私识之:内心已经牢牢记下他们的名字。⑩嘉祐二年:1057年。⑪范公殁:范仲淹病逝于仁宗皇祐四年(1052年)。⑫墓碑出:指欧阳修所作《资政殿学士户部侍郎范公神道碑铭》已在世间流传。⑬得其为人:了解他的品质。⑭见知于欧阳公:得到欧阳修的青睐。此句指嘉祐二年欧阳修知贡举,擢苏轼进士高第。⑮因公以识韩、富:由于欧阳公的引荐而结识了韩琦、富弼。⑯国士:全国最杰出的士子。⑰其后三年:嘉祐五年,1060年。⑱许:北宋州名,治所在今河南许昌。⑲仲子:第二子。今丞相尧夫:指苏轼写此文时担任丞相之职的范纯仁。纯仁字尧夫,神宗时历知河中府、和州、庆州,哲宗元祐中,官中书侍郎。⑳"又六年"二句:即英宗治平三年,1066年。叔,排行第三。此指范仲淹第三子范纯礼,元祐中为给事中。徽宗时知开封府,擢尚书右丞。㉑又十一年:即神宗熙宁十年,1077年。㉒其季:范仲淹最小的儿子。德孺:范仲淹第四子范纯粹,字德孺。同僚于徐:同在徐州为官。苏轼熙宁末担任徐州知州,范纯粹为其幕僚。㉓薰:文稿。见属为叙:嘱托我为范文正的文集写一篇序。属,通"嘱"。㉔又十三年:即哲宗元祐四年,1089年。㉕乃克为之:终于写完这篇序文。㉖不待文而显:不靠文章才流传后世。㉗三杰:指韩琦、富弼、欧阳修。㉘自托于门下士之末:寄身于范公的门生之列。末,指最晚的门生。㉙畴昔:往昔。㉚伊尹:商汤之相,曾辅佐汤灭掉夏桀,被尊为阿衡(宰相)。太公:周初的姜尚。曾垂钓于渭水之滨,周文王出猎时载归,立为师。他辅佐武王灭掉商纣,建立周朝,封于齐,为齐国之祖。管仲:管夷吾,春秋时齐桓公的宰相。他辅佐桓公,九合诸侯,成为东方盟主。乐毅:战国时人。初在赵,后赴燕,燕昭王任为大将,连破齐国七十余城。昭王死后,为躲避谗害,逃到赵国。㉛王霸之略:经邦治国的宏大谋略。㉜素定于畎亩中:早在入仕之前已经蓄于胸中。㉝淮阴侯:汉初大将韩信。楚汉相争时,韩信先随项羽,不得重用,后投刘邦,拜为大将,破魏、赵、东击齐,屡立战功。刘邦建国后,封为楚王,后降为淮阴侯。高帝:汉高祖刘邦,西汉开国皇帝。汉中:旧地名,在今陕西汉中。㉞论刘、项短长:刘邦拜韩信为大将后,韩信为刘邦分析刘、项双方的长处和不足。㉟划取三秦:谋划先取秦中之地。三秦,指今陕西中部及北部地区。㊱如指诸掌:如同运于手掌之中。㊲无一不酬者:没有一句话没得到验证。㊳诸葛孔明:诸葛亮。曾隐居于南阳隆中。刘备兵败后,曾三顾茅庐,向诸葛亮求教。诸葛亮向他讲述天下大势,提出了联吴抗曹的方针。后任蜀汉丞相。㊴先主:三国时蜀汉主刘备。策:策划应付。㊵规取:依计攻取。刘璋:东汉末任益州牧。后因接纳刘备入蜀,刘备趁势夺取蜀中,刘璋被流放偏远之乡。㊶因蜀之资:凭借蜀中的人力物力,即以蜀中为根据地。㊷不易其言:不改变初衷。㊸天圣:仁宗赵祯的年号,1023年至1032年。据《范文正公年谱》载,范仲淹于天圣四年(1026年)丁母忧。㊹居太夫人忧:为太夫人守丧。太夫人,指范仲淹的母亲谢氏。㊺万言书:指范仲淹在守母丧期间所作的《上宰相书》,该书中论述当时朝政之失、民间之病,言辞恺切,共计一万余字。遗:呈交。㊻用为将:被朝廷任命为军事将领。康定元年(1040年),范仲淹与韩琦并为陕西经略安抚副使。㊼擢:提拔。执政:宰相。仁宗庆历三年,范仲淹被任命为枢密副使,进入政府。随后不久,升为参知政事,相当于副相。㊽无出此书者:意谓范仲淹平生立身行事,与他的文章保持一致。没有做出言行不一的事。㊾如饥渴之于饮食:像饥饿干渴的人见到了食物和水一样。意谓十分热衷。㊿欲须臾忘而不可得:想让他忘记片刻都做不到。㈠弄翰戏语:随意而为的游戏笔墨。㈡率然而作:未经思虑所写的文章。㈢必归于此:一定归结到仁义、礼乐、忠信、孝悌的范畴。㈣师尊之:像尊敬师长一样尊敬他。㈤有德者必有言:出自《论语·宪问》,意谓有道德的人一定有名言。㈥非有言:并不仅仅是名言。㈦"我战则克"二句:出《礼记·礼器》,意思是有道之人深深懂得战胜敌人之道,有祭祀必然获得福泽。

[译文]

庆历三年,那时我还小,刚刚进乡校读书,有个从京城来的读书人,拿出鲁地人石介守道所作的《庆历圣德诗》给乡学老师看。

我从旁边偷偷看了几眼，就已能背诵那些诗句。我问老师那首诗所歌颂的十一个人是什么人，老师说："小孩子知道这些干什么？"我说："这些人要是天上的神仙，那我也就不敢多问了；如果也是世间凡人的话，有什么不能问呢？"老师对我的话感到很惊奇，于是全都告诉了我，并且说："韩琦、范仲淹、富弼、欧阳修，这四个人，是最杰出的人。"当时我虽然不完全了解他们，但已经记住他们的大名了。嘉祐二年，我至京师考进士时，范公去世。安葬完毕，墓碑竖起来了，读了碑文，我感动得直流眼泪，说："我知道他的人品了。"从我听说他的名字到他去世有十五年之久，竟然不得见他一面，难道不是天意吗？

这一年我考中进士，开始被欧阳公赏识，又通过欧阳公结识了韩琦、富弼二位大人，他们都以对待国中名流的礼节对待我，说："你没能见到范文正公，真遗憾。"三年之后，我路过许州，才认识了范公的次子、当今宰相范纯仁尧夫。又过了六年，在京城见到了范公的三子范纯礼。又过十一年，和范公的小儿子范纯粹在徐州为同事。我和他们都一见如故。他们还嘱咐我给范公的遗稿作一篇序言。十三年之后，我终于完成了这件事。

啊！范公的功德，不用靠他的文章来显现，他的文章也用不着靠我的序言来传播。但我之所以不敢推辞的原因，是因为我从八岁起就敬重爱戴范公，到如今已经四十七年了。那三位杰出的人，我都得以与他们交往，可唯独没能够结识范公，这真是我平生的遗憾。倘若能够让自己的名字出现在范公的文集中，使我能自称为范公门生中的最末者，难道不是我素来的愿望吗？

古时的君子，如伊尹、姜太公、管仲、乐毅这些人，他们所具有成就王霸事业的韬略，都是早在耕于田亩时就已经具备的，并不是做了官之后才学来的。淮阴侯韩信在汉中见汉高祖刘邦时，谈论刘邦、项羽的强弱短长，筹划夺取三秦之地的策略，如同在掌心之中。等到辅助刘邦安定了天下，他在汉中所说的话，没有一句不应验。诸葛亮身处深山草庐之中，和刘备谋划抵抗曹操、联合孙权，规划智取刘璋，利用西蜀的物产和力量夺取天下。他终生一致，不改变这些原则。他们难道只是些口里说说、耳朵听听、试着做做就能侥幸成功的人吗？

范公在天圣年间为他母亲守孝时，就已经有了为天下而忧，要使天下太平的大志，所以作万言书呈给宰相，为天下人所传诵。后来范公被用为将军，又被提拔为执政大臣，考察他平生的所作所为，没有任何背离此书宗旨的行为。如今他所存的文集有二十卷，其中诗赋二百六十八首，文章一百六十五篇。他对于仁义礼乐、忠信孝悌的追求，就像饮食对于饥渴之人一样，一刻也不忘记。像火一样热、像水一样润，这都是他的天性使然。甚至连提笔就写的玩笑之语，随意而作，也一定要能体现这些追求。所以天下的人都相信他的志诚，纷纷以他为师而尊崇他。孔子说："有德行的人一定会有言论。"不是非要有什么言论，而是他的德行一定会从言论中流露出来。又说："战斗就能得胜，祭祀就能得福。"不是说他特别能战斗，而是说他的德行会在愤怒中体现出来。元祐四年四月十一日。

# 六一居士集叙①

夫言有大而非夸②,达者信之③,众人疑焉。孔子曰:"天之将丧斯文也。后死者不得与于斯文也④。"孟子曰:"禹抑洪水。孔子作《春秋》。而予距杨、墨⑤。"盖以是配禹也⑥。文章之得丧,何与于天⑦?而禹之功与天地并,孔子、孟子以空言配之⑧,不已夸乎?自《春秋》作而乱臣贼子惧⑨。孟子之言行而杨、墨之道废。天下以为是固然而不知其功。孟子既没,有申、商、韩非之学⑩,违道而趋利,残民以厚主⑪,其说至陋也,而士以是罔其上⑫。上之人侥幸一切之功⑬,靡然从之⑭。而世无大人先生如孔子⑮、孟子者,推其本末,权其祸福之轻重⑯,以救其惑,故其学遂行。秦以是丧天下⑰,陵夷至于胜、广、刘、项之祸⑱,死者十八九⑲,天下萧然。洪水之患,盖不至此也⑳。方秦之未得志也㉑,使复有一孟子,则申、韩为空言,作于其心,害于其事㉒,作于其事,害于其政者㉓,必不至若是烈也。使杨、墨得志于天下,其祸岂减于申、韩哉!由此言之,虽以孟子配禹可也。

太史公曰㉔:"盖公言黄、老㉕,贾谊、晁错明申、韩㉖。"错不足道也,而谊亦为之,余以是知邪说之移人㉗,虽豪杰之士有不免者,况众人乎!自汉以来,道术不出于孔氏,而乱天下者多矣。晋以老庄亡㉘，梁以佛亡㉙，莫或正之㉚，五百余年而后得韩愈㉛，学者以愈配孟子，盖庶几焉㉜。愈之后二百有余年而后得欧阳子，其学推韩愈、孟子以达于孔氏，著礼乐仁义之实，以合于大道。其言简而明，信而通，引物连类㉝，折之于至理，以服人心，故天下翕然师尊之㉞。自欧阳子之存，世之不说者，哗而攻之㉟，能折困其身，而不能屈其言。士无贤不肖，不谋而同曰："欧阳子，今之韩愈也。"

宋兴七十余年，民不知兵，富而教之，至天圣、景祐极矣㊱，而斯文终有愧于古。士亦因陋守旧，论卑气弱㊲。自欧阳子出，天下争自濯磨㊳，以通经学古为高，以救时行道为贤㊴，以犯颜纳说为忠㊵。长育成就，至嘉祐末，号称多士㊶。欧阳子之功为多。呜呼！此岂人力也哉？非天其孰能使之？

欧阳子没十有余年，士始为新学㊷，以佛、老之似，乱周、孔之真㊸，识者忧之。赖天子明圣，诏修取士法㊹，风厉学者专治孔氏，黜异端，然后风俗一变。考论师友渊源所自，复知诵习欧阳子之书。予得其诗文七百六十六篇于其子棐，乃次而论之曰："欧阳子论大道似韩愈，论事似陆贽㊺，记事似司马迁，诗赋似李白。此非余言也，天下之言也。"欧阳子讳修，字永叔。既老，自谓六一居士云。

[题解]

本文是为宋代文学旗手欧阳修的文集写的序。作者热情地肯定了欧阳修在文学改革中起到的中流砥柱作用，并重申了文学必须适于世用的根本属性。文中隐晦地批评了王安石妄出己意割裂曲解圣人经典的错误做法，认为圣人大道是不可篡改的。

[注释]

①六一居士：欧阳修被贬到滁州时，自号为六一居士，谓"《集古录》一千卷，藏书一万卷，有琴一张，有棋一局，而常置酒一壶，以吾一翁老于其

间,是为六一"。②大而非夸:话说得较满,但并无吹嘘之嫌。③达者:通达世理的人。④"天之将丧斯文也"二句:出自《论语·子罕》,意思是说上天打算消除这些文化,像我这样的后来人难得体验这些文化了。⑤"禹抑洪水"三句:出自《孟子·滕文公下》。意思是说大禹的功绩是治理了洪水,孔子的功绩是作了《春秋》,而我的功绩则是阻止了杨朱、墨子之说泛滥于世。杨朱,先秦诸子之一,主张一切为我,拔一毛以利天下者,不为也。墨子,名翟,墨家学派的代表人物。⑥以是配禹:凭着这样的功绩追配大禹。⑦文章之得丧,何与于天:文章的得与失,和天有什么关系呢?⑧空言:言论。是和具体的功业如治理水患等相对的概念。⑨自《春秋》作而乱臣贼子惧:孔子的《春秋》对尊礼和非礼都进行了褒贬,这部书一出,那些肆意妄为的乱臣贼子都有所收敛,生怕自己的恶行也被记载在史书里遗臭万年。⑩申、商、韩非之学:申指申不害,商指商鞅,这两个人与韩非子都是提倡法家学说的。⑪残民以厚主:残害百姓而厚养君主。⑫以是罔其上:拿这些学说来欺蒙君王。⑬侥幸一切之功:意谓只要能获取利益的办法,君王都希望能够推行之。⑭靡然:喻望风响应。⑮大人先生:大君子,德高望重的长者。⑯权:衡量。⑰秦以是丧天下:秦朝是由于实行法家之说灭亡的。⑱陵夷:衰败。胜、广、刘、项之祸:指秦末陈胜、吴广起义和刘邦、项羽之间争夺天下的大战。⑲死者十八九:因战乱而死的人占十分之八九。⑳洪水之患,盖不至此:洪水造成的灾难,也不至于如此惨重。㉑秦之未得志:秦国还没有并吞六国的时候。㉒作于其心,害于其事:有这样的想法,也在实际当中推行了。㉓作于其事,害于其政:把那些想法施行于实际当中,已经危害国家了。㉔太史公:司马迁自称之词。以下这句话是司马迁在《史记》里说的,故云"太史公曰"。㉕盖公言黄、老:据《汉书》载,汉惠帝时,曹参为齐国相,召集长老询问如何安定百姓,每个人说的都不相同,曹参听说胶西有位盖公善治黄、老之说,于是厚礼请他指教。盖公告诉曹参,只要治道清净,百姓自然安定。㉖贾谊:西汉武帝时政治家。晁错:西汉景帝、武帝时人。曾主张立法削夺宗室之权,激起七国之乱,后被诛杀。㉗移人:迷惑人,使人不知不觉去相信。㉘晋以老庄亡:晋朝是因为过度相信老子、庄子的学说而亡国的。㉙梁以佛亡:南朝梁是由于笃信佛法而亡国的。㉚莫或正之:没有任何一个人出来纠正那些错误学说。

㉛韩愈：唐代政治家、文学家。他大力提倡文以载道，并努力身体力行，纠正了当时浮靡的文风。㉜庶几：差不多。㉝引物连类：因事类比。即结合实际而发表议论。㉞天下翕然师尊之：天下学者纷纷然遵从他的理论。㉟世之不说者，哗而攻之：世俗那些不喜欢欧阳修的人，喧哗吵嚷攻击他。说，"悦"的古字。据《宋史·欧阳修传》载，仁宗嘉祐二年欧阳修知贡举，对那些华而不实的答卷一律不取，因此得罪了不少举子。一次欧阳修回府的路上，一些落第举子将欧阳修围起来谩骂殴打。㊱景祐：宋仁宗的年号，1034 年至 1038 年。㊲论卑气弱：议论卑下，气格微弱。㊳濯磨：洗涤磨砺。㊴救时行道：拯救时弊，推行圣人大道。㊵犯颜纳说：不惜触犯龙颜而进谏。㊶多士：意谓仁宗一朝，是宋朝优秀士子最多的时期。㊷新学：指王安石变法之后所提倡的学说。㊸乱周、孔之真：搅乱了周公、孔子学说的真谛。㊹诏修取士法：哲宗即位后，司马光执政，废止了王安石所谓新学，提倡士子研读经书，并以此选拔人才。㊺陆贽：字敬舆，苏州嘉兴（今浙江嘉兴）人。十八岁进士及第。唐德宗时，官翰林学士。后迁中书侍郎、同中书门下平章事。他的散文文笔流畅，说理性强，尤长于奏议，虽多用骈体，但不见其斧凿之痕，为时人所宗。有《陆宣公集》传世。

[译文]

有人说话很满，但并不夸张事实，贤达的人相信他的话，而众人却对他颇有怀疑。孔子说："上天如果要消灭文化，那我也不会掌握这些文化了。"孟子说："大禹治服洪水，孔子撰写《春秋》，而我不接受杨朱、墨子的学说。"这是孟子用以自比大禹的功绩。文章的得失和优劣与天有什么关系呢？大禹的功绩可谓经天纬地，而孔子、孟子用一些议论和大禹相媲美，这不是在夸大自己的功绩吗？自从《春秋》问世之后，那些逆乱的臣子深深感到畏惧。孟子的言论流传开后，杨朱、墨子的学说就衰微了。天下的人认为这是自然而然的事，而并不知道是孔、孟的功劳。孟子死了以后，申不害、商鞅、韩非子的学说出现于世，它们违背道义而热衷于实利，掠夺百姓而满足君主无厌的欲求。这些学说非常有害，但是士大夫却用它来欺蒙君主，君主为了不择手段达到满足私欲的目的，对他们听之任之。而世上却没有像孔子、孟子这样的伟人贤者，追究其源流变化，权衡其利弊得失，来开启君主的迷惑之心，所以他们的学说得以流行。秦朝因此而失去了天下，国家衰败，引发了陈胜、吴广、刘邦、项羽争夺天下的大祸，十之八九的人死于战乱，天下一片萧条。洪水所造成的祸患，怕也到不了这等地步。当秦朝还没有得到天下时，假如再有一个孟子，那么申不害、韩非子的言论不过是空泛的议论而已。发于他们的内心，施之于某些事情；施之于某些事情，为害于一地之治，但肯定不会惨毒酷烈到如此地步。假如杨朱、墨子的学说被天下人所接受，所造成的祸患会比申不害、韩非子轻吗？由此说来，就是把孟子比做大禹，也没有什么不可以。

太史公司马迁说："盖公口谈黄帝、老子之说，贾谊、晁错深明申不害、韩非之意。"晁错不足挂齿，连贾谊也主张用申、韩之说治理国家，我因此而深知异端邪说是何等蛊惑人心，即使是俊杰出众的士大夫还有不辨是非者，更何况芸芸众生呢？自从汉代以来，治国大道不再遵循孔子之说，因此天下乱亡就接踵而至。晋朝是因为崇尚老子、庄子而亡国，南朝梁是因为崇尚佛教而亡国，其间竟没有一个人站出来纠正其失。此后五百多年出现了韩愈，学者把韩愈与孟子相配，也是很有道理的。韩愈死后二百多年，又出现了欧阳子，他的学术是上推韩愈、孟子而与孔子相接。考究礼乐仁义的实际内容，使之符合治理天下的大道。他的议论简单明了，信实畅达，引事类比，而后归于义理，以此使人心服口服，所以天下士子纷纷然尊他为师。自从欧阳子的学说行于世间，天下所有不喜欢他的人，群起喧闹着攻击他，这些人能够使欧阳子自身受到摧折贬斥，却不能使他的言论受到丝毫损伤。士大夫中不论是贤才还是平庸之辈，都不约而同地赞扬说："欧阳子，就是今天的韩愈。"

宋朝创业至今七十多年，百姓不知什么是战争，人民富足从而教导他们，至天圣、景祐年间，可以说达到了极点。然而文章教化总是比不上往古。士子们墨守旧习，言辞议论格调低微。自从欧阳子立于世间，天下士人争相洗心磨砺，把通晓经学典籍看做高尚，把变革时弊推行大道当做贤能，把冒犯天子进谏忠言当做忠诚。其间培养造就的人才，到了嘉祐末年，堪称是人才济济。这其中当属欧阳子功绩最大。啊！这难道是人力所能为吗？若不是天意，谁能使世风得到如此巨大的转变？

欧阳子死后十几年，士子们又崇尚所谓新学，他们以类似佛家、道家的学说，来扰乱周公、孔子的真言正道，有识之士为此深感忧虑。仰仗天子的圣明，皇帝下诏修改选拔人才的条法，鼓励学子们专心研究孔子学说，废止异端邪说。此后，文风为之大大改观。士子们考究推论学术渊源流变，才知道应该认真阅读欧阳子的书。我从他的儿子欧阳棐那里得到了欧阳公的诗文共七百六十六篇，于是编辑成集，并加以议论说："欧阳子议论治国大道像韩愈，议论朝政像陆贽，记录史事像司马迁，诗赋像李白。这不是我个人的意见，而是天下士子的公论。"欧阳子名叫修，字永叔。老年以后，自称为六一居士。

# 田表圣奏议叙<sup>①</sup>

  故谏议大夫<sup>②</sup>、赠司徒田公表圣奏议十篇<sup>③</sup>。呜呼田公,古之遗直也<sup>④</sup>。其尽言不讳,盖自敌以下,受之有不能堪者,而况于人主乎?吾是以知二宗之圣也<sup>⑤</sup>。自太平兴国以来至于咸平<sup>⑥</sup>,可谓天下大治,千载一时矣。而田公之言,常若有不测之忧近在朝夕者,何哉?

  古之君子,必忧治世而危明主<sup>⑦</sup>。明主有绝人之资,而治世无可畏之防。夫有绝人之资,必轻其臣;无可畏之防,必易其民<sup>⑧</sup>。此君子之所甚惧也。方汉文时,刑措不用,兵革不试,而贾谊之言曰:"天下有可长太息者,有可流涕者,有可痛哭者。"<sup>⑨</sup>后世不以是少汉文<sup>⑩</sup>,亦不以是甚贾谊<sup>⑪</sup>。由此观之,君子之遇治世而事明主,法当如是也。

  谊虽不遇<sup>⑫</sup>,而其所言略已施行,不幸早世<sup>⑬</sup>,功烈不著于时。然谊尝建言,使诸侯王子孙各以次受分地<sup>⑭</sup>,文帝未及用,历孝景至武帝,而主父偃举行之<sup>⑮</sup>,汉室以安。今公之言,十未用五六也,安知来世不有若偃者举而行之欤?愿广其书于世,必有与公合者,此亦忠臣孝子之志也。

[题解]

  田锡是太宗、真宗时期有名的骨鲠直臣,多次犯颜上书指陈时弊,史称其"慕魏征之为人,以尽规献替为己任"。作者对这位诤臣给予了很高的评价,认为很有必要将他的奏议集刊行于世,广泛流传,使人们都知道太宗、真宗虚怀纳谏的胸襟,也明白真正忠诚的臣子,就应该具有直言极谏的勇气。一味迎合君王所好者,最终只能是个邪佞之臣。

[注释]

①田表圣:北宋前期名臣田锡,字表圣。太宗太平兴国三年进士。为知制诰,终于谏议大夫。少许范仲淹、司马光读其书,皆称其直谅。②谏议大夫:元丰官制改革前为官员的带职,并不实际赴任。当时田锡的职事是侍御史知杂事(御史台里的次官)。③赠司徒:按,田锡卒后,初赠工部侍郎,这里说赠司徒,是后来追赠的官。司徒,古六官之一。④遗直:直道而行有古人遗风的人。⑤二宗:指太宗和真宗。古代开国皇帝称"祖",其后都称为"宗"。⑥太平兴国:太宗使用的第一个年号,976年至984年。咸平:真宗使用的第一个年号,998年至1003年。⑦忧治世而危明主:在大治之世便开始忧虑,在明主在位时就开始感到危机。⑧易其民:轻忽他的百姓。⑨"贾谊之言曰"三句:见《汉书·贾谊传》:"谊数上疏陈政事,其大略曰:'臣窃惟事势,可为痛哭者一,可为流涕者二,可为长太息者六。若其它背理而伤道者,难遍以疏举。"⑩少汉文:对汉文帝有所指责。⑪甚贾谊:认为贾谊太过分。⑫谊虽不遇:贾谊入朝后,遭到周勃、灌夫等老臣的谗毁,被贬出朝廷,郁郁而死。⑬早世:过早死亡。贾谊去世时年仅三十余岁。⑭使诸侯王子孙各以次受分地:《汉书·贾谊传》载,贾谊给汉文帝建议限制各诸侯的地域及权限,诸侯如有犯罪者,其地收归国有不再分封。⑮主父偃举行之:据《汉书·景十三王传》载,武帝时用主父偃之策,将诸侯王的封地逐渐缩小,以削弱他们的实力。主父偃,齐国临淄(今山东淄博)人。曾任谒者,中郎,中大夫。《汉书》有传。

[译文]

已故的谏议大夫、赠司徒田公况字表圣奏议十篇。啊!田公,是位有古代遗风的直臣啊。他直言不讳,连与他地位相当或以下的人,都感到不堪忍受,更何况是君主呢。我也由此了解到太宗、真宗两位君主的圣明。自太平兴国以来直到咸平年间,可以说是千载难逢的太平盛世,而田公的议论,常常让人感到每时每刻都会有预测不到的灾难随时降临,这是为什么呢?

  古代的君子,都对太平盛世感到忧虑,对圣明的君主感到不安。圣明的君主有过人的聪明,而太平盛世也没有可怕的外部威胁。君主有过人的聪明,必然轻视他的臣子;没有可怕的外部威胁,一定会慢待他的人民,这正是君子忧虑的事情。汉文帝时,对内不用严厉的刑法,对外不兴兵动武,然而用贾谊的话说:"世间有值得感叹的事,有催人泪下的事,有令人痛哭的事。"但后世并没有因此而指责汉文帝,也没有因此而认为贾谊太过分。以此看来,君子遇到太平盛世而又遇到英明的君主,就应该这样做。

  贾谊虽然没有受到重用,但他的建议已经得到施行。不幸他很早就去世,没能在当时建功立业,但是贾谊曾建议,让诸侯王的子孙们按次序接受分封的土地,汉文帝没来得及施行,到了孝景帝、孝武帝时,主父偃依此全部施行了,汉室因此获得安定。如今田公的建议,十成中得以实施的不足五六成,但怎么知道以后就没有像主父偃那样的人把它们施行于世呢?希望他的书在世上广泛流传,一定会有与田公见解相合的人,这也是忠臣孝子们的愿望。

# 徐州鹿鸣燕赋诗叙①

余闻之,德行兴贤②,太高而不可考;射御选士③,已卑而不足行。永惟三代以来④,莫如吾宋之盛。始于乡举⑤,率用韦平之一经⑥;终于廷策⑦,庶几晁董之三道⑧。眷此房心之野⑨,实惟孝秀之渊⑩。元丰元年⑪,三郡之士皆举于徐⑫。九月辛丑晦⑬,会于黄楼⑭,修旧事也⑮。庭实旅百⑯,贡先前列之龟⑰;工歌拜三⑱,义取食苹之鹿⑲。是日也,天高气清,水落石出。仰观四山之晻暧⑳,俯听二洪之怒号㉑。眷焉顾之㉒,有足乐者。于是讲废礼㉓,放郑声㉔。部刺史劝驾㉕,乡先生在位㉖,群贤毕集,逸民来会㉗。以谓古者于旅也语㉘,而君子会友以文㉙,爰赋笔札,以侑樽俎㉚。载色载笑㉛,有同于泮水㉜;一觞一咏,无愧于山阴㉝。真礼义之遗风,而太平之盛节也。大夫庶士㉞,不鄙谓余㉟,属为斯文㊱,以举是礼㊲。余以嘉祐之初,以进士入官㊳,偶俪之文,畴昔所上㊴。扬雄虽悔于少作㊵,钟仪敢废于南音㊶?贻诸故人,必不我诮也㊷。

[题解]

本文是作者担任徐州知州时为庆贺徐州举子所写的一篇记叙文。作为一位父母官,他对当地新涌现的人才给予热情的讴歌,表现了作者乐于为国求贤的大君子之风。这篇文章使用了不少典故,展现了作者丰厚的文学底蕴和高超的文字技巧。

[注释]

①鹿鸣燕：即鹿鸣宴。古代士子乡举考试之后，州县长官宴请得中的举子，或放榜之次日宴主考、执事人及新举人，歌《诗经·小雅·鹿鸣》篇，作魁星舞，故名。②德行兴贤：周代以德行道义选拔人才。《周礼·地官·乡大夫》说："三年则大比，考其德行道艺，而兴贤者能者。"③射御选士：汉代以射策选拔人才。④永惟：深思。三代：夏、商、周。⑤乡举：科举考试以来，地方一级的选拔称为乡试，取得乡试资格的人叫做举人，于次年参加国家一级的选拔，称为会试。⑥韦平：西汉韦贤、韦玄成与平当、平晏父子的并称。韦、平父子皆以习经起家，相继为相，为世所推重。⑦廷策：唐宋时期的科举考试，会试通过之后，还要参加由天子亲自主持的殿试，殿试通过之后，才真正称为进士。廷策，即殿试的策问。⑧晁董：指西汉时期的晁错和董仲舒。这两个人都是通过对策获得官职的。三道：据《汉书·晁错传》颜师古注，指的是国体、人事、直言。⑨房心之野：古代分野之说，认为地上郡国和天上的星宿相互对应。古代有二十八宿的概念，房、心均为二十八宿当中的星宿名。此句意谓徐州当房宿、心宿的分野之处。⑩孝秀之渊：意谓徐州乃是孝廉、秀才产生的渊薮。孝廉、秀才均为汉代察举的科目，这里泛指被选拔的人才。⑪元丰：宋神宗时的年号。元年：1078年。这一年苏轼担任徐州知州。⑫三郡之士皆举于徐：宋代的乡试在安抚使所在州郡举行，所以支郡的举子需要集中到帅司所在地州郡参加考试。⑬晦：古代历法称每个月的最末一天为晦。⑭黄楼：徐州一座楼名。在徐州子城东门。苏轼任徐州知州后，徐州遭遇特大水灾。灾害过后，苏轼利用已废府厅的材料重新修建而成。该楼建成于元丰元年八月。⑮修旧事：按照古老的礼仪庆祝举子们取得的成功。⑯庭实旅百：出自《左传·宣公十四年》，意思是庭前陈列之物众多。旅，陈列；百，言众多。⑰前列之龟：将龟陈列在最前面。⑱工歌：乐工演奏的歌曲。拜三：拜三次。⑲食苹之鹿：出自《诗经·小雅·鹿鸣》："呦呦鹿鸣，食野之苹。我有嘉宾，鼓瑟吹笙。"毛亨传说："以兴嘉乐宾客，当有恳诚相招呼以成礼也。"⑳晻暧：掩映。㉑二洪：流经徐州的两条河。㉒眷焉顾之：充满深情地顾盼。㉓讲废礼：重新讲求已经荒废的古礼。㉔放郑声：摒弃靡靡之音。《论

语·卫灵公》说："放郑声,远佞人。"何晏集解说："郑声、佞人亦俱能惑人心,使人淫乱危殆,故当放远之。"㉕部刺史:汉武帝时期初置十三部刺史,为监察郡县之官。到了唐朝,诸州皆置刺史,遂成为州郡长官的名称。此处是作者自谓之辞。劝驾:勉励已经取得成功的举子们继续努力。㉖乡先生:本指《周礼·地官》中的乡老、乡大夫之类。此处指地方乡贤。㉗群贤毕集,逸民来会:谓徐州一带乡贤名流都来参加聚会。王羲之《兰亭集序》:"群贤毕至,少长咸集。"㉘于旅也语:指君子饮酒之礼,在相互酬答之间讲论先王之道。《诗经·小雅·鹿鸣》郑玄笺注说:"饮酒之礼,于旅也语。嘉宾之语先王德教甚明,可以示天下之民。是乃君子所法效,言其贤也。"㉙会友以文:出自《论语·颜渊》:"君子以文会友,以友辅仁。"㉚侑樽俎:意思是佐酒助兴。侑:佐。樽俎:酒肉,代指宴席。㉛载色载笑:面带喜色和笑意。㉜泮水:先秦时学宫前的水池,形状如半月,故云。后指代学宫。《诗经·鲁颂》有《泮水》篇。㉝一觞一咏,无愧于山阴:谓饮酒赋诗,并不比山阴兰亭之会逊色。王羲之《兰亭集序》说:"虽无丝竹管弦之盛,一觞一咏,亦足以畅叙幽情。"㉞大夫庶士:为官者和平民百姓。㉟不鄙谓余:没有看不起我,而对我说。㊱属为斯文:要求我写成这篇文。㊲以举是礼:以此来彰显举行鹿鸣宴古礼。㊳余以嘉祐之初,以进士入官:我在嘉祐初年考中进士进入官场。苏轼是仁宗嘉祐二年进士,当时主考官为欧阳修。㊴偶俪之文,畴昔所上:当时的答卷,还是骈丽对偶的文章。㊵扬雄虽悔于少作:《汉书·扬雄传》载,有人问扬雄年轻时是否喜好作赋。扬雄回答说:那只是雕虫小技,大丈夫不该写那些东西。㊶钟仪敢废于南音:《左传·成公九年》载,晋侯在军府见到钟仪,问道:"南冠而絷者谁也?"有司回答说:"是郑国献来的楚囚。"晋侯命人给他一张琴,钟仪演奏的仍旧是南国之音。后遂以此作为不忘旧国的典故。㊷不我诮:不至于笑话我。

[译文]

　　我听过这样的说法:考察德行而选举贤能之士,年代久远而制度失考;采用射策来选拔贤能之士,方法陈旧已不足借鉴。自从三代以来,选拔人才的盛况,没有能比得上我皇宋一朝的。士子先参加乡试,都遵用汉人韦贤、平当精通一经;最后要参加制科选拔,与晁错、董仲舒对策三道相类。我爱房、心二宿相交的徐州，实在是孕育孝廉秀才的渊薮。元丰元年，附近三州的士子都在徐州参加乡试。九月末的辛丑晦日，汇集在黄楼，重温旧时选士的盛典。贡品无数，灵龟居于前列；歌曲三奏，取《诗经·鹿鸣》之义。这一天，天高气爽，水落石出。仰首观望四面群山掩映，低头而听两条大河的怒吼。深情地环顾山水，令人无限地快乐。于是讲述久废的古礼，摒弃郑、卫之声。路长官前来劝励，乡先生居于正位，群贤会聚，隐者来观。这正是古人所说的君子饮酒，在相互酬答之间讲论先王之道，君子之人以文会友。于是提笔作赋，以助饮酒之欢。众人欢欣言笑，如同在古代泮水之旁，一饮一唱，不愧于晋朝山阴众客。真是仁义礼教的遗风再起，太平盛世独有的盛会。官吏庶民，不以我太守言辞拙劣，嘱我写此序文，使此会合于古礼。我在嘉祐初年考中进士，步入仕途，骈四骊六之文，乃是往日之所上。扬雄虽然后悔少年时轻率之作，而钟仪到了北方，又怎敢忘记南国的乡音？谨将此序文献给故人，谅各位不会见笑。

# 文与可字说①

"乡人皆好之，何如②？"曰："未可也。""乡人皆恶之，何如？"曰："未可也。不如乡人之善者好之，其不善者恶之。""善者好之，不善者恶之，足以为君子乎？"曰："未也。孔子为问者言也，以为贤于所问者而已。君子之居乡也，善者以劝③，不善者以耻，夫何恶之有？君子不恶人，亦不恶于人④。子夏之于人也⑤，可者与之，其不可者拒之⑥。子张曰⑦：'君子尊贤而容众，嘉善而矜不能。我之大贤欤，于人何所不容？我之不贤欤，人将拒我，如之何其拒人也⑧？'子张之意，岂不曰与其可者，而其不可者自远乎？""使不可者而果远也，则其为拒也甚矣，而子张何恶于拒也？"曰："恶其有意于拒也。""夫苟有意于拒，则天下相率而去之，吾谁与居⑨？然则孔子之于孺悲也⑩，非拒欤？"曰："孔子以不屑教诲为教诲者也，非拒也。夫苟无意于拒，则可者与之，虽孔子、子张皆然。"

吾友文君名同，字与可。或曰："为子夏者欤？"曰："非也。取其与，不取其拒，我子张者也。"与可之为人也，守道而忘势，行义而忘利，修德而忘名，与为不义，虽禄之千乘⑪，不顾也。虽然，未尝有恶于人，人亦莫之恶也。故曰：与可为子张者也。

[题解]

本文借文同的字"与可"发表议论,认为君子处事既应该有所涵容,又应该有原则和底线。对于那些不值得交往的人,可以采取委婉拒绝的方式来知会他。

[注释]

①文与可:文同,字与可,苏轼的表亲。曾任洋州(今陕西洋县)、湖州知州,元丰二年正月卒于陈州(今河南淮阳)。有《丹渊集》传世。文同是北宋著名画家,尤擅长于画竹,被当时人称为"湖州画派"。②乡人皆好之,何如:本句及以下三句出自《论语·子路》,是孔子弟子子贡和孔子问答的话。③善者以劝:善良的人以之为榜样来勉励自己。④君子不恶人,亦不恶于人:君子不主动厌弃别人,也不会被别人厌弃。⑤子夏:孔子的弟子,名卜商。⑥可者与之,其不可者拒之:认同的人就与他交往;不认同的人就拒绝与他交往。⑦子张:孔子的弟子,名颛孙师,陈人。⑧"君子尊贤而容众"七句:出自《论语·子张》篇,意思是君子尊重贤者,接纳众人,称扬美善之士,哀怜能力低下的人。如果我真是大贤人,还有什么人不可以宽容?如果我不是个贤人,别人首先会拒绝我,怎么可能去拒绝别人?⑨吾谁与居:我还能和谁结为同道呢?⑩孔子之于孺悲:《论语·阳货》载,鲁国人孺悲想见孔子,孔子不想见他,于是说自己有病无法接见。来传命的人继续央求,孔子取出一张琴来弹,示意来者:孔丘并不是真的有病,只是不想见孺悲而假托有病,让孺悲心里清楚。⑪禄之千乘:给他千乘之高的爵禄。千乘,一千辆车,这是春秋时期一个中等国家所拥有的实力。

[译文]

"乡里人都喜爱他,这个人怎么样?"孔子回答说:"还不行。""乡里人都厌恶他,这个人怎么样?"孔子回答说:"还不行,最好是乡里的好人们都喜欢他,乡里的坏人们都厌恶他。""乡里的好人都喜欢他,坏人都厌恶他,这个人就能称为君子了吗?"我说:"还不能这样说。孔子是回答别人询问时说这番话的,他当时不过是认为这样的人比所问到的人贤能些罢了。君子住在乡里,好人把他当做榜样，不好的人见到他会为自己感到羞愧，哪里会有厌恶？君子不厌恶别人，也不被别人厌恶。子夏对人的态度，是认为可以交往的人就与他交往，不值得交往的人就拒绝他。子张说：'君子尊重贤人，也接纳普通的人；鼓励好人，也可怜无能的人。如果我是贤人，对什么人不能接纳？如果我是个不贤的人，别人会拒绝我，我怎么能去拒绝接纳别人呢？'子张的意思，不就是说结交可交的人，而那些不可交的人自己就避开了吗？""假如不可交的人真的远远避开，那只能说明拒绝得十分严厉，而子张为什么这么不喜欢拒绝呢？"我回答说："子张不喜欢别人有意拒绝。""如果你有意拒绝，那么天下的人都跟着离开你，你还跟谁相处呢？既是如此，那么孔子不想见孺悲，并不是拒绝吧？"我回答说："孔子只是把不屑于教诲别人当做无言的教诲，并不是说拒绝别人。如果不想拒绝别人，那么可以交往的就交往，就是孔子、子张也都是一样。"

  我的朋友文君名叫同，字与可。有人问："他是子夏那样的人吗？"我说："不是。文与可取子夏的交往，而不取子夏的拒绝，认为他应当属于子张那样的人。"文与可的为人，恪守正道而不畏权势，推行仁义而不计私利，修养仁德而淡泊声名。如果想让他行不义之事，即使是给他千乘的高官，他也不会正眼相看。虽然如此，他从没有厌恶过什么人，也没有受到什么人的厌恶。所以说：与可是子张那样的人。

# 仁 说

孟子曰："仁者如射，发而不中，反求诸身①。"吾尝学射矣，始也心志于中②，目存乎鹄③，手往从之，十发而九失，其一中者，幸也④。有善射者，教吾反诸求身⑤，手持权衡⑥，足蹈规矩⑦，四肢百体⑧，皆有法焉，一法不修，一病随之。病尽而法完，则心不期中，目不存鹄，十发十中矣。四肢百体，一不如法，差于此者，在毫厘之内，而失于彼者，在寻丈之外矣⑨。故曰：孟子之所谓"仁者如射"，则孔子之所谓"克己复礼"也⑩。君子之志于仁，尽力而求之，有不获焉？退而求之身，莫若自克⑪。自克而反于礼，一日足矣。何也？凡害于仁者尽也。害于仁者尽，则仁不可胜用矣。故曰："非礼勿视，非礼勿听，非礼勿言，非礼勿动⑫。"一不如礼⑬，在我者甚微⑭，而民有不得其死者矣⑮。非礼之害，甚于杀不辜⑯。不仁之祸，无大于此者也。

[题解]

本文用古圣人的言语再次强调了"仁"的重要性。每个人的言谈举止都要从合不合于"礼"来衡量，君王则需要事事从合不合于"仁"来衡量，礼和仁是一个问题的两个方面，共同组成和谐的社会。如果失去了仁，必将会给全社会造成巨大的伤害。

[注释]

①"仁者如射"三句：出自《孟子·公孙丑上》，意思是说仁者就像射箭，不得其报，应该反过来在自身找原因。②始也心志于中：最初时内心非常专注。③目存乎鹄：眼睛紧紧盯住箭靶。鹄，本指箭靶的中心。此指靶子。④其一中者，幸也：十箭里有一箭射中，那是侥幸。⑤反诸求身：反过来在自身寻找原因。⑥手持权衡：意思是手拿弓箭的时候要把握住高低上下。⑦足蹈规矩：脚的姿势要合乎规矩。⑧四肢百体：即四肢百骸，古人指身体的所有外在部位，如筋骨肌肉等。⑨寻丈：大约一丈之远。古代十尺为一丈，八尺为一寻。⑩克己复礼：孔子认为这是所有仁的最高境界。他曾说：克己复礼，天下归仁焉。意思是每个人都能克制自己，恢复周礼，那么天下就完全走向仁了。⑪自克：严格要求自己。⑫"非礼勿视"四句：出自《论语·颜渊》，意谓不合于礼的事不要去看，不要去听，不要去说，更不要去做。⑬一不如礼：有一点点不合于礼。⑭在我者甚微：对于自身的影响微不足道。⑮民有不得其死者：平民当中就可能出现不该死而死的人。⑯杀不辜：处死无罪的人。

[译文]

孟子说："仁德的人就像学射，发箭而射不中，就反过来从自身找原因。"我曾经学过射箭，刚开始的时候一心想射中，眼睛看着靶子，手顺着方向射去，十发九不中，射中的一箭，也是由于侥幸。有位善射的人教我从自身找原因，握稳机关，双脚合乎规矩，四肢和身体的每个关节，都要有一定的章法，一个姿势做不好，就会有一种毛病随之而来。所有的毛病都改掉，章法也就学完备了。这时就是心里并不想着射中，眼睛没有看着靶子，也会十发十中。四肢和各个关节，只要有一处不合乎章法，虽然自身只差一丝一毫，而到了目标就会偏离一丈开外了。所以说：孟子所谓的"仁德的人就像学射"，也就是孔子所谓的"克制自己恢复周礼"。君子立志行仁德之事，只要尽力去做，还有做不到的吗？退一步在自己身上查找失误，不如克制自己。能够克制自己而回归于礼，一天就够了。为什么呢？凡是对仁德有害的因素都去除了，对仁义有害的因素排除干净,那么行仁德之事就可以源源不断了。所以说:"不合乎礼的事不要看,不合乎礼的话不要听,不合乎礼的话不要说,不合乎礼的事不要做。"一件事做得不合乎礼,在个人看来微不足道,百姓就可能会因此而死于非命。不遵守礼法造成的祸害,比滥杀无辜还要严重。不行仁德的祸害,没有比这更大的了。

# 刚 说

孔子曰:"刚毅木讷,近仁①。"又曰:"巧言令色,鲜矣仁②。"所好夫刚者,非好其刚也,好其仁也;所恶夫佞者,非恶其佞也,恶其不仁也。吾平生多难,常以身试之,凡免我于厄者,皆平日可畏人也,挤我于险者,皆异时可喜人也。吾是以知刚者之必仁,佞者之必不仁也。

建中靖国之初③,吾归自海南④,见故人,问存没,追论平生所见刚者,或不幸死矣。若孙君介夫讳立节者⑤,真可谓刚者也。始吾弟子由为条例司属官,以议不合引去⑥。王荆公谓君曰:"吾条例司,当得开敏如子者。"君笑曰:"公言过矣,当求胜我者。若我辈人,则亦不肯为条例司矣!"公不答,径起入户⑦,君亦趋出。君为镇江军书记⑧,吾时通守钱塘⑨,往来常、润间⑩,见君京口⑪。方新法之初,监司皆新进少年⑫,驭吏如束湿⑬,不复以礼遇士大夫,而独敬惮君,曰:"是抗丞相不肯为条例司者。"

谢麟经制溪洞事宜⑭,州守王奇与蛮战死⑮。君为桂州节度判官⑯,被旨鞫吏士之有罪者⑰。麟因收大小使臣十二人付君并按,且尽斩之。君持不可,麟以语侵君。君曰:"狱当论情,吏当守法,逗挠不进,诸将罪也。既伏其辜矣,余人可尽戮乎?若必欲以非法斩人,则经制司自为之,我何与焉?"麟奏君抗拒,君亦奏麟侵狱事。刑部定如君言,十二人皆不死,或以迁官。吾以是益知刚者之必仁也。不仁而能以一言活十二人于必死乎?

方孔子时,可谓多君子,而曰"未见刚者[18]",以明其难得如此。而世乃曰"太刚则折"。士患不刚耳,长养成就,犹恐不足,当忧其太刚而惧之以折耶?折不折,天也,非刚之罪。为此论者,鄙夫患失者也。君平生可纪者甚多,独书此二事遗其子勰、勋,明刚者之必以信孔子之说。

[题解]

本文作于建中靖国元年,作者从海南贬所北归大陆之时。应该说,此时的苏轼已经饱经沧桑,对社会、对人生、对善恶、对仁义与邪恶有了太多的感悟,所以回忆起自己的一生,"凡免我于厄者,皆平日可畏人也,挤我于险者,皆异时可喜人也"。对于一个交往并不太深的孙立节,他却给予了最高的评价,认为孙君的为人,才是最符合孔子所谓"刚毅木讷,近仁"的境界。

[注释]

①刚毅木讷,近仁:出自《论语·子路》:"子曰:'刚、毅、木讷,近仁。'"邢昺疏解说:"言有此四者之性行,近于仁道也。仁者静,刚无欲亦静,故刚近仁也。仁者必有勇,毅者果敢,故毅近仁也。仁者不尚华饰,木者质朴,故木近仁也。"②巧言令色,鲜矣仁:出自《论语·学而》篇。何晏集解说:"巧言无实,令色无质。"③建中靖国之初:北宋建中靖国只有一年,即1101年。④归自海南:苏轼自惠州再贬海南儋州居住,三年后哲宗驾崩,徽宗即位大赦,准许他回到内地。⑤孙君介夫讳立节:孙立节,字介夫。据《苏轼诗集》查慎行注引《虔州志》,孙立节为宁都(今江西宁都)人。仁宗皇祐年间进士。王安石推行新法,欲以孙立节为制置三司条例司官员,立节回答说:"请再求胜于我者,若我辈人,不肯为是官矣!"⑥子由为条例司属官,以议不合引去:我弟弟苏辙曾被任命为制置三司条例司检详文字官,因与王安石、吕惠卿等意见不合,自请离开此职。制置三司条例司是熙宁变法开始时设立的一个临时机构。北宋三司是主管全国经济的最高领导机构,王安石为了顺

利推行新法，不受原三司的牵制，特地在三司之上再设条例司，制定并推行一系列新法。⑦径起入户：起身径直回到内室。表示非常生气和失望。⑧镇江军书记：镇江军节度掌书记的简称，是北宋润州（今江苏镇江）知州的主要属官，相当于今某地办公厅主任。⑨吾时通守钱塘：我当时担任杭州通判。钱塘，杭州的别称。据《东坡先生年谱》载，苏轼任杭州通判自熙宁四年（1071年）十一月始。⑩往来常、润间：往来于常州、润州之间。⑪京口：镇江的旧称。⑫监司：宋代各路所设的转运使司、提点刑狱司、提举常平司等，均有监察地方官员的职能，故统称为监司。熙宁变法之后，为了顺利推行青苗、农田水利等法，王安石决定派出督察人员分使各路，名之为"提举常平"。这里所说的监司，主要指的是这些人。新进少年：资历较浅但坚决拥护变法的一批年轻官员。⑬束湿：捆扎湿物，喻官吏驭下苛酷急切。⑭谢麟经制溪洞事宜：意谓朝廷派谢麟处置西南蛮夷骚动之事。溪洞：宋代对西南如湖南、广西等路山区蛮夷部落的统称。⑮州守王奇与蛮战死：此处指广西宜州（今广西宜川）知州王奇与蛮夷作战而死。据《长编》卷三二八载，此事发生在神宗元丰五年（1082年）七月。⑯桂州：宋代广南西路安抚使所在州，在今广西桂林。节度判官：宋代帅府当中负责审理及判决案件的官员。⑰被旨：受圣命。鞫（jū）：审理推问。⑱未见刚者：出自《论语·公冶长》："子曰：'吾未见刚者。'或对曰：'申枨。'子曰：'枨也欲，焉得刚？'"

[译文]

孔子说："刚劲坚毅而木讷，最接近于仁。"又说："花言巧语阿谀奉承的人，很少有仁义的。"孔子喜欢刚劲，其实并不是针对他的刚劲，而是喜欢他的仁义；厌恶邪佞，并不是针对邪佞的表象，而是厌恶他不仁义。我平生多难，经常拿自身来验证这番话，结果是凡能使我免除困厄的，都是平日被认为令人畏服的人；凡是把我推到凶险之中的，都是从前认为很招人喜欢的人。所以我明白了：刚劲的人肯定是仁义之人，邪佞的人肯定不是仁义之人。

建中靖国元年，我从海南贬所回到内地，遇见从前的熟人，询问其他故人的情况，又回忆起平生所见到的刚劲之人，有些已经不幸去世了。像孙君介夫名叫立节的这一位，真称得上是刚劲之人。当初我弟弟苏辙子由被选为三司条例司的属官，因为议论与当权者不合，自请辞去了检详文字官的职务。王安石对孙君说："我们这个条例司，就应该得到像足下这样开明敏锐的人。"孙君笑着答道："相公的话说过头了，相公应该再寻求比我强的人。像我这样的人，从来也没打算进条例司当官。"王安石没有回答，起身径直回到内室，孙君也随后离开。孙君任镇江军节度掌书记的时候，我正担任杭州的通判，经常来往于常州、润州之间，在镇江见到过孙君。当时正是推行新法不久，提举常平官大都是些锐意仕进的后生之辈，呵斥地方官员毫无情面，不再以礼对待士大夫，而他们却单单对孙君十分恭敬畏服，说："此人乃是抗拒王丞相不肯担任条例司官职的人。"

谢麟被命处置广西蛮夷骚动之事，宜州知州王奇在和蛮夷作战时壮烈捐躯。当时孙君担任桂州的节度判官，受圣命审理吏卒中有罪的人。谢麟很快拘捕了大小使臣共十二个人交给孙君一同审理，打算将他们全部处死。孙君坚持不能那样处理，于是谢麟说了很多难听的话语。孙君说道："审理狱事应当根据具体情况区别对待，官吏的本职是遵守国法，迟疑犹豫不敢前进，那是各位武将的罪过。那些人已经被处死了，剩下的人难道都要杀掉吗？如果一定要用不合法的理由杀人，那就请经制司自己去杀吧，我还有什么必要参与其中呢？"谢麟上奏说孙君抗拒他的命令，孙君也上奏揭发谢麟干预审理狱事。刑部最终采纳了孙君的意见，十二个人都得以活命，有的甚至还迁了官。由此我更明白刚劲的人必然是仁义的。如果不是仁义之士，能以一句话使十二个必死之人存活下来吗？

孔子那个时代，称得上是个君子众多的时代，即便如此，孔子还说"没有见过刚劲的人"，足以说明这种人是极其难得的。而当世之人居然说"过于刚劲了就会折断"。士子唯恐不够刚劲，随时随地地培养造就，尚且觉得不够，有必要担心太刚而怕一旦折断吗？折断不折断，完全是天意，并不是刚劲的罪过。持这种议论的人，都是些卑微鄙薄患得患失的人。孙君平生值得圈点之处很多，这里只写这两件事交给孙君的公子孙勴和孙勴，以证明评价刚劲的人一定要以孔子的说法为依据。

# 方山子传

方山子,光、黄间隐人也①。少时慕朱家、郭解为人②,闾里之侠皆宗之③。稍壮,折节读书④,欲以此驰骋当世⑤。然终不遇⑥。晚乃遁于光、黄间曰岐亭⑦。庵居蔬食⑧,不与世相闻。弃车马,毁冠服⑨,徒步往来山中,人莫识也⑩。见其所著帽,方屋而高⑪,曰:"此岂古方山冠之遗像乎⑫?"因谓之方山子。

余谪居于黄,过岐亭,适见焉。曰:"呜呼!此吾故人陈季常也⑬,何为在此?"方山子亦矍然问余所以至此者⑭。余告之故,俯而不答,仰而笑,呼余宿其家。环堵萧然⑮,而妻子奴婢皆有自得之意。余既耸然异之。独念方山子少时使酒好剑,用财如粪土。前十有九年,余在岐下⑯,见方山子从两骑⑰,挟二矢,游西山⑱。鹊起于前⑲,使骑逐而射之,不获。方山子怒马独出,一发得之。因与余马上论用兵及古今成败,自谓一世豪士。今几日耳⑳,精悍之色㉑,犹见于眉间,而岂山中之人哉㉒!

然方山子世有勋阀㉓,当得官㉔,使从事于其间㉕,今已显闻㉖。而其家在洛阳,园宅壮丽与公侯等㉗。河北有田㉘,岁得帛千匹,亦足以富乐。皆弃不取,独来穷山中,此岂无得而然哉?余闻光、黄间多异人㉙,往往阳狂垢污㉚,不可得而见,方山子倘见之与㉛?

[题解]

这是一篇很独特的传记文。作者贬在黄州,无意间见到了十几年前的一个旧相识,且是位高官的子弟。此人本来应该跻身仕途,然而他却抛弃了官场,来到荒山草泽间做了隐士。作者对此不无感慨,在赞赏方山子的反潮流选择的同时,既宣泄了自己在官场上的失意之情,也宽慰了自己。

[注释]

①光、黄:宋代淮南路的两个州郡,光州在今河南潢川,黄州在今湖北黄冈。隐人:隐居的高士。②朱家:西汉初年鲁地的侠士,和刘邦是同一时期的人。他曾收留了数不清的避难者。汉朝建立之后,他还救下和刘邦有仇的将军季布。郭解:字翁伯,河内轵(今河南济源东南)人。他个子不高,短小精悍,但性格勇悍。对人以德报怨,在当地声望很高,是闻名天下的大侠。武帝时亡命天涯。③闾里之侠皆宗之:家乡一带的侠客都听从他的号令。宗之,以他为宗主。④折节读书:不再行侠客之事,转而静心读书。⑤欲以此驰骋当世:想凭着读书考进士做官而驰名于当代。⑥终不遇:最终没有考中。不遇,没能遭遇明主,即没有实现当官的理想。⑦岐亭:镇名,属黄州,在今湖北麻城西南。⑧庵居蔬食:住寺庙般简陋的居所,吃粗恶无肉的食物。⑨毁冠服:毁坏了原来的冠和衣服。冠,是古代贵族戴的帽子;服,这里指贵族所穿的华美服装。⑩人莫识:没有人认得出他原来的身份。⑪方屋而高:形状是方的,而且比一般帽子要高出一截。⑫方山冠:古冠名,汉代祭宗庙时乐舞人所戴的冠,以五色锦制成。前高七寸,后高三寸,长八寸。⑬吾故人陈季常:我的旧相识陈季常。苏轼嘉祐间在凤翔府担任属官,知府名叫陈希亮,陈季常即陈希亮的公子,名慥。⑭矍然:吃惊的样子。⑮环堵萧然:家里十分萧条破败,没有多少陈设。⑯岐下:岐山之下,代指凤翔府。⑰从两骑:带领两个骑马的少年。⑱西山:凤翔附近的山名。⑲鹊起于前:有一只鹊突然从眼前飞过。⑳今几日耳:到如今才几天啊。意谓相别时间并不算长。㉑精悍:精敏剽悍。㉒山中之人:隐居在山间的隐士。㉓世有勋阀:先辈是有官身勋爵的。㉔当得官:可以获得官职。宋代有任子制度,凡符合朝廷规定级别的官员,逢到祭祀或庆典,可以送一子入官。㉕使从事于其间:假使让他在官场上奋斗。㉖今已显

闻：如今早就该显贵有名了。㉗园宅壮丽与公侯等：陈希亮致仕后居住在洛阳，并在那里修建了华丽的住宅。与公侯等，意谓其住宅之壮美，和当时王侯的住所相比，丝毫不逊色。㉘河北：北宋有河北路，辖境相当于今河北省沧州到易县一线以南地区。有田：有属于自家的田地。㉙异人：特立独行的高士。㉚阳狂：假装癫狂。垢污：肮脏而不清洗。㉛方山子傥见之：方山子只是偶然间才见到的。傥，偶或。

[译文]

方山子，是光州、黄州一带的隐士。少年时，他羡慕朱家、郭解的为人，附近的侠客，都把他尊为首领。长大成人后，他改变往日的作风，开始用心读书，想以此在世上有所作为，但是始终没有遇到机会。到后来，便隐遁在光州、黄州一带一个叫岐亭的地方。住的是茅草房，吃的是青菜，不再和世间的人来往。他放弃乘车骑马，不穿华丽的衣服，徒步活动在深山之中，人们都不知道他是谁。因为看见他戴的帽子是方形的，高高耸起，就说："这岂不是古代方山冠的模样吗？"因而就把他叫做方山子。

我被贬谪住在黄州，路过岐亭，正好遇见他，说："哎呀！这是我早年的朋友陈季常呀！你怎么会在这里呢？"方山子也惊愕地问我为什么来到此处。我把原因告诉了他，他低下头不答话，而后仰起头来大笑，叫我住在他家。他家里四壁空空，但他的妻子儿女以及奴仆婢女都有悠然自得之意，我对此深感惊奇。暗自想起方山子少年时爱好喝酒，喜欢击剑，花起钱来像扔粪土一样。十九年以前，我在凤翔府时，曾见方山子带着两个骑马的少年，挽着两张弓，去游西山。一只鹊飞过面前，他命少年追上前去射鹊，没有射中，方山子愤然策马奔向前去，一箭射中，接着就和我在马上谈论用兵之道以及古往今来的胜败得失，自诩为当代豪杰。如今才过了几天啊，精壮剽悍的气色还深深留在眉宇之间，他哪里是山中的隐士呢！

方山子是有功勋的世族子弟，理应得到官职，如果让他在仕途上进取，如今早已应该显达于世了。而他家在洛阳，家中的园林宅院宏伟壮丽，可以和王公贵戚的府宅相媲美。河北还有田产，每年可得丝帛一千匹之多，也足够用来安享富贵了。但是他都抛弃不取，孤独地来到这穷山僻壤之中，这难道没有其中的道理吗？我听说光州、黄州一带有不少奇人，他们往往是假装狂荡满身污垢，只是没有机会见到，方山子或许能遇见他们吧。

# 上梅直讲书①

　　某官执事②：轼每读《诗》至《鸱鸮》③，读《书》至《君奭》④，常窃悲周公之不遇。及观史，见孔子厄于陈、蔡之间⑤，而弦歌之声不绝，颜渊、仲由之徒相与问答⑥。夫子曰："非兕匪虎⑦，率彼旷野，吾道非邪？吾何为至此？"颜渊曰："夫子之道至大，故天下莫能容。虽然，不容何病⑧，不容然后见君子。"夫子犹然而笑曰："回，使尔多才，吾为尔宰⑨。"夫天下虽不能容，而其徒自足以相乐如此。乃今知周公之富贵，有不如夫子之贫贱。夫以召公之贤，以管、蔡之亲⑩，而不知其心⑪，则周公谁与乐其富贵？而夫子之所与共贫贱者，皆天下之贤才，则亦足与乐乎此矣。

　　轼七八岁时，始知读书，闻今天下有欧阳公者，其为人如古孟轲、韩愈之徒。而又有梅公者从之游，而与之上下其议论⑫。其后益壮⑬，始能读其文词，想见其为人，意其飘然脱去世俗之乐而自乐其乐也⑭。方学为对偶声律之文⑮，求斗升之禄⑯，自度无以进见于诸公之间。来京师逾年，未尝窥其门。

　　今年春⑰，天下之士群至于礼部⑱，执事与欧阳公实亲试之。轼不自意获在第二⑲。既而闻之，执事爱其文⑳，以为有孟轲之风。而欧阳公亦以其能不为世俗之文也而取焉㉑。是以在此，非左右为之先容㉒，非亲旧为之请属㉓，而向之十余年间闻其名而不得见者，一朝为知己。退而思之，人不可以苟富贵㉔，亦不可以徒贫贱㉕。有大贤焉而为其徒，则亦足恃矣。苟其侥一时之幸，从车骑数十人，使间巷小民聚观而赞叹之，亦何以易此乐也㉖。《传》曰："不怨天，不尤人㉗。"盖"优哉游哉，可以卒岁㉘"。执事名满天下，而位不过五品。其容色温然而不怒，其文章宽厚敦朴而无怨言，此必有所乐乎斯道也。轼愿与闻焉。

[题解]

本文是作者中进士后写给试官梅尧臣的一封信，信中叙述了自己从少年时期就仰慕欧阳修、梅尧臣的真实心情。除了感激欧阳修、梅尧臣对自己的理解和揄扬之外，作者还对梅尧臣在仕途上的坎坷表示了同情，同时认为梅尧臣能做到"不怨天，不尤人"，"其文章宽厚敦朴而无怨言"，这种大君子气度是值得自己学习的。

[注释]

①梅直讲：梅尧臣，字圣俞，宣城（今安徽宣州）人，初任河南主簿。仁宗时赐进士出身，累迁都官员外郎，预修《唐书》。他是北宋著名诗人，其诗以深远古淡为意。仁宗嘉祐二年（1057年），苏轼参加礼部考试，主考官为欧阳修，阅卷官是梅尧臣。二人对苏轼所作的《忠厚刑赏之至论》都十分赞赏，将苏轼列于第二。②某官：省称梅尧臣的官职。执事：对对方的尊称。③《鸱鸮》（chī xiāo）：《诗经·豳风》中的篇名。此诗说周公平定东方之乱后，由于成王对他有误解，所以他写此诗呈给成王，以表明自己的心迹。④君奭：《尚书》中的篇名。周武王死后，周公、召公共同辅佐成王。有人毁谤周公阴谋篡位，召公也对他有所疑虑，于是周公写了此文给召公，表明自己的心迹，同时希望与召公共勉。⑤孔子厄于陈、蔡之间：《史记·孔子世家》载，孔子周游列国时，被陈、蔡两国人围困于郊野，粮米断绝，但他与弟子们仍旧弹琴讲学。⑥颜渊、仲由：孔子的两位弟子。仲由即子路。⑦"非兕"一句：出自《诗经·小雅·何草不黄》，意思是说既不是犀牛也不是老虎，却相率奔走于旷野中。⑧不容何病：不相容又有什么影响呢？⑨犹然：即油然，温和舒缓的样子。使尔多才，吾为尔宰：意谓假如日后你富有了，我愿意当你的管

家。⑩管、蔡：管叔鲜和蔡叔度，二人都是周公的弟弟，散布周公欲夺王位而自立的正是这两个人。⑪不知其心：不了解周公的真心。⑫上下其议论：指梅尧臣与欧阳修相与为友，相互议论道德文章。⑬其后益壮：后来渐渐地长大。⑭飘然脱去世俗之乐而自乐其乐：意谓潇洒飘逸远离世俗享乐而自以文章之事为乐趣。⑮对偶声律之文：指科举考试所要求的诗赋一类文体。⑯求斗升之禄：谋求微薄的俸禄。⑰今年春：指仁宗嘉祐二年（1057年）的春季。⑱礼部：宋代六部之一。唐宋时期的科举考试由礼部主持，每年春季在京师试天下贡士。群至于礼部：指全国的士子都集中到礼部贡院参加科举考试。⑲不自意：不自料，没想到。⑳爱其文：喜爱我的文章。㉑世俗之文：宋初文坛以华靡的骈体文占主流，世俗之文，即指此类文章。㉒左右为之先容：左右之人先为打通关节。㉓请属：请求托付。㉔人不可以苟富贵：人不能以侥幸心理求取富贵。㉕徒贫贱：一味甘于贫贱。㉖此乐：指"有大贤而为其徒"的乐趣。㉗"不怨天"二句：出自《论语·宪问》，意思是说不要埋怨上天，也不要埋怨人事。㉘"优哉"二句：出自《左传·襄公二十一年》，意思是说从从容容，年复一年地过下去。

[译文]

梅直讲阁下：每当我读到《诗经》中的《鸱鸮》，读到《尚书》中的《君奭》，总是暗自感叹周公没有遇到真正的知己。等到读了《史记》，看到孔子被围困在陈国和蔡国之间，而弹琴唱歌的声音没有间断过；颜渊、仲由等弟子互相问答。孔子说："不是犀牛，不是猛虎，却要在旷野上奔波。难道是我的主张不对吗？我为什么会落到这步田地？"颜渊说："先生的主张极为宏大，所以天下没有人能够理解和接受；虽然如此，没人接受又有什么害处？况且没人接受，才更能显出先生是位大君子。"孔子温和地笑道："颜回，如果你有很多财产，我可以替你管理账目。"虽然天下没有人接受孔子的主张，但他的学生竟能够自我满足而且是如此快乐。现在我才明白，周公的富贵真的比不上孔子的贫贱。像召公那样的贤人、管叔、蔡叔那样的亲属，却不能理解周公的心思，周公还能和谁一同享受拥有富贵的快乐呢？然而跟孔子一同过着贫贱生活的弟子，却都是天下的贤才，仅凭这一点也就很值得快乐了。

我七八岁的时候才知道读书。听说当今天下有一位欧阳公，他的为人就像古代的孟轲、韩愈；又有一位梅公，与欧阳公交游往来，并且能与他纵横议论。后来年纪大了些，才有机会读到他们的文章辞赋，想象着他们的为人，料想他们潇洒地超脱世俗的那种快乐，从他们的文章中，自己也常为他们的快乐而感到非常快乐。我当时正在学作诗赋骈文，想求得微薄的俸禄，但自己揣度，很难有机会见到诸位先生的。所以来到京城一年多，也没有勇气登门求教。

今年春天，天下读书人汇聚在礼部，先生和欧阳公亲自考试我们。我没有料到，竟然取得了第二名。后来听说先生喜欢我的文章，认为有孟轲的文风，而欧阳公也因我能够摆脱世俗文风的影响而录取了我，使我得以留在京城。并没有左右亲近的人替我疏通关节，也没有亲戚朋友为我请求嘱托，此前十多年就听到名声却不能拜见的大君子，如今竟然成了知己。退处时思考这件事，深知人不能苟且追求富贵，也不能空守着贫贱无所作为，有大贤人而能成为他们的学生，那才是最可以信赖的人。如果是侥幸获得一次成功，带着成队的车马和几十人的随从，使里巷小民围观并且赞叹，又怎能抵得上这种快乐？《论语》中说："不要埋怨上天，也不要责怪别人。"因为只有"从容自得，才能够年复一年快乐地度过"。先生名满天下，但官位不过五品；先生面色温和，没有怒容；先生的文章宽厚质朴，没有怨怒之词。这样的境界，一定是对圣人之道有很深的理解。我很盼望能听到先生的教导。

# 答谢民师书①

轼启：近奉违②，亟辱问讯③，具审起居佳胜④，感慰深矣！某受性刚简⑤，学迂材下，坐废累年⑥，不敢复齿缙绅⑦；自还海北⑧，见平生亲旧，惘然如隔世人⑨。况与左右无一日之雅⑩，而敢求交乎⑪！数赐见临⑫，倾盖如故⑬，幸甚过望，不可言也。

所示书教及诗赋杂文，观之熟矣。大略如行云流水，初无定质⑭，但常行于所当行，常止于所不可不止，文理自然，姿态横生。孔子曰："言之不文，行而不远⑮。"又曰："辞达而已矣⑯。"夫言止于达意⑰，即疑若不文⑱，是大不然⑲。求物之妙⑳，如系风捕影，能使是物了然于心者㉑，盖千万人而不一遇也㉒，而况能使了然于口与手者乎㉓？是之谓辞达㉔。辞至于能达，则文不可胜用矣㉕。

扬雄好为艰深之辞㉖，以文浅易之说㉗，若正言之㉘，则人人知之矣，此正所谓"雕虫篆刻"者㉙。其《太玄》、《法言》㉚，皆是类也，而独悔于赋㉛，何哉？终身雕篆，而独变其音节㉜，便谓之"经"㉝，可乎？屈原作《离骚经》，盖《风》、《雅》之再变者㉞，虽与日月争光可也。可以其似赋㉟，而谓之雕虫乎？使贾谊见孔子㊱，升堂有余矣㊲，而乃以赋鄙之㊳，至与司马相如同科㊴。雄之陋如此比者甚众㊵，可与知者道，难与俗人言也㊶。

因论文偶及之耳。

欧阳文忠公言㊷："文章如精金美玉，市有定价，非人所能以口舌定贵贱也。"纷纷多言㊸，岂能有益于左右，愧悚不已㊹！

所须惠力法雨堂两字㊺，轼本不善作大字，强作终不佳㊻；又舟中局迫难写㊼，未能如教㊽。然轼方过临江，当往游焉㊾，或僧有所欲记录，当为作数句留院中，慰左右念亲之意㊿。今日至峡山寺㊀，少留即去。愈远㊁。惟万万以时自爱。不宣㊂。

[题解]

本文是一封书信，在这封信里，作者主要就文章的创作谈了自己的看法。作者认为，文章首要的一点就是必须做到"辞达"，即一定要把想表达的思想表达清楚，这是作文的精髓，也是最高的境界。对于那些过分追求辞藻华丽的做法，作者没有表示认同；对于扬雄好为艰深之词，作者认为这是能力不够的表现，也是愚弄读者的错误做法，从根本上予以了否定。

[注释]

①谢民师：名举廉，新淦（今江西新干）人，神宗元丰八年（1085年）进士，哲宗元符中在广东为幕僚。元符三年（1100年）苏轼遇赦北归路过广州，谢民师向苏轼求教，苏轼离广州后给他写了这封信。②奉违：分别。奉，书信中表示谦逊的用语。③亟辱问讯：多次承蒙书信问候。④审：明白。起居佳胜：饮食起居一切均好。⑤某：苏轼自指。秉性刚简：秉性刚直简率，没有心计。⑥坐废累年：多年以来遭到贬谪。苏轼于哲宗绍圣元年（1094年）被贬到惠州，绍圣四年移儋州，元符三年遇赦，这一次贬斥前后共七年。⑦不敢复齿缙绅：不敢再居于士大夫之列。⑧还海北：回到大海之北。儋州在今海南省海口市琼山县。苏轼遇赦后渡海北归，故曰还海北。⑨惘然：即"恍然"，惆怅感慨的样子。⑩左右：对谢民师的敬称。一日之雅：一面之交。⑪敢求交乎：岂敢妄求与您相交。⑫数赐见临：多少赐给我书信。⑬倾盖如故：言偶一相见，就如同老朋友。倾盖，古时两人乘车在路上相遇，把伞盖向对方倾斜一下，以示敬意，叫做倾盖。⑭初无定质：原本没有固定的形态。⑮"言之"二句：出自《左传·襄公二十五年》，意谓文章如果没有美丽的辞藻，就不会

流传久远。⑯辞达而已矣：出自《论语·卫灵公》，意谓言辞表达清楚准确就足矣。⑰言止于达意：言辞仅仅是把意思表达清楚。⑱疑若不文：怀疑它不需要文采。⑲大不然：十分错误。⑳求物之妙：要把事物的微妙之处刻画出来。㉑能使是物了然于心者：能够准确把握事物的精髓和特征。㉒千万人而不一遇：成千上万的人中未必能遇到一个。㉓了然于口与手：用嘴和文章把事物精髓和特征表达得完美精确。㉔是之谓辞达：这样才称得上孔子所说的"辞达"。㉕文不可胜用矣：文采就用之不尽了。㉖艰深之辞：晦涩难懂的词语。㉗文：粉饰。㉘若正言之：如果直述其事。㉙雕虫篆刻：喻刻意追求辞藻技巧。㉚《太玄》：扬雄所作的《太玄经》，共十卷，八十一首。仿《周易》之六十四卦。《法言》：又叫《扬子法言》，今存两种版本，司马光注本为十卷，李轨注本为十三卷。该书模仿《论语》，尊圣人，倡王道，宣扬儒家思想。㉛独悔于赋：扬雄对自己作赋有后悔之意。《法言·吾子》载："或问：'吾子少而好赋？'曰：'然。童子雕虫篆刻。'俄而曰：'壮夫不为也！'"㉜变其音节：改变行文的声韵音节。赋是韵文，《太玄》、《法言》是散文，所以说改变了音节，此句意谓同样属于雕虫篆刻之作，仅仅把韵文变成散文。㉝便谓之"经"：就把它称为经书。此处指《太玄经》，苏轼认为它根本没有资格称经。㉞《风》、《雅》：《诗经》中的十五国风和大小雅部分。再变：指屈原的《离骚》是继承《诗经》风、雅的优良传统而再创作的。《史记·屈原列传》载司马迁说："《国风》好色而不淫，《小雅》怨诽而不乱，若《离骚》者，可谓兼之矣。"㉟可以其似赋：可以因《离骚》的写作手法接近于赋。这是针对扬雄独悔于赋而言。㊱贾谊：西汉著名政论家，《史记》、《汉书》均有传。㊲升堂：喻学识相当深厚。《论语·先进》载："子曰：'由也，升堂矣，未入于室也。'"古代屋舍建筑形式分为前后两部分，前半部分是空的，由两楹撑住屋顶，叫堂；后半部分才是封闭的，叫做室。升堂表示学生对老师的学识已基本掌握，入室表示学生对老师的学识已掌握精透。㊳而乃以赋鄙之：然而扬雄却因为他作过赋瞧不起他。㊴司马相如：汉武帝时著名辞赋家，尤长于大赋。同科：同一类型的人。《法言·吾子》载："如孔氏之门用赋也，则贾谊升堂，相如入室矣。"㊵陋：见识浅薄。如此比者：如此之类。㊶"可与"二句：出司马迁《报任安书》。意谓我这些见解只能说给明白透悟的人，很难跟世俗的人讲清楚。㊷欧阳文忠公：北宋文豪欧阳修，文忠是他的谥号。欧阳修是北宋诗文革新运动的领袖，苏轼曾得到他的延誉。㊸纷纷多言：拉拉杂杂说这么多话。㊹愧悚：惭愧惶恐。㊺惠力：惠力寺，在江西临江军（今江西清江西南）城南。法雨堂：惠力寺中的堂名。谢民师请苏轼为此堂书写"法雨"二字为匾额。㊻强作：勉强写来。㊼局迫：狭窄局促。㊽如教：遵从您的教诲，意谓由于条件所限，字还没写。㊾往游焉：到惠力寺去游历。㊿慰左右念亲之意：以满足您对家乡的挂念之心。谢民师家乡新淦属临江军所辖。㈤峡山寺：古寺名，故址在今广东清远县东的清远峡。㈥愈远：离您越来越远了。㈦不宣：古人书信末常用的套语，意谓别不多述。

[译文]

　　苏轼拜言：近日离别，蒙你问候，知道你一切都好，深感宽慰！我生性刚直简率，学问迂阔才识低下，遭受贬谪多年，不敢再与缙绅之辈并列；自从渡海北还，见到平生亲朋故旧，恍惚像是隔世的人。何况与先生平素并未谋面，怎敢奢求交往呢！蒙你几次光临，如同老朋友一般。没想到能有这样的荣幸，难以名状。

　　寄来的书启及诗赋杂文，已经仔细看过了。大致都如行云流水，虽然刚看起来没有一定之规，但却在改落笔处落笔，在该收笔处收笔，文理自然，姿态横生。孔子说："说话没有文采，就传播不远。"还说："言辞能够准确表达自己的意思就可以了。"言辞只做到能够表达意思，就被怀疑为文采不行，这种看法大谬不然。想了解事物的精妙，就好像捕风捉影一样不容易，能使事物了然于心的人，大概千万人中也难遇见一个，更何况能再把事情准确地用语言和文字来表达呢？用语言表达通畅叫做辞达。言辞到了能够准确表达意思的程度，那么写起文章来就可以得心应手了。

　　扬雄爱用晦涩难懂的词语，来粉饰他鄙浅没有见地的学说。如果直接说出来，那么人人都会懂得了，他正是所谓刻意追求辞藻技巧的人。他的《太玄经》、《法言》，都属于这种情况，他只是后悔作赋，为什么呢？因为赋本来是刻意追求辞藻华丽的，而散文却改变了原来行文的声韵音节，成了散文，就把它称为"经书"，那怎么可以呢？屈原作《离骚经》，算是继承《风》、《雅》而变化出新者，是能够与日月争光的。能由于它和赋在形式上相似，就说它是雕虫小技吗？假如让孔子见到贾谊的文章，他的文章定会登堂入室的，然而扬雄却因为他作过赋瞧不起他。竟把他与司马相如归在同一类型人当中。扬雄诸如此类的卑陋之处很多，这些话只能与智者说，俗人很难明白其中的深意。我不过是因为谈论起文章来，偶然涉及罢了。

欧阳文忠公说过："文章就如同精金美玉，市上自有它的价值，不是随便什么人想抬高就能抬高想贬低就能贬低的。"我没有节制地说了这么多话，对你能有什么益处呢，实在是惭愧惶恐！

你要我为惠力法雨堂写两个字，我本来不善于写大字，勉强写出来毕竟不好；况且船中地方狭小难以书写，故而未能遵命。但我将要经过临江，要到那里游赏，也许会有僧人要我写点儿什么，我会顺便写上几句留在寺院中，以告慰先生亲善之意。今日已经到了峡山寺，稍作停留就要离开，越走越远了。希望千万按时保养。别不多言。

# 答秦太虚书①

轼启：五月末，舍弟来②，得手书劳问甚厚。日欲裁谢③，因循至今④。递中复辱教⑤，感愧益甚。比日履兹初寒⑥，起居何如？轼寓居粗遣⑦。但舍弟初到筠州⑧，即丧一女子，而轼亦丧一老乳母⑨。悼念未衰，又得乡信，堂兄弟中舍九月中逝去⑩。异乡衰病，触目凄感，念人命脆弱如此。

又承见喻中间得疾不轻，且喜复健。吾侪渐衰⑪，不可复作少年调度⑫。当速用道书方士之言，厚自养炼⑬，谪居无事，颇窥其一二。已借得本州天庆观道堂三间，冬至后当入此室，四十九日乃出。自非废放⑭，安得就此？太虚他日一为仕宦所縻⑮，欲求四十九日闲，岂可复得耶？当及今为之。但择平时所谓简要行者，日夜为之，寝食之外，不治他事，但满此期，根本立矣⑯。此后纵复出从人事，事已则心返⑰，自不能废矣。此书到日，恐已不及，然亦不须用冬至也。

寄示诗文，皆超然胜绝，娓娓为来逼人矣⑱。如我辈亦不劳逼也⑲。太虚未免求禄仕，方应举求之，应举不可必⑳，窃为君谋，宜多著书。如所示，论兵及盗贼等数篇，但似此得数十首，皆卓然有可用之实者，不须及时事也㉑。但旋作此书㉒，亦不可废应举。此书若成，聊复相示，当有知君者。想喻此意也。

公择过此相聚数日㉓，说太虚不离口。莘老未尝得书㉔，知未暇通问。程公辟须其子履中哀词㉕。轼本自求作，今岂可食言。但得罪以来，不复作文字，自持颇严，若复一作，则决坏藩墙㉖，今后仍复衮衮多言矣㉗。

初到黄，廪入既绝㉘，人口不少，私甚忧之。但痛自节俭，日用不得过百五十，每月朔便取四千五百钱㉙，断为三十块㉚，挂屋梁上，平旦用画叉挑取一块，即藏去叉；仍以大竹筒别贮用不尽者，以待宾客，此贾耘老法也㉛。度囊中尚可支一岁有余，至时别作经画㉜，水到渠成，不须预虑。以此胸中都无一事。所居对岸武昌㉝，山水佳绝。有蜀人王生在邑中㉞，往往为风涛所隔，不能即归，则王生能为杀鸡炊黍，至数日不厌。又有潘生者㉟，作酒店樊口㊱。棹小舟径至店下。村酒亦自醇酽㊲，柑橘椑柿极多㊳。大芋长尺余㊴，不减蜀中。外县米斗二十㊵，有水路可致。羊肉如北方，猪牛獐鹿如土㊶，鱼蟹不论钱㊷。岐亭监酒胡定之载书万卷随行㊸，喜借人看。黄州曹官数人㊹，皆家善庖馔㊺，喜作会㊻，太虚视此数事，吾事岂不既济矣乎㊼。

欲与太虚言者无穷，但纸尽耳。展读至此，想见掀髯一笑也。子骏固吾所畏㊽，其子亦可喜，曾与相见否？此中有黄冈少府张舜臣者㊾，其兄尧臣，皆云与太虚相熟。儿子每蒙批问㊿，适会葬老乳母，今勾当作坟(51)，未暇拜书。岁晚苦寒，惟万万自重。李端叔一书(52)，托为达之。夜中微被酒，书不成字，不罪不罪(53)！不宣，轼再拜。

［题解］

秦观是苏轼的弟子，苏轼对他却像同年朋友一样亲切随便，这也是苏轼的基本性格。这封信是苏轼贬到黄州当年写的，生活还没有完全安定下来，但他又是养生，又是会友，又是读书，又是苦中作乐的“计划经济”，还在时时关注着自己弟子的进步，生活态度十分达观，这是很值得今人学习的。

[注释]

①秦太虚：秦观，扬州高邮（今江苏高邮）人，苏门四学士之一。苏轼曾推荐他担任太学博士。②舍弟：苏辙。神宗元丰三年（1080年）五月，苏辙送嫂子王氏，侄子苏过、苏迈到黄州，当时苏轼刚到黄州团练副使任。③日欲裁谢：每天都想回信答谢。④因循：一天天拖下来。⑤递中：驿传送到的书信。⑥比日：近些天。履兹初寒：已进入初寒天气。⑦粗遣：住所大致说得过去。⑧舍弟初到筠州：指苏辙元丰三年赴筠州监酒务之职。筠州，在今江西高安。⑨丧一老乳母：乳母任采莲元丰三年八月死于黄州。⑩堂兄弟中舍：苏轼堂兄苏不欺，字子正，官至太子中舍，元丰三年九月卒于成都。⑪吾侪：我辈。⑫不可复作少年调度：不能再像少年那样调理安排劳作和生活。⑬厚自养炼：多加修养和锻炼。⑭废放：罢黜流放。⑮一为仕宦所縻：一旦当了官，为其所牵制。⑯"但满此期"二句：只要满四十九日期限，就为养生奠定了基础。⑰事已则心返：事情办完后就收束心性。⑱娓娓为来逼人：娓娓而谈，故意来羞我。这是对秦观的赞美之辞。⑲如我辈亦不劳逼也：像我这样的流放之人，不值得您如此相羞。这也是客气话。⑳应举不可必：应科举考试不一定都能成功。㉑不须及时事：不要涉及眼下的事。时事，指王安石变法所施行的种种新法。因为这是很敏感的问题，很容易惹是非。㉒旋作此书：刚刚开始写此书。㉓公择：李常，字公择，建昌军（今江西南城）人。他在元丰三年十月由舒州经黄州时曾探访苏轼。㉔莘老：孙觉，字莘老，苏轼的朋友。他担任右正言时，知谏院王安石与他关系甚密。后王安石欲引之为助，孙觉却奏青苗法扰民，由此出知广德军。㉕程公辟：程师孟，字公辟，苏州人。历江西转运使、知福州，后累知广州、越州。此时其子程履中卒，要苏轼为履中写一篇哀辞。㉖决坏藩墙：把自己的誓言推翻了。㉗衮衮多言：喋喋不休地发表言论。㉘廪入既绝：粮米来源已经断绝。指在贬所不能再享受朝廷俸禄。㉙月朔：每月的初一。㉚断为三十块：分成三十份，每份一百五十钱。㉛贾耘老：贾收，字耘老，苏轼的朋友。㉜别作经画：另外再想办法。㉝武昌：鄂州州治，在今湖北鄂州。㉞蜀人王生：此处指王齐愈，他与苏轼常有往来。在邑中：指王齐愈寓居武昌城中。㉟潘生：潘大临，苏轼贬黄州后所交的朋友，他在武昌樊口开一酒肆，苏轼有时到那里去饮酒。㊱樊口：在今湖北鄂州西北。㊲村酒：农

家自酿的酒。醇酽：酒味醇厚浓重。㊳椑（pěi）：一种比普通柿子大的青柿。㊴大芋：芋头。㊵外县米斗二十：由外县运到鄂州的米每斗仅二十钱。㊶如土：非常便宜，像泥土一样不值钱。㊷不论钱：不用讨价，十分便宜。㊸岐亭：镇名，在今湖北麻城西南。监酒：官名，即监酒税，地方上专掌酒的制造税收的官。胡定之：苏轼在黄州时的朋友。㊹曹官：黄州所属官员。㊺家善庖馔：家家都很会做菜。㊻喜作会：喜好邀朋友聚会宴饮。㊼吾事岂不既济矣：我的日子怎能不好过呢？㊽子骏：鲜于侁，字子骏，阆州人。神宗时为利州路转运判官。上书指斥王安石沽名害君。升转运副使。后知陈州，卒。㊾黄冈：黄州州治所在县，在今湖北黄冈。少府：宋人对县尉的雅称。㊿儿子每蒙批问：我的儿子常得到你的指教。(51)勾当作坟：处理为乳母造坟的事。(52)李端叔：李之仪。苏轼有《答李端叔书》，详见本书《答李端叔书》及注释。(53)不罪：不要怪罪。

［译文］

苏轼拜言：五月底，我弟弟苏辙子由来到黄州，接到你的亲笔信函，烦你悉心问候情谊深厚。每天都说要回信道谢，却一直拖延到今天。驿递中又送来你的书信，顿觉倍加感激，感到深深的惭愧。近来天气转寒，饮食起居怎么样？我住在黄州，乃是虚度光阴。弟弟刚到筠州，便丧失了一女，而我也失去一位老乳母。悼念她们的心思还没淡去，又接到家乡来信，堂兄弟中舍君于今年九月中逝去。我流落在异乡年老多病，触目之中倍感凄凉，感念人的生命竟是如此的脆弱。

又见你来信中说也曾得了一场重病，不过好在已经康复。我们都在逐渐地衰老，不能再像年轻时那样做事了。应当尽快遵从道书方士的话，好好养生。我自从贬到黄州，闲居无事，对养生之道也渐有心得。我现在已经借到本州天庆观道堂三间，冬至后就搬到那里去，要待四十九日才出来。若不是被贬谪到此地，怎么会做到这些呢？你今后一旦被官事缠身，想有这四十九日的空闲时间，还有可能吗？趁现在有闲暇时间，应当抓紧做这些事。只选择那些平时认为简单易行的，天天坚持，除了休息饮食之外，不要顾及其他事，坚持做完这四十九天，就奠定了基础。将来无论再从事何种事务，事做完心就能收回来，不会再改变了。这封信寄到你那儿，恐怕已经赶不及，但也不一定非要从冬至这一天开始。

你寄来的诗歌文章，都超人一等，可谓来势逼人。像我这样的人，也不惧怕什么逼迫了。你将来难免要走上仕途，如今正在应举求仕的过程当中。应举考试不一定都能成功。我为你打算，应该多写些作品。就像你给我看的论兵及盗贼等数篇，但像这样的作品需要多达数十篇，而且都是论说精到又有实际应用效果的，未必一定要去议论时事。虽说要开始写此书，同样不可以荒废应举。此书写成后，给我寄来看看，请相信一定会有欣赏你的人。想来你会明白我的心思。

李公择路过此地相聚了几天，不停地在谈论你。一直也没得到孙莘老的来信，知道他没时间写信问候。程公辟的儿子程履中故去，要我为他写一篇哀辞。这本来是我自己要求作的，如今怎能食言？但我自从遭贬以来，不再写什么文字，对自己要求得很严，如果再写，就是破坏了自己定下的规矩，今后又会没完没了地写起来。

初到黄州，没有了官府发放的俸禄，吃饭的人口却不少，私下里十分忧虑。但还是痛下决心，一定要生活节俭，每天的用度不得超过一百五十文，每月初便取四千五百钱，分成为三十块，挂在屋梁上，每天早晨用画叉挑取一块，然后把叉子藏起来，另用大竹筒把用不完的余钱储存起来，用来招待宾客时使用，这是从贾耘老那里学来的办法。估计钱还够用一年多，到时候再另做筹划吧，水到渠成，不用过早去打算，所以心中就没什么可忧虑的事了。我住的地方对岸就是武昌，山水风景很不错。那儿有个蜀人叫王齐愈，每当我被风涛阻隔无法返回时，他就为我杀鸡做饭，有时一连住几天他也不烦。还有个叫潘大临的在樊口开了家酒店,我经常乘着小船径直划到他店里。店里的村酒味道还算醇厚,柑橘椑柿等各种水果也很多。大芋头足有一尺多长,与蜀中所产不相上下。由外县运来的米每斗仅卖二十钱,通过水路就可以到达。羊肉和北方差不多,猪、牛、獐、鹿却很便宜,像泥土一样不值钱,鱼蟹就更便宜了。岐亭监酒官胡定之带着图书万卷随我而行,喜欢把书借给别人看。黄州一些属吏家属都善于烹调,还喜欢聚会,太虚你看我周围的这些情况,还有什么过不去的事吗?

想和你说的事太多,可惜纸用完了。你看到这里,可以想见一定会捋着胡子发笑。鲜于子骏本是我十分敬畏的人,他的儿子也很不错,你见过他们父子吗?这里有个黄冈县尉叫张舜臣的,他哥哥叫尧臣,都说到与你比较熟悉,我儿子苏过时常得到你的指教,但因近来要安葬老乳母,处理为老乳母作坟的事,所以无暇及时写信问候你。年底天寒,唯盼千万自己珍重。给李端叔的一封信,拜托你为我转达。晚上稍微多喝了点酒,字写得不像样子,千万不要怪罪!不多说了,苏轼再拜。

# 答李端叔书<sup>①</sup>

轼顿首再拜：闻足下名久矣<sup>②</sup>。又于相识处往往见所作诗文<sup>③</sup>。虽不多，亦足以仿佛其为人矣<sup>④</sup>。寻常不通书问，怠慢之罪，犹可阔略<sup>⑤</sup>。及足下斩然在疚<sup>⑥</sup>，亦不能以一字奉慰，舍弟子由至<sup>⑦</sup>，先蒙惠书，又复赖不即答，顽钝废礼，一至于此<sup>⑧</sup>。而足下终不弃绝，递中再辱手书<sup>⑨</sup>，待遇益隆，览之面热汗下也。足下才高识明，不应轻许与人<sup>⑩</sup>。得非用黄鲁直、秦太虚辈语<sup>⑪</sup>，真以为然邪？不肖为人所憎，而二子独喜见誉，如人嗜昌歜羊枣<sup>⑫</sup>，未易诘其所以然者<sup>⑬</sup>。以二子为妄则不可，遂欲以移之众口<sup>⑭</sup>，又大不可也。

轼少年时，读书作文，专为应举而已。既及进士第，贪得不已，又举制策<sup>⑮</sup>，其实何所有？而其科号为直言极谏，故每纷然诵说古今<sup>⑯</sup>，考论是非，以应其名耳<sup>⑰</sup>。人苦不自知<sup>⑱</sup>，既以此得<sup>⑲</sup>，因以为实能之<sup>⑳</sup>。诳诳至今<sup>㉑</sup>，坐此得罪几死。所谓齐虏以口舌得官<sup>㉒</sup>，真可笑也。然世人遂以轼为欲立异同<sup>㉓</sup>，则过矣。妄论利害，搀说得失<sup>㉔</sup>，此正制科人习气。譬之候虫时鸟<sup>㉕</sup>，自鸣自已<sup>㉖</sup>，何足为损益<sup>㉗</sup>？轼每怪时人待轼过重，而足下又复称说如此，愈非其实。

得罪以来<sup>㉘</sup>，深自闭塞。扁舟草履，放浪山水间，与樵渔杂处，往往为醉人所推骂，辄自喜渐不为人识㉙。平生亲友，无一字见及，有书与之亦不答，自幸庶几免矣。足下又复创相推与㉚，甚非所望。

木有瘿㉛，石有晕㉜，犀有通㉝，以取妍于人，皆物之病也。谪居无事，默自观省，回视三十年以来所为，多其病者。足下所见，皆故我㉞，非今我也。无乃闻其声不考其情，取其华而遗其实乎？抑将又有取于此也？此事非相见不能尽㉟。自得罪后，不敢作文字，此书虽非文，然信笔书意，不觉累幅，亦不须示人，必喻此意㊱。岁行尽，寒苦，惟万万节哀强食㊲，不次。

[题解]

这封信讲述了被贬谪的苦闷心情，同时也在认真反省自己的幼稚病。作者认为，社会是复杂的，单靠一腔热情去议论朝政，即使没有一点错处，也往往会适得其反，甚至受到致命的打击。但作者又认为，不管受到何种冤屈，都应该保持乐观的人生态度，不能因受到委屈便一蹶不振，善意和真诚永远会得到同类的理解。

[注释]

①李端叔：李之仪，字端叔，姑孰（今安徽当涂）人，曾任苏轼的幕僚，与苏轼友善。哲宗元祐年间官枢密院编修官。②足下：对对方的敬称。③相识处：其他朋友处。④仿佛：想象。⑤阔略：宽恕不计。⑥斩然在疚：在斩衰痛苦之中，即守丧期间。⑦舍弟子由至：舍弟，苏辙。元丰三年正月，苏辙从应天府（今河南商丘）带着其兄的家属来到黄州。⑧一至于此：竟然糟糕到如此地步。⑨递中再辱手书：邮驿中再次送来了您的亲笔书信。⑩不应轻许与人：不应该轻易地拜服于人。此句说李端叔没有必要拜服于自己。⑪"得非"二句：莫不是听信了黄庭坚、秦观等人的话，真把我当成老师了吗？黄庭坚字鲁直，号山谷，洪州分宁（今江西修水）人，治平四年进士，为苏门四学士之首。秦观字少游，由苏轼推荐为太学博士，所著有《淮海集》，亦苏门四学士之一。⑫嗜昌歜羊枣：喜好吃昌歜和羊枣。昌歜，菖蒲菹，一种生在沼泽地的草本植物。羊枣，小黑枣。这两种东西并不好吃，但周文王喜好吃菖歜

（《吕氏春秋·遇合》），曾皙喜好吃羊枣（《孟子·尽心下》）。⑬未易诘其所以然者：很难问清究竟是什么原因。⑭遂欲以移之众口：因而就想把这两种东西交给众人让他们都爱吃。⑮制策：科举中的制科考试，由天子亲自主持。仁宗嘉祐五年，由欧阳修举荐，苏轼参加了直言极谏科考试，策入第三等。⑯纷然诵说古今：东拉西扯，说古道今。⑰以应其名：以合于"直言极谏"之名。⑱人苦不自知：人最苦恼的是没有自知之明。⑲既以此得：既然得到了直言极谏的科名。⑳因以为实能之：因而错误地认为自己真有这方面的能力。㉑说说（nāo nāo）：不住地论辩进谏。㉒齐虏以口舌得官：汉初刘邦骂齐人刘敬的话。刘邦亲征匈奴，派人侦察敌情，众人都说匈奴只有老弱残兵，可以出击。只有刘敬说匈奴有诈，不可中其埋伏。刘邦大怒，骂他道："齐虏以口舌得官，今乃妄言沮吾等！"于是将刘敬械系于广武。此处是作者以刘敬自比，说自己的诗文说了实话，结果被捕入狱。㉓欲立异同：要故意独出新意。㉔挽说得失：争先议论不属自己分内的是非得失。㉕候虫时鸟：应时出伏迁徙的虫类和鸟类。㉖自鸣自已：自己鸣叫，自己停止。㉗何足为损益：对朝政有什么益处或损失呢？这几句说中制科的人有一种好发议论的坏毛病，但他们的议论对朝廷大计并不会产生什么影响。㉘得罪以来：元丰二年，苏轼任湖州知州。御史李定、舒亶、何正臣等摘录苏轼诗文中一些词语，说他谤讪新法，朝廷遂将苏轼逮捕入狱。出狱后贬为黄州团练副使。写此信时，苏轼还在黄州贬所。㉙自喜渐不为人识：对于自己逐渐不被人们认识而深感高兴。㉚创相推与：开始推重我。㉛瘿：树木上长的瘤节。㉜晕：石头上的异色晕圈。㉝犀有通：犀牛角也有首尾相通的。犀牛角本不应相通，上下相通属于异常情况。㉞皆故我：都是从前的那个我。㉟非相见不能尽：不见面难以说清楚。㊱必喻此意：请您一定要了解我的心意。㊲节哀强食：抑制哀痛，勉为进食。

[译文]

苏轼顿首再拜：听到您的大名已经很久了。又常常在熟人那里看见您撰写的诗文。虽然为数不多，也足以想见您的风采。过去没能通过书信问候，怠慢之罪，犹可宽恕。但当您家中有了丧事，竟然还没有写一个字表达慰问之情；我弟弟子由来到黄州，收到了您的来信，又因懒惰没能及时回复，愚顽迟钝荒废礼节，竟然到了如此地步。而您始终没有计较我的过失，通过驿递再次寄来亲笔书信，对我更加有礼，看过之后实在让我面热汗下羞愧不已。您高才卓识，不应该轻易地拜服于人。莫非是听了黄鲁直、秦太虚等人的话信以为真了？我被人们所憎恶，而他们二位却偏偏喜欢赞誉我，就像有人喜欢吃昌歜、羊枣一样，很难问出什么道理来。如果认为他们二人都是在妄发议论，自然不够妥当，但以他们的看法来改变众人的成见，更是不可能的。

我年轻的时候读书写文章，都是专门为了应举考试而已。中进士之后，贪图功名不止，又参加了制科考试，究其实，有什么实际的意义呢？因为考试的科目名称叫做"直言极谏"，所以就乱七八糟地谈古论今，议论是非，来应付这个名目罢了。人患在缺乏自知之明，既然由此名目得了官，便自以为真能胜任此官了，所以多嘴多舌一直到现在，就为这个毛病获罪，几乎招来杀身之祸。正如当年刘敬以口舌得官一样，真是太可笑了。然而世人却以为我是想标新立异，那就错了。喜欢胡乱议论政治的利弊得失，这是制科出身者的坏习气，就像是候鸟昆虫，自唱自说，对朝廷政事能有什么补益？我总感到时下的人们过于抬举我，而您也这么说，就更不合乎事实了。

自从获罪以来，我一直是自我封闭状态。经常驾着小船穿着草鞋，在山水之间自由自在地游荡，和樵夫渔父混在一起，还时不时被喝醉酒的醉汉推搡辱骂。但我喜欢这种渐渐不为人所知的状态。平生亲友，也没有一个字的书信往来，就是有信来也一概不回复，希望能够以此免祸。而您再度推许我，这并不是我所希望的。

树上长树瘤，石上有花纹，犀角上有贯通的白线，这些形态都很招人喜爱，但这都是它们的病态。我被贬谪以来闲居无事，常常默默地反省自己，回顾三十年来的所作所为，大多属于有毛病一类。您所知道的我，都是从前的我，不是今天的我了。恐怕只是听到我过去的名声而没有细细考究其的原因，只摘取了花朵而遗漏了果实吧？或者看重的是从前的我？这种感受不见面是说不清楚的。获罪之后，我再也不敢写什么文字，这封信虽然不算是什么文章，然而信笔讲述，不知不觉也已经写了好几张纸，您也不必给别人看，一定要理解我的心思。一年快要过完了，天气酷寒，希望千万节哀，努力进食，别不多叙。

# 醉白堂记①

故魏国忠献韩公作堂于私第之池上②,名之曰"醉白"。取乐天《池上》之诗③,以为《醉白堂》之歌。意若有羡于乐天而不及者。天下之士,闻而疑之,以为公既已无愧于伊、周矣④,而犹有羡于乐天,何哉?

轼闻而笑曰:公岂独有羡于乐天而已乎?方且愿为寻常无闻之人而不可得者。天之生是人也,将使任天下之重,则寒者求衣,饥者求食,凡不获者求得。苟有以与之,将不胜其求。是以终身处乎忧患之域,而行乎利害之途,岂其所欲哉?夫忠献公既已相三帝安天下矣⑤,浩然将归老于家⑥,而天下共挽而留之,莫释也⑦。当是时,其有羡于乐天,无足怪者。然以乐天之平生而求之于公,较其所得之厚薄浅深,孰有孰无,则后世之论,有不可欺者矣⑧。文致太平,武定乱略,谋安宗庙,而不自以为功。急贤才,轻爵禄,而士不知其恩⑨。杀伐果敢⑩,而六军安之⑪。四夷八蛮想闻其风采⑫,而天下以其身为安危⑬。此公之所有,而乐天之所无也。乞身于强健之时,退居十有五年⑭,日与其朋友赋诗饮酒,尽山水园池之乐。府有余帛,廪有余粟,而家有声伎之奉。此乐天之所有,而公之所无也。忠言嘉谟⑮,效于当时,而文采表于后世;死生穷达,不易其操,而道德高于古人。此公与乐天之所同也。公既不以其所有自多，亦不以其所无自少，将推其同者而自托焉⑯。方其寓形于一醉也，齐得丧⑰，忘祸福，混贵贱，等贤愚，同乎万物，而与造物者游⑱，非独自比于乐天而已。古之君子，其虚己也厚⑲，其取名也廉。是以实浮于名⑳，而世诵其美不厌。以孔子之圣，而自比于老彭㉑，自同于丘明㉒，自以为不如颜渊㉓。后之君子，实则不至，而皆有侈心焉㉔。臧武仲自以为圣㉕，白圭自以为禹㉖，司马长卿自以为相如㉗，扬雄自以为孟轲㉘，崔浩自以为子房㉙，然世终莫之许也㉚。由此观之，忠献公之贤于人也远矣。

昔公尝告其子忠彦㉛，将求文于轼为记而未果㉜，公薨。既葬，忠彦以告，轼以为义不得辞也，乃泣而书之。

[题解]

韩琦是神宗熙宁八年六月去世的，时任密州知州的苏轼闻讯后，即写了这篇文章表示悼念。文章从韩琦的醉白堂入手，采用与白居易相比对的手法，歌颂了一代名臣韩琦的伟大功业，并强调出：有人功劳盖世却急流勇退，有人本无大才却自比伊、周，然而谁优谁劣都不是自封的，后世自有公论。

[注释]

①醉白堂：北宋名相韩琦在其家乡安阳修建的一所堂的名字。白指唐代的白居易。②故魏国忠献韩公：已故的魏国公韩琦。《宋史·韩琦传》载，神宗即位之后，韩琦封为魏国公。死后赠尚书令，谥曰忠献。③乐天《池上》之诗：白居易曾写过一篇文章，名《池上篇》，叙述了退居之后的逍遥之乐。④伊、周：伊指伊尹，周指周公，商、周时期的佐命大臣。⑤相三帝安天下：韩琦在仁宗时已担任宰相。仁宗死后，他拥立了英宗。三年多以后英宗去世，他再次力挽狂澜拥立了神宗，没有使朝廷出现动乱，所以说他相三帝而安定天下。⑥浩然：英伟磊落之貌。⑦莫释：没有释怀，即没有改变主意。⑧有不可欺者：意谓白居易和韩琦的功业大小、道德浅深，后世之人看得十分清楚，不会受到欺蒙。⑨士不知其恩：不知恩惠来自何人。意谓士子们并不清楚自己是由韩丞相推举提拔才得到重用的。⑩杀伐果敢：仁宗康定元年，西夏主元昊叛

宋,西北局势骤然紧张,韩琦当时在西北任主帅,与西夏军队英勇作战。⑪六军:天子所统御的军队。《周礼·夏官·序官》说:"凡制军,万有二千五百人为军。王六军,大国三军。"⑫四夷八蛮:泛指宋朝以外的蛮夷之邦。古代称北方异族为夷狄,南方异族为百蛮。⑬天下以其身为安危:天下之人都把韩琦自身的安危看成是国家的安危。意思是说有韩琦在,国家就不会倾覆。⑭退居十有五年:白居易退休后,在洛阳闲居了十五年。⑮忠言嘉谟:忠诚的言论和佳美的谋略。⑯推其同者而自托:意思是说韩琦只拿自己和白居易相同的那一点相比(不拿比白居易高的那些方面相比)。⑰齐得丧:把个人的得与失看得没什么区别。意思是不把个人得失放在心上。⑱造物者:创造万物的神明。⑲虚己:胸中无我。《庄子·山木》说:"人能虚己以游世,其孰能害之。"成玄英疏解说:"虚己,无心也。"⑳实浮于名:实际的功业比名声还要崇高。㉑孔子之圣,而自比于老彭:《论语·述而》说:"子曰:'述而不作,信而好古,窃比于我老彭。'"邢昺疏解说:"老彭,殷贤大夫也。老彭于时,但述先王之道而不自制作,笃信而好古事。孔子言,今我亦尔,故云比老彭。犹不敢显言,故云窃。"㉒自同于丘明:谓孔子自谦,并没有因左丘明受业于自己而小看他。《论语·公冶长》说:"子曰:'巧言、令色、足恭,左丘明耻之,丘亦耻之。匿怨而友其人,左丘明耻之,丘亦耻之。'"邢昺疏解说:"言鲁太史左丘明与圣同耻之事。左丘明,鲁太史,受《春秋经》于仲尼者也。耻此诸事不为,合孔子之意,故云丘亦耻之。"㉓自以为不如颜渊:《论语·述而》说:"子谓颜渊曰:'用之则行,舍之则藏,惟我与尔有是夫。'"何晏集解说:"言可行则行,可止则止,唯我与颜渊同。"颜渊,孔子的学生。㉔侈心:自我夸耀,把自己当成世之师表的心思。㉕臧武仲自以为圣:臧武仲,春秋时鲁国大夫臧孙纥。自以为圣:自己把自己当成圣人。《左传·襄公二十二年》说:"臧武仲如晋。雨,过御叔。御叔在其邑,将饮酒,曰:'焉用圣人?'"杜预注解说:"御叔,鲁御邑大夫。武仲多知,时人谓之圣。"㉖白圭自以为禹:《孟子·告子下》:"白圭曰:'丹之治水也愈于禹。'"赵岐注解说:"丹,名;圭,字也。当诸侯之时有小水,白圭为治除之,因自谓过乎禹也。"㉗司马长卿自以为相如:《汉书·司马相如传》:"司马相如字长卿,蜀郡成都人也。相如既学,慕蔺相如之为人也,更名相如。"颜师古注解说:

"蔺相如，六国时赵人也，义而有勇，故追慕之。"㉘扬雄自以为孟轲：扬雄把自己比做孟轲。《汉书·扬雄传》说：扬雄写《太玄经》时，有人嘲笑他。扬雄说："孟轲虽连蹇，犹为万乘师。"意思是自己现在的所为，也和孟子当时受到非难相同，但最终乃是万乘大国君王的老师。㉙崔浩自以为子房：崔浩，北魏大臣。子房，汉初丞相张良的字。《魏书·崔浩传》说："史臣曰：崔浩才艺通博，究览天人，政事筹策，时莫之二，此其所以自比于子房也。"㉚世终莫之许：后世之人并不认可他们的自封。㉛其子忠彦：韩琦的长子韩忠彦。《宋史》有传。㉜未果：因种种原因而没能写完。

[译文]

　　已故的魏国忠献韩公在自己家的园池上建造了一间厅堂，取名为"醉白"。取白居易《池上》这首诗意，做了一首《醉白堂歌》。他的意思好像是认为自己比不上白居易而羡慕白居易。天下的士人，听说这事都很疑惑，认为韩公比起伊尹和周公都毫不逊色，怎么还会羡慕白居易，这是为什么呢？

　　苏某听后笑着说：韩公岂止只是羡慕白居易？他是想成为平平常常默默无闻的人而做不到。上天生下这样的人，就是要让他担荷治理天下的重任。寒冷的人想得到衣服，饥饿的人想得到食物，凡是自己没有得到的东西都想得到。如果全部满足了这些需求，那么人们的要求将会没完没了。因此这个人终身处于忧患的环境之中，行走在利害相交的道路上，难道这是他想要得到的吗？韩公已经辅佐了三朝皇帝且安定了天下，如今他一腔正气想要告老还家，然而所有的人都挽留他，不放他走。在这样的时刻，他的确羡慕白居易能安度晚年，这并不值得惊奇啊。然而拿白居易的一生与韩公相比，看他们两个人谁更仁厚谁稍浅薄，谁拥有什么谁欠缺什么，那么后代人的评论，就会更加明白无欺。韩公以文韬使天下太平，用武略平定叛乱，出谋划策安定社稷，却不居功自傲；他急于招纳贤才，不吝惜爵位利禄，而士子们并不知道是出于他的恩德；他处理武备英明果断，使军队的将士们免受战争的创残；四方的蛮夷之人都想瞻仰他的风采，天下人都把安危的希望寄托在他身上。这些都是韩公具有，而白公不具有的。在身体仍旧强健的时候请求退休，家居十五年之久，天天与他的朋友赋诗饮酒，极尽山水园池之乐。家中有吃有穿，还有歌舞女伎侍奉。这些是白公拥有，而韩公没有的。进献忠直的议论，在当世见到成效，而文章风采流传后世，不论得志与否，都不改变自己的志节，道德淳美超越古人，这些是韩公与白公共同具有的。韩公既不以自己所具有的感到骄傲，也不以自己未能拥有的感到遗憾，他只是准备在自己与白居易共同具有的方面借以托身。当他饮醉的时候，把得与失看得没有区别，把祸与福忘得干干净净，不分贵贱，不辨贤愚，天下万物无所不同，而游于自然天地之间，然而他并不是有意将自己比做白居易。古代的君子们，他们把谦虚看得比什么都重要，他们追求的是廉直的名声，因此他们的仁爱忠信远远超出了他们的名声，世上的人将他们的美德代代传流，从不厌倦。凭着孔子的圣明，他仅仅说自己要上追老彭，认为自己与左丘明相当，而自认为比不上颜渊。后来的君子们，还没有真正的德行，却个个都自以为很高明。臧武仲自认为是圣人，白圭自认为可与大禹相比，司马相如自认为不亚于蔺相如，扬雄自认为与孟轲不相上下，崔浩自比于张良，然而世人却始终不这样认为。由此看来，韩忠献公比其他人的确贤明多了。

过去韩公曾经对他的儿子韩忠彦说，想让苏某为此堂写一篇记，还没来得及提出这个要求，韩公就逝世了。安葬过韩公之后，忠彦把这话告诉我，苏某认为这是义不容辞的事，于是哭泣着写了这篇记文。

# 李太白碑阴记①

　　李太白，狂士也，又尝失节于永王璘②，此岂济世之人哉③？而毕文简公以王佐期之④，不亦过乎？曰："士固有大言而无实，虚名不适于用者⑤，然不可以此料天下士。士以气为主，方高力士用事⑥，公卿大夫争事之，而太白使脱靴殿上⑦，固已气盖天下矣。使之得志，必不肯附权幸以取容⑧，其肯从君于昏乎？夏侯湛赞东方生云⑨："开济明豁⑩，包含宏大。陵轹卿相⑪，嘲哂豪杰。笼罩靡前，跆籍贵势⑫。出不休显，贱不忧戚。戏万乘若僚友⑬，视俦列如草芥⑭。雄节迈伦⑮，高气盖世⑯。可谓拔乎其萃⑰，游方之外者也⑱。"吾于太白亦云。太白之从永王璘，当由迫胁。不然，璘之狂肆寝陋，虽庸人知其必败也。太白识郭子仪之为人杰⑲，而不能知璘之无成，此理之必不然者也。吾不可以不辩。

[题解]

　　这是作者为李白写的一篇碑文。李白一生最大的瑕疵就是参加了永王李璘的叛乱。作者认为李白这一举措，肯定是迫于李璘的威胁，才不得已而为之，绝不是出于本心。

[注释]

　　①李太白：唐代大诗人李白，字太白。碑阴：古时墓碑正面为阳，背面

为阴。正面刻死者姓名、祖贯等主要内容；背面则刻死者生平事迹、立碑者姓名及年月等项，叫做碑阴。②失节于永王璘：谓永王李璘谋反时，李白加入了李璘幕府。后李璘被镇压，李白也受到惩处，长流夜郎。③济世之人：对社稷有所贡献的贤人。这句话说李白仅仅是个诗人，并非有头脑的大政治家。④毕文简公：仁宗时宰相毕士安，字仁叟，代州云中人。死后赠太傅、中书令，谥为文简。王佐：王者的辅佐，谓能辅佐君王成就大业的贤人。⑤虚名不适于用：徒有夸夸其谈的虚名而并没有经邦济世的才干。⑥高力士：唐玄宗时的宦官，因得到玄宗宠信而握有实权。用事：谓掌握实权，主宰朝政。⑦太白使脱靴殿上：李白被召入朝，担任翰林学士。有一次醉酒之后，喝令高力士为他脱下靴子。⑧附权幸以取容：巴结权贵以求在朝中立身。容，容纳。⑨夏侯湛赞东方生：指晋代人夏侯湛写的《东方朔画赞》。该文收在萧统所编的《文选》中。夏侯湛字孝若，仪容俊美，与潘岳友善，时人谓之连璧，官散骑常侍。⑩开济明豁：夏侯湛《东方朔画赞》原文作"明济开豁"，明敏豁达的意思。⑪陵轹：轻视。⑫跻籍：踩踏。此处指无所顾忌。⑬戏万乘若僚友：与帝王相接，如同同僚友人那样随意。⑭视俦列如草芥：视同列如同草芥一般。谓没有任何媚骨。⑮雄节迈伦：雄伟的气节高出同辈。⑯高气盖世：谓气概甚高。李善注解说："项羽歌曰：'力拔山兮气盖世。'"⑰拔乎其萃：即出类拔萃。李善注引《孟子》说："出于其类，拔于其萃，自生民以来，未有盛于孔子也。"⑱游方之外：不受世俗羁绊的高士。李善注引《庄子》说："孔子曰：'彼游方之外者也。而丘也游方之内者也。'司马彪注：'言彼游心于常教之外也。'"⑲郭子仪：唐玄宗时的名臣，与陈玄礼等共同平定安史之乱，功勋卓著。

[译文]

李太白本是清狂之士，又曾经在永王李璘谋反事件中失去了忠君之节，他哪里是经邦治国的人才啊，而毕文简公士安却希望他能成为辅佐君王的栋梁之材，这不是太过分了吗？有人说："士子中确实有夸夸其谈没有真才实学，徒有虚名而不能有补于世的人，但并不能因此就认为天下士子都是这样。对于士子，主要看他的气度，当高力士专权时，公卿大夫争相讨好他，而李太白却命他在朝堂上为自己脱靴，仅此一举，他的气度就足以震动天下了。如果李白得到重用，一定不肯阿附权贵，以求保住官爵，他怎么能跟着君王走向昏乱丧亡呢？夏侯湛曾赞扬东方朔说："胸襟开阔，气度宏伟。蔑视公卿将相，嘲讽当世豪杰。虽然阻碍重重，仍旧不畏权势。出仕不能显达，贫贱不忧愁烦恼。与天子戏笑像对同僚宾友，把朝官看得轻如草芥。雄壮的气节高迈绝伦，高傲的气势无人可比。真可谓人中的奇杰，礼教之外的高士。"我认为李太白也是这样的人。他跟从永王李璘，应该是被迫的。不然，凭着李璘的狂妄肆虐，卑陋无知，就连平庸的人也知道他一定会失败，李太白慧眼能看出郭子仪是个人杰，难道看不出李璘不可能取得成功？所以按照情理，他不可能做这样的蠢事。这一点我不能不为辩解。

# 喜雨亭记①

亭以雨名，志喜也②。古者有喜，则以名物，示不忘也。周公得禾，以名其书③；汉武得鼎，以名其年④；叔孙胜狄，以名其子⑤。其喜之大小不齐，其示不忘一也。

余至扶风之明年⑥，始治官舍⑦，为亭于堂之北，而凿池其南，引流种树，以为休息之所。是岁之春⑧，雨麦于岐山之阳⑨，其占为有年⑩。既而弥月不雨⑪，民方以为忧。越三月乙卯⑫，乃雨，甲子又雨，民以为未足，丁卯，大雨，三日乃止。官吏相与庆于庭，商贾相与歌于市，农夫相与忭⑬于野，忧者以乐，病者以愈，而吾亭适成。

于是举酒于亭上以属客，而告之曰："五日不雨，可乎？"曰："五日不雨，则无麦。""十日不雨，可乎？"曰："十日不雨，则无禾。""无麦无禾，岁且荐饥⑭，狱讼繁兴，而盗贼滋炽⑮，则吾与二三子⑯，虽欲优游以乐于此亭⑰，其可得耶？今天不遗斯民⑱，始旱而赐之以雨，使吾与二三子，得相与优游而乐于此亭者，皆雨之赐也。其又可忘耶？"

既以名亭，又从而歌之，曰：使天而雨珠，寒者不得以为襦⑲。使天而雨玉，饥者不得以为粟。一雨三日，繄谁之力⑳？民曰太守㉑，太守不有㉒。归之天子，天子曰不然。归之造物㉓，造物不自以为功。归之太空，太空冥冥㉔。不可得而名，吾以名吾亭。

[题解]

这篇记文是苏轼刚刚步入仕途不久的作品，当时他担任凤翔府节度判官，正在奋发有为的年龄。文章把喜得雨水有了收成当成最大的快乐，他认为当官就是要为黎民百姓谋福祉，这样才能上应天心，下顺民意。全文直白明朗，写作却很有层次。

[注释]

①喜雨亭：作者于仁宗嘉祐六年担任凤翔府判官，次年三月，凤翔普降喜雨，作者所建的亭正好落成，于是取名为喜雨亭。②志喜：记载当时的喜庆。③"周公得禾"二句：周公在郊野得到异禾，两株共生一穗。他把此禾献给成王，成王又转送给周公，于是周公作《嘉禾》之文。今原文已失，仅篇名存于《尚书》中。④"汉武得鼎"二句：汉武帝元狩七年（前116年），在汾水岸边获得一件古鼎，于是将年号改为元鼎。⑤"叔孙胜狄"二句：春秋时，鲁文公派叔孙得臣领兵抗击北狄，俘获北狄君长侨如。为了纪念此次战争的胜利，叔孙得臣为自己的儿子取名为"侨如"。⑥扶风：汉代三辅之右扶风，宋代建为凤翔府。在今陕西凤翔。⑦始治官舍：开始修治官署屋舍。⑧是岁：指嘉祐七年。⑨雨麦：天上下麦雨。岐山之阳：岐山的南面。古人称山南为阳。岐山是山名，在今陕西岐山县。⑩其占为有年：占卜所得的示兆是丰收之年。⑪弥月：整整一个月。⑫越三月：到了农历三月。⑬忭（biàn）：高兴，欢乐。⑭荐饥：闹饥荒。⑮滋炽：滋生猖獗。⑯二三子：你们几个人。犹今言"诸位"。⑰优游：悠闲自在地游赏。⑱不遗斯民：没有忘记、遗弃百姓。⑲襦：短袄。此处代指御寒的衣服。⑳繄谁之力：是谁的力量所致呢？繄（yì）：发语词，无义。㉑太守：秦汉至隋代对郡里最高行政长官的称呼。宋代州府最高长官叫知州、知府。此处用旧称代指知凤翔府。㉒不有：不将此功据为己有。㉓造物：造物主，传说中创造万物的天帝。㉔冥冥：高远空虚之貌。

[译文]

亭子用"雨"来作为其名，是为了纪念喜事。古时候有了喜事，就用这件喜事来为事物命名，以示不忘这件事。周公得到周成王馈赠的禾，就用《嘉禾》来作为书的名字；汉武帝在汾水之上得到宝鼎，就用"元鼎"作为年号；叔孙战胜了狄人，俘虏了狄人的酋长侨如，就用"侨如"作为自己儿子的名字。这些喜事虽然有大有小，但为了表示纪念的用意是一致的。

我到凤翔府的第二年，开始修建官舍，在大堂的北边建了一个亭子，又在亭南开凿了一个水池，引水种树，作为休息的地方。这一年的春天，岐山南下了一场麦雨，这预示着本年是丰收之年。此后一个多月都没有下雨，百姓十分忧虑。到了三月乙卯这一天，终于下起雨来，甲子这一天又下了雨，百姓认为雨水还不丰足，丁卯这天，下起了大雨，三天才停。官吏们在官府庭院里互相庆贺，商贾们在集市上欢歌笑语，农夫们在田野中拍手叫好，忧愁的人由此变得兴高采烈，患病的人由此而恢复健康，我的亭子恰好也在这时落成。

于是我在亭中摆设宴席举酒劝客，问他们说："再过五天不下雨，行吗？"宾客们说："再过五天不下雨，麦子就没有收成了。"我又问："再过十天不下雨，行吗？"宾客们说："再过十天不下雨，今年的全部收成就都完了。""麦子收不上来，其他粮谷也没有收成，就是灾荒之年了，那时狱讼就会繁杂，盗贼就会兴起，我和你们再想悠然游乐于此亭，能做得到吗？如今上天没有遗忘它的下民，干旱之后又赐给他们雨水，使我和你们得以共同悠然游乐于此，这都是由于雨水的赏赐。难道能把这样的好事忘记吗？"

用喜雨给亭子命了名后，接着又唱歌庆贺，歌词说：就是上天下了珠宝，寒冷的人也不能用它们来做衣服。就是上天下了美玉，饥饿的人也不能用它们来当粮食。一场大雨下了三天，这是谁的力量？百姓说是太守，太守不敢当。归功于天子，天子说不是。归功于造物者，造物者也不认为是自己的功劳。归功于太空，太空又浩渺幽冥。既然不知道究竟应该把这美好的事物归功于谁，我就用来作为我的亭名。

# 凌虚台记①

国于南山之下②,宜若起居饮食与山接也③。四方之山,莫高于终南④。而都邑之丽山者⑤,莫近于扶风⑥。以至近求最高,其势必得⑦。而太守之居,未尝知有山焉。虽非事之所以损益,而物理有不当然者⑧,此凌虚之所为筑也。

方其未筑也,太守陈公杖屦逍遥于其下⑨,见山之出于林木之上者,累累如人之旅行于墙外而见其髻也⑩,曰:"是必有异。"使工凿其前为方池,以其土筑台,高出于屋之危而止⑪。然后人之至于其上者,恍然不知台之高,而以为山之踊跃奋迅而出也。公曰:"是宜名凌虚。"以告其从事苏轼⑫,而求文以为记。

轼复于公曰⑬:"物之废兴成毁,不可得而知也。昔者荒草野田,霜露之所蒙翳⑭,狐虺之所窜伏⑮,方是时,岂知有凌虚台耶?废兴成毁相寻于无穷⑯,则台之复为荒草野田,皆不可知也。尝试与公登台而望,其东则秦穆之祈年、橐泉也⑰,其南则汉武之长杨、五柞⑱,而其北则隋之仁寿⑲、唐之九成也⑳。计其一时之盛,宏杰诡丽㉑,坚固而不可动者,岂特百倍于台而已哉?然而数世之后,欲求其仿佛㉒,而破瓦颓垣无复存者,既已化为禾黍荆棘丘墟陇亩矣,而况于此台欤?夫台犹不足恃以长久,而况于人事之得丧,忽往而忽来者欤?而或者欲以夸世而自足,则过矣。盖世有足恃者,而不在乎台之存亡也。"既已言于公,退而为之记。

[题解]

这篇记文作于苏轼二十几岁担任凤翔府属僚时。当时作者年轻气盛,大有贯通古今的豪迈气概,所以全篇气势恢弘。文章通过万物消长的现实,论述了物质世界沧海桑田的轮回变换,强调唯有勤政为民的功业,才能在人世之中永远不朽的道理。

[注释]

①凌虚台:陈希亮任凤翔府知府时修建的台名。②国于南山之下:建国在终南山之下。终南山在今陕西西安以南,从西安即可望见,故曰汉、唐等朝代建国于南山之下。③起居饮食与山接:人们的起居饮食都会和大山发生联系。④莫高于终南:秦川以南的山,没有比终南山还高的。⑤都邑之丽山:都城附近壮丽的山峦。⑥扶风:凤翔府的旧称。汉代的凤翔称为右扶风,为长安三辅之一。⑦其势必得:依照情理肯定会得到。⑧物理:万事万物的规律。⑨太守陈公:仁宗嘉祐初年凤翔府知府陈希亮。他是天圣年间的进士,此时年事已高,卸任后便致仕了。杖屦:穿着便鞋拄着手杖。逍遥于其下:信步行走在山下。⑩人之旅行于墙外而见其髻也:这是个比喻,意思是那些凸出林木之上的山峦,如同人行走在墙外看不到人,只看到他的发髻。旅行,成群结队地行走。⑪屋之危:屋宇最高处的屋脊。⑫从事:古代对属官的通称。苏轼当时担任签书凤翔府判官,故泛称为从事。⑬复于公:回答陈公说。⑭蒙翳:覆盖遮蔽。⑮狐虺:狐狸和蛇。虺(huī),蝮蛇一类的毒蛇。⑯相寻:辗转相衔,周而复始。⑰秦穆之祈年:春秋时期秦穆公修建的祈年宫。据《汉书·地理志》颜师古注解说,祈年宫是秦惠公所建,并非秦穆公时修建的。橐泉宫则是秦孝公所建,大概是苏轼当时记忆有误。⑱汉武之长杨、五柞:汉武帝修建的长杨宫和五柞宫。长杨宫故址在今陕西周至县东南,本是秦朝旧宫,汉武帝时重修。因宫院之中有垂杨数亩,故名。五柞宫故址也在周至县东南。汉朝的离宫,宫院内有五柞树,故名。⑲隋之仁寿:仁寿宫,隋文帝开皇十三年建的宫殿,故址在今陕西麟游县。⑳唐之九成:九成宫,本隋代之仁寿宫。唐太宗

贞观五年时重修,因山有九重,又改名为九成宫。㉑宏杰诡丽:规模宏大,形体壮丽。㉒仿佛:影子,遗迹。

[译文]

建国于终南山下,那么饮食起居都要与大山发生联系。四面八方的山,没有能超过终南山的。而都城附近秀丽的山,没有能比得上凤翔府这里的山的。因为离高山最近而求取最高的山,按情理当然一定会得到。而知府住在山上,并没有意识到身边就是大山。这并不是事情本身有什么增益或亏缺,而万物之理也有不尽如人意的地方,这就是凌虚台建造的由来。

当初还没有建造此台时,知府陈公拄着手杖在此山下信步游览,看到有座山峰高耸于林木之上,兀然突出,就像是人行走在墙外看不到人,只见到他的发髻。陈公说:"此山必有神异。"于是命工匠在山前开凿了一方池塘,用挖出的土石建造成台,台高出了屋脊就不再垒砌了。此后人们到了台上,恍然之中并没有想到此台的高大,却认为是山形拱起造成的。陈公说:"这个台应该取名叫凌虚。"他把此话告诉了从事官苏轼,又命苏轼写篇记文。

苏轼回答陈公说:"万物的兴起衰败创立毁灭,都是难以预料的。过去这里是荒草野地,风霜雨露任意覆盖吹打,狐狸长蛇纵情奔跑藏匿。那个时候,谁会知道能矗起一座凌虚高台?兴起衰败创立毁灭是交替无穷的,这样说来,此台今后或许会重新变成荒郊野地,这都是不得而知的。我敬请跟随陈公登上高台四处眺望,台的东边是秦穆公的祈年殿和橐泉宫,台的南边是汉武帝的长杨宫和五柞宫,而台的北边则是隋朝的仁寿宫和唐朝的九成宫。想一想当时的盛况,这都是些宏伟壮观、结构奇巧、外形精美、坚不可摧的高大建筑,岂止是比此台强上百倍?然而数代之后,再想看看它们的遗迹,就连破瓦断墙也一无所有,早已变成谷物荆棘、荒山农田了,何况是这个台呢?连这个台都难保长久,更何况是人生的获得与丧失,你来而我往呢?如果想要以此台炫耀于世而感到自足,那就错了。世上也有足以赖之流传的,但并不在于此台的存在还是毁亡。"我对陈公讲完这番话,回到府中写下了此记。

# 超然台记[1]

凡物皆有可观[2]。苟有可观，皆有可乐，非必怪奇玮丽者也。铺糟啜醨皆可以醉[3]，果蔬草木皆可以饱。推此类也，吾安往而不乐。夫所为求福而辞祸者，以福可喜而祸可悲也。人之所欲无穷[4]，而物之可以足吾欲者有尽。美恶之辨战乎中[5]，而去取之择交乎前[6]，则可乐者常少，而可悲者常多。是谓求祸而辞福。夫求祸而辞福，岂人之情也哉[7]？物有以盖之矣[8]。彼游于物之内，而不游于物之外。物非有大小也[9]，自其内而观之，未有不高且大者也。彼挟其高大以临我[10]，则我常眩乱反覆[11]，如隙中之观斗，又乌知胜负之所在。是以美恶横生[12]，而忧乐出焉。可不大哀乎？

余自钱塘移守胶西[13]，释舟楫之安[14]，而服车马之劳[15]；去雕墙之美[16]，而蔽采椽之居[17]；背湖山之观[18]，而适桑麻之野[19]。始至之日，岁比不登[20]，盗贼满野，狱讼充斥。而斋厨索然[21]，日食杞菊[22]。人固疑余之不乐也。处之期年[23]，而貌加丰，发之白者，日以反黑。余既乐其风俗之淳，而其吏民亦安予之拙也[24]，于是治其园圃，洁其庭宇，伐安丘、高密之木以修补破败[25]，为苟全之计[26]。而园之北，因城以为台者旧矣[27]，稍葺而新之。时相与登览，放意肆志焉。南望马耳、常山[28]，出没隐见，若近若远,庶几有隐君子乎㉙?而其东则卢山㉚,秦人卢敖之所从遁也㉛。西望穆陵㉜,隐然如城郭,师尚父、齐桓公之遗烈㉝,犹有存者。北府潍水㉞,慨然太息,思淮阴之功㉟,而吊其不终㊱。台高而安,深而明,夏凉而冬温。雨雪之朝,风月之夕,余未尝不在,客未尝不从。撷园蔬,取池鱼,酿秫酒㊲,瀹脱粟而食之㊳,曰:乐哉游乎!

方是时,余弟子由适在济南㊴,闻而赋之㊵,且名其台曰"超然"。以见余之无所往而不乐者,盖游于物之外也㊶。

[题解]

这篇文章是作者从杭州通判改任密州知州后的作品。密州属于北方贫瘠地区,作者为一州父母官,也经常"餔糟啜醨",甚至与通判一道挖野菜充饥,其物质条件和杭州无法相比。但作者始终抱着一种超然物外的乐观态度,在艰苦条件下自寻快乐。本文还隐含了另一层意思,即王安石变法不但没有使百姓得到实惠,反而使他们陷入了更大的贫困之中,透露出作者对国家前途命运的深深忧虑。

[注释]

①超然台:故址在今山东诸城北城遗址。②可观:可供观赏的一个方面。③餔糟啜醨:吃滤酒之后所剩的酒糟、酒饼和残酒。餔(bū):吃。醨(lí):残酒。④人之所欲无穷:人的欲望是没有止境的。⑤美恶之辨战乎中:什么是美什么是丑,在每个人的心中都须分辨拣择。⑥去取之择交乎前:选择什么摈弃什么就摆在人们面前。⑦岂人之情也哉:难道一定是人之常情吗。⑧物有以盖之:被纷杂的俗物覆盖住了。⑨物非有大小:俗物并没有大小之分。⑩挟:挟持。临我:面对我们。⑪眩乱反覆:眼花缭乱,迷惘难辨。⑫美恶横生:美好和丑恶的相互交错。⑬钱塘:旧郡名,宋代为杭州。此前苏轼曾担任杭州通判。移守胶西:调任密州知州。胶西,旧郡名,宋代为密州,治所在今山东诸城。⑭释舟楫之安:抛弃了出门乘船的安适生活。杭州为多水之乡,物产丰富,生活优裕,故云。⑮服车马之劳:从事于乘车跨马的劳苦。密州在北方,出门乘车跨马,令人感到疲倦。⑯雕墙:有雕饰彩绘的墙壁,代指华美的建

筑。这一句还是说抛弃了杭州舒适的生活。⑰蔽：遮蔽。此处指居住。采椽：建造简陋的房屋。《韩非子·五蠹》说："尧之王天下也，茅茨不剪，采椽不斫。"意思是屋前的椽头没有经过取齐和雕琢。这一句仍在说密州生活艰苦。⑱背湖山之观：离开了湖山胜景的观赏。杭州有湖山之胜，故云。⑲适：来到。桑麻之野：采桑种麻的黄土地。这句仍指密州。⑳岁比不登：连年歉收。㉑斋厨：餐厅厨房。此处指饮食供给。索然：稀少的样子。㉒日食杞菊：每天只能吃些野菜。杞，枸杞；菊，野菊花，代指野菜。㉓处之期年：在这里度过了整整一年。㉔拙：朴厚无为。此处指以镇静治理州郡。㉕安丘：县名，在密州西北。高密：县名，也在密州西北，今二县仍名安丘、高密。㉖苟全：苟且全身。㉗因城以为台：借助城墙而建筑的台榭。㉘马耳：山名，在今山东诸城南五里。常山：在诸城南二十里。㉙隐君子：隐居不仕的高士。㉚卢山：在山东诸城东南三十里。㉛卢敖：战国时燕国人。秦灭燕后，召卢敖入朝为博士，欲使之求仙。卢敖不应诏，隐居于此山。所从遁：所隐之处。㉜穆陵：古关名，故址在今山东临朐南的大岘山。㉝师尚父：即吕尚。他曾辅佐武王有功，被尊为尚父，封于齐，为齐国之祖。齐桓公：春秋时齐国国君。他在管仲的辅佐下，数十年间成为东方霸主，为春秋五霸之一。遗烈：至今为人传颂的经天纬地的功业。㉞潍水：发源于山东诸城东南的石门镇，北经诸城、潍县、昌邑流入莱州湾。㉟淮阴：指汉初淮阴侯韩信。韩信初事项羽不得志，后归刘邦，连破赵、魏，收复齐地。楚将龙且率二十万大军救齐，韩信与之夹潍水列阵，大破龙且军。㊱吊其不终：凭吊这位盖世英雄未得善终。韩信由楚王降淮阴侯后，吕后以谋反罪将韩信处死。㊲秫酒：粗稻酿制的酒。㊳瀹脱粟：煮糙米。瀹（yuè）：煮。㊴子由：苏轼弟苏辙的字。此时苏辙在齐州任掌书记。济南：宋代为齐州，在今山东济南。㊵赋之：为此台写了一篇赋。苏辙的《超然台赋》今存于《栾城集》中。㊶游于物之外：置身于凡俗之外。取"超然物外"而名其台、言其志。

[译文]

万物都有可观之处。只要有可观之处，就都可以为人带来快乐，不一定非得是奇巧珍异、美丽华贵的东西。粗淡的酒水也可以醉人，瓜果蔬菜野草都可以使人吃饱。以此推之，我到什么地方不快乐呢？人们所做的一切都是为了祈求幸福免除灾祸，因为幸福让人高兴而灾祸使人悲伤。人的欲望无穷无尽，万物之中可以满足欲望的东西却是有限的。心里盘算着什么好什么不好，手里选择着这一样那一样，那么让人快乐的事情就常常很少，而令人悲伤的事情却常常很多。这就叫做求取灾祸而免除幸福。祈求灾祸而免除幸福，难道是人的本性吗？万物足以将你覆盖起来。你在万物中挑选，就不能跳出物欲之外。万物无所谓大小好坏，在万物的笼罩下来看，没有一件不是又高又大的。这些高大美妙的东西引诱着人们，因此人们就会眼花缭乱，弄不清究竟什么是真好的东西，这就像在门缝里看人打仗，怎么能知道谁胜谁败呢？因此美好的东西和丑恶的东西交错在一起，这就引出人们的忧愁和喜悦，难道不值得深深悲哀吗？

  我从杭州通判改任密州知州，放弃了水乡舟船的安适，而忍受车马颠簸的辛劳；离开雕墙画栋的美屋，而栖身于简陋粗糙的居室；不见了湖光山色的美景，而行走在长满桑麻的田野。刚到密州的时候，正值庄稼歉收，盗贼布满村野，诉讼之事繁多。厨房里没有什么菜肴，每天只能吃些枸杞菊花之类的野菜。人们都怀疑我不会快乐。过了一年左右，我的容貌却更加丰满，花白的头发一天天地变黑。我喜欢此地风俗的淳厚，而此地的官吏民众也对我的治理安之若素，于是修治官府中的园圃，打扫堂室庭院，砍伐安丘、高密的树木修补破败之处，作为对府衙初步的整修。而园圃的北边，沿着城墙建筑的高台也已破旧，因此稍加修葺使它现出新貌。我经常邀宾客登高游览，在此抒发情怀，怡情肆志。南望马耳、常山，隐约可见，此中可能会有隐居的高士吧？台的东面是卢山，是秦人卢敖隐遁的地方。向西眺望穆陵，迷迷茫茫如同一座城堡，姜太公、齐桓公的遗迹，还有存留。向北俯瞰潍水，感慨叹息，回想淮阴侯韩信的功业，凭吊他没有善终的人生结局。此台高大安稳，深广明亮，夏季凉爽冬季温暖。下雨落雪的时候，风清月明的夜晚，我从来没有不前往登临，宾客也从来没有不跟从我去。采撷园中的蔬菜，捞取池中的游鱼，酿造高粱美酒，煮熟粗米饭吃，我说：这样游玩真快乐啊！

　　此时，我弟弟苏辙子由刚好在济南，听说之后为此台写了一篇赋，并且把此台命名为"超然"，以表明我无论到什么地方都不会不快乐，因为我能够超然于物外。

# 墨君堂记①

凡人相与号呼者②,贵之则曰公,贤之则曰君,自其下则尔、汝之③。虽公卿之贵,天下貌畏而心不服,则进而君、公,退而尔、汝者多矣④。独王子猷谓竹君⑤,天下从而君之无异辞⑥。今与可又能以墨象君之形容⑦,作堂以居君⑧,而属余为文⑨,以颂君德,则与可之于君,信厚矣⑩。

与可之为人也,端静而文,明哲而忠,士之修洁博习⑪,朝夕磨治洗濯,以求交于与可者,非一人也。而独厚君如此。君又疏简抗劲,无声色臭味⑫,可以娱悦人之耳目鼻口,则与可之厚君也,其必有以贤君矣。世之能寒燠人者⑬,其气焰亦未至若雪霜风雨之切于肌肤也,而士鲜不以为欣戚丧其所守⑭。自植物而言之,四时之变亦大矣,而君独不顾。虽微与可,天下其孰不贤之?然与可独能得君之深,而知君之所以贤。雍容谈笑,挥洒奋迅而尽君之德⑮。稚壮枯老之容⑯,披折偃仰之势⑰。风雪凌厉以观其操⑱,崖石荦确以致其节⑲。得志遂茂而不骄,不得志瘁瘠而不辱⑳。群居不倚,独立不惧㉑。与可之于君,可谓得其情以尽其性矣。余虽不足以知君,愿从与可求君之昆弟子孙族属朋友之象㉒,而藏于吾室,以为君之别馆云㉓。

[题解]

这篇文章是作者为文同所建墨君堂写的记文。文章虽然短小，内容却非常丰富，作者先从称谓入手，说到何种称呼是违心的，何种称呼是由衷的。接着说到王子猷山阴之竹，再说到文同的墨竹。而作者真正要表达的，却是墨竹之外那种"得志遂茂而不骄，不得志瘁瘠而不辱。群居不倚，独立不惧"的高尚情操。

[注释]

①墨君堂：为所画墨竹修建的堂。②相与号呼：彼此称呼。③自其下则尔、汝之：从"公"和"君"再往下，则只称呼"尔"、"汝"了。尔、汝都是"你"的意思，这里也有"他"的意思，表示最普通的称呼。④"虽公卿之贵"三句：意谓公卿的地位虽然很高，天下人表面上对他们非常敬畏，但心里并不尊敬他们，于是当着他们的面恭恭敬敬地称"君"称"公"，背着他们时却只称"尔"、"汝"的现象太普遍了。⑤王子猷谓竹君：《世说新语》载，王子猷居山阴时，凡所租赁之处都要种竹。有人问他："这里又不是你的宅院，何必种竹？"王子猷回答说："不可一日无此君。"⑥天下从而君之无异辞：天下之人遵从他的称呼称竹为"君"，谁也没有异议。⑦以墨象君之形容：用墨画出竹君的形貌。⑧作堂以居君：修建一座堂来收藏墨竹。⑨属余为文：嘱托我写一篇记文。⑩与可之于君，信厚矣：文与可和墨竹的感情，堪称深厚了。⑪修洁：修养自身提升境界。博习：博览群书。⑫臭味：气味。古汉语中的"臭"只表示气味，不表示臭气。⑬寒燠人者：能使人感到寒冷或温暖的事物。如风雨、阳光等。⑭欣戚：欣喜和沮丧。丧其所守：失去他们的操守。意思是说人们在面临寒热变化时，会随着感觉的舒适和不舒适而高兴或不高兴。⑮挥洒奋迅而尽君之德：挥洒笔墨将墨竹的品德表现充分。⑯稚壮枯老之容：指墨竹稚嫩健壮干枯衰老等各种神韵。⑰披折偃仰之势：指墨竹披拂断折俯伏仰起等各种形态。⑱风雪凌厉以观其操：在狂风暴雪中体现墨竹的情操。⑲崖石荦确以致其节：在高山悬崖怪石嶙峋中体现墨竹的志节。荦（luò）确，怪石嶙峋的样子。⑳瘁瘠而不辱：憔悴病弱却不受侮辱。瘁（cuì）：劳累。㉑独立不惧：独立时没有任何畏惧。㉒愿从与可求君之昆弟子孙族属朋友之象：这是一句调侃的话，意思是希望跟从与可学画墨竹，但因自己画得不好，只能充

作与可墨竹的兄弟子孙亲戚了。㉓别馆：正居以外的别居。

[译文]

　　大凡人们之间的称呼，地位尊贵的就称他为公，品行贤德的就称他为君，再往下的人就称为尔、汝了。有些公卿尽管地位尊贵，但天下人对他们只是表面敬畏而已，心里并不敬佩，因此当面称他们为"君"为"公"，背地里称他们为"尔"为"汝"的大有人在。只有王子猷称竹为君，天下人都跟着称为君而没有异议。如今文与可又能用墨来画出竹君的形态，建造堂室来安置此君，又请我写文章来歌颂竹君的品德，看得出文与可对于竹君，是何等偏爱了。

　　文与可的为人，端庄雅静，举止斯文，聪明正直，信实忠厚，士子们提高修养，增加学识，时时刻刻磨砺自己，以求得与文与可相交往的，绝不止一两个人。而他只对竹君格外钟情。竹君疏放刚劲，没有特别的声色和气味能使人的耳目鼻口感觉愉快。那么与可之所以厚待竹君，一定是认为竹君有异乎寻常的高洁品德。世间的寒冷和温暖，它的冷暖之气未必都像雪霜风雨那样直接触到人的肌肤，而士人却很少有不为此感到欢喜或忧愁的。就植物的角度来说，它们经受四季气温变化的幅度也非常大，而竹君却毫不惧怕。不仅是文与可，天下谁不敬重它的志节呢？然而只有文与可了解竹君最为深刻，最能体味竹君的品德。在雍容谈笑之间挥笔作画，迅速地把竹君稚嫩、成熟、枯老的不同形态，以及披伏、弯折、挺立的不同姿势淋漓尽致地表现出来。用风雪凌厉来表现它的操守，用崖石的高耸来表现它的志节。气候环境适宜时，就长得茂盛而不骄横；气候环境恶劣时，虽然瘠瘦却不凋敝。丛生时互不倚靠，独立时也无惧色。文与可对于竹君，真可以说是非常了解其性情而又能十分生动地表现其特征。我对竹君的了解虽然不那么详尽，但也希望跟从与可学学画竹，权充做与可所画竹君的昆弟子孙族属朋友，把它们收藏在我的居室，作为竹君的别馆。

# 放鹤亭记①

熙宁十年秋,彭城大水②,云龙山人张君天骥之草堂,水及其半扉③。明年春,水落,迁于故居之东,东山之麓。升高而望,得异境焉,作亭于其上。彭城之山,冈岭四合④,隐然如大环,独缺其西十二⑤,而山人之亭适当其缺。春夏之交,草木际天;秋冬雪月,千里一色。风雨晦明之间,俯仰百变⑥。山人有二鹤,甚驯而善飞。旦则望西山之缺而放焉,纵其所如⑦,或立于陂田,或翔于云表,暮则傃东山而归⑧。故名之曰放鹤亭。

郡守苏轼,时从宾客僚吏往见山人,饮酒于斯亭而乐之,揖山人而告之曰:"子知隐居之乐乎?虽南面之君,未可与易也⑨。《易》曰:'鸣鹤在阴,其子和之⑩。'《诗》曰:'鹤鸣于九皋,声闻于天⑪。'盖其为物,清远闲放,超然于尘垢之外,故《易》、《诗》人以比贤人君子隐德之士。狎而玩之,宜若有益而无损者,然卫懿公好鹤则亡其国⑫。周公作《酒诰》⑬,卫武公作《抑戒》⑭,以为荒惑败乱无若酒者,而刘伶、阮籍之徒以此全其真而名后世⑮。嗟夫!南面之君,虽清远闲放如鹤者犹不得好,好之则亡其国。而山林遁世之士,虽荒惑败乱如酒者犹不能为害,而况于鹤乎?由此观之,其为乐,未可以同日而语也。"山人欣然而笑曰:"有是哉!"乃作放鹤招鹤之歌曰:

鹤飞去兮，西山之缺。高翔而下览兮，择所适。翻然敛翼，婉将集兮⑯，忽何所见，矫然而复击⑰。独终日于涧谷之间兮，啄苍苔而履白石。鹤归来兮，东山之阴。其下有人兮黄冠草履葛衣而鼓琴。躬耕而食兮，其余以汝饱⑱。归来归来兮，西山不可以久留。

元丰元年十一月初八日记。

[题解]

这篇记文从人们喜爱的白鹤说起，其后笔锋陡转，又用了卫懿公因好鹤而亡国的反面典故，说明任何美好的事物，都需要人自身以健康良好的态度去对待，反之，有些被人们视为不良的嗜好，也有可能成为成就自身的条件。对待外界的一切，主观把握是至关重要的。

[注释]

①放鹤亭：在徐州。据《大明一统志》载，此亭是熙宁年间徐州云龙山人张天骥在东山修建的。他养着两只白鹤，清晨望西山而放，黄昏傍东山而归，故名。②彭城大水：神宗熙宁十年，河北大水，很快波及徐州。当时苏轼任徐州知州，率领徐州军民奋力抗洪，终于使洪水没有漫城。苏轼为此受到朝廷表彰。③水及其半扉：大水已经漫过了大门的一半。④冈岭四合：意思是说徐州四面环山。⑤独缺其西十二：唯独缺少西面一部分山。其西十二，用道教典故。道教称洪州（今江西南昌）西山十二峰为神仙会聚之处。⑥俯仰百变：即瞬息万变之意。俯仰：一俯一仰之间。⑦纵其所如：任凭它们飞到何处。⑧傃（sù）：沿着。⑨南面之君，未可与易：意谓即使是皇帝的享乐，也无法与隐居之乐相比。⑩鸣鹤在阴，其子和之：出自《周易·中孚》，意思是白鹤在阴湿之地长鸣，它的子女会以鸣声相和。⑪鹤鸣于九皋，声闻于天：出自《诗经·小雅·鹤鸣》，意思是白鹤在湖泽长鸣，其声高入云天。九皋，一连串的小湖泽。⑫卫懿公好鹤则亡其国：据《左传·闵公二年》载：卫懿公喜好养鹤，乃至鹤有乘坐轩车者。狄人伐卫，卫国百姓都不愿出战，对懿公说："你让白鹤去为你打仗吧！它们都有爵位利禄，我们哪会打仗啊！"卫国终被狄人所灭。⑬周公作《酒诰》：《史记·周本纪》载，成王年少，周初定天下，

周公恐诸侯叛周，于是摄政当国。作《酒诰》、《梓材》等篇，告诫成王不要荒于饮宴。⑭卫武公作《抑戒》：指《诗经·大雅·抑》之篇。诗序说这首诗是武公讽刺周厉王，同时用来自警的。⑮刘伶、阮籍：晋代名士，与嵇康、山涛、向秀等人被称为"竹林七贤"。全其真：保全了他们的真性。⑯婉将集：身体优美的白鹤渐集在一起。⑰矫然：矫健的姿态。⑱其余以汝饱：剩余的食物就能喂饱白鹤。

[译文]

熙宁十年的秋天，徐州发大水，云龙山人张天骥君的草堂，水已淹到门的一半。第二年春天，水落去了，他就迁到故居东面的东山脚下。登高而眺望，寻到一处奇异的地方，于是便在那里建造了一个亭子。徐州的山，连绵起伏环绕在城外，隐隐约约就像一个大环，只是西面有部分缺口，而张山人的亭子恰好建在缺口的地方。春夏时节，花草树木上接青天。秋冬的明月白雪，上下相映千里一色。风雨明暗之间，景色百般变化。张山人有两只白鹤，非常驯服，善于飞翔。每天早晨在西山缺口的亭子上把它们放出去，让它们随心所欲地飞翔，有时立在田边，有时飞翔在云间，黄昏时它们就朝着东山飞回，所以为此亭取名为放鹤亭。

知州苏轼，率领着宾客僚属去看望山人，在此亭中饮酒作乐，向山人作个揖，对他说："你知道隐居的乐趣吗？即使是南面称尊的国君，隐士们也不会跟他交换地位。《周易》中说：'白鹤在池沼鸣叫，它的后代与它和鸣。'《诗经》中说：'白鹤在高地上鸣叫，声音达于上天。'作为动物，它们高远闲散的心性，能超然于尘世污垢之外，因此《周易》、《诗经》的作者拿它们来比喻贤人君子和道德高尚的隐士。亲近宠爱它们，本应该对人有益而无害，然而卫懿公喜欢养鹤却导致了亡国。周公写作《酒诰》，卫武公写作《抑戒》，他们认为使人迷失心性没有比酒更厉害的了，然而刘伶、阮籍之流却恰恰由于嗜酒保全了自己的真性而留名于后世。唉！南面称尊的国君，就连清高闲散像鹤这样的动物都不能喜好，喜好了就要导致亡国；而山林中避世的隐士，就连迷乱心性像酒这样的东西也不会给他们带来危害，更何况是鹤了。由此看来，国君和隐士的快乐就不可同日而语了。"张山人听后笑着说："真是这样吗?"于是我就写了一篇放鹤招鹤之歌：

　　白鹤飞去啊，从西山的缺处。飞上高空向下望啊，选择自己适宜的地方。收敛起翅膀翻身朝下，展示着优美的身姿集合在一起，忽然间像是有所发现，昂首奋翅重新飞向天空。你独自终日徘徊在涧谷之间啊，啄食着青苔脚踏着白石。白鹤归来吧，来到东山之北。山下有人头戴黄冠脚穿草鞋身披葛衣而弹奏琴。他亲自耕种而食啊，剩余的食物足以把你喂饱。归来归来吧，西山不能久留。

　　元丰元年十一月初八日记。

# 文与可画筼筜谷偃竹记①

竹之始生,一寸之萌耳,而节叶具焉。自蜩腹蛇蚹以至于剑拔十寻者②,生而有之也③。今画者乃节节而为之,叶叶而累之,岂复有竹乎?故画竹必先得成竹于胸中,执笔熟视,乃见其所欲画者,急起从之,振笔直遂,以追其所见,如兔起鹘落④,少纵则逝矣⑤。与可之教予如此。予不能然也,而心识其所以然。夫既心识其所以然而不能然者,内外不一,心手不相应,不学之过也。故凡有见于中而操之不熟者,平居自视了然⑥,而临事忽焉丧之⑦,岂独竹乎?子由为《墨竹赋》以遗与可曰⑧:"庖丁,解牛者也,而养生者取之⑨。轮扁,斫轮者也,而读书者与之⑩。今夫夫子之托于斯竹也⑪,而予以为有道者,则非耶?"子由未尝画也,故得其意而已。若予者,岂独得其意?并得其法。

与可画竹,初不自贵重,四方之人持缣素而请者⑫,足相蹑于其门。与可厌之,投诸地而骂曰:"吾将以为袜材。"士大夫传之,以为口实⑬。及与可自洋州还⑭,而余为徐州⑮。与可以书遗余曰:"近语士大夫,吾墨竹一派,近在彭城⑯,可往求之。袜材当萃于子矣⑰。"书尾复写一诗,其略曰:"拟将一段鹅溪绢⑱,扫取寒梢万尺长⑲。"予谓与可:"竹长万尺,当用绢二百五十匹,知公倦于笔砚,愿得此绢而已。"与可无以答,则曰:

"吾言妄矣,世岂有万尺竹也哉?"余因而实之,答其诗曰:"世间亦有千寻竹,月落庭空影许长[20]。"与可笑曰:"苏子辩则辩矣,然二百五十匹,吾将买田而归老焉。"因以所画筼筜谷偃竹遗予,曰:"此竹数尺耳,而有万尺之势。"筼筜谷在洋州,与可尝令予作《洋州三十咏》,筼筜谷其一也。予诗云:"汉川修竹贱如蓬[21],斤斧何曾赦箨龙[22]。料得清贫馋太守[23],渭滨千亩在胸中[24]。"与可是日与其妻游谷中,烧笋晚食,发函得诗,失笑喷饭满案。

元丰二年正月二十日,与可没于陈州[25]。是岁七月七日,予在湖州曝书画[26],见此竹,废卷而哭失声。昔曹孟德《祭桥公文》有"车过"、"腹痛"之语[27],而予亦载与可畴昔戏笑之言者[28],以见与可于予亲厚无间如此也。

[题解]

这是一篇脍炙人口的优美散文,千余年来被后人传诵不歇。当今常用成语"成竹在胸"、"少纵则逝"等,都出自本文。作者在议论文同画竹经验的同时,总结出了一条每个人做事都必须遵循的哲理,就是做事一定要有准备、有构想、有定力、有长期的经验积累、有果断的处理态度,才能把事情做好。缺乏准备,临事犹豫,都会导致失败。

[注释]

①筼筜谷:宋代洋州(今陕西洋县)的一道山谷。筼筜是一种皮薄节长而竿高的竹子。此谷盛产竹,故名。偃竹:倒伏或倾斜的竹子。②蜩腹蛇蚹:像蝉破壳而出,像蛇长出鳞。蜩(tiáo):蝉。蚹(fù):蛇腹下用于爬行的横鳞。剑拔:像宝剑一样挺拔。十寻:古代八尺为一寻。十寻,八十尺,极言其高。③生而有之:是它生长就具有的状态。④兔起鹘落:兔子窜出,隼便以极快的速度降落下来。鹘,比鹰小的一种鸷鸟,即隼。飞行速度极快,所以作者以它为喻。⑤少纵则逝:稍稍一放松,机会就会逝去。⑥平居自视了然:平常时自认为已经(对某事物)十分清楚。⑦临事忽焉丧之:事到临头突然什么都忘了。⑧子由:苏轼弟苏辙。《墨竹赋》:苏辙专为文同所画墨竹写的一

篇赋，收在他的文集《栾城集》第十七卷。⑨庖丁：解牛者也，而养生者取之：《庄子·养生主》篇里的一则故事，说庖丁向文惠王讲解自己杀牛的经验，文惠王听完，说道："善哉！吾闻庖丁之言，得养生焉。"意思是通过庖丁的讲述，悟出了养生的道理。⑩轮扁，斫轮者也，而读书者与之：《庄子·天道》篇里的一则故事，说桓公在堂上读书，轮扁问他读什么书，接着对桓公说："斫轮，徐则甘而不固，疾则苦而不入，不徐不疾，得之于手而应于心。"桓公从中悟出了读书的道理。⑪夫子：对文与可的敬称。⑫缣素：绢素。这里指作画的画布。缣（jiān）：双丝织成的浅黄色细绢。⑬口实：谈资，说话的笑料。⑭与可自洋州还：指文同洋州知州任满回京复命。⑮余为徐州：我正担任徐州知州。苏轼熙宁十年从密州知州改任徐州知州。⑯"近语士大夫"三句：意思是说文同因求画人太多，于是放话说，墨竹一派的主要画家，最近已经转移到徐州了。彭城，徐州的郡名。⑰袜材当萃于子：作袜子的材料这回要集中到你那里了。⑱鹅溪绢：产于四川盐亭县鹅溪的绢帛。唐代为贡品，宋代人书法绘画尤重此材。⑲寒梢：显得清冷的竹梢。⑳影许长：竹影大概真有那么长。㉑汉川：洋州郡名。宋代的州郡既有州名，又有相应的郡名，如许州许昌郡、洋州汉川郡之类。贱如蓬：便宜得像蓬草一样。㉒斤斧：斧子。箨龙：竹笋。㉓馋太守：嘴馋的洋州知州。指文同爱吃竹笋。㉔渭滨千亩：指竹。《史记·货殖列传》中有"陈夏千亩漆；齐鲁千亩桑麻；渭川千亩竹，此其人皆与千户侯等"之说，所以后人经常用"渭川千亩"代指竹。㉕陈州：宋代州名，在今河南淮阳。㉖予在湖州曝书画：苏轼元丰二年（1079年）春自徐州知州改任湖州知州。曝书画：晾晒书画。㉗"车过"、"腹痛"之语：曹操《祭桥公文》中有"车过三步，腹痛勿怪"的话。作者以此语抒发对逝者的祭奠之情。㉘畴昔：以往。

[译文]

竹子刚开始长出一寸长的萌芽时，它的竹节和叶子就已经形成了。像蝉脱掉外壳，像蛇长出鳞片一般，从刚刚脱掉外面的笋壳直到长成几丈高的修竹，它的节和叶子的数量是与生俱来的。如今画竹的人却一节一节地画，一叶一叶地添，哪里还会有完整的竹子呢？所以画竹必须先在胸中酝酿出成熟完整的神韵形态，拿着笔仔细端详，才能看见自己想要画的，这时要赶紧捕捉住这种感觉，挥笔一气画完，以追踪所见的景象，就像兔子一出现鹘鸟就突然冲下去抓住它一样，稍一放松兔子就会溜走。与可是这样教我作画的。我虽然做不到，但心里知道他的话是对的。心知他的话对却又做不到，是因为心里想的和手下画的不一样。心和手不相应，是还没有深入学习的缘故。凡是用眼睛看到而做起来很不熟练，平常自以为很清楚，事到临头又恍然若失的，岂止是竹子？子由写过一篇《墨竹赋》送给与可，赋中说："庖丁是善于杀牛的人，养生者可以从中领悟游刃有余的道理。轮扁是制造车轮的人，读书人对他所发表的意见却十分赞许。如今你对画竹所说的这些道理，使我认识到你是深知事物客观规律的人，难道不是这样吗？"子由没学过作画，因此只是明白了其中的道理。而像我这样的人，难道只明白道理就够了吗？我还要把他的技巧也学到手。

  与可画竹，开始自己并不怎么看重，但四方之人拿着白绢请他作画的，一个接一个地到他家来。与可非常厌烦，把这些绢都扔到地上大骂道："我把它们都做了袜子。"士大夫们把这句话传开来，成为一时的笑谈。与可从洋州知州任满回京时，我正任徐州知州。与可寄信给我说："最近，我告诉士大夫们说，我画墨竹这一派，已经传给了近在徐州的苏轼，你们可到他那里去求画。如今做袜子的白绢应该聚集到你那里了。"信的结尾又附了一首诗，其中两句说："拟将一段鹅溪绢，扫取寒梢万尺长。"我对与可说："竹子长一万尺，应当用绢二百五十匹，我知道你懒得作画，我愿意得到这些绢。"与可无言以对，就说："我的话错了，世上哪有一万尺长的竹子啊！"我又据此而印证他的话没错，给他回诗说："世间亦有千寻竹，月落庭空影许长。"文与可笑着说："苏子你真是个聪明人，然而我如果真有二百五十匹绢，便可以买田养老了。"因此把他画的筼筜谷偃竹赠给我，说："这幅竹子不过几尺长罢了，但它却有万尺的态势。"筼筜谷在洋州,与可曾让我写过《洋州三十咏》,筼筜谷就是其中的一景。我在诗中说:"汉川修竹贱如蓬,斤斧何曾赦箨龙。料得清贫馋太守,渭滨千亩在胸中。"那天与可恰好和他妻子在谷中游玩,晚饭烧笋而食,打开信读到诗,失声大笑,把饭喷了一案子。

  元丰二年正月二十日,与可在陈州逝世。这一年的七月七日,我在湖州晒书画,见到这幅画竹,放下画卷失声痛哭。以前曹操在《祭桥公文》中有"车过三步,腹痛勿怪"的话,而我也记载了与可过去和我的戏笑之言,以表明与可和我亲密无间的深厚感情。

# 石钟山记[①]

　　《水经》云[②]："彭蠡之口[③]，有石钟山焉。"郦元以为下临深潭[④]，微风鼓浪，水石相搏[⑤]，声如洪钟。是说也，人常疑之。今以钟磬置水中[⑥]，虽大风浪，不能鸣也，而况石乎。至唐李渤始访其遗踪[⑦]，得双石于潭上，扣而聆之[⑧]，南声函胡[⑨]，北音清越[⑩]，桴止响腾[⑪]，余韵徐歇[⑫]，自以为得之矣。然是说也，余尤疑之。石之铿然有声者，所在皆是也，而此独以钟鸣，何哉？

　　元丰七年六月丁丑[⑬]，余自齐安舟行适临汝[⑭]，而长子迈将赴饶之德兴尉[⑮]，送之至湖口[⑯]，因得观所谓石钟者。寺僧使小童持斧，于乱石间择其一二扣之，空空焉[⑰]，余固笑而不信也。至暮夜月明，独与迈乘小舟至绝壁下，大石侧立千仞[⑱]，如猛兽奇鬼，森然欲搏人[⑲]。而山上栖鹘[⑳]，闻人声亦惊起，磔磔云霄间[㉑]。又有若老人咳且笑于山谷中者。或曰，此鹳鹤也。余方心动欲还[㉒]，而大声发于水上，噌吰如钟鼓不绝[㉓]，舟人大恐。徐而察之[㉔]，则山下皆石穴罅[㉕]，不知其深浅，微波入焉，涵澹澎湃而为此也[㉖]。舟回至两山间，将入港口，有大石当中流，可坐百人，空中而多窍[㉗]，与风水相吞吐，有窾坎镗鞳之声[㉘]，与向之噌吰者相应，如乐作焉。

　　因笑谓迈曰："汝识之乎[㉙]？噌吰者，周景王之无射也[㉚]。窾坎镗鞳者，魏庄子之歌钟也㉛。古之人不余欺也㉜。事不目见耳闻，而臆断其有无，可乎？"郦元之所见闻，殆与余同㉝，而言之不详。士大夫终不肯以小舟泊绝壁之下，故莫能知。而渔工水师，虽知而不能言。此世所以不传也㉞。而陋者乃以斧斤考击而求之，自以为得其实。余是以记之，盖叹郦元之简，而笑李渤之陋也。

[题解]

这篇文章属于游记性质。作者为了探究石钟山为何声如洪钟，亲自到山间一睹究竟，最终揭开了谜底。文章通过叙述自己探寻的过程，揭示对任何事物，都必须透过现象弄清其实质，而不能人云亦云。

[注释]

①石钟山：山名，在今江西湖口县鄱阳湖畔。②《水经》：汉代桑钦著，以后又有人陆续增补，三国时最后成书。是一部专记天下河流水道的专著。③彭蠡：湖泊名，即今江西境内的鄱阳湖。④郦元：郦道元，北魏范阳涿鹿（今河北涿鹿）人。他曾作《水经注》，是研究中国古代河流水道的重要著作。⑤相搏：相互撞击。⑥钟磬：古代两种打击乐器名，钟由金属铸成，磬由玉或石制成。⑦李渤：唐代洛阳人，曾担任过江州刺史。⑧扣而聆之：击打这两块石头并仔细辨识它们发出的声音。⑨南声函胡：南面那块石头发出的声音洪大而沉闷。⑩北音清越：北面那块石头发出的声音清脆悦耳。⑪桴止响腾：鼓槌停下后，它的响声还在震荡回响。桴（fú）：鼓槌。⑫余韵徐歇：一波一波的余响消逝得很慢。⑬元丰七年：即1084年。⑭齐安：旧郡名，宋代名黄州。舟适：坐船去。汝：汝州，在今河南临汝。苏轼此时奉命自黄州团练副使量移汝州安置。⑮迈：苏迈，字伯达，苏轼的长子。此时被授德兴县尉之职。饶：饶州，在今江西波阳。德兴：在今江西德兴。尉：县尉，掌一县弓箭手、兵士巡警、抓捕盗贼等事。⑯湖口：宋县名，属江州，在今江西湖口，因鄱阳湖入江之口而得名。⑰空空：石块被击打而发出的闷响。⑱侧立：壁立，直上直下地耸立。⑲森然：阴森可怖的样子。搏人：搏击人。⑳鹘：即鹘鹳，形似鹤而无红顶。㉑磔磔（jié jié）：鸟鸣叫的"嘎嘎"声。㉒心动：由于惊惧而忐忑。

㉓噌吰(chēng hóng)：洪亮的声音。㉔徐而察之：随后侧耳细听。㉕穴罅(xià)：洞穴。㉖涵澹澎湃：水波腾涌。㉗空中：中间是空的。多窍：有很多小的洞穴。㉘窾坎镗鞳(kuǎn kǎn táng tà)：打击钟鼓等物所发出的声音。㉙汝识之乎：你还记得吗。㉚周景王：周灵王的儿子，公元前544年至前520年在位。无射：周景王二十四年所铸的钟名。㉛魏庄子：春秋时晋国大夫魏绛。歌钟：演奏用的编钟。《左传·襄公十一年》载：晋侯把郑国送来的歌钟等赏赐给魏绛。㉜不余欺：没有欺骗我们。㉝殆与余同：可能和我相同。㉞不传：没有把真相传播开来。

[译文]

《水经》上说："鄱阳湖边的湖口，有座石钟山。"郦道元认为是由于此山下临深潭，微风鼓起浪花，水石互相撞击，声如洪钟，因此才以石钟为山命名。这个说法，经常受到人们的怀疑。现在把钟磬放在水中，就是再大的风浪，也不可能使它鸣响，更何况是石头呢？直到唐朝的李渤才开始寻访它的遗迹，在潭边找到了一对石头，叩击后仔细聆听，其中南面的发出柔细含糊的声音，北面的发出清亮激越的声音，鼓槌停止敲击后，声音腾起，余音袅袅渐渐歇止，他自以为得到了其中的奥妙。然而对这种说法，我更加怀疑。敲击石头发出铿锵的声者，到处都是这样的，而这里却说是"像钟的声音"，这是什么原因呢？

元丰七年六月丁丑日，我从黄州乘船到汝州去，恰好长子苏迈也要到饶州德兴县去任县尉，我把他送到湖口，因而得以观察所谓的石钟山。寺中的僧人让小童拿着斧头，在乱石之间选择了一两块敲击，石头发出冈冈的响声，我笑了笑，仍然不信这是钟的声音。入夜后月光明亮，我单独和苏迈乘着小船到了绝壁之下，那儿有块巨大的石壁侧立千仞，形状就像猛兽恶鬼，阴森森的像要与人搏斗。而山上栖息的鹘鸟，听到我们的响动也受惊飞起，在云间鸣叫。我们又听到了一种像老人咳嗽着在山谷中大笑的声音。有人说这是鹳鹤的叫声。我心里有些惊惧想要返回，正在这时有很大的声音从水面上传来，就像是钟鼓敲击之声接连不断，船上的人都非常害怕。我仔细地观察，原来山下布满了石洞，无法知道它们的深浅，水波进入洞中，汹涌澎湃，才发出这样的响声。船回到两山之间，快要进入港口时，水流正中间有块巨大的岩石，上面可以容纳一百多人，石头是空心的，表面有很多孔，与风势水浪相吞吐，发出时而沉闷时而响亮的声音，与刚才类似洪钟的响声相呼应，真像是在演奏乐曲。

于是我笑着对苏迈说："你知道吗？这沉郁的声音，就像是周景王所筑的无射钟发出的声音；这洪亮的声音，就像是晋大夫魏绛的编钟所发出的声音。古人没有欺骗我们。凡事不亲眼见到亲耳听到，只凭臆想去判断它的有无，这怎么可以呢？"郦道元的所见所闻，与我们的见闻相差无几，只是描述的不太详尽。士大夫没人肯乘小船停泊在绝壁之下亲自体验这种感受，因此他们不可能了解真实情况；而那些渔夫水手，他们虽然了解实际情况却又说不出来，这就是许多事情的真谛不能流传于世的原因。而那些浅陋者却用斧子敲击的方法来寻找答案，还自以为得到了其中的奥妙。所以我把它记下来，对郦道元记载的简略表示遗憾，同时对李渤的浅陋深感可笑。

# 眉州远景楼记①

吾州之俗，有近古者三：其士大夫贵经术而重氏族②，其民尊吏而畏法，其农夫合耦以相助③。盖有三代、汉、唐之遗风，而他郡之所莫及也。始朝廷以声律取士④，而天圣以前，学者犹袭五代之弊，独吾州之士，通经学古，以西汉文词为宗师。方是时，四方指以为迂阔⑤。至于郡县胥吏⑥，皆挟经载笔，应对进退⑦，有足观者。而大家显人⑧，以门族相上，推次甲乙，皆有定品，谓之江乡⑨。非此族也，虽贵且富，不通婚姻。其民事太守、县令，如古君臣，既去，辄画像事之，而其贤者，则记录其行事以为口实，至四五十年不忘。商贾小民，常储善物而别异之，以待官吏之求。家藏律令，往往通念而不以为非，虽薄刑小罪，终身有不敢犯者。岁二月，农事始作。四月初吉⑩，谷稚而草壮，耘者毕出。数十百人为曹⑪，立表下漏⑫，鸣鼓以致众，择其徒为众所畏信者二人，一人掌鼓，一人掌漏⑬，进退作止，惟二人之听。鼓之而不至⑭，至而不力⑮，皆有罚。量田计功，终事而会之⑯，田多而丁少，则出钱以偿众⑰。七月既望⑱，谷艾而草衰⑲，则仆鼓决漏⑳，取罚金与偿众之钱，买羊豕酒醴，以祀田祖㉑，作乐饮食，醉饱而去，岁以为常。其风俗盖如此。

故其民皆聪明才智，务本而力作，易治而难服㉒。守、令始至，视其言语动作，辄了其为人。其明且能者，不复以事试，终日寂然。苟不以其道，则陈义秉法以讥切之，故不知者以为难治。

今太守黎侯希声㉓，轼先君子之友人也㉔。简而文㉕，刚而仁㉖，明而不苛㉗，众以为易事㉘。既满将代㉙，不忍其去，相率而留之，上不夺其请㉚。既留三年㉛，民益信，遂以无事。因守居之北墉而增筑之㉜，作远景楼，日与宾客僚吏游处其上。轼方为徐州，吾州之人以书相往来，未尝不道黎侯之善，而求文以为记。

嗟夫，轼之去乡久矣。所谓远景楼者，虽想见其处，而不能道其详矣。然州人之所以乐斯楼之成而欲记焉者，岂非上有易事之长，而下有易治之俗也哉？孔子曰："吾犹及史之阙文也。有马者借人乘之。今亡矣夫！"是二者，于道未有大损益也，然且录之。今吾州近古之俗，独能累世而不迁，盖耆老昔人岂弟之泽㉝，而贤守令抚循教诲不倦之力也，可不录乎？若夫登临览观之乐，山川风物之美，轼将归老于故丘，布衣幅巾㉞，从邦君于其上㉟，酒酣乐作，援笔而赋之，以颂黎侯之遗爱，尚未晚也。元丰七年四月十五日记。

[题解]

本文是应家乡百姓之约写的一篇记文。虽名为记，但主要叙述的是家乡淳朴的民风，以及担任乡郡太守的黎錞爱养百姓、察而不苛的事迹。作者笔下的地方官并没有惊天动地的业绩，但心系百姓、宽以御民的古贤者风范却很能感动人。作者认为，地方官应该首先为当地人民谋福祉，为了赢得上司的好评而压榨盘剥百姓，就是残民。

[注释]

①眉州：属成都府路，在今四川眉山。苏轼的乡郡。②贵经术而重氏族：尊重经学，重视家族。③合耦以相助：耦和而耕，意思是彼此互助。耦（ǒu）：

二人并肩而耕。《周礼·地官·里宰》郑玄注说："二耜为耦，此言两人相助，耦而耕也。"④以声律取士：指以诗赋为主要内容的科举考试。⑤迂阔：迂腐守旧而不通时变。⑥胥吏：郡县中办理具体事务的吏人。⑦挟经载笔，应对进退：手里拿着经书，头上簪着笔，在官府里行为举止都很守规矩。⑧大家显人：豪门显贵。⑨江乡：唐孟浩然《晚春卧病寄张八》诗有"念我平生好，江乡远从政"之语。后以江乡代指外出做官人很多的水乡。⑩初吉：即朔日，农历每月的初一。⑪数十百人为曹：几十上百人为一个集体。⑫立表下漏：设置一个记时的滴漏。⑬一人掌鼓，一人掌漏：一个人负责击鼓，一个人掌握时间。漏：滴漏，古代的计时器。⑭鼓之而不至：击鼓后还不到规定地点集合。⑮至而不力：来到劳动场地而不肯出力。⑯终事而会之：事情结束后再统一计算决定。⑰田多而丁少，则出钱以偿众：田地较多而劳动力少的，由大伙儿帮忙完成，但需要出钱给大伙儿作为补偿。⑱七月既望：七月十六。古代历法，初一叫朔，月末叫晦，月中十五叫望。望日后的一天叫既望。⑲谷艾：谷苗正在生长的旺期。⑳仆鼓决漏：意思是一个人敲鼓发号令，一人看钟漏掌握时间。仆（pū）：敲击。㉑田祖：传说中初始耕者，即神农氏。㉒易治而难服：容易以礼治理，却很难用强制的命令将他们制服。㉓太守黎侯希声：名錞，字希声，神宗熙宁年间担任眉州知州。㉔先君子：苏轼对其父苏洵的尊称。㉕简而文：处事简约为人斯文。㉖刚而仁：性格刚直而讲求仁义。㉗明而不苛：遇事明察而不苛暴。㉘易事：容易相处。事：侍奉。㉙既满将代：任期已满将要受代。地方郡守任满后，须等待接替他的下任郡守到后做一交代方能离任。㉚上不夺其请：朝廷没有违拗当地百姓的请求。㉛既留三年：谓黎希声知州在眉州留任了三年。宋代郡守任期为三年，再留三年，叫做"再任"。㉜守居之北墉：知州居所的北墙。㉝岂弟：和乐平易而厚道的人。《诗经·小雅·青蝇》说："岂弟君子，无信谗言。"㉞幅巾：古代平民男子以全幅细绢裹头为头巾。㉟邦君：乡郡的太守。

[译文]

　　我家乡眉州的风俗，有三种是接近古风的。那里的士大夫看重学习经术并重视宗族亲戚；那里的民众尊重官府而惧怕犯法；那里的农夫合作耕种以互相帮助。这些都是三代、汉、唐时的朴厚遗风，其他各郡都比不上。当初朝廷是以诗赋来选取进士，而天圣年以前，各地的学者仍旧因袭五代以来华而不实的陋习，只有眉州的士子，通晓经书学习古文，以西汉时的文章作为典范。那时候，别郡的士子都认为他们的做法泥古不化。至于郡县的小吏，也都捧着经书带着笔墨，在官府里行为举止都很守规矩。而大家族和显贵之人，是以文章来推重门第，比较优劣，都有一定的品评，当地人称之为江乡。不是这些宗族中的人，尽管地位很高并且很富有，人们也不会与他们结为婚姻。百姓对待太守、县令，就像古代君臣之间的关系一样，官吏离任之后，便为他们画像敬奉，对于其中贤能的人，还要记录他们的事迹相互传讲，长达四五十年都不忘记。商贾小民，经常储备一些好东西单独收藏起来，以满足官吏的求取。家家都藏有国家律令，经常诵读并不认为有什么不对，即使是一些很小的过失，人们也终生不敢违犯。每年的二月，农事就开始了。四月上旬，谷苗很嫩而野草遍布的时候，耕耘的人们就全都出动，几十上百人为一曹，安置一个漏钟，用敲鼓的方法指挥群众，选择两个为众人所敬畏信服的人，一个人敲鼓发布号令，一人看着钟漏掌握时间。歇晌吃饭、出工收工，都要听从这两个人的指挥。鼓声响了还没到，或者到了却不努力劳作，都要受到责罚。根据每人所耕田地的多少计算劳动量，事完后统一算账，田地多而男丁少的人家，就拿出钱来补偿给众人。到了七月中旬，稻谷成熟而杂草衰败的时候，就把鼓、漏收回，拿出罚金和补偿众人的钱，买来猪羊酒醴，以祭祀田祖，然后欢乐饮食，吃个酒足饭饱，每年都是这样。那里的风俗大致如此。

因此那里的民众都很有聪明才智，他们安守本分努力劳作，容易管理却难以制服。州守县令刚一来到，人们往往要观察他的言论和行为，从各方面了解他的为人。对那些清明而有才能的人，就不再用其他的事来试探他，百姓也就日日平安无事。如果州守县令不以王道治民，人们就会同他讲理甚至搬出法令条文来讥笑驳斥他，所以不了解此地风俗的人认为这里的民众难以治理。

现今的知州黎侯希声，是苏某先父的朋友。他处事简约为人斯文，刚直而仁义，明察而不苛刻，民众认为他很容易相处。在他任满将要被人替代时，士民们都不愿让他离去，争相挽留他，皇上同意了眉州士民的请求。他在眉州留任了三年，民众更加信赖他，官民相安无事。黎侯沿着知州居住的北墙增盖了一座远景楼，他每天都与宾客僚属在楼上游玩。苏某那时正担任徐州知州，家乡眉州的人有书信往来，没有不说起黎侯的善行，还请求我为这座楼写一篇记文。

啊！苏某离开故乡已经很久了。他们所说的远景楼，我虽然依稀能够想象出来，却不能说得很详细。然而家乡的人们之所以很高兴修建这座楼并且想让我为它写记的原因，难道不是由于上有容易相处的长官，下有容易治理的民众这样美好的风俗吗？孔子说："我还能够看到史书阙疑的地方。有马的人先借给别人骑。这种精神，今天已经没有了！"看到史书的阙疑和有马先给别人骑，对于大道来说微不足道，孔子尚且记录下来。如今眉州接近古人的风俗，竟能保持如此久远而没有改变，是因为老一辈长者互敬互爱的风范，以及贤良的州守、县令们孜孜不倦地抚循教诲的结果，能不记录下来吗？想象那登高远望的乐趣，山川风景的美丽，苏某将来归老故乡后，穿上粗布衣裳，裹上青头巾，跟随着州中的长官登上此楼，喝到兴浓，乘着乐曲，提起笔来作赋，以颂扬黎侯的遗爱，也不为晚。元丰七年四月十五日记。

# 密州通判厅题名记①

始，尚书郎赵君成伯为眉之丹棱令②，邑人至今称之。余其邻邑人也③，故知之为详。君既罢丹棱④，而余适还眉，于是始识君。其后余出官于杭⑤，而君亦通守临淮⑥，同日上谒辞⑦，相见于殿门外，握手相与语。已而见君于临淮，剧饮大醉于先春亭上而别⑧。及移守胶西⑨，未一年，而君来倅是邦⑩。

余性不慎语言⑪，与人无亲疏，辄输写腑脏⑫，有所不尽，如茹物不下⑬，必吐出乃已。而人或记疏以为怨咎⑭，以此尤不可与深中而多数者处⑮。君既故人，而简易疏达，表里洞然⑯，余固甚乐之。而君又勤于吏职，视官事如家事，余得少休焉。

君曰："吾厅事未有壁记⑰。"乃集前人之姓名以属余⑱。余未暇作也。及为彭城⑲，君每书来，辄以为言，且曰："吾将托子以不朽⑳。"昔羊叔子登岘山，谓从事邹湛曰："自有宇宙而有此山，登此远望，如我与卿者多矣，皆堙灭无闻，使人悲伤。"湛曰："公之名，当与此山俱传，若湛辈，乃当如公言耳㉑。"夫使天下至今有邹湛者，羊叔子之贤也㉒。今余顽陋自放，而且老矣，然无以自表见于后世㉓，自计且不足㉔，而况能及于子乎？虽然，不可以不一言，使数百年之后，得此文于颓垣废井之间者，茫然长思而一叹也。

[题解]

本文作于熙宁末年作者担任徐州知州时。作者与赵通判都是地方官,关系很好,二人还经常一起挖野菜吃。当时是王安石变法逐渐深入的时期,官员之间的告讦之风很盛,所以作者感叹自己经常因说话不慎而遇祸,同时作者对新法害民感到很痛心。文中所说的"不朽"、"表见于后世"等话,实际上是在警醒自己:千万不要残害百姓,否则无法面对后世之人。

[注释]

①密州:在今山东诸城。通判:宋代州郡中的主要官员,形式上在知州之下,但负有监察知州的特殊权力,凡州中重要事务,知州须与通判联合署名方能生效。②赵君成伯:名不详。据本文,赵君曾任丹棱县令,又通判泗州、密州。眉,苏轼乡郡,在今四川眉山。③余其邻邑人:我是赵君邻县的人。苏轼为眉州眉山县人,眉山和丹棱为相邻的县,故云。④既罢丹棱:谓丹棱县令任满应当卸任改官。⑤出官于杭:指苏轼于熙宁四年出任杭州通判。⑥通守临淮:担任临淮郡的通判。通守,对通判的别称。临淮郡是泗州的郡名。泗州在今江苏盱眙。⑦同日上调辞:同一天拜别宰相准备赴任。宋朝制度,外任官员赴任之前需要向朝廷辞行,任满后还要回到京城向朝廷汇报。⑧剧饮:痛饮。先春亭:泗州的古亭名。⑨移守胶西:改任密州知州。宋朝知州俗称守臣,意谓替天子守土之臣。胶西,密州的旧郡名。⑩倅(cuì):也是通判的意思。倅本身表示"副",所以宋人把通判叫做倅官或倅贰。是邦:密州。⑪不慎语言:苏轼性格豪放外向,且没有城府,言谈话语很少斟酌。他曾经评价自己是"眼前见天下无一个不好人,此乃一病"。⑫输写腑脏:恨不得把肠子肚子都掏给别人。写,通"泻"。⑬茹物不下:吃东西咽不下去。⑭人或记疏以为怨咎:某些人便把我的一些话记录下来,说我对朝廷有所怨恨。⑮深中而多数者:城府太深心思太多的人。⑯洞然:谓表里如一,十分通亮。⑰厅事:办公的厅堂。壁记:又叫做题名记。古代官员担任何种官职,往往要有题名。比如密州通判题名记,即将自第一任之后所有担任此官者的姓名、任期和业绩记录下来留给后人评判其优劣,同时也是青史留名的一种手段。⑱集前人之姓名以属余:把此前历任密州通判的姓名等材料交给了我。⑲为彭城:担任徐州知州。彭城,徐州郡名。苏轼熙宁九年十二月自密州知州改任徐州知州。⑳吾将

托子以不朽：意谓我打算借你苏轼的名气把自己的姓名留给后人。㉑"昔羊叔子登岘山"至"乃当如公言耳"十二句：晋代襄阳太守羊祜有一次带领属官登上岘山，对属官邹湛感慨道："自从有了宇宙就有了这座山，在这里登山远眺的，像你我这样的人太多了，至今都已经湮灭无闻，难免令人感到悲伤。"邹湛答道："羊公的名字不会湮灭，会和这座山一样永垂不朽。至于我辈，自然会湮灭无闻了。"㉒使天下至今有邹湛者，羊叔子之贤也：意谓后人能知道有个叫邹湛的人，完全是因为羊祜的贤明所致。㉓无以自表见于后世：连我自己都没有什么功业能流传后世。见，"现"的古字，显现。㉔自计且不足：本人都难以自顾。

[译文]

当初，尚书郎赵成伯君曾任眉州丹棱县令，他家乡的人至今称颂他。我是他邻县的人，所以了解得很详细。赵君从丹棱县令卸任后，我恰好回到眉州，于是结识了赵君。后来我出川任职于杭州，而赵君也担任了临淮郡通判，我们同日上朝辞行，相见于殿门外，握着手互相交谈。没过多久，又在临淮见到赵君，豪饮大醉于先春亭上，与他告别。等到我移任密州知州后，不到一年，而赵君也来到密州担任通判。

我生性说话不谨慎，与人交往不分远近，动不动就把心里话掏出来，如果不能完全说尽，就像有东西卡在喉咙里，一定要吐出来才算痛快。可有的人就把这些话记录下来上疏给朝廷，说我怨恨朝廷，所以我最不愿意与城府很深而心术过多的人相处。赵君是我的老朋友，性格又直率旷达，表里如一，我本来就很喜欢他。而他做事又很勤勉，处理公事如同做自己的家事那样尽心尽力，这样我也就稍得空闲。

赵君曾说："我们通判厅还没有通判题名记。"于是他收集了前任通判的姓名、任期交给我。我一直没有得空写。后来我改任徐州知州，赵君每次写信来，都要提到这件事，并且说："我还想托你的大名流传不朽呢！"当年羊祜登上岘山，对从事邹湛说："自从有了宇宙就有了这座山,登上此山远望,像我和你这样的人很多,都已经湮灭无闻了,真使人感到悲伤。"邹湛说:"羊公的大名,一定会与此山一起流传千古,像我这样的人,才会像您说的那样湮灭无闻呢。"使天下人至今知道有邹湛这个人,的确是羊祜的功劳。可如今我顽钝无能,疏懒自放,年纪也老了,却没有什么成就能够自我表现流传后世,自己还顾不上自己呢,还能帮得了赵君吗?话虽这么说,我也不能不为赵君写上几句,使那些几百年之后,在颓垣废井之间发现这篇文章的人,能够想到我们,叹息一声也就足矣。

# 钱塘六井记[①]

潮水避钱塘而东击西陵[②]，所从来远矣。沮洳斥卤[③]，化为桑麻之区[④]，而久乃为城邑聚落，凡今州之平陆，皆江之故地。其水苦恶，惟复山凿井，乃得甘泉，而所及不广。唐宰相李公长源始作六井[⑤]，引西湖水以足民用。其后刺史白公乐天治湖浚井[⑥]，刻石湖上[⑦]，至于今赖之。始长源六井，其最大者，在清湖中，为相国井[⑧]，其西为西井[⑨]，少西而北为金牛池[⑩]，又北而西附城为方井[⑪]，为白龟池[⑫]，又北而东至钱塘县治之南为小方井[⑬]。而金牛之废久矣。嘉祐中，太守沈公文通又于六井之南[⑭]，绝河而东至美俗坊为南井[⑮]。出涌金门[⑯]，并湖而北，有水闸三，注以石沟贯城而东者，南井、相国、方井之所从出也。若西井，则相国之派别者也。而白龟池、小方井，皆为匿沟湖底，无所用闸。此六井之大略也。

熙宁五年秋[⑰]，太守陈公述古始至[⑱]，问民之所病。皆曰："六井不治，民不给于水。南井沟庳而井高[⑲]，水行地中，率常不应。"公曰："嘻，甚矣，吾在此，可使民求水而不得乎？"乃命僧仲文、子珪办其事。仲文、子珪又引其徒如正、思坦以自助，凡出力以佐官者二十余人。于是发沟易甃[⑳]，完缉罅漏[㉑]，而相国之水大至[㉒]，坎满溢流，南注于河，千艘更载，瞬息百斜。以方井为近于浊恶而迁之少西,不能五步㉓,而得其故基。父老惊曰:"此古方井也。民李甲迁之于此,六十年矣。"疏涌金池为上、中、下,使浣衣浴马不及于上池。而列二闸于门外,其一赴三池而决之河,其一纳之石槛,比竹为五管以出之㉔,并河而东,绝三桥以入于石沟,注于南井。水之所从来高,则南井常厌水矣㉕。凡为水闸四,皆垣墙扃镝以护之㉖。

明年春,六井毕修,而岁适大旱,自江淮至浙右井皆竭,民至以罂缶贮水相饷如酒醴㉗。而钱塘之民肩足所任,舟楫所及,南出龙山㉘,北至长河㉙,盐官海上㉚,皆以饮牛马,给沐浴。方是时,汲者皆诵佛以祝公。余以为水者,人之所甚急,而旱至于井竭,非岁之所常有也。以其不常有,而忽其所甚急,此天下之通患也,岂独水哉?故详其语以告后之人,使虽至于久远废坏而犹有考也。

[题解]

本文是苏轼担任杭州通判时所作。文中记载了杭州六井的兴废始末,着意表达了自唐朝以来杭州地方官一心为民的优良传统。文章用很少的笔墨,把一地变迁的历史勾勒得十分清晰,文字简洁而且十分生动。

[注释]

①钱塘:县名,在今浙江杭州,也是宋代杭州州治所在县。②潮水避钱塘而东击西陵:据《读史方舆纪要》卷九〇载,三国时期,吴国功曹华信因江潮为患,建议修筑塘坝以捍之。故曰钱塘。唐代咸通二年,潮水再次冲击堤塘,杭州刺史崔彦曾开掘外沙、中沙、里沙三沙河以泄水,名曰沙河塘。③沮洳:低湿之地。斥卤:盐碱之地。吴曾《能改斋漫录·辨误》三说:"咸薄之地,名为斥卤。"④桑麻之区:适合种植桑麻的地区,即适宜人居的地方。⑤唐宰相李公长源始作六井:唐代宰相李泌在担任杭州刺史时开挖的六眼井。《咸淳临安志》卷三三说:"自相国井而下六井,始唐刺史李邺侯以郡城水泉恶,引湖水以便民汲。"六井,参见下面的注解。⑥刺史白公乐天治湖浚井:白居易担任杭州刺史时,一方面治理西湖,一方面疏通旧井。⑦刻石湖上:

《咸淳临安志》卷三三引白居易原记文:"钱塘湖,一名上湖,周回三十里。其郭中六井,李泌相公典郡日所作,甚利于人。与湖相通,中有阴窦,往往埋塞,亦宜数察而通理之,则虽大旱,而井水常足。予在郡三年,仍岁逢旱,湖之利害,尽见其由恐来者要知,故书于石。"⑧相国井:据《咸淳临安志》载,相国井在甘泉坊旁侧。⑨西井:又叫化成井。据《咸淳临安志》载,这眼井在罗汉寺前。水口在李相国祠前。⑩少西而北为金牛池:稍微往西,北面就是金牛池。据《咸淳临安志》载,金牛井后来湮废,无法利用。⑪又北而西附城为方井:再往北朝西拐挨着城墙的地方叫方井。《咸淳临安志》载,方井,俗呼为四眼井。⑫白龟池:《咸淳临安志》载,这里的水不能饮用,只能防备万一缺水时救急用。⑬又北而东至钱塘县治之南为小方井:《咸淳临安志》载,小方井,俗呼为六眼井,在钱塘门内。水口在菩提寺前方。⑭太守沈公文通:指仁宗嘉祐年间杭州知州沈遘。据《乾道临安志》载,沈遘于嘉祐七年(1062年)八月担任杭州知州。⑮南井:又叫沈公井,又叫惠迁井,是杭州人为纪念沈遘而取的俗称。⑯涌金门:杭州城西之门。⑰熙宁五年:1072年。⑱太守陈公述古:杭州知州陈襄。《宋史》本传载,陈襄字述古,福州侯官人。知陈州,徙杭州,以枢密直学士知通进银台司兼侍读,判尚书都省。卒年六十四。⑲沟庳而井高:引水的沟较低而井却高于水沟。⑳发沟易甃:开挖水沟,替换毁坏的石板。甃(zhòu),砖石。㉑完缮罅漏:把坏损之处都修补好。罅(xià):空隙。㉒相国之水大至:相国井的水大量流入。㉓不能五步:不到五步远。㉔比竹为五管:用并排的五根竹管。㉕厌水:谓水常涨满。厌,足。㉖扃镐:锁钥。㉗罂缶:罐子和瓦器。罂(yīng):小口大腹的瓦罐。缶(fǒu):汲水用的瓦器。据《墨子·备城门》说,可容三石以上的水。相饷如酒醴:互相馈赠,宝贵得像美酒一样。㉘龙山:龙山河。据《读史方舆纪要》卷九〇载,龙山河在杭州城南。宋代水上运输由此入城。㉙长河:即古运河。《读史方舆纪要》载,运河在杭州城北十里。㉚盐官:县名,在今浙江海宁西南。

[译文]

潮水从钱塘折向东方冲击西陵,很早以前就是这样。它使低洼盐碱之地,变成了长满桑麻的良田,时间长了又聚为城邑,如今杭州的平地，都是过去江潮冲刷的地方。这里的水又苦又涩，只有在山间凿井，才能得到甘甜的井水，但能喝到甜水的人不多。到了唐朝，宰相李长源才打了六眼井，引西湖之水以满足民众之用。后来杭州刺史白居易又治理西湖疏凿六井，并把这件事刻成石碑立在湖边，直到如今人们还主要靠这几眼井水生活。当初李长源所打的六眼井中，最大的一眼在清湖中，名叫相国井，相国井西面是西井，再稍微往西北是金牛池，继续向北折到西城边有方井，有白龟池，再向北向东直到钱塘县治之南是小方井。而金牛池却干枯很久了。嘉祐年间，杭州知州沈文通公又在六井之南，依河向东到美俗坊开凿了南井。此水流出涌金门，沿湖北去，上有三道水闸，井水流入石渠穿城向东而去，南井、相国、方井都从这里流出，而西井，则是相国井的支流，白龟池和小方井的水都流入湖底的暗渠，用不着水闸。这就是杭州六井的大概情况。

熙宁五年秋天，知州陈述古公到任，询问百姓生活上的困难。人们都说："六眼井不治理好，百姓就没水吃。南井的水沟太低而井太高，水都流散在地，而人们需要的水却往往得不到。"陈公说："咳，太过分了，有我在这儿，能让百姓没有水吃吗？"于是命僧人仲文和子珪承办这件事。仲文、子珪又让他们的徒弟如正和思坦作为助手，出力帮助官府的有二十多人。于是清理沟渠，更换砖石，堵塞漏洞，这样一来，相国井的水滔滔而来，沟里的水都溢了出来，向南注入河中，上千的船只轮流来取水，瞬息之间就可以灌满百斛。由于方井水质浊恶，陈公把它移到原址的西面，在不到五步远的地方，竟发现了它的故基。父老们惊奇地说："这就是古代的方井啊。平民李甲把它迁到此处，已经六十年了。"把涌金池修改为上、中、下三个池子，使人们洗衣浴马不污染上池。陈公又在涌金门外建了两道闸，其中一道闸控制的水流经三池后注入浙江，另一道闸把水拦在石槛之内，排列了五根竹管把水引出来，而后沿着

钱塘六井记　175

河水向东，经过三桥进入石渠，进而注入南井。由于水从高处来，所以南井的水经常溢出。陈公又建了四道水闸，并分别建造了围墙上了锁以便保护它们。

第二年春天，六眼井全部整修完毕，正赶上大旱，从江淮到浙右一带的井都枯竭了，人们甚至用瓦罐装着水当做礼品互相赠送，就像送人酒醴一样。而钱塘的百姓却洗肩濯足，通舟行船，南出龙山，北入长河，直至盐官海山，都有丰足的水供牛马饮用，供人们沐浴。在这个时候，打水的人都诵念佛经以求菩萨保佑陈公。我认为水是人们急需的东西，由于天旱导致井水枯竭，并不是常见的事。正因为这种事不常发生，所以更容易忽视它是人们的急需之物，这是天下的通病，难道只是水吗？因此我把这些情况详细地记录下来告诉后人，以便这些井由于年代久远而废置损坏之后，人们还能够参考。

# 庄子祠堂记

庄子，蒙人也①。尝为蒙漆园吏②。没千余岁，而蒙未有祀之者。县令秘书丞王兢始作祠堂③，求文以为记。

谨按《史记》，庄子与梁惠王、齐宣王同时，其学无所不窥，然要本归于老子之言④。故其著书十余万言，大抵率寓言也。作《渔父》、《盗跖》、《胠箧》，以诋訾孔子之徒⑤，以明老子之术。此知庄子之粗者⑥。余以为庄子盖助孔子者，要不可以为法耳。楚公子微服出亡，而门者难之。其仆操箠而骂曰："隶也不力。"门者出之⑦。事固有倒行而逆施者⑧。以仆为不爱公子⑨，则不可；以为事公子之法⑩，亦不可。故庄子之言，皆实予而文不予⑪，阳挤而阴助之⑫，其正言盖无几。至于诋訾孔子，未尝不微见其意。其论天下道术，自墨翟、禽滑厘、彭蒙、慎到、田骈、关尹、老聃之徒⑬，以至于其身，皆以为一家，而孔子不与，其尊之也至矣。

然余尝疑《盗跖》、《渔父》，则若真诋孔子者。至于《让王》、《说剑》，皆浅陋不入于道。反复观之，得其《寓言》之终曰："阳子居西游于秦，遇老子。老子曰：'而睢睢，而盱盱，而谁与居。太白若辱，盛德若不足。'阳子居蹴然变容。其往也，舍者将迎其家，公执席，妻执巾栉，舍者避席，炀者避灶。其反也，舍者与之争席矣⑭。"去其《让王》、《说剑》、《渔父》、《盗跖》四篇，以合于《列御寇》之篇，曰："列御寇之齐，中道而反，曰：'吾惊焉，吾食于十浆，而五浆先馈⑮。'"然后悟而笑曰："是固一章也。"庄子之言未终，而昧者剿之以入其言⑯。余不可以不辨。凡分章名篇，皆出于世俗，非庄子本意。

元丰元年十一月十九日记。

[题解]

本文虽然是记文，实际上却是一篇学术性的论文，体现出作者对学术问题的思考。作者通过对某些文字或篇章的研究，认为庄子的思想和墨翟、禽滑厘、彭蒙、慎到、田骈、关尹等人是有本质区别的，相反，却和孔子的思想有很多相通之处。这种认识未必正确，但作者勤于思考的做法，提出一家之言的勇气，是值得我们认真学习的。

[注释]

①蒙：宋县名，属亳州，在今安徽蒙城。②尝为蒙漆园吏：曾经担任过蒙地漆园的小吏。据《史记·老子韩非列传》注，蒙在春秋时属于梁国。漆园故城在曹州（今山东曹县）北。③县令秘书丞王竞：意谓王竞以秘书丞之官担任蒙城县令。秘书丞是北宋元丰改制前的寄禄官，县令才是具体职事官。④要本归于老子之言：这是《史记·老子韩非列传》里的话，意思是说他的思想体系还是本于老子。⑤诋訾：毁谤，非议。这句说庄子的《渔父》、《盗跖》、《胠箧》等篇，看起来都是反驳孔子的。⑥此知庄子之粗者：这只是那些对庄子思想认识不深的人比较粗浅的见解。⑦"楚公子微服出亡"五句：不知出处。清人赵翼《陔馀丛考》卷四〇说出自《左传》，但查无此事，或是苏轼杜撰之语。微服：为隐藏真实身份，避人耳目而改换常服。这段话的意思是说楚国公子改换民服出逃，守门人不肯放他出去，公子的仆人拿起棍子打公子，骂他道："你这奴才，为什么早不出去！"守门人以为公子是仆人，便放他出门。⑧倒行而逆施：做事违反常规，违背情理。⑨以仆为不爱公子：把这种做法看成是仆人不敬爱公子。⑩以为事公子之法：认为这是仆人侍奉公子的

方法。⑪皆实予而文不予：都属于实际上支持，但文字上没有表现出支持。⑫阳挤而阴助之：表面上排挤攻击，实质上是在帮助孔子说话。⑬墨翟：春秋宋国大夫，善守御，倡节用。禽滑厘：《庄子·天下》成玄英疏解说："姓禽，字滑厘，墨翟弟子也。"彭蒙、田骈、慎到，都是老庄学说的追随者。《庄子·天下》成玄英疏解说："姓彭，名蒙；姓田，名骈；姓慎，名到，并齐之隐士，俱游稷下，各著书数篇。"关尹：和老子同时人，著有《关尹子》九篇。老聃：即写《道德经》的老子。⑭"阳子居西游于秦"数句：出自《庄子·寓言》篇："阳子居南之沛，老聃西游于秦。邀于郊，至于梁而遇老子。老子中道仰天而叹曰：'始以汝为可教，今不可也。'阳子居不答。至舍，进盥漱巾栉，脱屦户外，膝行而前，曰：'向者弟子欲请夫子，夫子行不闲，是以不敢；今闲矣，请问其故。'老子曰：'而睢睢盱盱，而谁与居？大白若辱，盛德若不足。'阳子居蹴然变容曰：'敬闻命矣！'其往也，舍者迎将其家，公执席，妻执巾栉，舍者避席，炀者避灶。其反也，舍者与之争席矣！"成玄英疏解说："阳子居，姓杨，名朱，字子居。"睢睢：仰目而视的样子。盱盱：张目直视的样子。太白若辱：人过于廉洁清白，也就等于污辱。盛德若不足：德行过于美盛，反而像是不足。蹴然：愧悚的样子。蹴（cù）。舍者将迎其家：旅店里的人打算去迎接他的家人。公执席：主人拿着席子。巾栉：梳子毛巾等盥洗用具。炀者避灶：燃火做饭的厨师避开灶台。⑮吾食于十浆，而五浆先馈：意谓列子因为口渴，来到客舍，十家中有五家出于对他的敬畏，没等他买便主动送了上来，列子不知为何，故而惊惧。⑯剺之：割裂开来。

[译文]

庄子，是蒙地人。曾做过蒙地管理漆园的小吏。已经死去一千多年了，可蒙地却没有祭祀他的人。蒙县县令、秘书丞王竞开始为他建造祠堂，向我请求一篇文章作为记文。

按：据《史记》记载，庄子是与梁惠王、齐宣王同时期的人，他的学术十分广博，无一不涉足，当然主要还是阐扬老子的学说。所以他的著作有十万多字，大多是寓言。他写作《渔父》、《盗跖》、《胠箧》等文，用来诋毁孔子的学说，以彰明老子的学术。其实这种看法仅仅是了解了庄子的表象。我认为庄子是敬重孔子的人，只是不能把他的学说当成儒学的典范。当年楚公子改换服装出逃，守城的士兵刁难他。他的仆人拿起木棒大骂他说："你这个奴才，为什么早不出去！"守城人就放他们出去了。楚公子的仆人在这件事上表现得大逆不道。后人认为仆人这样做是不敬重公子，是不对的；把这种做法当做服侍公子的表率，也不行。所以庄子的言论，都是实质上同意儒说，而文字上又当仁不让，表面上排挤而暗地里帮助，他正面的论述文章没有几篇，那些诋毁讥讽孔子的话，没有一处不是暗暗流露出对儒学的赞同。他论述天下各家学说，从墨翟、禽滑厘、彭蒙、慎到、田骈、关尹子、老聃之徒，直到自己，认为都是同一学派，而没有把孔子置于其中，这恰恰说明他对孔子的尊敬达到了极点。

我曾经怀疑《盗跖》、《渔父》这两篇文章，是真正诋毁孔子的。至于《让王》、《说剑》两篇文章，都浅薄卑陋，称不上学术。反复阅读，看到《寓言》的最后部分说道："阳子居到西方的秦国游历，遇见老子。老子对他说：'看你仰面而视、瞪目直望的狂态，谁敢跟你相处呢？人太高洁也就不高洁了，真正盛德圆满的人，却总像是有所不足。'阳子居惭愧地红了脸。他出门住在旅舍中时，主人恭敬地迎接，亲手拿着毡席，主人的妻子为他拿来梳子毛巾，先在座的人避席离去，烧火的人不敢上灶。等到他见过老子返回时，那些惧怕他的人就与他促膝谈笑了。"应该把他的《让王》、《说剑》、《渔父》、《盗跖》四篇与《列御寇》合为一篇，如："列御寇到齐国去，半路返回来，说：'我真感到吃惊，我见到十家卖浆水的，却有五家先馈赠我。'"后来省悟过来，笑着说："原来他们是同出于一篇文章啊。"庄子的话没说完，那位糊涂人就打断了他。这一点我不能不辨析明白。古书划分章节和另起篇名，都是后人依自己的想法而定的，并不是出于庄子的本意。

元丰元年十一月十九日记。

# 李氏山房藏书记[①]

象犀珠玉怪珍之物，有悦于人之耳目，而不适于用。金石草木丝麻五谷六材[②]，有适于用，而用之则弊，取之则竭。悦于人之耳目而适于用，用之而不弊，取之而不竭，贤不肖之所得，各因其才，仁智之所见各随其分，才分不同，而求无不获者，惟书乎？

自孔子圣人，其学必始于观书。当是时，惟周之柱下史老聃为多书[③]。韩宣子适鲁，然后见《易象》与鲁《春秋》[④]。季札聘于上国，然后得闻《诗》之风、雅、颂[⑤]。而楚独有左史倚相，能读《三坟》、《五典》、《八索》、《九丘》[⑥]。士之生于是时，得见《六经》者盖无几[⑦]，其学可谓难矣。而皆习于礼乐，深于道德，非后世君子所及。自秦、汉以来，作者益众[⑧]，纸与字画日趋于简便。而书益多，士莫不有，然学者益以苟简，何哉？余犹及见老儒先生，自言其少时，欲求《史记》、《汉书》而不可得，幸而得之，皆手自书[⑨]，日夜诵读，惟恐不及。近岁市人转相摹刻诸子百家之书，日传万纸，学者之于书，多且易致如此，其文词学术，当倍蓰于昔人[⑩]，而后生科举之士，皆束书不观[⑪]，游谈无根[⑫]，此又何也？

余友李公择，少时读书于庐山五老峰下白石庵之僧舍[⑬]。公择既去，而山中之人思之，指其所居为李氏山房。藏书凡九千余卷。公择既已涉其流，探其源，采剥其华实，而咀嚼其膏味⑭，以为己有，发于文词，见于行事，以闻名于当世矣。而书固自如也⑮，未尝少损。将以遗来者，供其无穷之求，而各足其才分之所当得。是以不藏于家，而藏于其故所居之僧舍，此仁者之心也。

余既衰且病，无所用于世，惟得数年之闲，尽读其所未见之书，而庐山固所愿游而不得者，盖将老焉。尽发公择之藏，拾其余弃以自补，庶有益乎？而公择求余文以为记，乃为一言，使来者知昔之君子见书之难，而今之学者有书而不读为可惜也。

[题解]

这是一篇游记。作者元丰七年从黄州团练副使量移汝州团练副使途中，在江西庐山逗留了半个多月，在游庐山时，见到故友李常少年时的读书堂，写下这篇文章，其主旨非常鲜明，劝告人们要认真刻苦地读书，而且要读圣贤之书，才能领会古代圣人的遗意，提高自己的修养，开阔自己的眼界。

[注释]

①李氏：李常，字公择，江西人，仁宗皇祐初年进士。李常少年时在庐山楞伽院读书。他离开后，寺僧虚其室不居，藏书室中几万卷，以示纪念。当地人称为李氏山房。②六材：《礼记·曲礼》下所载的土工、金工、石工、木工、兽工、草工，叫做六材。③周之柱下史老聃：老子姓李名聃，曾担任周朝的柱下史。柱下史即后世之史官。④韩宣子适鲁，然后见《易象》与鲁《春秋》：《左传·昭公二年》载，晋公派韩宣子聘于鲁，观书于大史氏，见《易·象》与鲁国国史《春秋》，说道："周礼尽在鲁矣。"⑤季札聘于上国，然后得闻《诗》之风、雅、颂：《左传·襄公二十九年》载，吴国公子季札到北方访问，听到各国的国风和《小雅》、《大雅》、三颂，深为感慨。⑥左史倚相，能读《三坟》、《五典》、《八索》、《九丘》：《左传·昭公十二年》载，楚国左史倚相经过楚王面前时，楚王对臣下称赞他说："你们要善待他，他是位能读《三坟》、《五典》、《八索》、《九丘》的良史。"⑦《六经》：儒家的六部

经典,指《易经》、《尚书》、《诗经》、《春秋》、《周礼》、《乐经》。⑧作者益众:写书的人越来越多。⑨手自书:亲手抄写。⑩倍蓰(xǐ):一倍、五倍。蓰,古代称五倍为蓰。⑪束书不观:把书束之高阁根本不去读。⑫游谈无根:缺乏根底的肤浅之说。⑬庐山五老峰:江西庐山香炉峰下的高峰。⑭涉其流,探其源,采剥其华实,而咀嚼其膏味:这几句话出自韩愈的《答李翊书》,意思是说读书要探究本源,知其流变,在阅读的过程中吸收其营养,丰富自己的思想。⑮书固自如:书还是那些书,并没有损坏或消失。

**[译文]**

象牙犀角珍珠宝玉等珍稀之物,能够供人欣赏,却不实用。金属石器草木丝麻五谷等,切于实用,使用它们就会损坏,求取它们就会枯竭。能让人欣赏而又实用,用不坏,取不完,贤士庸人根据各自的才能来求取,仁者智者根据各自的需要来观看,才能和需求各不相同,然而只要有求必然有获的东西,不就只剩下书了吗?

自从孔圣人开始,要想学习就必须看书。在那时,只有周朝的柱下史老聃有很多书。韩宣子来到了鲁国,才见到《易·象》和鲁国史书《春秋》。季札朝聘于中原大国,才得知《诗》有风、雅、颂。而楚国只有左史倚相,才能读到《三坟》、《五典》、《八索》、《九丘》。当时的士子,能见到《六经》的人寥寥无几,他们的学习条件可以说非常困难。然而他们对礼乐的学习,对道德的追求,都是后世的君子难以企及的。自秦朝、汉朝以来,写文章的人越来越多,书写工具和文字笔画都越来越简便。书籍越来越多,士子们没人不拥有,然而学者对知识的追求却越来越苟且,这是为什么呢?我曾经见过一些老儒先生,他们说到自己小的时候,想找《史记》、《汉书》都找不到,一旦有机会得到此书,都用手抄写下来,日以继夜地诵读,唯恐有所遗漏。近年来市肆的书商辗转翻刻诸子百家的著作,一天就能印一万页,学者能够很容易地得到很多书,他们的文章学术,本该比古人强得多,然而年轻的科举士子,却都把书束之高阁不去阅读，夸夸其谈却没什么学问，这又是为什么呢？

我的朋友李公择，少年时在庐山五老峰下的白石庵僧舍中读书。公择离去之后，山中的僧人很怀念他，把他的居室称为李氏山房。这里收藏的图书有九千多卷。公择已经弄清了各家学术的源流，把它们化为自己的东西，融于自己的词章之内，运用于行事之中，已经闻名于当世。而那些书还保持着原貌，一点儿也没有损坏。公择打算把这些书留给后学之人，满足别人无穷的求知欲望，使他们根据各自的才能和需求去选择阅读。因此没有把这些书藏在家中，而是收藏在他过去居住的僧舍中，这是仁者的一番心意。

我如今年老多病，不会再得到当世的任用，只能利用这几年的空闲，尽量阅读我没见过的书。庐山一直是我希望游览而没有如愿的地方，我愿意终老于此，尽量地利用公择的藏书，以弥补自己的不足，这不也很有益处吗？公择请我写文为记，于是就写成这篇文章，让后来的人了解过去的君子得到书籍的困难，而如今的学者有书不读真是可惜。

# 众妙堂记

眉山道士张易简教小学①，常百人，予幼时亦与焉。居天庆观北极院②，予盖从之三年。

谪居海南③，一日梦至其处，见张道士如平昔，汛治庭宇④，若有所待者，曰："老先生且至。"其徒有诵《老子》者曰："玄之又玄，众妙之门⑤。"予曰："妙一而已，容有众乎？"道士笑曰："一已陋矣，何妙之有？若审妙也，虽众可也。"因指洒水薙草者曰⑥："是各一妙也。"予复视之，则二人者手若风雨，而步中规矩，盖涣然雾除，霍然云散。予惊叹曰："妙盖至此乎？庖丁之理解⑦，郢人之鼻斲⑧，信矣。"二人者释技而上⑨，曰："子未睹真妙，庖、郢非其人也。是技与道相半⑩，习与空相会⑪，非无挟而径造者也⑫。子亦见夫蜩与鸡乎⑬？夫蜩登木而号，不知止也；夫鸡俯首而啄，不知仰也。其固也如此。然至蜕与伏也⑭，则无视无听，无饥无渴，默化于荒忽之中⑮，候伺于毫发之间，虽圣智不及也。是岂技与习之助乎？"二人者出。道士曰："子少安⑯，须老先生至而问焉。"二人者顾曰："老先生未必知也。子往见蜩与鸡而问之，可以养生，可以长年。"广州道士崇道大师何德顺⑰，学道而至于妙者也。作堂榜曰众妙。以书来海南，求文以记之。予不暇作也，独书梦中语以示之。戊寅三月十五日⑱,蜀人苏轼书。

[题解]

作者此时遭贬已经很久,年事已高,很注意养生,所以探求养生之道。然而同时也讲明了一个哲理:要做好任何一件事情,都必须经过反复的训练,熟能生巧,才能进入妙境。

[注释]

①张易简:苏轼小时候的老师。②天庆观:苏轼老家眉州的道院名,苏轼曾在那里就读小学。③谪居海南:苏轼被贬到广东惠州三年后,绍圣四年(1097年)七月,再贬到海南儋州(今海南儋州)。④汛治庭宇:洒扫庭院堂室。⑤玄之又玄,众妙之门:《老子》第一章说:"故常无,欲以观其妙;常有,欲以观其徼。此两者,同出而异名,同谓之玄。玄之又玄,众妙之门。"意思是两玄加起来,就是所有奥妙的门径。⑥薙草:除草。薙(zhī)。⑦庖丁之理解:谓庖丁按照牛的肌理结构去分解牛身(分割牛肉)。⑧郢人之鼻斫:《庄子·徐无鬼》说:郢人把白色的泥土涂在鼻子上,让匠石将它砍掉。匠石抡起斧子,砍去了白土。鼻子却一点也没受伤。⑨释技而上:放下表演自己的技术来到面前。⑩技与道相半:技艺和规律各占一半。⑪习与空相会:练习和玄妙相互融会。⑫无挟而径造:没有技艺而凭空进入妙境。⑬蜩:蝉。⑭蜕与伏:蜕谓蝉蜕皮,伏谓鸡趴窝。⑮默化:不知不觉的变化。荒忽:模糊混沌之貌。⑯子少安:你稍微等一等。⑰广州道士崇道大师何德顺:苏轼被贬惠州时认识的一位道士。⑱戊寅:哲宗元符元年,1098年,即苏轼贬到海南的第二年。

[译文]

蜀中眉山道士张易简教授小学,学生常常达到近百人,我小时候也在其中。张道士住在天庆观北极院,我跟从他学习了三年。

我遭贬谪居海南,有一天夜里梦见又回到了儿时的学堂,像往昔一样去见张道士,有人正在洒扫庭院屋宇,好像在等待着什么人到来,一个人说:"老先生要来了。"那些生徒中有个诵读《老子》的人说:"玄而又玄,才是众妙的门径。"我说:"妙只有一个,哪能有什么众妙呢?"张道士笑着说:"所谓一妙也是编造的,世上哪有什么妙?如果一定要说有妙,那么说成众妙也不为过。"于是指着面前洒水锄草的人说:"他们各得一妙。"我重新观察那两个人,他们的手快得像风来雨落,举止甚合规矩,尘雾一下子就被消除了,杂草很快就被清理了。我惊叹说:"妙能达到如此地步吗?我现在终于相信庖丁解牛、郢人斫鼻是真的了。"这两个人丢开手中的活儿走上前来,说:"你还没有看见什么是真妙,庖丁、郢匠并不能算是真得其妙的人。他们是技能与妙道各得一半,熟练与空灵融合为一,并不是没有技艺而凭空进入妙境的。你见过蝉和鸡吗?蝉爬上树木而鸣叫,从来不知停止;鸡低下头去啄食,而不知仰起头来,它们的习性就是这样。然而当蝉蜕皮与鸡抱窝时,它们不看不听,不饥不渴,在空灵之中默默变化,等待着突变的那一瞬间,即使是圣明睿智的人也很难做到。这难道不是技巧与习性相辅相成吗?"这两个人说完就出去了。张道士说:"你稍稍等候,待老先生来到之后再向他询问。"那两个人又回过头来说:"老先生也未必知道其中的奥妙。你还是去找蝉和鸡询问,这样既可以保养生命,又可以延年益寿。"广州道士崇道大师何德顺,是一位学道而至于精妙的人。他建造了一间堂室,题名叫众妙堂。他写信到海南,请我写篇文章为记。我仓促间来不及仔细考虑,只把梦中的一些话记下来答复他。

元符元年三月十五日,蜀人苏轼书。

# 思堂记

建安章质夫①,筑室于公堂之西,名之曰"思"。曰:"吾将朝夕于是,凡吾之所为,必思而后行,子为我记之。"嗟夫!余,天下之无思虑者也②。遇事则发③,不暇思也。未发而思之,则未至;已发而思之,则无及。以此终身,不知所思。言发于心而冲于口,吐之则逆人④,茹之则逆余⑤。以为宁逆人也,故卒吐之。君子之于善也,如好好色⑥;其于不善也,如恶恶臭⑦。岂复临事而后思,计议其美恶,而避就之哉⑧?是故临义而思利,则义必不果;临战而思生,则战必不力。若夫穷达得丧,死生祸福,则吾有命矣⑨。少时遇隐者曰:"儒子近道,少思寡欲。"曰:"思与欲,若是均乎?"曰:"甚于欲。"庭有二盎以蓄水⑩,隐者指之曰:"是有蚁漏⑪,是日取一升而弃之⑫,孰先竭?"曰:"必蚁漏者。"思虑之贼人也,微而无间。隐者之言,有会于余心,余行之。且夫不思之乐,不可名也。虚而明,一而通,安而不懈,不处而静,不饮酒而醉,不闭目而睡。将以是记思堂,不亦缪乎?虽然,言各有当也。万物并育而不相害,道并行而不相悖。以质夫之贤,其所谓思者,岂世俗之营营于思虑者乎?《易》曰:"无思也,无为也⑬。"我愿学焉。《诗》曰:"思无邪⑭。"质夫以之⑮。元丰元年正月二十四日记⑯。

[题解]

这是作者为其朋友章楶（jié）思堂所写的一篇记文。文章表面上看似乎是在劝告朋友遇事三思而行，尽量使自己不要受到伤害。实则是对当下森严的法禁表示了抗议。此时是王安石变法进入白热化的时期，几年之内，王安石贬谪了大批对新法提出异议的官员，苏轼本人也是被王安石从京城赶出来的。对于王安石的"一言堂"，作者内心的苦闷无处宣泄，只有借此文进行暗讽。

[注释]

①建安：古地名，在今福建建瓯。章质夫：章楶。曾知陈留县，提举陕西路常平、京东转运判官、提点湖北刑狱、成都路转运使，入朝为考功、吏部、右司员外郎。徽宗时拜同知枢密院事。他和苏轼是很要好的朋友。②余，天下之无思虑者也：我苏某是天下最没有思虑的人。③遇事则发：遇到事情就忍不住要发表看法。苏轼是个很外向的人，一点城府也没有。苏辙曾劝他说话要留心，他说："眼见天下无一个不好人。"④吐之则逆人：说出来就会得罪人。⑤茹之则逆余：咽在肚里则违背自己的心愿。茹，吃东西，此处指把想说的话吞进肚里。⑥如好好色：如同喜爱美色。第一个"好"字读去声，第二个"好"字读上声。⑦如恶恶臭：如同厌恶不好闻的气味。第一个"恶"字读厌恶的"恶"，第二个"恶"字读"丑恶"的恶。臭，气味。⑧避就：躲避还是不躲避。就，趋向，与"避"意思相反。⑨死生祸福，则吾有命矣：出自《论语·颜渊》："子夏曰：'商闻之矣：死生有命，富贵在天。'"⑩二盎：两只大盆。盎（àng），装水的器皿。⑪是有蚁漏：这一只有蚁穴般细微的渗漏。⑫是日取一升而弃之：这一只里每天舀出一升水泼掉。⑬无思也，无为也：出自《周易·系辞》上："《易》无思也，无为也，寂然不动，感而遂通天下之故。"意思是说人不要过多思虑，不要过于主动地做事，任其自然，就叫无为。⑭思无邪：出自《论语·为政》："子曰：'《诗》三百，一言以蔽之，曰：思无邪。'"⑮以之：用之。⑯元丰元年：1078年。这一年苏轼在徐州知州任上。

[译文]

建州人章质夫，在公堂之西建了一座厅堂，取名叫"思堂"。

他说:"我要天天记住这个'思'字,凡是我想要做的事,一定要先思而后行,请你为我写篇记文。"唉!我是天下最不懂得思虑的人,遇事就说,不假思索。如果事情还没发生就思考它,那原本就没有事;如果事情已经发生再去思考它,就已经来不及了。我这一生都是如此,从不知应该思考什么。心里有话就脱口而出,说出来就得罪人,不说出来自己就憋得难受。我认为宁可得罪人,也一定要说出来。君子对于善美的行为,就如同喜好美色;对于不善的行为,就如同厌恶腐臭,难道还要事到临头再去思考,判断事情的好坏,决定是躲避还是参与吗?所以临到行义时想到获利,那么所行的义肯定不会有结果;面对战斗时想要偷生,那么打起仗来一定不会勇敢。我认为人生的穷困显达,获取丧失,死生祸福,都是命中注定的。我年轻时曾遇见一位隐士,他对我说:"年轻人,如果你想得道,就应该减少思虑和欲望。"我说:"思虑和欲望,是均等的吗?"隐士说:"思虑比欲望还厉害。"庭院中有两个盆都装着水,隐士指着其中一个盆说:"这个盆下有个蚁洞,每天舀取一升水泼掉,哪个盆先干?"我说:"肯定是有蚁洞的先干。"思虑对人的残害,是从不间断的蚕食。隐者的一席话,使我得到了很大的启发,我一直按照他的话行事。况且无忧无虑的乐趣,真是不可名状:空虚而澄明,纯一而畅达,心安理得从不知疲倦,无时无刻不觉得宁静,就像没有饮酒而陶然大醉,没有闭眼而酣然沉睡。如果用这些话来为思堂作记,不是显得很荒谬吗?尽管如此,思与不思各有各的道理。世间万物都得以养育互不妨害,大道并行互不悖逆。凭着章质夫的贤能,他所说的思,难道是世俗之辈蝇营狗苟的思虑吗?《周易》说:"没有思虑,没有作为。"我愿意做这样的人。《诗经》说:"思无邪。"章质夫是以它为本的吧。

元丰元年正月二十四日记。

# 二疏图赞①

惟天为健②,而不干时③。沈潜刚克④,以燮和之⑤。於赫汉高⑥,以智力王⑦。凛然君臣,师友道丧⑧。孝宣中兴⑨,以法驭人⑩。杀盖、韩、杨⑪,盖三良臣。先生怜之⑫,振袂脱屣⑬。使知区区⑭,不足骄士⑮。此意莫陈,千载于今⑯。我观画图,涕下沾襟。

[题解]

本文是在作者遭受贬谪的处境中为《二疏图》题写的赞词,所以十分简短,但深情地称颂了汉代疏广、疏受二人不愿与黑暗政治同流合污的高洁品格,同时寄托了本人渴望当朝政治清明的愿望。

[注释]

①二疏:汉朝的疏广和疏受。《汉书·疏广传》载,疏广上了年纪,上疏请求退休,其侄疏受也一同致仕归乡,与乡党宗族共享朝廷之赐。②天为健:出自《周易·乾卦》:"天行健,君子以自强不息。"③不干时:不干乱时序。以上二句意思是帝王替天行道,就应该顺天意而尽人事,不可违背天意,干乱天常。④沈潜刚克:《尚书·洪范》三德之一,意思是能够以刚强克凶暴。⑤以燮和之:也出自《尚书·洪范》,意思是在克强的同时,又当以柔来调和之。⑥於赫:叹美之词。汉高:汉高祖刘邦。⑦以智力王:凭着他的智慧和强力当了皇帝。⑧凛然君臣,师友道丧:意谓刘邦当了皇帝之后,摆足了架子,与原来跟随他夺取天下的老臣关系越来越疏远,且师友间的道义和友情也消失

殆尽。⑨孝宣：西汉宣帝刘询，公元前91年至前48年在位。⑩以法驭人：用法术驾驭群臣。⑪盖、韩、杨：宣帝时名臣盖宽饶、御史大夫韩延寿和司马迁的外孙杨恽。《汉书·盖宽饶传》说：当时宣帝以法御臣，信任宦官，盖宽饶因奏事，被诬大逆不道，遂将其下到大理寺，盖宽饶不忍受辱，拔刀自尽于北阙之下，"众莫不怜之"。《汉书·韩延寿传》说：丞相萧望之劾奏延寿僭越不道，"天子恶之，延寿竟坐弃市"。《汉书·杨敞传》说：杨恽因写了一封《报孙会宗书》，内中有牢骚之词。"廷尉当恽大逆无道，要（腰）斩"。⑫先生：指疏广。⑬振袂：本谓挥动衣袖，后多代指出行时无所顾及的态度。脱屣：喻无所顾恋，犹如脱鞋。⑭区区：微不足道。此处指微不足道的官爵利禄。⑮不足骄士：不足以拿捏有道的高士。意思是说真正的高士，并不把名爵放在眼里。⑯此意莫陈，千载于今：意谓疏广叔侄因痛恨当时的虐政愤然离开朝廷这层深意，一千多年来竟然没有人体会真切。作者的意思是说历来文人都把二疏离开朝廷看成是对利禄的恬淡，而没有体会他们嫉恶如仇的正直之心。

[译文]

　　以上天如此的强健，却从不强行地干乱四时。大地含蕴不露，与天相互调和。光辉赫然的汉高祖，凭着智慧和勇力而称王天下。严格规定了君臣之间的尊卑关系，与原来那些师徒朋友之间的情义却都丧失殆尽。孝宣皇帝重新振兴汉家王朝，他用法律来治理国家和臣民，杀死了盖宽饶、韩延寿、杨恽，这三个人都是忠良之臣。疏广、疏受二位先生见到同类被杀，顾影自怜，于是拱手请求告老还乡。二位先生是想让人们知道，这区区的官爵利禄，并不足以笼络天下的士子，这层意思千载至今也没人体会出来。我看到这幅画图，禁不住泪水沾湿了衣襟。

# 文与可飞白赞①

呜呼哀哉!与可岂其多好②?好奇也欤?抑其不试故艺也?始余见其诗与文,又得见其行草篆隶也,以为止此矣。既没一年,而复见其飞白。美哉多乎,其尽万物之态也。霏霏乎其若轻云之蔽月③;翻翻乎其若长风之卷旆也④;猗猗乎其若游丝之萦柳絮⑤;袅袅乎其若流水之舞荇带也⑥;离离乎其远而相属⑦;缩缩乎其近而不隘也⑧。其工至于如此,而余乃今知之,则余之知与可者固无几,而其所不知者,盖不可胜计也。呜呼哀哉!

[题解]

苏轼是个诗书画篆无不精通的奇才,但他平生谦虚,从不自以为是,发现别人有一技之长,一定会赞不绝口。这篇文章写他发现文同所写的飞白书后,又是一番津津乐道,啧啧赞赏。这种乐于成人之美的大君子之风,很值得今人学习。

[注释]

①文与可:文同,苏轼的表亲。飞白:书法的一种。相传东汉灵帝时修饰鸿都门,匠人用刷白粉的扫帚写字,蔡邕见到后,模仿其姿态作"飞白书"。这种书法在笔画中丝丝露白,像是枯笔所写。②岂其多好:难道爱好很广泛吗?③霏霏:浓密繁盛的样子。④翻翻:翻卷的样子。⑤猗猗:姿态柔美的样子。⑥袅袅:身材袅娜的样子。⑦离离:疏落披离的样子。⑧缩缩:不舒张而卷曲的样子。

[译文]

啊！文与可难道是个爱好广泛的人吗？还是仅仅好奇而已？抑或是不操旧艺呢？我最初见到的是他的诗歌和散文，其后又领教了他的行书、草书、隶书和小篆，认为他的技能差不多就这些吧。与可死后一年，又见到了他写的飞白书，真的堪称美妙多姿啊，字画之间，曲尽万物之形态，有的浓密繁盛，像是轻柔之云遮蔽了月亮；有的往复翻卷，如同大旗在长风中飞舞；有的娇柔美妙，像是游丝缠绕在柳絮之间；有的婀娜多姿，像是荇菜的叶子飘浮在流水之上；有的稀疏披离，看似淡远却彼此相连；有的卷曲自然，看似太近却不显得冗杂。他的飞白如此地工稳，而我至今才领略其妙，如此说来，我对与可的了解真是太少了，他还有多少绝技是我不知道的，想来应该不计其数吧。啊，真可惜！

# 石菖蒲赞[1]

《本草》[2]："菖蒲，味辛温[3]，无毒。开心[4]，补五脏，通九窍[5]，明耳目。久服轻身不忘[6]，延年益心智，高志不老[7]。"注云："生石碛上概节者[8]，良。生下湿地大根者，乃是昌阳[9]，不可服。"韩退之《进学解》云："訾医师以昌阳引年[10]，欲进其豨苓[11]。"不知退之即以昌阳为菖蒲耶，抑谓其似是而非不可以引年也？凡草木之生石上者，必须微土以附其根。如石韦[12]、石斛之类[13]，虽不待土，然去其本处，辄槁死。惟石菖蒲并石取之，濯去泥土，渍以清水，置盆中，可数十年不枯。虽不甚茂，而节叶坚瘦，根须连络，苍然于几案间，久而益可喜也。其轻身延年之功，既非昌阳之所能及。至于忍寒苦，安澹泊，与清泉白石为伍，不待泥土而生者，亦岂昌阳之所能仿佛哉？余游慈湖山中[14]，得数本，以石盆养之，置舟中。间以文石[15]，石英[16]，璀璨芬郁，意甚爱焉。顾恐陆行不能致也，乃以遗九江道士胡洞微[17]，使善视之。余复过此，将问其安否。赞曰：

清且泚[18]，惟石与水。托于一器，养非其地。瘠而不死，夫孰知其理？不如此，何以辅五藏而坚发齿？

[题解]

元丰七年（1084年）四月，苏轼受命自黄州量移汝州，他想借这个机会前往筠州看望弟弟苏辙。途经慈湖时，采集到几本石菖蒲，借题发挥地写下了这篇赞词。文中说石菖蒲不待土而能活，甚至数十年不枯，又说此物能忍受苦寒，安于淡泊，喜与清泉白石为伍，体现了作者身处逆境时顽强不屈的坚忍性格。

[注释]

①石菖蒲：中药名，亦简称石蒲。茎可入药。②《本草》：上古时期的一部药学书籍，全名为《神农本草经》。③辛温：辛辣温和。中药讲究酸甜苦辣咸五味和温热凉寒四气。④开心：开阔心胸，疏散郁气。⑤九窍：泛指人身体的各个孔窍，如二便、口鼻，也包括身上的毛孔。⑥轻身：身体轻健。中医指体内没有浊气。⑦高志不老：志气更高，长生不老。⑧石碛（qì）：多石的沙滩。概节：多节。概（jì），稠密。⑨昌阳：南朝梁陶弘景《名医别录》认为昌阳和菖蒲是不同的两种植物，宋代的《圣济总录》把昌阳作为菖蒲的别名。⑩訾：指责。引年：增加年寿。⑪稀苓：又叫猪苓，中药名。能治糖尿病。⑫石韦：中药名，有驱邪利尿的功效。⑬石斛：中药名，有行气去痹、轻身延年的功效。⑭慈湖：湖泊名，在今湖北大冶东。⑮文石：有花纹的石头。⑯石英：一种矿物质，质地坚硬而脆。⑰九江：即江州，在今江西九江。作者自黄州沿大江东下，一直将菖蒲置于船中。到了九江改为陆路南行，只能将菖蒲留在那里托人照管。⑱清且泚：清澈鲜明。泚（cǐ）：鲜明的样子。

[译文]

《神农本草经》中记载："菖蒲，味道辛辣温和，没有毒性。能使人开阔心胸，滋补五脏，疏通身体各处孔窍，使人耳聪目明。长期服用能使身体轻健，增强记忆力，延年益寿。强心益智，志气更高，长生不老。"注解说："生长在多石沙滩上、枝节稠密的最佳。生长在低洼湿地且根块粗大的，那是昌阳（貌似菖蒲而实际上是昌阳），不可服用。"韩愈《进学解》中说："指责医师用昌阳为人延年，却还要用人家的稀苓。"不知道韩愈是把昌阳当成了菖蒲呢，还是说昌阳类似菖蒲而并不是菖蒲，没有延年益寿的功效呢？大凡生长在沙石上的植物，都必须有一些土使它扎下根。比如石韦、石斛之类，虽然不需要很多土，但如果把它根部的土都去掉，它就会干死。只有石菖蒲可以连石头一起取下，洗净泥土，用清水浸泡着放在盆里，可以几十年都不枯萎。虽然长得不是很茂盛，但节干和叶子都很坚固瘦硬，根须相连，放在几案上青苍一束，摆放的时间越长，就越惹人喜爱。它能使人体魄轻柔，有延年益寿的功效，绝不是昌阳所能比的。至于它能忍耐寒冷和艰苦条件、安于淡泊、只与清泉白石作伴、不是非要有泥土才能生长等特点，难道是昌阳能与之相提并论的吗？我在慈湖的山里游览，得到了几株菖蒲，于是用石盆培养它们，把它们放置在船上，还在盆里放上些带有花纹的石子及石英，石子、石英和菖蒲相映成趣，石子璀璨，菖蒲芳香茂盛，我心里非常喜爱它们，只是担心走旱路时无法携带，于是将它们交给九江道士胡洞微代为照管，嘱咐他务必精心照料它们，并说我下次再经过此地时，一定回来察看它们的生长情况。为此我写下一篇赞词：

晶莹清澈之物，只有石头和水。二者同被一个器皿举托，且不是它们应该生长的地方。虽然清瘦却顽强不死，谁能洞晓其中的道理？它如果不是这样，又怎能滋补五脏而使人齿发坚固呢？

# 游沙湖①

黄州东南三十里为沙湖②,亦曰螺师店。予买田其间,因往相田得疾③,闻麻桥人庞安常善医而聋④,遂往求疗。安常虽聋,而颖悟绝人,以纸画字,书不数字,辄深了人意。余戏之曰:"余以手为口,君以眼为耳,皆一时异人也。"疾愈,与之同游清泉寺。寺在蕲水郭门外二里许⑤,有王逸少洗笔泉⑥,水极甘,下临兰溪,溪水西流。余作歌云:"山下兰芽短浸溪,松间沙路净无泥,萧萧暮雨子规啼⑦。谁道人生无再少?君看流水尚能西⑧,休将白发唱黄鸡⑨。"是日,剧饮而归⑩。

[题解]

这是一篇小游记。作者被贬到黄州后,不再做回朝的打算,索性在当地购买田地。在看田的途中,突发急症,于是找到当地医生庞安常。医好病后,才和庞安常同游清泉寺。作者本意并非记述游览之感,而在于表达一种乐观的人生态度。

[注释]

①沙湖:今湖北黄冈东南。②黄州:在今湖北黄冈。苏轼从元丰三年始被贬为黄州团练副使。③相田:考察田地的优劣。④麻桥:黄州镇名。⑤蕲水:县名,在今湖北蕲春东三十里。郭门:县城的外城门。⑥王逸少:王羲之,字逸少,晋代著名书法家。⑦子规:鸟名,俗称杜鹃。⑧流水尚能西:江河之水总是向东流的,兰溪往西流,所以苏轼开玩笑这样说。⑨休将白发唱黄

鸡：意谓不必因年老发白而感到悲哀。白居易《醉歌示妓人商玲珑》："谁道使君不解歌，听唱黄鸡与白日。黄鸡催晓丑时鸣，白日催年酉前没。腰间红绶系未稳，镜里朱颜看已失。"⑩剧饮：痛饮。

[译文]

　　黄州东南三十里有个地方叫沙湖，又叫螺师店。我打算在那里买块田地，在去看地的途中得了急病，听说麻桥镇的庞安常很善于治病，此人是个聋子，于是前往他那里求治。庞安常虽然耳聋，但他的聪明超乎常人。在纸上写字与他交流，写不了几个字，他已经完全明白病人要说什么了。我和他开玩笑说："我用手当嘴巴用，你用眼睛当耳朵听，我们都是当今的奇人啊。"病很快就医好了，我和他一道去游览清泉寺，这座寺庙在蕲水县城门外二里左右，有王羲之曾经洗笔的泉，水的味道非常甘甜。寺下面临着兰溪，溪水是向西流的。我作了一首歌说："山下兰芽短浸溪，松间沙路净无泥，萧萧暮雨子规啼。谁道人生无再少？君看流水尚能西，休将白发唱黄鸡。"这一天，我二人畅饮之后才回家。

# 记承天寺夜游[1]

元丰六年十月十二日夜[2],解衣欲睡,月色入户,欣然起行。念无与为乐者,遂至承天寺寻张怀民[3],怀民亦未寝,相与步于中庭。庭下如积水空明[4],水中藻荇交横[5],盖竹柏影也。何夜无月?何处无竹柏?但少闲人如吾两人者耳[6]。

[题解]

这是一篇清新别致的小游记文。当时作者是被贬谪到黄州的罪人,但他不但能够利用自然景物调节心理,还自我解嘲地表示:既然朝廷不再用我,我乐得如此消闲了。

[注释]

[1]承天寺:在黄州(今湖北黄冈)。[2]元丰:神宗的年号。[3]张怀民:字梦得,清河(今河北清河)人。元丰中贬官到黄州,寓居于承天寺。[4]积水空明:积满了水,月亮映照,一片光明。[5]藻荇:水藻和荇菜。荇(xìng):水生野菜名,形似莼菜,可食。[6]闲人:作者和张怀民都是被贬谪的官吏,如今无事可做。这是自嘲的说法。

[译文]

元丰六年十月十二日的晚上,我解开衣服想睡觉时,月光从窗户间照射进来,于是愉快地起身出屋。想到没有能和自己一起游赏的同伴,便来到承天寺寻找张怀民。张怀民也还没有睡,我们便在庭院中信步徜徉。庭院里的月光像一泓积水那样清澈透明,水中的绿藻和荇菜纵横交错,其实这都是竹丛和柏树的倒影。哪天夜里没有月光?哪里会缺少绿竹翠柏?只是缺少像我们两个这样的闲人罢了。

# 游白水书付过①

绍圣元年十月十二日②,与幼子过游白水佛迹院,浴于汤池③,热甚,其源殆可熟物。循山而东,少北,有悬水百仞,山八九折,折处辄为潭,深者缒石五丈④,不得其所止。雪溅雷怒⑤,可喜可畏。水崖有巨人迹数十,所谓佛迹也。暮归倒行⑥,观山烧⑦,火甚。俯仰度数谷⑧。至江⑨,山月出,击汰中流⑩,掬弄珠璧⑪。到家二鼓⑫,复与过饮酒,食余甘等煮菜⑬,顾形颓然⑭,不复甚寐⑮,书以付过。东坡翁。

[题解]

这是苏轼被贬到广东惠州时写的一篇游记文字。作者此时已是年届六十的老人,而且仕途已经完全无望。在这种境遇中,他仍能保持达观的人生态度,从大自然当中获取生存的营养和乐趣。

[注释]

①白水:山名,在今广东增城东罗浮山东麓,以其山瀑布直泻如练,故名。过:苏轼的小儿子苏过。苏轼贬惠州时,苏过随他一起赴贬所。②绍圣:哲宗赵煦的年号,1094年至1098年。③汤池:温泉。④缒石五丈:用绳子拴住石头沉下去五丈深。缒(zhuì):用绳吊下。⑤雪溅雷怒:谓瀑布落在石岩或潭中,溅起的水珠如白雪,发出的声音如震雷。⑥倒行:返身往住处走。⑦山烧:山上的野火。⑧俯仰度数谷:翻越了几道山谷。⑨至江:来到增江边。增江流经增城县。⑩击汰中流:在江流中划船。汰(tài):水波。⑪掬弄

珠璧：用手去捧那倒映在江水中的月光。珠璧，喻明亮的月光。⑫二鼓：二更天。⑬余甘：橄榄。⑭颓然：微醉的样子。⑮不复甚寐：不想再睡。

**[译文]**

绍圣元年十月十二日，我与幼子苏过游览白水山佛迹院，并在汤泉中洗了澡，水很热，估计它的源头都能把食物煮熟。沿着山往东走，再稍稍往北边一拐，有一道高达百丈的瀑布。那座山共有八九处凸出的石崖，每个石崖处都形成了水潭，潭水最深的地方，用绳子系上石头坠下去五丈，还探不到水底。激水像雪花一般四处飞溅，声音像雷鸣一般轰轰作响，让人感到又高兴又惊诧。水崖边上有几十个巨大的脚印，就是当地人所说的佛迹。黄昏时我父子沿着来的路径返回，欣赏农民放火烧山，那火势相当壮观。我们一会儿弯腰一会儿仰身走过了几道山谷，终于回到了江边，这时月亮已经出来，我父子在江心里划着船，开心地伸出双手去捧那宛如碧玉的月影。回到家已经是二鼓时分了，我又和苏过饮起酒，吃着煮橄榄菜，不觉已是微醉之态，不想再睡，写下这些文字交给苏过。东坡老人记。

# 记游庐山

仆初入庐山，山谷奇秀，平生所未见，殆应接不暇，遂发意不欲作诗。已而见山中僧俗皆云："苏子瞻来矣！"不觉作一绝云："芒鞋青竹杖①，自挂百钱游②。可怪深山里，人人识故侯③。"既自哂前言之谬④，又复作两绝云："青山若无素⑤，偃蹇不相亲⑥。要识庐山面，他年是故人⑦。"又云："自昔忆清赏，初游杳霭间⑧。如今不是梦，真个是庐山。"

是日，有以陈令举《庐山记》见寄者⑨，且行且读，见其中云徐凝⑩、李白之诗⑪，不觉失笑。旋入开元寺，主僧求诗，因作一绝云："帝遣银河一派垂⑫，古来惟有谪仙辞⑬。飞流溅沫知多少，不与徐凝洗恶诗。"往来山南北十余日，以为胜绝不可胜纪，择其尤者，莫如漱玉亭、三峡桥，故作此二诗。最后与总老同游西林⑭，又作一绝云："横看成岭侧成峰，到处看山了不同。不识庐山真面目，只缘身在此山中。"仆庐山诗尽于此矣。

[题解]

这是一篇清新别致的游记散文。作者北行经过庐山，在这里逗留了十余日，大都用来游览庐山。说它清新别致，是因为作者没有沿袭游记的俗套去描写山有多奇水有多秀，而是把自己的感受用绝句的形式巧妙地作了总括，尤其是最后那首绝句，因为富有哲理，遂成为千古绝唱。

[注释]

①芒鞋：用芒草编成的草鞋。②自挂百钱游：杖头挂着一百钱而游。《晋书·阮修传》说：阮修常步行出游，以百钱挂杖头，遇到酒肆，便独酣饮。③故侯：秦召平曾封东陵侯，秦亡后，变成平民，在长安城东种瓜，人称召平瓜。苏轼原为朝官，后遭贬，几成平民，故以此自嘲。④哂（shěn）：讥笑。前言之谬：前面所作的诗有些错谬。⑤青山若无素：如果我与青山没有旧交。⑥偃蹇：傲然耸立。⑦他年是故人：往年我们就已经是故交了。⑧杳霭：幽深的云霭之间。⑨陈令举：陈舜俞，字令举，湖州人。因反对王安石变法被罢黜。《庐山记》是他写的一篇游记。⑩徐凝：中唐诗人，游于京师，不忍自炫耀，故不得名。将归，以诗辞韩愈。归隐后，潜心诗酒，优游自终。他曾与张祜争高低，请白居易评之。白居易认为徐凝诗在张祜之上，张祜不服，徐凝即举庐山瀑布诗以镇服张祜。其诗有云："千古长如白练飞，一条界破青山色。"⑪李白之诗：指李白《望庐山瀑布》诗："日照香炉生紫烟，遥看瀑布挂前川。飞流直下三千尺，疑是银河落九天。"⑫银河一派：指庐山瀑布如一条银河。⑬谪仙辞：指李白《望庐山瀑布》诗。谪仙：李白的雅号。李白初入长安时，太子宾客贺知章不觉叹赏："此天上谪仙人也。"⑭总老：高僧常总，他当时为东林寺住持。西林：庐山寺名，东晋时与东林寺先后建成。

[译文]

我头一次进入庐山时，但见高山深谷之间令人称奇的秀色，是我平生从没有见过的，以至于眼睛都不够用了，于是下决心不再作诗。随后见山里的僧人和百姓都在传告说："苏子瞻进山了！"我还是没忍住作了一首绝句："芒鞋青竹杖，自挂百钱游。可怪深山里，人人识故侯。"刚写完，便自笑此诗的荒谬，于是又写了两首绝句，一首是："青山若无素，偃蹇不相亲。要识庐山面，他年是故人。"另一首是："自昔忆清赏，初游杳霭间。如今不是梦，真个是庐山。"

这一天，有人将陈舜俞所著的《庐山记》给我寄来，我一边走一边读，发现文中提到徐凝、李白所作的庐山诗，不觉哑然失笑。

很快来到了开元寺,住持老僧向我求诗,因而又写了一首绝句说:"帝遣银河一派垂,古来惟有谪仙辞。飞流溅沫知多少,不与徐凝洗恶诗。"这次游历庐山前后十几天,深感此山的美景纪不胜纪,其中绝佳的,无过于漱玉亭和三峡桥两处,所以写了两首诗。最后和常总老和尚一道游览西林寺,再作绝句一首:"横看成岭侧成峰,到处看山了不同。不识庐山真面目,只缘身在此山中。"我此次游览庐山的心得,都在这首小诗当中了。

# 书欧阳公《黄牛庙》诗后①

右欧阳文忠公为峡州夷陵令日所作《黄牛庙》诗也②。轼尝闻之于公:"予昔以西京留守推官为馆阁校勘③,时同年丁宝臣元珍适来京师④,梦与予同舟溯江,入一庙中,拜谒堂下。予班元珍下⑤,元珍固辞,予不可。方拜时,神像为起,鞠躬堂上,且使人邀予上,耳语久之。元珍私念,神亦如世俗待馆阁⑥,乃尔异礼耶⑦?既出门,见一马只耳⑧,觉而语予,固莫识也⑨。不数日,元珍除峡州判官⑩。已而,余亦贬夷陵令。日与元珍处,不复记前梦云。一日,与元珍溯峡谒黄牛庙,入门惘然,皆梦中所见。予为县令,固班元珍下⑪,而门外镌石为马,缺一耳。相视大惊,乃留诗庙中,有'石马系祠门'之句,盖私识其事也。"元丰五年,轼谪居黄州⑫,宜都令朱君嗣先见过⑬,因语峡中山水,偶及之。朱君请书其事与诗:"当刻石于庙,使人知进退出处,皆非人力。如石马一耳,何与公事,而亦前定,况其大者。公既为神所礼,而犹谓之淫祀,以见其直气不阿如此。"感其言有味,故为录之。正月二日,眉山苏轼书。

[题解]

这篇小文是作者被贬到惠州时写的。作者通过早年一则很小的故事,用深沉凝重的笔调抒发了正人君子无辜遭贬的苦闷和不平。不过此时的苏轼已经万念俱灰，所以文中充满了宿命的意味。

[注释]

①欧阳公：欧阳修，死后谥为文忠，人称文忠公。②《黄牛庙》诗：《欧阳修集》卷一题作《黄牛峡祠》："大川虽有神，淫祀亦其俗。石马系祠门，山鸦噪丛木。潭潭村鼓隔溪闻，楚巫歌舞送迎神。画船百丈山前路，上滩下峡长来去。江水东流不暂停，黄牛千古长如故。峡山侵天起青嶂，崖崩路绝无由上。黄牛不下江头饮，行人惟向舟中望。朝朝暮暮见黄牛，徒使行人过此愁。山高更远望犹见，不是黄牛滞客舟。"峡州：属荆湖北路，在今湖北宜昌。夷陵：峡州州治所在县。景祐三年（1036 年）五月，欧阳修因责备御史中丞高若讷不出面为受权臣诬陷的范仲淹伸张正义，被贬为峡州夷陵县令。③予昔以西京留守推官为馆阁校勘：这是作者回忆欧阳修对他说过的话，欧阳修说：我当年以西京留守推官回朝担任馆阁校勘。欧阳修中进士后，第一任官是西京留守推官。西京，即今河南洛阳。留守推官，留守司负责审理狱讼的官员。馆阁校勘，宋代三馆中的职务。宋朝崇尚文治，文人要想高升，大多都需要有三馆任职的履历。④同年：同年进士。欧阳修和丁宝臣都是仁宗天圣八年（1030 年）进士。丁宝臣字元珍：丁宝臣字元珍，与欧阳修关系很好。⑤予班元珍下：我的官位在丁宝臣之下。⑥神亦如世俗待馆阁：神灵也像世俗人一样优礼馆阁官员。丁宝臣的级别虽然暂时比欧阳修稍高，但因没有馆阁经历，所以不被人看重。⑦乃尔异礼耶：礼遇竟然如此不同吗？⑧只耳：一只耳朵。⑨莫识：弄不清怎么回事。⑩判官：宋代州郡中主管审理判决犯人的官员，与推官均为知州的主要属官。⑪予为县令，固班元珍下：丁宝臣担任的是州郡官员，我担任的只是县令，当然应处在丁宝臣之下。⑫元丰五年，轼谪居黄州：苏轼因乌台诗案，于元丰三年（1080 年）正月被贬为黄州团练副使。至元丰五年，已经遭贬两年多了。⑬宜都：北宋峡州所属县，在今湖北宜都。朱君嗣先：姓朱，字嗣先，名未详。元丰中任宜都县令。

[译文]

以上是文忠公欧阳修担任峡州夷陵县令时所作的《黄牛庙》诗。苏某曾听欧阳公说过："当年我由西京留守推官回汴京担任馆阁校勘的时候，同年进士丁宝臣元珍恰好也来到京城。宝臣梦见和我同坐一条船在江中游览，进入一座庙里，在堂下朝神灵拜谒。我的官职在丁宝臣之下，所以请宝臣在尊者的位置，宝臣坚决推让，我也坚决不答应。进拜时，神像竟然站起身来，在堂上向我们鞠躬回礼，还命人请我上前，和我耳语了很久。丁宝臣心中暗想：难道神灵也像世俗人一样重视馆阁官员，待遇竟然如此不同！出了庙门，看见一匹马只有一只耳朵。醒来之后宝臣告诉我，我根本弄不清是什么意思。没过几天，宝臣除授峡州军事判官，随后我也被贬为夷陵县令，终日和宝臣相处，但早就把以前那个梦忘记了。有一天，我和宝臣逆江而上来到黄牛庙，进了庙门之后宝臣惊奇地发现，眼前的景物都和他做的那个梦一样。而我此时身为县令，职位的确在宝臣之下，而庙门外面那座石刻的马，果真缺一只耳朵。我俩彼此相视，都觉得非常吃惊，于是写了首诗留在庙里，诗中有'石马系祠门'的句子，就是在记宝臣做梦那件事。"元丰五年，苏某被贬到黄州，宜都县令朱嗣先君前来相见，说话间谈到三峡一带的山水景色，偶然提起了那件事。朱君请我把那件事写成文章和诗，并说："这个故事应当刻成石碑立在庙前，让游览者都知道人的进退出处，都不是人力所能为。譬如石马只剩一只耳朵，和官事有什么关系？却也是前世素定，更何况比这更大的事呢？欧阳公既然受到神灵的礼遇，怎么可以还把祠庙当成淫祀？从这件小事，完全可以看到欧阳公是何等的刚直不阿。"我觉得他的话很有味道，故而把它记录下来。元丰五年正月二日，眉山人苏轼书。

# 表忠观碑①

熙宁十年十月戊子②,资政殿大学士③、右谏议大夫④、知杭州军州事臣抃言⑤:"故吴越国王钱氏坟庙⑥,及其父、祖、妃、夫人、子孙之坟,在钱塘者二十有六⑦,在临安者十有一⑧,皆芜废不治。父老过之,有流涕者。谨按故武肃王镠,始以乡兵破走黄巢⑨,名闻江淮。复以八都兵讨刘汉宏⑩,并越州⑪,以奉董昌⑫,而自居于杭。及昌以越叛,则诛昌而并越⑬,尽有浙东西之地。传其子文穆王元瓘⑭。至其孙忠献王仁佐⑮,遂破李景兵⑯,取福州⑰。而仁佐之弟忠懿王俶⑱,又大出兵攻景,以迎周世宗之师⑲。其后卒以国入觐⑳。三世四王,与五代相终始㉑。天下大乱,豪杰蜂起,方是时,以数州之地盗名字者,不可胜数㉒。既覆其族㉓,延及于无辜之民,罔有孑遗㉔。而吴越地方千里,带甲十万㉕,铸山煮海㉖,象犀珠玉之富,甲于天下,然终不失臣节㉗,贡献相望于道㉘。是以其民至于老死不识兵革㉙,四时嬉游歌鼓之声相闻,至于今不废,其有德于斯民甚厚。皇宋受命㉚,四方僭乱以次削平㉛。而蜀、江南负其崄远㉜,兵至城下,力屈势穷,然后束手。而河东刘氏㉝,百战守死以抗王师,积骸为城,酾血为池㉞,竭天下之力,仅乃克之㉟。独吴越不待告命㊱,封府库㊲,籍郡县㊳,请吏于朝㊴。视去其国,如去传舍㊵,

其有功于朝廷甚大。昔窦融以河西归汉，光武诏右扶风修理其父祖坟茔，祠以太牢㊶。今钱氏功德，殆过于融，而未及百年，坟庙不治，行道伤嗟㊷，甚非所以劝奖忠臣，慰答民心之意也。臣愿以龙山废佛祠曰妙因院者为观㊸，使钱氏之孙为道士曰自然者居之。凡坟庙之在钱塘者以付自然，其在临安者以付其县之净土寺僧曰道微，岁各度其徒一人，使世掌之。籍其地之所入，以时修其祠宇，封殖其草木。有不治者，县令丞察之，甚者易其人㊹。庶几永终不坠，以称朝廷待钱氏之意。臣抃昧死以闻。"制曰："可。"其妙因院改赐名曰表忠观。铭曰：

天目之山㊺，苕水出焉㊻。龙飞凤舞㊼，萃于临安。笃生异人㊽，绝类离群㊾。奋梃大呼㊿，从者如云。仰天誓江，月星晦蒙。强弩射潮，江海为东㊼。杀宏诛昌，奄有吴越㊼。金券玉册，虎符龙节㊼。大城其居，包络山川。左江右湖㊼，控引岛蛮㊼。岁时归休㊼，以燕父老。晬如神人，玉带球马㊼。四十一年，寅畏小心㊼。厥篚相望，大贝南金㊼。五朝昏乱，罔堪托国㊼。三王相承，以待有德㊼。既获所归，弗谋弗咨㊼。先王之志，我维行之。天祚忠孝㊼，世有爵邑㊼。允文允武㊼，子孙千亿。帝谓守臣，治其祠坟。毋俾樵牧，愧其后昆㊼。龙山之阳㊼，岿焉新宫㊼。匪私于钱，唯以劝忠。非忠无君，非孝无亲。凡百有位㊼，视此刻文。

[题解]

这是一篇很有名的碑文，苏轼亲笔书写的碑文至今还能见到。本文着意颂扬了浙江钱氏对正统政权的忠诚之心，以及宋朝统治者对忠于大朝者的礼敬和爱养。钱氏一门子弟不但在宋朝做官，享有勋爵，而且朝廷还修建一座宫观，由其后代专门掌管香火祭祀。文章气势磅礴，热情洋溢，很有感染力，能让读者深切体会到宋朝统治者不忘旧德的仁义之心。

[注释]

①表忠观:在杭州城南龙山上。神宗熙宁十年(1077年),杭州知州赵抃因见钱氏坟庙芜废,请于朝,将龙山废佛寺妙因院改建为观。苏轼为此观作了这篇碑铭。②熙宁十年:1077年。③资政殿大学士:宋代学士官名,为宰辅等高官所带之官。④右谏议大夫:元丰改制前的职名,即言赵抃以右谏议大夫的资格担任杭州知州。⑤知杭州军州事臣抃:杭州知州赵抃。据《乾道临安志》卷三载,赵抃于熙宁十年五月自越州知州改任杭州知州。赵抃字阅道,衢州人。曾任参知政事。元丰中卒。赠太子少师,谥曰清献。《宋史》有传。⑥故吴越国王钱氏:唐代末年,各地节度使割据一方,最终形成十国局面。浙江人钱镠占据两浙地区,唐灭亡后建立吴越国,为十国之一。⑦钱塘:宋县名,在今浙江杭州。⑧临安:宋县名,在今浙江临安。⑨武肃王镠,始以乡兵破走黄巢:唐末黄巢起义,自五岭直上衢州。钱镠率领乡兵与黄巢作战,剿灭了黄巢残部。这是钱镠为唐王朝建立的首功。武肃,钱镠死后的谥号。⑩以八都兵讨刘汉宏:黄巢犯两京,唐僖宗幸蜀,中和二年,据有江淮七州的义胜军节度使刘汉宏命其弟率诸将攻打杭州刺史董昌,扎营于西陵,被董昌手下大将钱镠击破。刘汉宏不甘失败,又遣兵七万溯江而上,钱镠引兵夜渡长江袭击,再次将其击败。八都,钱镠领导的浙江一带武装,因有八部分,故称八都。⑪并越州:光启二年(886年),钱镠率诸将攻击刘汉宏,刘汉宏率麾下死党六百人走保台州,钱镠斩其母、妻,台州守将杜雄见大势已去,生擒刘汉宏献于董昌。董昌命钱镠将其斩首。十二月,台州刺史杜雄执送汉宏至,命斩于越州市。越州,在今浙江绍兴。⑫奉董昌:拥戴董昌为总帅。光启二年,越州诸将推钱镠为主,钱镠固让董昌,自己率兵回到杭州。⑬及昌以越叛,则诛昌而并越:据《十国春秋·吴越武肃王世家》载:乾宁二年,威胜军节度使董昌反叛朝廷,自立为帝,国号大越罗平。任命钱镠为他的两浙都指挥使。钱镠得书,对宾客们说:"董昌甘心叛乱,我等为朝廷将相,当发兵以讨伐。"于是诛杀董昌,收回越州。⑭其子文穆王元瓘:钱镠的第七个儿子,字明宝。后唐长兴三年,钱镠去世,元瓘即位,成为吴越国第二代王。死后谥曰文穆。按,吴越虽为偏国,但钱氏始终没有自称皇帝,而且一直尊用中原王朝的正朔。⑮至其孙忠显王仁佐:据《十国春秋》载,仁佐应为"弘佐",是元瓘的第六

子,《新五代史》、《宋史》名钱佐。死后谥曰忠显。⑯李景:五代南唐第二代皇帝,即李煜的父亲李璟。⑰取福州:后晋开运三年(946年),福州大乱,求救于吴越。当时吴越大臣皆不愿行,钱仁佐以为与闽为邻,唇亡齿寒,故出兵福州,平定了福建之乱。⑱仁佐之弟忠懿王俶:钱仁佐死后,后汉乾祐二年(949年)汉帝册封其弟钱俶为吴越国王。⑲大出兵攻景,以迎周世宗之师:后周显德年间,第二代皇帝周世宗柴荣征讨南唐,吴越王钱俶发兵,与柴荣合力攻打南唐之军,以表示对中原王朝的臣服与合作。⑳以国入觐:以吴越国的名义归服宋朝。早在宋太祖时期,钱俶便有归降之意。赵匡胤因忙于征讨其他不服之国,没有立即同意钱俶之请。太宗太平兴国三年春,钱俶纳土归降宋朝,赵光义封其为淮海国王,仍充天下兵马大元帅。㉑三世四王,与五代相终始:钱仁佐和钱俶为兄弟相传,所以吴越国共历三代,共有钱镠、钱元瓘、钱仁佐、钱俶四位国王,时间上是和中原的梁、唐、晋、汉、周同时存续的。㉒以数州之地盗名字者,不可胜数:占据几个州郡就自立称帝的情况很多。比如当时的荆南高氏政权、湖南周氏政权等。㉓覆其族:因与中原政权分庭抗礼而导致家族覆灭。㉔固有子遗:没有遗类。㉕带甲:披甲胄之将士。十万:言其兵力强盛。㉖铸山煮海:即铸山为铜、煮海为盐的省称,言其资源丰富,是个富庶的国家。㉗然终不失臣节:谓钱氏始终奉中原大国为正统,没有丧失作为臣子的礼节。意思是钱氏始终没有自立为帝,只称王。㉘贡献相望于道:给中原大朝的贡品从来没有间断过。㉙其民至于老死不识兵革:吴越之民有直到老死都没有经历战争的。㉚皇宋受命:公元960年,赵匡胤在陈桥驿发动兵变,推翻后周政权,建立了宋朝。受命,受上天之命,这是古代帝王为证明正统身份常用的词语。㉛四方僭乱以次削平:中原以外的偏国依次削平。赵匡胤建立宋朝时,只占有中原地区一百多个州郡,在他执政的十多年里,相继收复了湖北高氏、湖南周氏、后蜀孟氏、南汉刘氏、南唐李氏等数个偏国。㉜蜀、江南:指孟昶的后蜀和李煜的南唐。这两个国家自以为有高山大江作为军事屏障,不甘心归服宋朝,以至宋朝发重兵前往征讨,才最终被攻破。㉝河东刘氏:指占据今山西大部的北汉刘继元政权。刘氏与后周政权有世仇,对中原政权一直抱有极端敌视的态度,加上该国投靠军事大国契丹,所以宋朝几次想征服刘氏,都没能成功。㉞酾(shī)血为池:谓流血甚多,足以成池。酾,倒酒。此处喻流血如倾酒。㉟竭天下之力，仅乃克之：太平兴国四年（979年），宋太宗下决心要收复北汉，于是发兵数十万，御驾亲征，历经几个月，才最终攻破太原，把河东纳入了宋朝的版图。㊱不待告命：没有等待宋朝皇帝下旨便请求归服。㊲封府库：将所有仓库封起来（准备交给宋朝）。府、库，都是仓库的意思。㊳籍郡县：把吴越境内的郡县版图绘制详尽。也是准备交给宋朝等待清查之意。㊴请吏于朝：向宋朝请求担任官吏。㊵如去传舍：如同离开传舍一般轻易。传舍，古代供行人休息住宿之所。㊶"昔窦融以河西归汉"三句：窦融，东汉初人。王莽当政时，以军功封建武男。更始政权新立，他见关东形势混乱，又因累世在河西做官，求任张掖属国都尉。更始败亡之后，窦融领都尉职如故，据境自保。后见光武帝刘秀号令严明，有意投靠。光武帝闻河西殷富，兵马精壮，又地接陇、蜀，也遣使联络，以此孤立隗嚣。建武五年（29年）窦融归附东汉，任凉州牧。八年，光武帝西征隗嚣，窦融率五郡太守、步骑数万，与刘秀共同击破隗嚣，封为安丰侯。光武：汉光武帝刘秀。右扶风：汉朝三辅之一，辖境大致相当于今陕西西、北地区。祠以太牢：以太牢之礼为窦融祖庙举行祭祀。太牢，古代用牛、羊、猪三牲的祭祀之礼。㊷行道：往来经过的人。㊸龙山：杭州郊外的一座山。㊹甚者易其人：实在不称职者则可撤换主管之人。㊺天目之山：在今浙江境内。据《读史方舆纪要》载，天目山在杭州临安西五十里，於潜北四十里。㊻苕水：即苕溪。据《读史方舆纪要》载，苕溪有两源，一出天目山之南，经临安西，绕县南而东谓之南溪，入余杭县界。㊼龙飞凤舞：指山水之势有龙飞凤舞之象。㊽笃生异人：降生了非同寻常的大贤之人。指钱镠。㊾绝类离群：超绝同类，卓尔不群。㊿挺（tǐng）：大棍。指钱镠初起兵时的武装。㉕强弩射潮，江海为东：《宋史·河渠志》七载，浙江通大海，每日受两潮。后梁开平年间，钱镠在候潮门外筑捍海塘，因潮水昼夜冲击，所以刚刚筑好的堤坝瞬间又被冲垮。钱镠命强壮士卒数百人向潮头射箭，既而潮避钱塘，东击西陵，堤岸终于修成，从此杭州人不再受潮水之苦。㉒奄有吴越：占据了吴越全境。奄有：全部占有。㉓金券玉册，虎符龙节：都是中原帝王赐予之物。金券：唐王朝颁发的功臣金券。玉册：册封钱镠为吴越国王的典册。虎符：帝王授予臣下兵权及调发军队之信物，虎形，背有铭文，剖为两半，右半留朝廷，左半给予地方官吏或统兵将帅。调发军队时,朝廷使臣须持符验对,符合发兵。龙节:龙形的符节。《周礼·地官·掌节》说:"凡邦国之使节,山国用虎节,土国用人节,泽国用龙节。"吴越为水乡之国,故颁与龙形之节。㊴左江右湖:指杭州的地形,左为钱塘江,右为西湖。㊵控引岛蛮:处在能控制海岛蛮夷之处。㊶岁时归休:指钱镠每年回到家乡休息之时。《十国春秋》载,钱镠置酒高会父老,男妇八十岁以上者金尊,百岁者玉尊。他亲自执爵上寿,制《还乡歌》。当时父老听不懂,钱镠则用吴音为歌,满座齐和,叫笑振席。㊷玉带球马:《十国春秋》载,后梁开平三年,钱镠派王景仁到大梁陈取淮南之策。梁主问王景仁:"钱王平生有所好乎?"王景仁答道:"好玉带、名马。"梁主笑道:"真英雄也!"于是以玉带一匣、打球御马十匹赐钱镠。㊸寅畏:恭敬戒惧。㊹大贝:上古宝器名。南金:南方所产之铜。代指贵重之物。㊺五朝昏乱,罔堪托国:中原梁、唐、晋、汉、周五代的帝王皆非英武之君,不可举国而献地。罔堪:不堪。㊻三王相承,以待有德:三代国王一脉相承,一直在等待有德的圣君以托付自己的国家。㊼既获所归,弗谋弗咨:既已等到了可以托国的圣君,既无谋划也无咨访。意思是说钱俶果断决定立即归服宋朝。㊽天胙忠孝:上天赐予忠孝之人。胙:赐予,分封。㊾世有爵邑:指钱氏家族归服宋朝之后,其子弟世世代代都拥有官爵。邑:食邑。宋朝的食邑已经没有具体的土地,只是个名义而已。㊿允文允武:《诗经·鲁颂·泮水》中的诗句,意谓文事与武功兼备。㉖后昆:后代子孙。㉗龙山之阳:龙山的南麓。古代以山南水北为阳。㉘岿焉新宫:指新修建的表忠观巍峨壮观。㉙有位:居官之人。

[译文]

熙宁十年十月戊子,资政殿大学士、右谏议大夫、知杭州军州事臣赵抃上书说:"故吴越国王钱氏的坟墓宗庙和他的父亲、祖父、嫔妃、夫人、子孙的坟墓,在钱塘县的有二十六处,在临安县的有十一处,都已荒芜废弃,无人修整。当地的父老们路过这些地方,有不少人都流下眼泪。臣谨按:以故钱武肃王镠,最初带领乡里军队击败黄巢,威名流传于江淮一带。又用八都府的兵马讨伐刘汉宏,攻下了越州,拥戴董昌为总帅,而且自己据扎于杭州。后来董昌在越州反叛唐朝，钱武肃王又诛灭了董昌，重新平定了越州，于是全部占据了浙东、浙西之地。传到他的儿子文穆王元瓘，又传到他的孙子忠显王仁佐，终于击败了李景的军队，攻占了福州。仁佐的弟弟忠懿王俶，又出重兵攻打李景，迎接周世宗的军队，随后以吴越国王的身份入朝拜见。钱氏历三代四位君主，与五代同兴同止。天下大乱，群雄并起，在那个时代里，占据着几个州郡就自立为王的，多得数都数不清。而一旦宗族败破，祸殃波及治下的百姓，几乎没有人能得以幸免。而吴越国据有千里之地，拥有十万强兵，开山冶铜，煮海为盐，象牙犀角珍珠宝玉之富，可谓天下第一。然而钱氏自始至终没有失去为臣的礼节，对朝廷的贡品在道路上连绵不绝。正因为如此，吴越的百姓直至老死也不知刀枪战乱为何物，一年四季，嬉戏游览歌吹弹唱的声音彼此相和，直到今天也没有变化，钱氏对当地百姓的恩德仁义可谓深厚。大宋秉受天命，四方的伪立之国一个个被削平，蜀中、江南的孟氏、刘氏、李氏凭着地势险要，路途遥远，直到宋兵抵达都城之下，自知大势已去，无力抵抗，才束手归降。而河东刘氏，竟然冒死守城来对抗大宋军队，以至尸体堆积得像城墙那么高，流血像护城河那样多，使我大宋集结了几乎全国的兵力，才勉强攻下了它。只有吴越钱氏，不等我朝有檄命传到，就封存了仓库，统计了郡县，请求归降我朝为臣。钱氏把丢弃自己的国家看得像离开客舍一样轻易，他对于大宋朝廷的功劳是很大的。当年窦融把河西如数归还了汉朝，光武帝下令让右扶风的官吏修整护理窦氏父亲、祖父的坟墓，并用隆重的太牢之礼来祭祀他们。如今钱氏的功业仁德恐怕已经超过了当年的窦融，而至今还不足一百年，钱氏的坟墓和祠庙都已破烂不堪，使行路之人都为此感到悲怆叹惜，这实在不是一种足以用来劝勉奖励忠臣、慰劳答谢一方人民应有的态度。臣请求把龙山的废佛寺叫做妙音院的改为道观，让钱氏后裔中做了道士名叫自然的住在那里。把钱氏建在钱塘的坟茔、祠庙交给自然道长，把建在临安的交给该县净土寺的僧人道微，每年度脱一名僧人，使他的后代相继掌管。并用这些土地中的收入，按时修缮祠庙，种植树木花草。如果有不能好好修整祠庙的，可以让当地县令、县丞督察他，完全不能尽职的可以改换他人。这样做或许可以使钱氏一宗永世不至断绝，也堪称是朝廷优待钱氏的美意，臣赵抃冒死上奏天子。"天子下诏书说："照此办理。"那座妙因院由天子赐名为表忠观。苏某为此观写下铭文说：

　　天目之间，有苕溪流出。其间龙飞凤舞，荟萃于临安。地钟灵秀而降生了杰出之人，他与众不同，高出寻常。举起长枪大声一呼，随从者多如行云。仰望苍天对着大江发出誓言，天上的明月繁星都为之暗淡。强劲的弓弩射向钱塘江潮，大江大海都为之东行。剿灭刘汉宏杀死董昌，终于据有了吴越之邦。唐朝天子赐给他铁券誓书，还有将帅的兵符和节度使的印绶。扩充杭州，使它包容了名山大川。左面是大江，右面是西湖，东方控制了百岛的蛮夷。每年回到家乡休息之时，燕享杭城的父老。其光辉就像是神仙之人，身披玉带，击球跨马。四十一年，恭谨小心。一朝之中，名臣大儒所在多有。可惜五代战乱纷争，没有明君，所以无处托付他的国民。三代君王一脉相承，时时等待着圣德的君主。归顺我大宋王朝，不需要臣僚之讨论和谋划。先皇帝的仁爱，我们也要继承下来。上天既给了钱氏忠诚仁孝，理应世世代代拥有封爵和食邑。应当让他的子孙繁衍家族，并且习文习武。天子降旨杭州守臣，治理修缮钱氏的祠庙坟茔。不要使这些祠庙成为牧童樵夫践踏之地，使钱氏的后世子孙有愧于祖宗。龙山之南，崭新的宫观拔地耸起，这并不只是赐予钱氏个人的恩惠，而是以他的忠诚作为大家的表率。没有忠诚就没有君主，没有孝顺就没有双亲。所有居官者看了这篇铭文，都应该明白天子的用心。

# 伏波将军庙碑[①]

汉有两伏波,皆有功德于岭南之民。前伏波,邳离路侯也[②]。后伏波,新息马侯也[③]。南越自三代不能有[④],秦虽稍通置吏,旋复为夷[⑤]。邳离始伐灭其国,开九郡[⑥]。然至东汉,二女子侧、贰反岭南,震动六十余城[⑦]。世祖初平天下[⑧],民劳厌兵。方闭玉关[⑨],谢西域[⑩],况南荒何足以辱王师[⑪]?非新息苦战,则九郡左衽至今矣[⑫]。由此论之,两伏波庙食于岭南者,均也[⑬]。古今所传,莫能定于一。自徐闻渡海适朱崖[⑭],南望连山,若有若无,杳杳一发耳[⑮]。舣舟将济[⑯],眩栗丧魄[⑰]。海上有伏波祠[⑱],元丰中诏封忠显王[⑲]。凡济海者必卜焉。曰:"某日可济乎?"必吉而后敢济。使人信之如度量衡石,必不吾欺者[⑳]。呜呼!非盛德,其孰能然[㉑]?自汉以来,朱崖、儋耳,或置或否[㉒]。扬雄有言:"朱崖之弃,捐之之力也[㉓]。否则介鳞易我衣裳[㉔]。"此言施于当时可也。自汉末至五代,中原避乱之人,多家于此。今衣冠礼乐[㉕],盖班班然矣[㉖]。其可复言弃乎?四州之人[㉗],以徐闻为咽喉,南北之济者,以伏波为指南。事神其敢不恭?轼以罪谪儋耳三年,今乃获还海北[㉘]。往返皆顺风,念无以答神贶者[㉙],乃碑而铭之。铭曰:

至崄莫测海与风,至幽不仁此鱼龙[㉚]。至信可恃汉两公,寄命一叶万仞中㉛。自此而南洗汝胸，抚循民夷必清通。自此而北端汝躬㉜，屈信穷达常正忠㉝。生为人英没愈雄，神虽无言意我同。

[题解]

本文是苏轼历尽苦难终于遇赦北归抵达徐闻后写的一篇碑文。宋朝到海南去，海路是非常危险的，一旦遇险，必然葬身鱼腹。苏轼当年顺利抵达海南，如今又平安回到大陆，其心情可想而知。在文章中，他表面上把自己九死一生的幸运归结为对神灵的虔诚，实则是表明自己的无罪和无辜。此时的苏轼已经心力交瘁，唯一的希望就是能回到常州，在乡间度过自己的余生。文章虽然感情激越，但却充满着阅尽沧桑的苦涩与无奈。

[注释]

①伏波将军：后汉将军马援。交趾女子征侧和她妹妹征贰反叛汉朝，征侧自立为王，于是汉光武帝派马援前往征剿。马援是古代为人广泛传颂的名将，岭南之民为了纪念他，特地为他修建了伏波将军庙。②邘离路侯：路博德。《汉书·路博德传》说他曾以右北平太守跟从骠骑将军霍去病征讨匈奴，封邘离侯。霍去病死后，路博德以卫尉为伏波将军，征伐南越后因犯法被褫夺侯爵，屯戍于居延，卒。③新息马侯：新息侯马援。他征讨征侧之后，被封为新息侯。④南越自三代不能有：岭南地区在夏、商、周三代时不属于中原政权所有。⑤秦虽稍通置吏，旋复为夷：《史记·秦始皇本纪》载，秦始皇称帝之后，"南取百越之地，以为桂林、象郡，百越之君俯首系颈，委命下吏"。秦灭亡后，南越各郡为五岭阻隔，中原遂不复统领其地，故曰"旋复为夷"。⑥开九郡：《汉书·天文志》载，汉武帝元鼎五年秋，伏波将军路博德等大举南征，收复南方九郡。九郡为南海、苍梧、郁林、合浦、交趾、九真、日南、珠崖、儋耳。地域包括今广西、广东以及越南等部分地区。⑦二女子侧、贰反岭南，震动六十余城：《后汉书·南蛮西南夷传》载，后汉光武帝建武十六年（公元40年），交趾女子征侧及其妹征贰反，攻掠郡县。于是九真、日南、合浦蛮夷纷纷响应，攻略六十五城之后，自立为王。建武十八年，伏波将军马援、楼船将军段志发长沙、桂阳、零陵、苍梧兵万余人讨之。明年夏四月，马援破交趾，斩征侧、征贰等，岭南悉平。⑧世祖初平天下：指光武帝刚刚平定

了天下。⑨闭玉关：谓集中精力苏复中原，无暇与西域各国争短长。玉关：即玉门关。汉武帝时，因自西域输入玉石取道于此而得名。故址在今甘肃敦煌西北小方盘城。⑩谢西域：谢绝西域各国的往来。⑪南荒：南蛮荒服之地。⑫左衽：衣襟左开，中原地区的人衣襟右开，所以称蛮夷之人为左衽。《论语·宪问》："微管仲，吾其被发左衽矣。"邢昺疏解说："衽谓衣衿。衣衿向左，谓之左衽。夷狄之人，被发左衽。"⑬两伏波庙食于岭南者，均也：两位伏波将军在岭南受人祭祀，是不分高低的。⑭自徐闻渡海适朱崖：苏轼绍圣元年被贬到惠州，四年后再贬海南儋州。到海南必须从徐闻渡海。徐闻在今广东徐闻，至今还是到海南的主要港口。朱崖，宋代军名，在今海南儋县。⑮杳杳一发：谓远山如同用丝线相连接。⑯舣舟：备好船只。⑰眩栗：谓面对大海，目眩而股栗。栗：恐惧。⑱海上有伏波祠：徐闻的海边有座伏波将军庙。⑲元丰中诏封忠显王：据《宋史·神宗纪》载，元丰六年（1083年）的十月辛丑，朝廷下诏封马援为忠显王。⑳必不吾欺：即必不欺我。肯定不会欺蒙我。㉑非盛德，其孰能然：如果没有盛大的功德，谁能够有这样的灵验？㉒朱崖、儋耳，或置或否：谓朱崖军和儋州从汉代以来时置时废。据杜佑《通典·州郡》载，汉武帝时置朱崖、儋耳二郡，昭帝时省儋耳郡并入朱崖郡。汉元帝时又罢朱崖郡。南朝梁置崖州。隋置朱崖郡。唐代置崖州，又叫朱崖郡。朱崖在今海南海口市琼山县。㉓朱崖之弃，捐之力也：杜佑《通典·兵》四和《汉书·贾捐之传》载，汉元帝时，朱崖、儋耳二郡蛮夷在二十年间六次造反，博士贾捐之上书请求不再派兵镇压。理由是劳师费钱，无所收获。㉔介鳞易我衣裳：这是贾捐之劝告元帝的话。扬雄《法言》李轨注说，不要让鱼鳖一般的蛮夷改变衣裳文明之民。意思是中国统治那样的地方，久之会被那里的蛮夷同化而变得落后。㉕衣冠礼乐：均指中原地区的文明。㉖班班：显明之貌。㉗四州：北宋后期海南共有四个州郡，分别为琼州、崖州、儋州和万安军。㉘获还海北：徽宗即位，苏轼遇赦回到大海之北。据《东坡先生年谱》载，苏轼元符三年（1100年）五月遇赦，移廉州（今广西北海北）安置。㉙神贶（kuàng）：神灵赐予安全到达内地之恩。贶，赐予。㉚至幽不仁此鱼龙：最幽深最不仁的是琼州海峡的鱼龙。㉛寄命一叶万仞中：寄性命于万顷狂涛之中也。一叶：渡海的小船。万仞：指无边的狂涛。㉜端汝躬：端正自身，切莫再犯错误。躬：自身。㉝屈信：即"屈伸"，信，通"伸"。正忠：谓正直而忠诚。

[译文]

　　汉代有两位伏波将军，都对岭南百姓有功勋仁德。前一位伏波将军，是邳离侯路博德。后一位伏波将军，是新息侯马援。南越这块地，从三代以来就不为中原政权所有，秦朝虽然渐渐打通此地，并设置官吏，不久又被夷人所占有。邳离侯率兵讨伐并灭掉了南越国，开辟了九个新郡。然而到了东汉，交趾的两个女子征侧、征贰在岭南造反，声势震动六十多座城镇。当时光武帝刚刚平定了天下，百姓疲惫不堪，厌恶战争。光武帝正封锁玉门关，不与西域诸国交往，何况南方荒远之地，哪里有余力出兵作战？若不是新息侯马援苦苦死战，那么这九个郡蛮荒不化恐怕要延至今天了。据此而论，这两位伏波将军在岭南立庙，世世受到人民同等的祭奠，是完全合于情理的。古往今来关于两个人的传闻，都不一样。我从徐闻渡海到朱崖贬所，往南看去，山连着山，断断续续，远山如同用丝线相连接。开船渡海时，头昏目眩心胆俱裂。海边有座伏波将军祠，元丰年间朝廷下诏封为忠显王，凡是渡海的人都要先到这里来占卜，问："某一天可以过海吗？"一定要求得吉日之后才敢登舟。这位伏波将军的灵验竟能使人们相信得就像相信量具衡器一样，认为他绝不会欺蒙我。啊！如果没有盛大的功德，谁能令人迷信到这种程度？自从汉代以来，朱崖郡、儋耳郡，时置时废。汉朝人扬雄曾说过："放弃朱崖郡而不征讨，得益于贾捐之的力谏，否则像鱼鳖一样的夷人将会渐渐改变我们。"这话在当时来说还有些道理。但自从汉朝末年直到五代时期，中原地区躲避战乱的人，有很多到这里安家落户。如今此地中原大族的后代，已经不在少数，难道还可以再说丢弃不要吗？海南四州的士民，都把徐闻当成咽喉要地，南来北往渡海的人，都把伏波将军当做指导，敬事神灵谁敢不恭顺？苏某因罪被贬谪到儋耳之地前后三年，如今遇赦准许回到内地。渡海来去都是一帆风顺，想来想去没有什么可以报答神灵护佑的，于是就写篇铭文刻在碑上。铭文说：

　　世上最凶险莫测的是大海和狂风，最幽暗莫测为害不仁的是此处的鱼龙。最可信赖最可依靠的是汉代两位伏波将军，使我乘一叶小舟在万仞惊涛中得以保全性命。从此地往南受到你阔大襟怀的洗礼，安抚感化蛮荒之民必然和洽清净。从此地往北回到内地，一定要端正自身好好做人，不论得志失志屈心伸意都会保持刚直忠正。活着是人中的豪杰，死后是鬼中的英雄，神灵虽然无言告我，想来一定是与我的心思相同。

# 淮阴侯庙碑①

应龙之所以其神者②,以其善变化而能屈伸也。夏则天飞,效其灵也;冬则泥蟠③,避其害也。当嬴氏刑惨网密④,毒流海内。销锋镝⑤,诛豪俊。将军乃辱身污节⑥,避世用晦⑦,志在鹊起豹变⑧,食全楚之租⑨,故受馈于漂母⑩;抱王霸之略,蓄英雄之壮图,志轻六合⑪,气盖万夫,故忍耻胯下。洎乎山鬼反璧⑫,天亡秦族⑬。遇知己之英主⑭,陈不世之奇策⑮,崛起蜀汉⑯,席卷关辅⑰。战必胜,攻必克,扫强楚,灭暴秦。平齐七十城⑱,破赵二十万⑲。乞食受辱,恶足累大丈夫之功名哉?然使水行未殒,火流犹潜⑳。将军则与草木同朽,麋鹿俱死。安能持太阿之柄云飞龙骧㉑,起徒步而取侯王㉒?噫!自古英伟之士,不遇机会,委身草泽㉓,名埋灭而无称者㉔,可胜道哉?乃碑而铭之。铭曰:

书轨新邦㉕,英雄旧里㉖。海雾朝翻,山烟暮起。宅临旧楚㉗,庙枕清淮㉘。枯松折柏,废井荒台。我停单车㉙,思人望古㉚。淮阴少年,有目无睹㉛。不知将军,用之如虎㉜。

[题解]

这是一篇吊古凭今的名篇。作者回顾了名将韩信传奇的一生,认为"乞食受辱"未必能牵累英雄建立功名。作者同时认为英雄的产生,也需要时运和机遇。天下英雄是无数的，但能得天时、人事的却不多。韩信则是在"天亡秦族"的时候，恰恰又"遇知己之英主"，才成全了他的盖世英名。

[注释]

①淮阴侯：汉初名将韩信。他帮助刘邦打下江山，封为楚王，不久降为淮阴侯，最后因怀疑谋反被吕后诛杀。《史记》有《淮阴侯列传》。②应龙：传说中有翼的龙。相传大禹治洪水时，有应龙以尾画地成河，令水入海。③泥蟠：盘曲在泥中。④嬴氏刑惨网密：谓秦朝统治者用残酷而苛细的刑罚统治人民。⑤销锋镝：秦始皇统一全国后，将武器收集起来集中销毁，铸为金人，以示天下一统。⑥将军乃辱身污节：谓韩信因辱自身，亏缺名节。据《史记·淮阴侯列传》载，韩信年轻时曾寄食于亭长家，被人家厌恶撵了出来。又得到一位漂母（漂洗衣物的女人）的帮助。淮阴屠夫少年羞辱他，让他从胯下钻过去，惹得一市人都笑话他。⑦用晦：隐藏才能，不使外露。这是《周易·明夷》里的话。⑧鹊起豹变：像鹊鹎般骤然冲天，像豹纹般发生显著的变化。幼豹长大后脱去绒毛，变得光泽而有文采。这是《周易·革卦》里的话。⑨食全楚之租：《史记·淮阴侯列传》说，汉五年正月，齐王韩信被封为楚王，建都于下邳。⑩受馈于漂母：韩信早年就食于漂母时，为表示感谢，说道："日后我肯定会重重地报答你老人家。"漂母不高兴地说："大丈夫不能自食，吾哀王孙而进食，岂望报乎？"这话深深刺激了韩信，所以走上了从军立功之路。⑪六合：天地四方。⑫山鬼反璧：《史记·秦始皇本纪》载，秦王嬴政三十六年秋，使者从关东夜过华阴时，有人持璧拦住使者说："今年祖龙死。"使者问其故，那人留下玉璧，忽而不见。使者奉璧以闻，始皇默然良久，说道："山鬼固不过知一岁事也。"使御府视璧，乃是二十八年渡江时所沉之璧。山鬼：山神。反璧：谓山神预示始皇将终，故将玉璧返回给他。⑬天亡秦族：天意要灭亡残暴的秦朝。⑭遇知己之英主：遇到了能够理解自己的英明之主，指刘邦。⑮陈不世之奇策：发表了超越世人的妙计良策。⑯崛起蜀汉：谓辅佐刘邦起家于蜀汉之地。刘邦被封为汉中王，在蜀地之北，故称蜀汉。⑰席卷关辅：像卷席子一样扫平了关中地区。⑱平齐七十城：荡平齐地七十多座城池。按：此战在破赵之后。韩信破赵，引兵东攻齐地，辩士郦食其先已说服齐王田广，韩信遂攻之，田广逃，平齐七十余城。⑲破赵二十万：击败

赵国二十万大军。据《史记·淮阴侯列传》载,刘邦派大将张耳和韩信率军北征,袭击赵、代。赵王歇聚兵于井陉口,号称二十万。韩信采用背水一战之策,打败了赵军,斩成安君陈余于泜水上,生擒赵王歇。⑳水行未殄,火流犹潜:这是五行相代的说法。古代帝王、朝代更替,以五行生克相推演。秦以水德王。汉高祖代周伐秦,又为火德。此句意谓倘若暴秦未灭,汉祚未兴,则韩信仍不过是一介布衣。㉑太阿:古宝剑名,相传为春秋时人欧冶子、干将所铸。云起龙骧:意谓如同风云乍起,神龙腾跃。龙骧,又作"龙襄",龙昂首之貌。㉒起徒步而取侯王:指韩信从徒步之士卒一步步走到封侯封王的高位。㉓委身草泽:屈身在草野之间。㉔名埋灭而无称:名声湮灭无闻得不到人们的称赞。埋(yīn):填塞。此处义同"湮",湮灭。㉕书轨:车轨相同,文字相同。言天下一统,归于文治。这里指当下的宋朝。新邦:新兴国家的州郡。㉖英雄旧里:古代英雄韩信的故乡。㉗旧楚:古楚国。㉘庙枕清淮:谓淮阴侯的庙紧靠着清清的淮河。㉙单车:独自驾的车。㉚思人望古:凭吊古人,想象古代的风云际会。㉛有目无睹:长着眼睛却看不出真相。与今言有眼无珠之意相同。㉛用之如虎:谓只要有了用武之地,便如同猛虎一样。

[译文]

千年应龙之所以能显露神灵,是因为它善于变化而且能屈能伸。夏天时就飞跃在天,以发挥它的灵效;冬天时就盘曲在泥水之中,来躲避祸害。秦朝刑罚残酷法网紧密,四海之内受尽残害。在那销毁兵器、诛杀豪杰之时,韩将军可以屈辱自身,不计志节,躲避乱世隐而不发。他的志向在于等待时机像鸟鹊渐飞豹纹渐变一样,收食楚地全境的租赋,所以竟能接受漂母的馈赠;他怀有霸主的韬略,积蓄英雄的壮志,他志在扫平天下,豪气足以压倒万人,所以竟能忍受胯下之辱。到了山鬼把瑞璧从秦王手中收回,上天诛灭嬴氏之族时,他得遇器重自己的英明君主,设下当世难得的出奇之策。崛起于西蜀汉中之地,扫平了函谷关渭川一带。战必致胜,攻必克城,剪除强大的楚项,诛灭残暴的秦朝。平定了齐地七十座城池,击破赵国二十万大军。当年向人乞食,忍受胯下之辱,这些耻辱岂能阻止大丈夫建奇功立大业？然而假如秦朝的水德没有衰竭，汉朝的火德还在潜伏，韩将军也就会与草木一同腐朽，与麋鹿共同死亡，哪里还能手持太阿宝剑的剑柄像云走龙腾一样纵横驰骋，从平民而取得侯王的封爵？啊！自古以来英雄伟岸的豪杰，遇不到机会，埋没在乡间田野，默默无闻而死去的，还能数得清吗？我就韩将军碑而写此铭。铭文说：

我大宋这个新的州郡，正是英雄的故里。此地海中云雾清晨翻飞，山间烟气暮间涌起。将军的旧居面对昔日的楚国封都，将军的庙宇紧靠清清的淮水。松树朽萎，柏枝摧折，古井填废，坛台荒芜。我停下车子，缅怀将军遥想古时的战争。当年淮阴的少年屠夫，有眼无珠，他怎能想到韩信一旦有了用武之地，会凶猛得像一头猛虎？

# 潮州韩文公庙碑[①]

匹夫而为百世师[②],一言而为天下法[③]。是皆有以参天地之化[④],关盛衰之运。其生也有自来,其逝也有所为。故申吕自岳降[⑤],傅说为列星[⑥],古今所传,不可诬也。孟子曰:"吾善养吾浩然之气。是气也,寓于寻常之中,而塞乎天地之间[⑦]。"卒然遇之[⑧],则王、公失其贵,晋、楚失其富,良、平失其智[⑨],贲、育失其勇[⑩],仪、秦失其辩[⑪],是孰使之然哉?其必有不依形而立,不恃力而行,不待生而存,不随死而亡者矣。故在天为星辰,在地为河岳。幽则为鬼神,而明则复为人。此理之常,无足怪者。

自东汉以来,道丧文弊[⑫],异端并起。历唐贞观、开元之盛[⑬],辅以房、杜、姚、宋而不能救[⑭]。独韩文公起布衣,谈笑而麾之,天下靡然从公,复归于正,盖三百年于此矣。文起八代之衰[⑮],而道济天下之溺[⑯],忠犯人主之怒[⑰],而勇夺三军之帅[⑱]。岂非参天地,关盛衰,浩然而独存者乎?盖尝论天人之辨,以谓人无所不至,惟天不容伪。智可以欺王公,不可以欺豚鱼;力可以得天下,不可以得匹夫匹妇之心。故公之精诚,能开衡山之云[⑲],而不能回宪宗之惑[⑳];能驯鳄鱼之暴[㉑],而不能弭皇甫镈、李逢吉之谤[㉒];能信于南海之民,庙食百世,而不能使其身一日安于朝廷之上。盖公之所能者，天也[23]；所不能者，人也[24]。

始，潮人未知学，公命进士赵德为之师[25]。自是潮之士，皆笃于文行。延及齐民[26]，至于今，号称易治。信乎孔子之言："君子学道则爱人，小人学道则易使也[27]。"潮人之事公也，饮食必祭，水旱疾疫，凡有求必祷焉。而庙在刺史公堂之后，民以出入为艰。前守欲请诸朝作新庙[28]，不果。元祐五年，朝散郎王君涤来守是邦[29]，凡所以养士治民者，一以公为师。民既悦服，则出令曰："愿新公庙者听。"民欢趋之。卜地于州城之南七里，期年而庙成[30]。

或曰："公去国万里[31]，而谪于潮，不能一岁而归[32]。没而有知，其不眷恋于潮，审矣。"轼曰："不然。公之神在天下者，如水之在地中，无所往而不在也。而潮人独信之深，思之至，焄蒿凄怆[33]，若或见之。譬如凿井得泉，而曰水专在是，岂理也哉？"元丰七年，诏封公昌黎伯[34]，故榜曰"昌黎伯韩文公之庙[35]"。潮人请书其事于石。因作诗以遗之，使歌以祀公。其词曰：

公昔骑龙白云乡[36]，手抉云汉分天章[37]。天孙为织云衣裳[38]，飘然乘风来帝旁。下与浊世扫秕糠，西游咸池略扶桑[39]。草木衣被昭回光[40]，追逐李杜参翱翔[41]，汗流籍湜走且僵[42]。灭没倒景不可忘[43]，作书诋佛讥君王[44]。要观南海窥衡湘[45]，历舜九疑吊英皇[46]。祝融先驱海若藏[47]，约束蛟鳄如驱羊。钧天无人帝悲伤[48]，讴吟下招遣巫阳[49]。犦牲鸡卜羞我觞[50]，于粲荔丹与蕉黄[51]。公不少留我涕滂[52]，翩然被发下大荒[53]。

[题解]

这是苏轼碑文中的名篇。哲宗元祐五年（1090年），苏轼因与新党政见不同，被迫再次出京任杭州知州。此时潮州知州王涤新修韩愈庙，请苏轼为此庙写一篇碑文。苏轼一向崇敬韩愈的文章，更敬佩他的为人，于是借歌颂韩愈铮铮铁骨、引领文学潮流、感天动地却不能为朝廷奸邪小人所容等抒发自己相似的遭遇，并自励要以韩愈为榜样，坚持君子之节操，做一个被人民记挂怀念的有用之人。

**[注释]**

①潮州：在今广东潮州。韩愈曾担任过潮州刺史。韩文公庙：据《大明一统志》载，韩愈庙在潮州韩山半山、韩江东岸。②匹夫：普通人。这里指韩愈。百世师：品德学问永为后代表率的哲人。③一言而为天下法：一句话成为天下人效法的准则。④天地之化：天地间的钟灵造化。⑤申吕自岳降：出自《诗经·大雅·崧高》："崧高维岳，骏极于天。维岳降神，生甫及申。"申吕：申伯及吕侯，周之卿士。⑥傅说：商王武丁之相，曾辅佐高宗武丁安邦治国，为古代儒家推崇的贤人。为列星：意谓傅说上应列星。《晋书·天文志》说："傅说一星，在尾后。傅说主章祝，巫官也。"⑦"吾善养吾浩然之气"四句：出自《孟子·公孙丑》上篇，意思是说君子善于培养浩然之气，这种气平常是无法感知的，但它却能时时刻刻充塞于天地之间。⑧卒然：即"猝然"，突然之间。遇之：与我的浩然之气相遭遇。⑨良、平：汉代开国宰相张良、陈平。《史记》、《汉书》均有传。⑩贲、育：战国时勇士孟贲与夏育。《汉书·司马相如传》颜师古注解说："孟贲，古之勇士也，水行不避蛟龙，陆行不避豺狼，发怒吐气，声响动天。夏育，亦猛士也。"⑪仪、秦：战国时期纵横家张仪与苏秦。张仪主张连横，苏秦主张合纵。⑫道丧文弊：大道沦丧，文章萎弊。⑬贞观、开元：唐太宗和唐玄宗使用的两个年号。这两个时期是唐代的盛世。⑭房、杜、姚、宋：唐初名臣房玄龄、杜如晦、姚崇、宋璟。新、旧《唐书》均有传。⑮文起八代之衰：谓韩愈能在八代文章萎弊之风的基础上重新振起。八代：指自东汉以来，历魏、晋、宋、齐、梁、陈、隋共八个朝代。⑯道济天下之溺：以正道挽救了天下士人的沉沦。⑰忠犯人主之怒：谓韩愈以一腔忠诚犯颜力谏。韩愈曾上书力谏反对迎佛骨，反对帝王崇尚佛学而荒废国政，因此被贬为潮州刺史。⑱勇夺三军之帅：谓其勇气高于三军之帅。⑲开衡山之云：使衡山的乌云开霁。衡山是湖南境内的一座山，其上经常是乌云密

布。⑳不能回宪宗之惑：不能解开宪宗的迷惑。元和十四年（819年），宪宗派使者去凤翔迎取佛骨，韩愈毅然上表，痛斥佛之不可信，请求将佛骨"投诸水火，永绝根本，断天下之疑，绝后代之惑"。宪宗得表大怒，要处韩愈以极刑。宰相裴度及朝中大臣极力解救，使韩愈免于一死，贬为潮州刺史。㉑能驯鳄鱼之暴：据《新唐书·韩愈传》载，韩愈到潮州后，闻知境内恶溪中鳄鱼为害，将附近百姓的牲口都吃光了，于是作《祭鳄鱼文》，劝鳄鱼尽快搬迁。不久，恶溪之水西迁六十里，自此潮州境内永无鳄鱼之患。㉒不能弭皇甫镈、李逢吉之谤：皇甫镈，德宗贞元年间进士。为监察御史，迁吏部员外郎、判度支，改户部侍郎。宪宗时加御史大夫。蔡州平定后，升任同中书门下平章事。又荐方士，为宪宗制长生之药以固宠。后德宗服药致死，他也贬死崖州。李逢吉，德宗时左拾遗。宪宗元和时，迁给事中、太子侍读，拜门下侍郎、同中书门下平章事。这两个人都是举朝侧目的阴邪小人。㉓公之所能者，天也：谓韩公所能之事是依从天道而行的事，如劝诫鳄鱼之类。㉔所不能者，人也：无能为力的，是涉及人事的事，如不能谏止崇佛，不能阻挡邪佞小人的诽谤之类。㉕进士赵德：据顺治《潮州府志·科名部》载，赵德为海阳人，大历十三年（778年）进士。著有《昌黎文录序》。㉖齐民：黎民百姓。㉗君子学道则爱人，小人学道则易使也：出自《论语·阳货》。何晏集解说："道，谓礼乐也。乐以和人，人和则易使。"㉘前守：此前的潮州知州。守，谓郡守。㉙元祐五年，朝散郎王君涤来守是邦：《广东通志》卷二三八载："王涤字长源，莱州人。元祐五年知潮州。"元祐五年是1090年。这一年苏轼在杭州知州任上。㉚期年：一年之后。㉛公去国万里：谓韩愈离开国都万里之遥。唐代都城在长安，离潮州非常遥远。㉜不能一岁而归：没到一年就离开潮州了。㉝焄蒿：祭祀时祭品所发出的气味。后亦指祭祀。此句说潮州人祭祀韩愈时往往十分凄凉悲怆。焄（xūn）：通"荤"，指带有辛辣味道的菜。怆（chuàng）：悲伤。㉞元丰七年，诏封公昌黎伯：按，东坡此处所记时间有误。《宋史·礼志·吉礼》八载："熙宁七年，礼官言：'请自今春秋释奠，以孟子配食，荀况、扬雄、韩愈并加封爵，以世次先后，从祀于左丘明二十一贤之间。'诏如礼部议，荀况封兰陵伯，扬雄封成都伯，韩愈封昌黎伯，令学士院撰赞文。"则韩愈封昌黎伯在熙宁七年（1074年）而不在元丰七年（1084）。㉟榜曰：写其牌匾为。榜，牌匾。㊱骑龙白云乡：谓仙逝。《庄子·天地》："乘彼白云，游于帝乡。"㊲云汉：天河。天章：谓日月星辰。喻美好之诗文。㊳天孙：织女星。《史记·天官书》："婺女，其北织女。织女，天女孙也。"㊴咸池：传说日浴之处。《淮南子·天文》："日出于旸谷，浴于咸池。"扶桑：传说日出于扶桑之下，拂其树杪而升，因谓日出之处。㊵昭回光：谓星辰光耀回转。㊶李杜：唐代大诗人李白、杜甫。㊷籍湜：韩愈弟子张籍和皇甫湜。张籍字文昌，苏州人，贞元十四年（798 年）在汴州认识韩愈。韩愈为汴州进士考官，张籍被荐，次年在长安进士及第。皇甫湜字持正，睦州新安（今浙江建德）人，元和元年（806 年）进士，历陆浑县尉、工部郎中、东都判官等职，与李翱都是韩愈的学生。㊸灭没倒景：指佛学颠倒上下的学说。㊹作书诋佛讥君王：指韩愈所上《谏迎佛骨表》。㊺要观南海窥衡湘：朝廷要他到潮州去观测南海，途中凭吊了洞庭湖和湘水。意思是被贬到潮州，途经湖湘。㊻九疑：舜南巡时死在苍梧，葬于九嶷山，其妻女英、娥皇前往追寻，也死在湘水。㊼祝融：火神。《史记·楚世家》说："重黎为帝喾高辛居火正，甚有功，能光融天下，帝喾命曰祝融。"先驱：为他开路。海若：大海。㊽钧天：上天。㊾巫阳：古代传说中的女巫。《楚辞·招魂》说："帝告巫阳曰：'有人在下，我欲辅之。魂魄离散，汝筮予之。'"后往往用于招魂的神巫。㊿犦牲：用于祭祀的牛。犦（bó）：一峰的牛。羞我觞：为我不够丰厚的祭祀感到惭愧。㊿①于粲：事物鲜明美好的叹词。荔丹与蕉黄：荔枝的鲜红和芭蕉的金黄。㊿②涕滂：涕泗滂沱的缩写。㊿③翩然：轻捷的样子。被发：即披发，披散着头发。大荒：极荒远之处。《文选》左思《吴都赋》："出乎大荒之中，行乎东极之外。"刘逵注说："大荒，谓海外也。"此处指韩愈所归去的仙乡。

［译文］

一个普通人而成为百代宗师，一句话而成为天下人遵循的准则，这些都是得到天地的德化，也关乎世道的强盛衰亡。他的出生本身就是肩负使命而来，他的去世也只是为完成他的作为而去。所以申吕从嵩岳降临，傅说为天上列星，古往今来的传闻，不能不信啊。孟子说："我善于培养我的浩然正气。这种正气，寄托于平平常常之中，而充塞于天地四方。"猛然间遇到此气，那么王公大人就会丧失了他们的尊贵，晋、楚大国就会丧失了他们的富庶，张良、陈平就会失去他们的智谋，孟贲、夏育就会失去他们的勇武，张仪、苏秦就会失去他们的才辩，是什么使他们改变的呢？必然有不依照常形而显现，不凭借气力而流行，不等待降生而存在，不跟随死亡而消失的力量。所以它在天表现为星辰，在地表现为山河；处在幽暗之处就成为鬼神，处在光明之地就变成了人。这是人所共知的寻常道理，没有什么奇怪的。

自从东汉以来，大道沦丧，文章萎弊，异端邪说纷纷而起。经历唐朝贞观、开元间的强盛，加上房玄龄、杜如晦、姚崇、宋璟的辅佐，也没能挽救文章的衰微。唯独韩文公韩愈自布衣平民起家，谈笑之间就竖起一面大旗，天下的士人于是乎聚集在他的旗下，使文章之道重新归于淳正，至今已经三百年了。韩公的文章崛起于八代衰敝之际，以正道挽救了天下士人的沉沦。他以忠心劝谏触犯了人主之怒，而他的勇气却能直夺三军的将帅，这难道不是受天地孕育，事关世道盛衰，浩然正气存于中的人吗？他曾论说天人之间的关系，认为没有人做不到的事，只是上天不能容忍伪诈。智谋可以欺蒙王公贵人，却不可以欺骗河里的豚鱼；暴力可以夺取天下，却不可以得到一个男人或一个妇人之心。所以韩公的精诚，能够驱开衡山的乌云，却不能驱散宪宗的迷惑；能够使残暴的鳄鱼驯服，却不能平息皇甫镈、李逢吉之流的诽谤；能够取信于南海之滨的民众，以致建庙祭祀百世不绝，却不能使自己有一日安安稳稳端立于朝廷之上。这样看来，韩公能做到的是改变自然之物；而他不能做到的，是改变人。

当初，潮州的人不知道学习，韩公命进士赵德做他们的导师，从此潮州的士子们，都酷好学术，并以此约束自己的行为。此风渐渐影响到寻常百姓，一直到今天，潮州还被认为是易于治理的州郡。孔子的话讲得十分正确，他说："君子学习了道理就会热爱人民，小人学习了道理就易于治理。"潮州人敬奉韩公，每当饮食之前都一定要祭奠他，遇到水旱灾害，瘟疫流行，凡有所希望之事一定会向韩公祈祷。韩公的庙在州刺史衙门大堂的后面，百姓进进出出十分不便。前任知州向朝廷奏请另建一座新庙，没有得到允许。元祐五年，朝散郎王涤来潮州担任知州，所有用来培养官吏治理民事的措施，一概以韩公为榜样。当地人民敬佩感服，于是王君张榜出令说："如果有自愿出力重新修建韩公祠庙的，官府一定顺从民意。"百姓都欢欣地表示乐于效力。于是王君在州城南面七里选择了一块土地，经过一年的修建，新庙终于落成。

有人说："韩公离开朝廷万里之遥，被贬到潮州，没到一年就回京城了。他死后有知的话，不会对潮州有什么特殊的眷恋，这不是很显然的事吗？只是他去世后名气太大，潮州人才对他如此推崇。"苏轼说："不对。韩公的神灵在普天之下，就像是水在地下，无处不有。潮州人不过是对他更加信任，思念也更加真挚，祭祀韩公十分悲怆，就像时时都能见到他一样。上述那种议论就好比打井打出了水，于是就说水只在此处有，这是什么道理啊？"元丰七年，朝廷下诏封韩公为昌黎县伯，所以此庙的匾额定为"昌黎伯韩文公之庙"。潮州人请求把这些事刻在石碑上，所以我也作了一首诗赠给他们，让他们歌唱此诗来祭祀韩公。歌词如下：

韩公当年骑着飞龙遨游在白云之上，以手拨开云雾现出日月星辰，织女星为他编织云做的衣裳。他飘飘然乘清风来到天帝身旁，为浑浊的人世扫除陈谷糟糠，他向西游历咸池而东过扶桑，使花草树木都受到普照的阳光，他追逐着李白和杜甫在天空中翱翔，驱赶得张籍和皇甫湜之流奔走僵仆也无法赶上。消除妄言，写文章指斥佛教的荒诞，用以讽谏君王。他被贬到潮州去巡视南海，途中窥见衡山湘水，经历了娥皇、女英祭吊舜帝的九嶷山，他忍受炎热的天气面对无际的大海，制服蛟龙鳄鱼就像驱赶群羊。天界失去了贤人，天帝也感到悲伤，派巫阳到下界招他返回，肥牛大鸡作为祭奠使我羞愧。我敬奉光艳的红荔枝和黄香蕉，韩公不肯在人间停留我泪水滂沱，翩然起身披散长发走向荒远的大地。

# 司马温公神道碑①

上即位之三年②,朝廷清明,百揆时叙③,民安其生,风俗一变。异时薄夫鄙人④,皆洗心易德⑤,务为忠厚,人人自重,耻言人过,中国无事,四夷稽首请命⑥。惟西羌夏人叛服不常⑦,怀毒自疑⑧,数入为寇。上命诸将按兵不战,示以形势⑨。不数月,生致大首领鬼章青宜结阙下⑩。夏人十数万寇泾原⑪,至镇戎城下⑫,五日无所得,一夕遁去。而西羌兀征声延以其族万人来降⑬。黄河始决曹村⑭,既筑灵平⑮,复决小吴⑯,横流五年,朔方骚然⑰,而今岁之秋,积雨弥月,河不大溢。及冬,水入地益深。有北流赴海复禹旧迹之势。凡上所欲,不求而获;而其所恶,不麾而去⑱。天下晓然知天意与上合,庶几复见至治之成,家给人足,刑措不用⑲,如咸平、景德间也⑳。

或以问臣轼:"上与太皇太后安所施设而及此㉑?"臣轼对曰:"在《易·大有》:'上九,自天祐之,吉无不利㉒。'孔子曰:'天之所助者,顺也。人之所助者,信也。履信思乎顺,又以尚贤也。是以"自天祐之,吉无不利㉓。"'今二圣躬信顺以先天下,而用司马公以致天下士㉔,应是三德矣㉕。且以臣观之,公,仁人也。天相之矣。""何以知其然也?"曰:"公以文章名于世,而以忠义自结人主。朝廷知之可也,四方之人何自知之?

士大夫知之可也，农商走卒何自知之？中国知之可也，九夷八蛮何自知之㉖？方其退居于洛㉗，眇然如颜子之在陋巷㉘，累然如屈原之在陂泽㉙，其与民相忘也久矣，而名震天下如雷霆，如河汉，如家至而日见之㉚。闻其名者，虽愚无知如妇人孺子，勇悍难化如军伍夷狄㉛，以至于奸邪小人，虽恶其害己仇而疾之者㉜，莫不敛衽变色㉝，咨嗟太息，或至于流涕也。元丰之末，臣自登州入朝㉞，过八州以至京师㉟。民知其与公善也，所在数千人，聚而号呼于马首曰：'寄谢司马丞相，慎毋去朝廷，厚自爱以活百姓。'如是者，盖千余里不绝。至京师，闻士大夫言，公初入朝，民拥其马，至不得行。卫士见公，擎跽流涕者㊱，不可胜数。公惧而归洛。辽人、夏人遣使入朝，与吾使至虏中者㊲，虏必问公起居㊳。而辽人敕其边吏曰：'中国相司马矣，慎毋生事开边隙。'其后公薨，京师之民罢市而往吊，鬻衣以致奠。巷哭以过车者㊴，盖以千万数。上命户部侍郎赵瞻、内侍省押班冯宗道护其丧归葬㊵。瞻等既还，皆言民哭公哀甚，如哭其私亲㊶。四方来会葬者㊷，盖数万人。而岭南封州父老相率致祭㊸，且作佛事以荐公者，其词尤哀。炷艾于手顶以送公葬者㊹，凡百余人；而画像以祠公者，天下皆是也。此岂人力也哉？天相之也。匹夫而能动天，亦必有道矣。非至诚一德㊺，其孰能使之？《记》曰：'惟天下之至诚，为能尽其性；能尽其性，则能尽人之性；能尽人之性，则能尽物之性；能尽物之性，则可以赞天地之化育矣㊻。'《书》曰：'惟尹躬暨汤，咸有一德，克享天心㊼。'又曰：'德惟一，动罔不吉；德二三，动罔不凶㊽。'或以千金与人而人不喜，或以一言使人而人死之者㊾，诚与不诚故也。稽天之潦，不能终朝㊿，而一线之溜可以达石者[51]，一与不一故也。诚而一，古之圣人不能加毫末于此矣，而况公乎！故臣论公之德，至于感人心，动天地，巍巍如此，而蔽之以二言，曰诚、曰一。"

[题解]

这是苏轼担任翰林学士期间为刚刚逝去的宰相司马光写的神道碑。文中热情讴歌了司马光坚持真理、坚持信念、曰诚曰一的君子之操，"穷则独善其身，达则兼济天下"的伟人胸怀，以及为朝廷、为百姓鞠躬尽瘁死而后已、无私无畏的伟大一生。

[注释]

①司马温公：北宋名相司马光。死后谥曰温国公。②上即位之三年：哲宗即位的第三年，即元祐二年（1087年）。神宗于元丰八年（1085年）驾崩，当年，哲宗即皇帝位。③百揆时叙：谓朝廷重臣各就其位。百揆，总理国政的首长，即宰相。④异时：指熙宁、元丰时期。薄夫鄙人：浅薄卑鄙的小人，指追随王安石变法的人。因为那都是些追名逐利没有道德的人，所以称之为薄夫鄙人。⑤洗心易德：洗心革面，重归道德仁义之途。按：这只是表面现象，其实改革派很多官员只是暂时被司马光等人震慑而已。⑥四夷：四方蛮夷，主要指北方的契丹、南方湖南、广西等地的异族。稽首请命：叩头臣服。⑦惟西羌夏人叛服不常：只有西夏人时而归服，时而背叛。北宋仁宗时期，西夏主赵元昊反叛宋朝，自立为帝，使用西夏文字、历法，设置百官，并大举进攻宋朝西北地区。元昊死后，其子谅祚、其孙秉常相继在位，与宋朝的关系一直处在时打时和的状态。⑧怀毒自疑：怀有深深的仇恨，不相信宋朝对他们的真诚。⑨示以形势：摆出大军压境的阵势。⑩生致大首领鬼章青宜结阙下：将西北大首领鬼章青宜结擒到了大宋阙庭之前。元祐二年年初，西夏主秉常去世，其子乾顺即位，但大权掌握在国母梁氏及其家族手中。外戚梁乙逋大举进攻宋朝，宋军坚决反击，生擒其首领鬼章青宜结。⑪泾原：北宋路分名，治所在今甘肃平凉。《续资治通鉴长编》载此事在元祐二年的九月。⑫镇戎：北宋军名，属秦凤路，治所在今宁夏固原。《续资治通鉴长编》载，梁乙逋命大将仁多保忠率十万大军进入泾原，声言国母将亲自率兵攻打镇戎军西砦，围泾原十一将兵于平凉城内。庆州知州范纯粹派副总管曲珍领兵，从环州深入牵制，昼夜驰三百里，至曲律山，斩首千余，俘老幼妇女数百人。仁多保忠遁归。⑬西羌兀征

声延以其族万人来降：在宋朝大胜的震慑之下，西北羌族部落首领兀征声延率领其部族万人前来归降。⑭黄河始决曹村：指神宗元丰年间黄河在河北曹村一带泛滥，造成特大水灾。曹村，即曹村埽，黄河上的堤坝名，在今河南滑县境内。⑮既筑灵平：谓修筑了灵平埽。灵平埽也在滑县境内。⑯复决小吴：又在小吴埽决了口。按：熙宁、元丰期间，黄河澶州、大名府一段经常决口，造成人员、财产极大的损失。⑰朔方骚然：河北一带人情骚动。⑱不麾而去：不用扫除便自行退去。⑲刑措不用：刑罚闲置没有用它的地方。意思是社会稳定，无人犯罪。⑳咸平、景德：宋真宗即位之初使用的两个年号。咸平共六年，998年至1003年；景德共四年，1004年至1007年。㉑上与太皇太后：指哲宗和太皇太后高氏。哲宗即位时年纪尚小，由太皇太后垂帘听政，当时称为"二圣"。安所施设：有什么设置安排。㉒上九，自天祐之，吉无不利：出自《周易·大有》。王弼注解说：大有，丰富之世也。处大有之上，其志尚者。㉓"天之所助者"至"吉无不利"八句：出自《周易·系辞》上。孔颖达注解说：人之所助，唯在于信。天之所助，唯在于顺。既有信思顺，又能尊尚贤人，是以天下皆佑助之，而得其吉，无所不利也。㉔致天下士：招致天下的贤士。㉕三德：《尚书·洪范》中所说的三种品德："三德，一曰正直，二曰刚克，三曰柔克。"孔颖达注解说："此三德者，人君之德，张弛有三也。一曰正直，言能正人之曲使直；二曰刚克，言刚强而能立事；三曰柔克，言和柔而能治。"㉖九夷：古称东方九种民族。《后汉书·东夷传》指的是畎夷、于夷、方夷、黄夷、白夷、赤夷、玄夷、风夷、阳夷。八蛮：古称南方八个蛮国。《礼记·王制》中孔颖达注解说：一曰天竺，二曰咳首，三曰僬侥，四曰跛踵，五曰穿胸，六曰儋耳，七曰狗轵，八曰旁春。㉗退居于洛：司马光因反对王安石变法，主动放弃了被提拔为枢密副使的良机，出任京兆府知府，不久离任，来到洛阳闲居，前后共计十五年之久。㉘颜子之在陋巷：出自《论语·雍也》："子曰：'贤哉，回也！一箪食，一瓢饮，在陋巷，人不堪其忧，回也不改其乐。贤哉，回也！'"㉙屈原之在陂泽：《史记·屈原列传》载："屈原至于江滨，被发行吟泽畔。颜色憔悴，形容枯槁。渔父见而问之曰：'子非三闾大夫欤？何故而至此？'屈原曰：'举世混浊而我独清，众人皆醉而我独醒，是以见放。'"㉚如家至而日见之：如同来到家里，每天都能见到他。㉛军伍夷狄：军队里的士卒和异族蛮夷。㉜恶其害己仇而疾之者：嫉恨他损害了个人利益而对他怀恨在心的人。即今所谓仇家。㉝敛衽：整理衣襟，表示恭敬。变色：改变了原来的面色，表示钦服。㉞元丰之末，臣自登州入朝：苏轼元丰八年（1085年）末被任命为登州知州，到任才七天，又被命为礼部侍郎，受召回朝。到汴京时已经是元祐元年年初。㉟过八州以至京师：经过八个州郡才回到汴京。登州在今山东蓬莱，到开封途经州郡很多。㊱擎跽：行拜跪之礼。《庄子·人间世》："擎跽曲拳，人臣之礼也。"陈鼓应注解说："跽，跪拜。"㊲吾使至虏中者：宋朝出使到契丹或西夏的使节。虏，宋朝对西、北二敌的贬称。㊳问公起居：询问司马温公的饮食起居等生活近况。㊴巷哭以过车：从里巷即哭而为灵车送行的人。㊵内侍省押班：宋朝内廷高级宦官的官名。㊶如哭其私亲：就像在为自己的亲人痛哭。㊷会葬：参加葬礼。㊸封州：属广南东路，治所在今广东封开。㊹炷芗于手顶以送公葬者：谓将香火举到头顶而为死者送葬。芗，通"香"。㊺至诚一德：用心纯粹，德行纯美。㊻"惟天下之至诚"至"则可以赞天地之化育矣"八句：出自《礼记·中庸》。孔颖达注解说："此明天性至诚，圣人之道也。以其至极诚信，与天地合，故能尽其性。既尽其性，则能尽其人与万物之性，是以下云'能尽人之性'。既能尽人性，则能尽万物之性，故能赞助天地之化育，功与天地相参。"㊼"惟尹躬暨汤"三句：出自《尚书·咸有一德》。孔颖达注解说："太甲既归于亳，伊尹致仕而退，恐太甲德不纯一，故作此篇以戒之。言君臣皆有纯一之德。"㊽"德惟一"四句：出于《尚书·咸有一德》。孔安国注解说："二三，言不一。德一，天降之善；不一，天降之灾；是在德。"㊾以一言使人而人死之：用一句话使人，人竟然甘心为这句话去死。㊿稽天之潦，不能终朝：意思是漫天狂泻的大雨，不一定能维持一个早晨。稽天，言其势大；终朝，早晨。㊁一线之溜可以达石：谓水流不断，时间一久，可以将岩石滴穿。即今所谓"水滴石穿"之意。

**[译文]**

今皇帝即位三年，朝政清廉圣明，重臣各就其位，万事井然有序，百姓安心于耕作，天下风俗为之一变。此前那些不修德行、投机谄媚的卑鄙之人，都能悔过自新，努力成为忠诚老实的人；每个人都知道爱重自己，以议论别人的长短为耻；全国上下祥和安宁，四方邻国大都心悦诚服。只有西夏一国，反复无常，时而归降，时而反叛，心怀仇恨和奸疑，多次进犯边境。天子下令边关各位将领按兵不动，用强大的阵势进行威慑。没过几个月，便生擒了他们的大首领鬼章青宜结，并把他带到了朝堂之下。西夏十几万人入侵泾原路，攻到镇戎军城下，围困五天，一无所获，只好撤兵，而羌人兀征声延率领他的部族一万人前来归降。黄河最初在曹村决口，修筑了灵平堰后，又在小吴埽再次决口，大水泛滥长达五年之久，北方民众人心惶惶，而今年的秋季，一连下了一个月的雨，黄河却没有造成大的危害。到了冬季，水就越来越多地渗入地下。形势就像万水归于大海，如同当年大禹治服洪水一样。凡是天子想得到的，不用寻求就会获得；凡是天子想要革除的，不用下诏便自然消亡。天下人民深知天神之意和皇帝之心冥然相合，人们似乎重新见到了太平盛世。家家富足，国家刑罚几乎闲置无用，如同咸平、景德年间一样。

有人问臣苏轼："皇上与太皇太后采取了什么措施而达到如此的大治呢？"臣苏轼回答说："《周易·大有》上说：'上九，上天保佑下民，大吉，没有不利'。孔子说：'上天都来辅佐的，是和顺。贤人来辅佐的，是仁信。遵循仁信而求和顺，又尊崇贤德之人，这就是'上天保佑下民，大吉，没有不利。'如今皇上和太皇太后二位圣主以仁信和顺为本，心中记挂着天下万民，而又重用司马公以网罗天下的贤能人才，这应该说是同时具有三种美德了。况且在我看来，司马公，确实是位仁德的人，是上天使他来辅佐朝廷的啊。""你是怎么知道的呢？"我回答说："司马公早就以文章德行受人推崇，又以忠诚信义受到天子的信任。朝廷了解他不足为奇，四面八方的人是从哪里了解他的呢？士大夫了解他不足为奇，农夫商贾士兵又是从哪里了解他的呢？国内士民了解他不足为奇，邻国蛮夷又是从哪里了解他的呢？听我慢慢告诉你：当他离开国都住在洛阳时，就像是颜回住在陋巷，无人知道；就像是屈原游于河塘，形单影只，按说应该早就被人们遗忘了，然而他的名字却像惊雷一样震荡天下，像天上的星斗一样光辉灿烂，像走入了每家每户而人们每天都能见到他。一说起他的名字，纵然是愚昧无知的妇女和孩子，勇猛剽悍难以驯顺的士卒蛮夷，乃至那些奸险邪佞的小人，纵然是嫉恨他损害了个人利益而对他怀恨在心的人，没有一个不规规矩矩，肃然起敬，深深叹惋，甚至流下眼泪。元丰末年，我从登州卸任回朝复命，经过八个州郡到达京城，百姓们听说我与司马公关系友善，每到一处，便有上千人围在我的马前，大声哭号呼喊着说：'烦大人转告司马丞相，千万不要让他离开朝廷，多多珍重自己以拯救天下的苍生百姓。'像这样的场面，在千里之遥的路途上处处如此。到了京城，听士大夫们说，司马公刚刚入朝时，百姓拥挤在他马前，以至无法行走，卫兵们见到司马公，举手跪拜的多得数不清。司马公心中惶恐，所以匆匆回到洛阳。契丹、西夏派遣到我国的使节或我国派遣使节到外国出使，他们一定会询问司马公的情况。契丹国主还给他边关的将吏下命令说：'大宋已经任命司马光为宰相了，你们要谨慎，不可挑起事端。'后来司马公逝世，京师的百姓自动关闭了集市而去为他吊唁，不少人卖掉衣服购买祭品，在街巷两边哭着护送灵车。天子命户部侍郎赵瞻、内侍省押班冯宗道护送他的灵柩归葬。赵瞻等人返回京城后，都说百姓为司马公哭得十分悲恸，就像是在哭他们自己的父母。四面八方赶来参加葬礼的人，有数万人之多。连岭南封州的父老都结伴为他祭奠，并大作佛事来超度司马公的亡灵，悼念之词特别哀痛。手举着香烛到头顶为他送葬的，也有一百多人；而供奉他的画像日夜祭祀司马公的人，可以说天下皆是。这难道是靠人力所能达到的吗？实在是上天使他成为这样一位宰相啊！一个普通人而能感动上天，自有他道德的力量。如果不是始终如一忠诚无私，谁能使他受到人们如此的怀念？《礼记》说：'使天下充满诚信，那是因为不泯灭他的本性；能发扬天意，就能使万民不泯灭他们的本性；万民的本性得以舒展，就能使万物不泯灭它的本性；使万物畅茂，就可以使自己的功业受到天地神灵的佑助了。'《尚书》说：'伊尹诚心辅佐商朝，始终如一，使万民归心。'又说：'只有始终保持仁德，才能使万事吉祥；如果朝三暮四，那么必然会遭逢凶险。'有的人送给别人千两黄金也不能让人高兴，有的人只须说上一句话，而别人就心甘情愿为他去死，这就是看他有诚心和没诚心的缘故。再大的雨水，也不能保留一天，可是细如一线的滴水，却可以穿透石头，就是一贯与不一贯的缘故。有诚心而又坚持一贯，那么就是古代的大圣人，也不能再超越他一丝一毫了，何况是司马公这样的人啊！所以我说司马公的德行，能够到达感动万民之心，震动天地鬼神，巍峨峻伟，用两个字就可以概括，一是诚，二是一。"

公讳光，字君实，其先河内人㊷，晋安平献王孚之后㊸，王之裔孙征东大将军阳始葬今陕州夏县涑水乡㊹，子孙因家焉。曾祖讳政，以五代衰乱不仕，赠太子太保。祖讳炫，举进士，试秘书省校书郎，终于耀州富平县令㊺，赠太子太傅。考讳池㊻，宝元、庆历间名臣㊼，终于兵部郎中、天章阁待制㊽，赠太师、温国公。曾祖妣薛氏、祖妣皇甫氏、妣聂氏，皆封温国太夫人。

公始以进士甲科事仁宗皇帝㊾，至天章阁待制、知谏院㊿。始发大议，乞立宗子为后○61，以安宗庙，宰相韩琦等因其言，遂定大计○62。事英宗皇帝为谏议大夫、龙图阁直学士○63，论陕西刺义勇为民患及内侍任守忠奸蠹○64，乞斩以谢天下，守忠竟以谴死。又论濮安懿王当准先朝封赠期亲尊属故事○65，天下韪之○66。事神宗皇帝为翰林学士、御史中丞○67。西戎部将鬼名山欲以横山之众降⑱,公极论其不可纳,后必为边患,已而果然。劝帝不受尊号⑲,遂为万世法。及王安石为相,始行青苗、助役、农田水利,谓之"新法"⑳,公首言其害,以身争之。当时士大夫不附安石,言新法不便者,皆倚公为重。帝以公为枢密副使㉑,公以言不行,不受命㉒。乃以为端明殿学士出知永兴军㉓,遂以留司御史台及提举崇福宫退居洛阳十有五年㉔。及上即位,太皇太后摄政㉕,起公为门下侍郎㉖,迁正议大夫㉗,遂拜左仆射㉘。公首更诏书以开言路,分别邪正,进退其甚者十余人㉙。旋罢保甲、保马、市易及诸道新行盐铁茶法㉚,最后遂罢助役、青苗㉛。方议取士㉜,择守令监司以养民㉝,期于富而教之,凛凛乎向至治矣㉞。而公卧病,以元祐元年九月丙辰朔薨于位㉟,享年六十八。

太皇太后闻之恸,上亦感涕不已。时方祀明堂㊱,礼成不贺㊲。二圣皆临其丧㊳,哭之哀甚,辍视朝㊴。赠太师、温国公,襚以一品礼服㊵,谥曰文正。官其亲属十人。

[注释]

㊾其先河内人:他的祖先是河内人。河内,古郡名,治所在今河南武陟西南。司马光祖先是温县,属河内郡。㊿晋安平献王孚:西晋安平献王司马孚,他是司马懿的弟弟,曾事曹植、曹丕及齐王芳。司马炎即位后封其为安平王。㊄征东大将军阳:征东大将军司马阳。陕州:宋代州名,在今河南三门峡。夏县:陕州属县,在今山西夏县。㊅耀州:宋代州名,在今陕西耀县。富平:耀州属县,在今陕西富平。㊆考讳池:父亲名叫司马池。司马池是北宋仁宗时期的名臣,曾任凤翔、河中、同、杭、虢、晋六州知州,庆历元年(1041年)去世。《宋史》有传。㊇宝元:仁宗年号,1038年至1041年。庆历:仁宗年号,1041年至1048年。㊈天章阁待制:宋代阁学士官名。㊉进士甲科:据《司马温公年谱》,司马光中仁宗景祐五年(1038年)进士甲科,时年二十岁。㊊至天章阁待制、知谏院:意思是说司马光学士官至天章阁待制,职事官为谏官,也就是实际上任的官为谏官。㊋乞立宗子为后:请求仁宗立宗族之子为子,以便继承皇位。仁宗一直没有儿子,嘉祐元年时得了一场大病,险些过

世。当时很多大臣都为他的身体感到担忧，很想劝他择立宗室子弟为皇位继承人，又不敢贸然开口。时任并州通判的司马光愤然上书，提出了这个请求。⑫宰相韩琦等因其言，遂定大计：时任首相的韩琦借司马光之勇，仔细运筹，终于成功地说服仁宗，择仁宗之弟濮安懿王允让之子宗实为后，继而立为太子。这就是后来的宋英宗。史称韩琦拥立英宗，其首议则出于司马光。大计，指立太子的大事。⑬龙图阁直学士：宋代学士官名。此时司马光的实职仍旧是谏官，只是学士官由天章阁待制升为龙图阁直学士。⑭论陕西刺义勇为民患及内侍任守忠奸蠹：提出再刺陕西士卒为义勇禁军会成为民患，又论宦官任守忠奸邪之事。任守忠是英宗时的宦官头目，因对英宗即位不满，于是挑拨英宗与皇太后曹氏的关系，致使英宗母子失和。司马光请求将此人清除出后宫，后死于贬所。⑮又论濮安懿王当准先朝封赠期亲尊属故事：英宗为仁宗过继之子，他做了皇帝之后，究竟应该尊仁宗为父还是应该尊生父濮安懿王允让为父，出现了分歧。宰相韩琦、参知政事欧阳修等主张对英宗生父也应该尊为"皇"，将原有的濮安懿王陵园改为濮安懿皇园，依时祭祀。其用心在于英宗死后，其子可以顺顺当当地继承皇位，不至于出现争夺皇位之乱。以翰林学士王珪为代表的"理论派"则认为皇帝应该"尊无二"，英宗既然过继给了仁宗，就只能尊仁宗为父。司马光属于王珪一派，对韩琦和欧阳修的主张给予了坚决的驳斥。今天看来，两派都是出于更好地维护皇权的目的，谁都没错。这件事因英宗过早去世，最后不了了之。⑯天下韪之：天下士子都赞成司马光的意见。韪（wěi）：正确。⑰事神宗皇帝为翰林学士、御史中丞：神宗即位之后，司马光担任翰林学士和御史中丞。宋朝的翰林学士是草拟圣旨的学士官；御史中丞是御史台里的最高长官。据《司马温公年谱》载，司马光于治平四年三月任命为翰林学士（英宗死于治平四年正月），他以自己不会写四六骈文为由拒不受职，四月，改命为御史中丞。⑱西戎部将嵬名山欲以横山之众降：西夏将军嵬名山因与元昊有矛盾，率领横山部落士卒到延州（今陕西延安）投降。⑲劝帝不受尊号：劝神宗不要接受群臣所上的尊号。皇帝的称号有三种：尊号、谥号、庙号。其中尊号出现最晚，直到唐玄宗时期才有，是皇帝在世时的一种尊称。当时群臣给玄宗上尊号为"开元天地天宝圣文神武孝德应道皇帝"。《宋史·神宗纪》载，熙宁二年"四月丁酉朔，群臣再上尊号，不许"。⑳青苗、助役、农田水利，谓之"新法"：熙宁二年，王安石任参知政事，提出"天变不足畏，人言不足恤，祖宗不足法"的"三不足"，首倡变法以富国强兵。他的高参吕惠卿、曾布等人很快拟定了青苗、助役等多部法典。熙宁三年，王安石升任宰相，大张旗鼓地在全国范围内推行新法，遭到很多臣僚的反对，司马光是反对新法的急先锋之一。⑦枢密副使：宋代中央高官名，为枢密院的副职。宋代中央主管全国政务的机构叫中书省，主管全国军事的机构叫枢密院，当时称为"二府"。二府的高官都相当于宰相和副相。⑦公以言不行，不受命：神宗任命司马光为枢密副使后，司马光拒不受职。神宗问他为什么，司马光答道："新法不罢，臣无法接受任命。"态度非常坚决。⑦端明殿学士：宋代加给高级官员的学士官名，当时称为"殿学士"，比"阁学士"要高。出知永兴军：出外担任永兴军知军。永兴军治所在今陕西西安，是陕西路经略安抚使所在地，其所辖州郡也很多，是北宋最重要的路分长官。⑦留司御史台：北宋除京城开封之外还有三个陪都，即西京河南府（今河南洛阳）、南京应天府（今河南商丘）、北京大名府（今河北大名）。这三个地方的行政长官级别都很高。另有级别很高但朝廷不想重用的官员，则以"主管某京留守司御史台"的名义安置他们。实际上这三京并没有御史台，仅仅是个名义而已，属于典型的闲官。提举崇福宫：宋代祠禄官名。是一种以道教宫观为官称，没有具体的职事，只拿俸禄的官。北宋前期这种官很少，王安石变法，反对新法的官员很多，又不可能全部罢免，于是让这些人只拿俸禄，不给他们实际的事权。这种官是比留守司御史台更闲的官，连应酬一类的活动都无须参加。据《司马温公年谱》载，司马光自熙宁四年（1071年）至熙宁七年（1074年）任主管西京留守司御史台；熙宁七年至元丰八年（1085年）任提举西京嵩山崇福宫。⑦太皇太后摄政：神宗元丰八年三月驾崩，哲宗即位，当时哲宗年纪甚小，于是太皇太后高氏（英宗皇后）垂帘听政。⑦起公为门下侍郎：征召司马光为门下侍郎。北宋元丰官制改革以后，门下侍郎相当于次相。⑦正议大夫：元丰官制改革后新的阶官名，为新文官阶官的第六阶。⑦左仆射：尚书左仆射的简称。元丰官制改革后，尚书左仆射为首相，尚书右仆射为次相。⑦进退其甚者十余人：对于坚持变法作恶多端又拒不改悔的十几个官员进行了斥退。⑧旋罢保甲、保马、市易及诸道新行盐铁茶法：司马光执政之后，很快彻底废除了王安石、吕惠卿等人推行的保甲、保马、市易、农田水利等法以及推行于各路的新盐铁茶法。㉛最后遂罢助役、青苗：助役法和青苗法最后废除。当时的情况是：青苗法推行甚久，而且此法时间跨度较长，往往需要半年才能具结，所以没有立即废止；助役法的优劣，当时士大夫当中有不同看法，如范纯仁、苏轼等人认为此法利大于弊，不该废除，为此与司马光争论非常激烈，所以也没有立即废止。㉜方议取士：鉴于王安石任人唯亲的弊端，司马光提出十科取士法，强调人才必须具有高尚的品德和很高的能力。㉝守令监司：守指州郡的知州、知府和知军；令指县长和县令；监司指转运使、提点刑狱、提举常平等路分官员。㉞凛凛：生机勃勃的样子。至治：天下大治。㉟薨于位：死于尚书左仆射的职位上。㊱时方祀明堂：当时正在大享明堂之际。宋代帝王每三年一祭明堂，是帝王祭奠祖宗的盛大礼仪。㊲礼成不贺：祭祀之礼举行完毕，不再进行百官庆贺活动。㊳二圣：指哲宗皇帝和垂帘听政的太皇太后高氏。㊴辍视朝：因司马光之丧而取消了正常的上朝。㊵襚（suì）：古代吊丧之礼。向死者赠送衣衾、停柩前吊丧者为死者穿衣、停柩后将送死者之衣置于柩前等活动都称为"襚"。此处指赐给司马光衣物。一品礼服：一品官的礼服。宋代最高的尚书左仆射为三品官，所谓一品、二品，实际上只是个概念和摆设，并不实际授人。赐一品礼服，是朝廷对官员至高无上的礼遇。

[译文]

司马公单名叫光，字君实，他的祖先是河内郡人，晋朝安平献王司马孚的后裔，安平献王的嫡孙、征东大将军司马阳死后埋葬在今陕州夏县涑水乡，他的子孙便在此处安了家。曾祖名叫政，由于五代战乱无道，没有做官，死后赠官太子太保。祖父名叫炫，考中进士第，试官秘书省校书郎，死在耀州富平县令任上，赠官太子太傅。父亲名叫池，是宝元、庆历间的著名大臣，终官于兵部郎中、天章阁待制，赠官太师、温国公。曾祖母薛氏、祖母皇甫氏、母聂氏，都封为温国太夫人。

司马公最初考中进士甲科，在仁宗朝为官，官至天章阁待制、知谏院。他首倡大议，请求仁宗挑选宗族子弟为皇位继承人，以此来稳定国家社稷。宰相韩琦等人根据他的建议，终于促成了这件大事。司马公在英宗朝担任谏议大夫、龙图阁直学士，论奏陕西路集结义勇军成为扰民之祸以及内侍宦官任守忠奸佞不法，请求处死他来安定天下，后来任守忠因为司马公的揭发而遭到贬谪致死。又论奏濮安懿王应当依照前朝封赠尊崇父亲的制度，天下士民都十分赞成。在神宗朝中，担任翰林学士、御史中丞。西夏部落头领鬼名山想率领横山的民众归降宋朝，司马公极力论述不能接纳他们，认为此后必会成为边境之患，后来果真被他言中。他劝谏神宗不要接受大臣们所进的尊号，神宗把这个建议定为一项制度。到王安石做了宰相，开始推行青苗、助役、农田水利等法令，称为新法。司马公率先论说新法的弊端，亲自入朝争辩。当时士大夫不愿依附王安石，上言新法害民的，都把司马公作为依靠。神宗任司马公为枢密副使，司马公因为自己的主张不被采纳而没有接受任命，于是以端明殿学士出任永兴军知军，又以西京留司御史台和提举西京嵩山崇福官的闲职退居洛阳十五年。到今皇帝即位，太皇太后听政，才提拔司马公为门下侍郎，迁官正议大夫，拜为左仆射。司马公率先提出更改诏书，广开言路，辨别忠奸，提拔任用优秀人才，贬退了十几个邪佞小人，接着又废除了保甲、保马、市易和各路不久前推行的盐、铁、茶法，最后废止了助役、青苗二法。当时他又提议拣选贤士、慎重任用守臣县令和各路转运判官、提点刑狱，以便使人民得到休养，待生活富足了，再施以教化。国家大有欣欣向荣达到大治的气象了。不幸司马公却患了重病，于元祐元年九月丙辰朔逝世于职任之上，终年六十八岁。

　　太皇太后听到这个消息十分悲恸，皇上也不住地感叹流泪。当时正值天子亲赴明堂祭祀先祖，祭礼之后没有举行例行的百官庆贺活动，皇帝和太皇太后便都来到他的灵堂，哭得十分悲痛，并为此罢朝。追赠太师、温国公，赠给以一品的丧葬礼服，加谥号为文正。又为他的十位亲属授了官职。

公娶张氏，礼部尚书存之女⑨¹，封清河郡君，先公卒⑨²，追封温国夫人。子三人，童、唐皆早亡，康⑨³，今为秘书省校书郎⑨⁴。孙二人，植、桓皆承奉郎⑨⁵。以元祐三年正月辛酉⑨⁶，葬于陕之夏县涑水南原之晁村。上以御篆表其墓道⑨⁷，曰"忠清粹德之碑"，而其文以命臣轼。

臣盖尝为公行状⑨⁸，而端明殿学士范镇取以志其墓矣⑨⁹，故其详不复再见⑩⁰，而独论其大概。议者徒见上与太皇太后进公之速，用公之尽，而不知神宗皇帝知公之深也。自士庶人至于卿大夫，相与为宾师朋友，道足以相信，而权不足以相休戚⑩¹。然犹同己则亲之，异己则疏之，未有闻过而喜，受诲而不怒者也，而况于君臣之间乎？方熙宁中，朝廷政事与公所言无一不相违者，书数十上，皆尽言不讳。盖自敌以下所不能堪⑩²，而先帝安受之，非特不怒而已，乃欲以为左右辅弼之臣⑩³，至为叙其所著书⑩⁴，读之于迩英阁⑩⁵。不深知公，而能如是乎？二圣之知公也，知之于既同⑩⁶；而先帝之知公也，知之于方异⑩⁷。故臣以先帝为难⑩⁸。昔齐神武皇帝寝疾，告其子世宗曰："侯景专制河南十四年矣，诸将皆莫能敌，惟慕容绍宗可以制之。我故不贵，留以遗汝⑩⁹。"而唐太宗亦谓高宗："汝于李勣无恩，我今责出之，汝当授以仆射⑪⁰。"乃出勣于叠州都督。夫齐神武、唐太宗，虽未足以比隆先帝⑪¹，而绍宗与勣，亦非公之流，然古之人君所以为其子孙长计远虑者，类皆如此。宁其身不受知人之名，而使其子孙专享得贤之利。先帝知公如此，而卒不尽用，安知其意不出于此乎？臣既书其事，乃拜手稽首，而作诗曰：

於皇上帝，子惠我民⑪²。孰堪顾天，惟圣与仁。圣子受命，如尧之初。神母诏之,匪亟匪徐⑬。圣神无心⑭,孰左右之?民自择相,我兴授之。其相惟何,太师温公。公来自西,一马二童⑮。万人环之,如渴赴泉。孰不见公?莫如我先⑯。二圣忘己,惟公是式⑰。公亦无我,惟民是度。民曰乐哉,既相司马。尔贾于途⑱,我耕于野。士曰时哉⑲,既用君实。我后子先,时不可失。公如麟凤,不鸷不搏。羽毛毕朝⑳,雄狡率服㉑。为政一年,疾病半之㉒。功则多矣,百年之思。知公于异,识公于微。匪公之思,神考是怀㉓。天下万年,四夷来同。荐于清庙㉔,神考之功。

[注释]

⑨1礼部尚书存:礼部尚书张存,字诚之,冀州(今河北冀县)人。是司马光之父司马池的好友。仁宗时任陕西、河北等路转运使,因在河北王则反叛事件中负有失察之责,被贬黜十五年之久。⑨2先公卒:先于司马光辞世。据《司马温公年谱》载,夫人张氏死于元丰五年(1082年)正月初一。⑨3康:司马康,是司马光的儿子。司马光曾写过一篇《训俭示康》,教导他生活应当节俭。⑨4秘书省校书郎:宋代秘书省普通官员,掌古书校勘整理等工作。宋代资历较浅的官员,往往要在秘书省担任几年校书郎、校理等职,方能进一步提拔重用。⑨5承奉郎:北宋元丰官制改革后的低阶文官。⑨6元祐三年:1088年。⑨7上以御篆表其墓道:谓哲宗亲笔题写神道碑的碑额。古代神道碑正面上端有一行题头文字,叫做碑额。⑨8尝为公行状:苏轼曾经写过一篇《司马温公行状》。行状是古代一种专用的文体,一般是将死者的家世及其本人的生平仕履详细地记录下来,交到史馆存档,以备日后修史之用。⑨9范镇:北宋名臣,与司马光是非常要好的朋友,二人曾有约:谁先去世,则后死者为先死者写墓志铭。此时范镇也已经致仕多年,为了实践承诺,他以苏轼所作的《司马温公行状》为基础写成了《司马温公墓志铭》。⑩其详不复再见:温公的详细仕履不再重复书写。⑩1休戚:荣辱与共。⑩2自敌以下所不能堪:政敌及其追随者都无法容忍。这个"敌"指的是王安石。"以下"指的是吕惠卿、曾布等人。⑩3欲以为左右辅弼之臣:想任命他为辅相。指神宗欲命司马光担任枢密副使一

事。⑩叙其所著书：为他编著的《资治通鉴》写序。⑩迩英阁：北宋大内阁名，是学士官为帝王读经讲经的地方。⑩二圣之知公也，知之于既同：哲宗和太皇太后高氏了解温公，是了解与他政见相同的一方面。⑩先帝之知公也，知之于方异：神宗对温公的了解，是了解他与圣见相左的一方面。⑩臣以先帝为难：臣苏轼认为神宗皇帝能做到那一步尤其难。意思是说哲宗和太皇太后认为司马光政见正确而重用他不难，难的是神宗皇帝，认为他的政见并不正确，却还要重用他，这种胸怀是相当难得的，也是很不容易做到的。⑩"昔齐神武皇帝寝疾"七句：当年北齐神武皇帝高欢病危时，对他的儿子世宗文襄皇帝高澄说："侯景盘踞河南十四年，将领们都没有力量与他抗衡，只有慕容绍宗可以制服他。所以我在世时故意不提拔他，把他留给你。"⑩"而唐太宗亦谓高宗"四句：唐太宗临终前对其子高宗说："你对李勣没有恩惠，如今我把他贬出朝廷，你即位之后，应该立即把他召回，授予他尚书仆射之职。"苏轼举这两个例子，意在说明神宗皇帝将司马光闲置在洛阳，是为其子哲宗储备人才。⑪比隆先帝：与先帝神宗的神武相比还差很多。⑪子惠我民：像对待子女那样爱戴臣民百姓。⑪匪亟匪徐：不疾不徐，有章有法。⑪圣神无心：不用心。古人以为帝王不妄兴作、无为而治是最高的境界。⑪公来自西，一马二童：谓司马温公从西方的洛阳回到汴京，随身只带了一匹马和两个童子。⑪孰不见公？莫如我先：谁不想尽快见到司马温公？我苏轼却比别人先见到了他。司马光刚刚执政，便召苏轼从登州回朝，所以苏轼说他最先见到了司马光。⑪惟公是式：惟司马光之议是听。式，法式。⑪尔贾于途：你可以放心地去做生意。这句话意思是商人不必担心官府层层征税了。⑪时哉：赶上了好时候。⑫羽毛毕朝：穿着羽毛制成的服装的异族。指遥远的南方异邦。⑫雄狡率服：凶悍狡诈的北方异族。⑫为政一年，疾病半之：司马光入朝之后不久，便得了病，但他争分夺秒，操劳国事，特别是元祐元年春天之后，他已经无力到政事堂，还坚持过问政事。⑫匪公之思，神考是怀：并不仅仅追思司马温公，更怀念神宗皇帝。⑫清庙：天子的宗庙。

[译文]

　　夫人张氏，是礼部尚书张存的女儿，封为清河郡君，在司马公过世前去世，追封为温国夫人。有三个儿子：司马童、司马唐都很早就死了。司马康，今任秘书省校书郎。两个孙子：司马植、司马桓，都是承奉郎。于元祐三年正月辛酉，安葬于陕州夏县涑水乡南面的晁村。皇上亲自篆写碑额旌表于他的墓道，写的是"忠清粹德之碑"。又命臣苏轼为司马公撰写碑文。

我曾经为司马公写过行状，端明殿学士范镇根据此状写了墓志铭，所以关于司马公的详细履历和业绩就不再重复，只就大的方面略作讲述。议论司马公的人只看见皇上与太皇太后提升他很快，事事听从他的建议，却不知神宗皇帝对他的了解是何等深透。那些士子平民乃至公卿大夫，虽然结交为宾客朋友，深感他人的议论足以相信，但因为权势相争，也很难同舟共济，仍旧是亲近赞同自己的人疏远不赞同自己的人，没真正见过有听到别人的批评就高兴、受到别人的教训而不愤怒的人，更何况是天子和大臣之间呢？熙宁年间，朝廷所奉行的政策和司马公提出的议论没有一件不是针锋相对的，司马公前后上书几十次，都是慷慨直言，对自己的立场毫不隐讳。那些话是连同级甚至下级官吏都不能忍受的，可是先皇帝却安然听取，不单单是不恼怒而已，还想让他担任辅弼朝政的重臣，甚至于亲自为司马公编纂的书作序，命讲官在迩英阁为自己诵读。如果不是深深地了解司马公，能做到这一步吗？今皇帝和太皇太后了解司马公，是在政见相同的基础上心心相通；先皇帝了解司马公，却是在政见不同的基础上。所以我认为先皇帝更为难能可贵。当年北齐神武皇帝高欢病重，对他的儿子世宗文襄皇帝高澄说："侯景盘踞在河南十四年了，将领们都没有力量与他抗衡，只有慕容绍宗可以制服他。所以我在世时故意不提拔他，把他留给你。"唐太宗也曾对高宗说："你对于李勣没有恩惠，我如今把他贬出朝廷，你执政后，应该授给他尚书仆射之职。"于是贬李勣到叠州任都督。北齐神武皇帝和唐太宗，虽然不足以与先帝相比，而且慕容绍宗与李勣，也难与司马公相提并论，但古代的君王为他们的子孙筹划长远大计的做法，大致是相同的。他们宁肯自己蒙受不用贤人的恶名，而使他们的子孙获得任用贤人的实利。先皇帝如此了解司马公，可最终却没有重用他，怎么知道他的本意不是出于这样的考虑呢？我写完司马公的事迹，于是再拜叩首而作铭诗说：

　　高天上帝，施惠于人间万民。用什么可以仰答上天？只有圣明和仁德。圣明的天子上承天命，就像唐尧刚刚施政。神明的太皇太后辅佐君王，治国之道不急不缓。二圣淡然虚怀，谁来辅佐他们？万民自己选择了宰相，神明的君王便授权给他。这位宰相是何人，他就是太师、温国公司马公。司马公自西洛进京，只有一匹马和两个小童。上万的百姓围住了他，就像干渴的人奔向清泉。谁不愿意见到司马公？而我苏某有幸最先见到了他。二圣虚怀纳谏，事事以司马公的议论为准。司马公也更加忘我，一心一意顺从民众的意愿。自从司马公当了宰相，全国上下祥和欢乐，你贩卖于路途，我耕种于田野。士大夫们交口赞叹，启用司马公为相之后，自己逢到了好时机。争先恐后求上进，都认为不可错过良机。司马公就像麒麟凤凰，从不搏击来朝百鸟，畏服群兽。执政一年之中，半年是带病理事。他的功业太多了，留给人们无尽的思念。神宗皇帝了解司马公于政见不同之时，拔擢司马公于地位低微之际。如果没有对司马公的百年思念，怎能使人们对神宗更难忘怀？举国之内，永世之间，四夷邻国，众口一词。司马公将被配飨于宗庙之中，这终究是神宗皇帝的仁德。

# 唐陆鲁望砚铭①

噫先生，隐唐余②。甘杞菊③，老樵渔。是器宝④，实相予。为散人，出《丛书》⑤。

[题解]

苏轼对文房四宝非常喜爱，一生写了很多此类的题记和铭文。本文是为唐末隐士陆龟蒙用过的一方古砚写的小铭文，寄托了对古代隐士高洁性情的礼赞和向往。

[注释]

①陆鲁望：唐代诗人陆龟蒙，字鲁望，别号天随子、江湖散人、甫里先生，江苏吴江人，曾任湖州、苏州刺史幕僚，后隐居于松江甫里。②隐唐余：在唐代末年隐居起来。③杞菊：枸杞和菊花。陆龟蒙曾作《杞菊赋》，自叙说他宅荒少墙，屋多隙地，故前后皆植以杞菊，春苗肥嫩，得以采撷，供左右杯案。④是器宝：这件器物是个宝贝。是器，指陆龟蒙的砚台。⑤《丛书》：陆龟蒙写的《笠泽丛书》。

[译文]

啊陆先生，你隐居于唐代末年。吃着杞菊也觉得甘甜，终老于樵夫渔父之间。这是一件宝器，实在是天所赐予。为这位江湖闲散之人，书写出了不朽的《笠泽丛书》。

# 天石砚铭

轼年十二时,于所居纱縠行宅隙地中,与群儿凿地为戏。得异石,如鱼,肤温莹①,作浅碧色。表里皆细银星②,扣之铿然。试以为砚,甚发墨③,顾无贮水处。先君曰:"是天砚也,有砚之德,而不足于形耳④。"因以赐轼,曰:"是文字之祥也⑤。"轼宝而用之,且为铭曰:

一受其戒,而不可更。或主于德,或全于形。均是二者,顾予安取,仰唇俯足⑥,世固多有。

元丰二年秋七月,予得罪下狱⑦,家属流离,书籍散乱。明年至黄州,求砚不复得,以为失之矣。七年七月,舟行至当涂⑧,发书笥⑨,忽复见之。甚喜,以付迨、过⑩。其匣虽不工,乃先君手刻其受砚处,而使工人就成之者,不可易也。

[题解]

本文写自己少年时与伙伴玩耍,偶然掘出了一块奇石,其父称这是一方天砚。作者后来因乌台诗案流离失所,这方石砚也不知去向。几年后,作者整理书籍杂物时,突然发现了它,欣喜若狂。作者写过很多篇关于砚的文章,这一篇最有真趣。

[注释]

①肤温莹:谓此石的外表温润晶莹。②表里皆细银星:谓此石外表和内

里散缀着星星点点的银白色斑点。③发墨：谓在此石上研墨，能下墨又不会很快干燥。④有砚之德，而不足于形：意谓此石具有砚的品德，即能发墨，却没有具备砚的形态。上文所说"无贮水处"，即没有砚凹。⑤是文字之祥：这是你将来必然要走文学之路的祥瑞之兆。⑥顾予安取，仰唇俯足：就看我如何取舍，绝不能仰人鼻息、跪人脚下。⑦元丰二年秋七月，予得罪下狱：神宗元丰二年（1079年），苏轼担任湖州知州时，因诗中有对新法不满的牢骚之词，受御史李定、舒亶、何正臣等人诬陷，被捕入狱。⑧七年七月，舟行至当涂：苏轼在黄州待了五年，元丰七年时，受命移汝州（今河南汝州）安置，于是沿长江而东，途经安徽当涂。⑨书笥：装书籍的箱子。⑩迨、过：苏轼的次子苏迨和幼子苏过。

[译文]

苏某十二岁的时候，在所住的纱縠寓所窄沟里，和一群少年玩掘地的游戏，得到一块奇异的石头，形状像鱼，外表温润晶莹，为浅绿色，外表和里层都点缀着细小的银星，击打它就发出铿锵的声音。试着拿它当砚使，很能发墨，只是缺少贮水的地方。先父说："这是一方天然砚，具有砚的品质，就是形状不太完整罢了。"于是把它还给我，说："这是你文章发达的祥瑞之兆。"我十分珍爱地使用它，而且为它写了篇铭文说：

一旦接受了上天的造就，就永远不再改变初衷。或以品德为高，或要保全形体。如果两者都有，那我取法什么？仰人鼻息跪人脚下吗？这样的人世上有很多。

元丰二年秋七月，我获罪入狱，家属流离失所，书籍也丢失散乱。次年来到黄州，寻找我那方砚台，却怎么也找不到，以为把它丢失了。元丰七年七月，乘船到当涂，打开书箱，忽然又见到了它，非常高兴，于是把它交给儿子苏迨和苏过。装砚的匣子虽然不十分精致，却是先父亲手刻画了而得，并命匠人按砚的形状做的，不能更换。

# 六一泉铭①

欧阳文忠公将老②,自谓六一居士③。予昔通守钱塘④,见公于汝阴而南⑤。公曰:"西湖僧惠勤甚文⑥,而长于诗,吾昔为《山中乐》三章以赠之⑦。子闲于民事,求人于湖山间而不可得,则盍往从勤乎?"予到官三日,访勤于孤山之下⑧,抵掌而论人物⑨。曰:"公,天人也。人见其暂寓人间,而不知其乘云驭风,历五岳而跨沧海也。此邦之人,以公不一来为恨。公麾斥八极⑩,何所不至?虽江山之胜,莫适为主,而奇丽秀绝之气,常为能文者用,故吾以谓西湖盖公几案间一物耳。"勤语虽幻怪,而理有实然者。

明年,公薨⑪,予哭于勤舍。又十八年,予为钱塘守⑫,则勤亦化去久矣⑬。访其旧居,则弟子二仲在焉⑭,画公与勤之像,事之如生。舍下旧无泉,予未至数月,泉出讲堂之后⑮,孤山之趾,汪然溢流,甚白而甘。即其地,凿岩架石为室。二仲谓余:"师闻公来,出泉以相劳苦,公可无言乎?"乃取勤旧语,推其本意,名之曰六一泉,且铭之曰:

泉之出也,去公数千里⑯,后公之没,十有八年,而名之曰六一,不几于诞乎?曰:君子之泽,岂独五世而已,盖得其人,则可至于百传。尝试与子登孤山而望吴越,歌山中之乐而饮此水,则公之遗风余烈,亦或见于斯泉也。

[题解]

这是苏轼任杭州知州时写的一篇铭文。欧阳修是苏轼中进士时的大座主,两人关系一直很好。作者回忆了和欧阳修相见的最后一面,把杭州发现的一眼泉命名为"六一泉",以寄托对这位伟人和先师无尽的怀念。文章结尾处强调了一条真理:真正有德于世人的君子,其恩泽会百世永远流传,历久弥新,绝不会因时光的流逝而淡去。

[注释]

①六一泉:苏轼知杭州时命名的一眼泉。②欧阳文忠公:大文学家欧阳修,死后谥为文忠。③六一居士:欧阳修被贬出汴京任滁州知州时的自号。④通守钱塘:任杭州通判。苏轼熙宁中因反对科举改革被贬出京城,担任了杭州通判。⑤见公于汝阴而南:在颍州拜见欧阳文忠公之后继续南行。欧阳修当时致仕居于颍州,苏轼南下赴任途经那里,匆匆见了欧阳修一面。⑥西湖僧惠勤甚文:杭州西湖上居住的高僧惠勤很有文采。惠勤曾游于汴京,后归杭州,居住在西湖。⑦吾昔为《山中乐》三章以赠之:惠勤动身南行之前,欧阳修特地写了三首《山中之乐》赠给他。⑧访勤于孤山之下:到孤山下去会见惠勤。孤山,西湖旁的山名。⑨抵掌:击掌,形容谈话投机。⑩麾斥:形容人气概非凡,奔放而不可羁系。八极:八方之极。⑪明年,公薨:《欧阳文忠公年谱》载,欧阳修卒于熙宁五年(1072年)闰七月庚午。这是苏轼到杭州的第二年。⑫又十八年,予为钱塘守:又过了十八年,我担任杭州知州。据《东坡先生年谱》载,苏轼元祐四年(1089年)由翰林学士出任杭州知州。此时距欧阳修去世已经过了十八年。⑬勤亦化去久矣:惠勤也已经去世很久了。⑭弟子二仲:惠勤的两个弟子。⑮讲堂:佛教高僧讲经的大堂。⑯泉之出也,去公数千里:意谓此泉涌出之处的杭州,距欧阳文忠公得"六一"之号的滁州和致仕的颍州相去几千里之远。

[译文]

欧阳文忠公修上了年纪之后,自称六一居士。我早年担任杭州通判时,在汝阴见到了他。欧阳公说:"杭州西湖高僧惠勤很有文采,尤其擅长写诗,以前我曾写过《山中乐》三首诗赠送给他。你在治郡空闲时,如果找不到可以游于湖山之间的知己,何不去寻访惠勤呢?"我到任的第三天,便到孤山下去寻找惠勤,我们二人畅论当今人物,惠勤说:"欧阳公,是天界的人物。人们只看见他暂时住在人世之间,却不知道他乘白云驾清风,游历五岳而横跨大海。此地的百姓,都为欧阳公没有来过杭州而深感遗憾。但我认为欧阳公能纵游八方,什么地方他不能到?此处虽有山川胜境,却不适合作为政治的中心,而美丽奇绝的灵秀之气,常常被善于诗文的人所取用,所以我认为西湖只不过是欧阳公几案之间的一件精巧之物罢了。"惠勤的话虽然有些缥渺怪诞,但却很有道理。

第二年,欧阳公逝世,我来到惠勤的僧房为他哀哭。又过了十八年,我担任杭州知州,这时惠勤也已经坐化很久了。我寻访惠勤的旧居,见到他的两个弟子仍住在此处,他们绘制了欧阳公与惠勤大师的画像,像两人仍旧活着一样虔诚地供奉着。僧房附近以前没有泉水,我到杭州前几个月,有一眼泉在讲经堂后边的孤山脚下涌出来,泉水汩汩,四处流溢,洁白而甘甜,于是就在泉涌之处开凿岩石,架起石头建成石室。弟子对我说:"大师听说您要来,特别涌出此泉以慰劳您的辛苦,您怎能不为此写几句话呢?"于是我记取惠勤往年与我交谈的话,推求那些话的本意,为此泉取名为六一泉,并为它写铭文说:

泉水涌出之地,离欧阳公数千里之远,泉水涌出之时,又在欧阳公去世十八年之后,却要取名为六一泉,不是近于荒诞吗?我说:君子的德泽,难道只存留五代吗?假如真能觅得其人,那就可以流传百代之远。曾与君子登上孤山而眺望吴越之地,歌唱着山中的欢乐而饮着此泉的水,那么欧阳公遗留的风流和刚烈,也可以不时地从这泉中得到显现吧。

# 三槐堂铭①

天可必乎②？贤者不必贵，仁者不必寿。天不可必乎？仁者必有后。二者将安取衷哉？吾闻之申包胥曰③："人众者胜天，天定亦能胜人。"世之论天者，皆不待其定而求之，故以天为茫茫。善者以怠④，恶者以肆⑤，盗跖之寿⑥，孔颜之厄⑦，此皆天之未定者也。松柏生于山林，其始也困于蓬蒿，厄于牛羊。而其终也，贯四时阅千岁而不改者，其天定也。善恶之报，至于子孙，而其定也久矣。吾以所见所闻所传闻考之，而其可必也审矣。国之将兴，必有世德之臣⑧，厚施而不食其报，然后其子孙能与守文太平之主共天下之福⑨。

故兵部侍郎、晋国王公显于汉、周之际⑩，历事太祖、太宗，文武忠孝，天下望以为相，而公卒以直道不容于时⑪。盖尝手植三槐于庭，曰："吾子孙必有为三公者。"已而其子魏国文正公相真宗皇帝于景德、祥符之间朝廷清明、天下无事之时⑫，享其福禄荣名者十有八年⑬。今夫寓物于人，明日而取之，有得有否⑭。而晋公修德于身，责报于天，取必于数十年之后，如持左券⑮，交手相付。吾是以知天之果可必也。吾不及见魏公，而见其子懿敏公⑯。以直谏事仁宗皇帝，出入侍从将帅三十余年⑰，位不满其德⑱。天将复兴王氏也欤？何其子孙之多贤也。世有以晋公比李栖筠者⑲，其雄才直气，真不相上下，而栖筠之子吉甫⑳，其孙德裕㉑，功名富贵，略与王氏等，而忠信仁厚，不及魏公父子。由此观之，王氏之福盖未艾也㉒。懿敏公之子巩与吾游㉓，好德而文，以世其家。吾是以录之。铭曰：

呜呼休哉！魏公之业，与槐俱萌。封植之勤，必世乃成。既相真宗，四方砥平㉔。归视其家，槐阴满庭。吾侪小人，朝不及夕㉕。相时射利㉖，皇恤厥德㉗。庶几侥幸，不种而获。不有君子，其何能国㉘？王城之东，晋公所庐。郁郁三槐，惟德之符㉙。呜呼休哉！

[题解]

这篇文章是作者为朋友王巩写的一篇铭文。王巩的父亲是名臣王素，祖父是名相王旦，曾祖父则是矢志振兴王氏家族的宋初名臣王祐。作者回忆了王祐手植三槐于庭时立下的名言，赞美了王旦为稳定宋朝所做的贡献、其子王素出入朝廷三十余年的丰功伟绩，以及与王巩的深情厚谊，用情真挚，感人肺腑。

[注释]

①三槐：周代宫廷外种有三棵槐树，三公朝天子时，面向三槐而立。后因以三槐喻三公。宋初的王祐曾手植三槐于庭，曰："吾子孙必有为三公者。"后其子王旦果然当了宰相，当时谓之"三槐王氏"。②天可必乎：上天有必然不变的规律吗？③申包胥：春秋楚国大夫，曾与伍子胥是好朋友，后伍子胥因父遭谗害而逃至吴国，楚昭王十五年，用计助吴攻破楚国。申包胥赴秦国求救，秦哀公拿不定主意，申包胥"哭秦庭七日，救昭王返楚"，哀公终被感动而出兵求楚。楚复国后，申包胥拒不受赏，躲到山里隐居起来。④善者以怠：好人也就懈怠了。⑤恶者以肆：凶恶的人就肆无忌惮。⑥盗跖：柳下跖，春秋时期奴隶起义的领袖。史书称其杀人无数，且食人肝。盗跖活了很大岁数，是古代的长寿者。⑦孔颜：孔子和他的得意弟子颜回。孔子一生屡遭厄难；颜回年纪轻轻就死了。⑧世德：累世的功德。⑨守文太平之主：守护传承祖宗基业的太平之君。⑩故兵部侍郎、晋国王公：王旦之父王祐。兵部侍郎、晋国公都

是王祐死后追赠的官爵。显于汉、周之际：显名于五代的后汉、后周两个朝代。⑪以直道不容于时：因刚直守正而不为当世所容。⑫其子魏国文正公：王旦，死后追封为魏国公，谥曰文正。《宋史》有传。相真宗皇帝于景德、祥符之间：在真宗景德、大中祥符年间担任宰相。⑬享其福禄荣名者十有八年：据《宋史·宰辅表》载，王旦自咸平四年（1001年）三月担任参知政事（副相），景德三年（1006年）二月为首相，至仁宗天禧元年（1017年）九月去世，前后执政一共十八个年头。⑭寓物于人，明日而取之，有得有否：把东西寄存在别人处，明天去取，有的能取回，有的就取不回来了。⑮左券：古代的契约，一式两份，分为左右。⑯其子懿敏公：王旦之子王素，字仲仪，死后谥曰懿敏。《宋史》有传。⑰出入侍从将帅三十余年：《宋史·王素传》载，他曾担任过知谏院，知定州、渭州、成德军、太原府，入朝知通进银台司，致仕。前后三十余年。⑱位不满其德：谓他的官职并不高，和他的高尚品德相比是不相称的。⑲李栖筠：字贞一，唐玄宗天宝七年进士，赵州赞皇（今河北赞皇）人。唐肃宗驻于灵武时，他选精卒七千赴难，擢为殿中侍御史。安史之乱平定后，又擢为吏部员外郎，判吏部南曹。因受宰相元载忌妒，出为常州刺史。平卢行军司马许杲谋叛，朝廷任李栖筠为浙西都团练观察使平叛，以功进兼御史大夫。又弹劾元载任人不善，为元载压制，忧郁而卒。谥曰文献。⑳栖筠之子吉甫：吉甫，字弘宪。德宗时，任驾部员外郎。宪宗即位，征为考功员外郎、知制诰，又为翰林学士、中书舍人，深得宪宗信任。以中书侍郎同平章事，封赞皇县侯，徙赵国公。后因党争，自请出为淮南节度使，暴疾卒。㉑其孙德裕：德裕，字文饶。历任翰林学士、浙西观察使、西川节度使、兵部尚书，文宗大和七年（838年）、武宗开成五年（840年）两度为相。封卫国公。后因党争失败，宣宗即位，贬荆南，又贬潮州。㉒未艾：没有衰落。㉓懿敏公之子巩：王巩，字定国，王旦之孙，前宰相张方平的女婿。苏轼守徐州，王巩往访；苏轼得罪，王巩亦谪宾州安置。宾州在今广西宾县。㉔四方砥平：谓天下太平，四方蛮夷都没有骚动。砥，本指磨刀石，喻平坦。㉕吾侪小人，朝不及夕：我们这些小人物，战战兢兢朝不保夕。这是作者自谦的说法。侪（chái）：辈，类。㉖相时射利：根据时运谋取自己的利益，用来养家糊口。㉗皇恤厥德：哪里还能顾得上修养德行。皇恤，无暇顾及。㉘不有君子，其何

三槐堂铭　261

能国：没有真正的大君子，怎么能治理一个国家。㉙惟德之符：那就是王公仁德的见证。

**[译文]**

　　上天有一定的规律吗？贤德的人不一定地位显贵，仁爱的人不一定长寿。上天没有一定的规律吗？仁德的人一定会有后代传留。那么这两者怎么统一呢？我记得申包胥曾经说过："人多了就能战胜上天，上天安定无扰也一定能战胜世人。"世上议论上天的人，都不等待它安定下来就向它求取，得不到就以为上天茫茫不可求，善良的人就会懈怠下来，凶恶的人就会肆意抢掠，盗跖得以长寿，孔子颜回屡遭厄运，这都是因为上天还没有安定下来的缘故。松柏生长在山林之中，但它们刚生长出来的时候也是夹杂在蓬茅蒿草之中，受到牛羊啃食的威胁。等到它们长成大树，四季常青千年不衰，这是因为上天已经安定了。行善作恶的报应，会应在子孙身上，这就是因为上天安定很久了。我用自己的所见所闻和世所传闻的事来考究其中的原因，知道上天有一定规律是必然的。国家将要兴盛，一定会有功德的大臣，普施仁爱而不思回报，而后他的子孙就能和遵守文治的太平天子共享天下的福分。

　　已故兵部侍郎、晋国公王祐显名于后汉、后周时期，入宋后在太祖、太宗两朝为官，能文能武忠诚孝顺，天下人都盼望他能担任宰相，而王公最终因刚直守正不为当时所容。他曾亲手在庭院中种植了三株槐树，说："我的后代子孙一定会有人成为三公的。"后来他的儿子，被封为魏国公的文正公王旦在真宗朝的景德和大中祥符年间朝政清明、天下太平无事的时候担任宰相，享受了富贵荣华达十八年之久。如果今天给别人一些好处，明日就想取得回报，也许会得到回报也许不会得到回报。但像王晋公这样修养自身的品德，把回报的希望寄予上天，那么几十年之后一定会得到回报，而上天就像手握契券，到时候自然会交付给王公，因此他知道上天的回报是必然的。我没有赶上见到魏国公，而见到了他的儿子懿敏公王素。他以直言极谏辅佐仁宗皇帝，侍从天子出将入相三十多年，他居于如此高位仍不足以尽施他的仁德。莫不是上天将要复兴王氏一族吗？他的子孙何以如此之多，又何以如此贤德呢？世人有拿晋国公与唐朝李栖筠相比的，他们的雄才大略、刚直气节，真是不相上下，而李栖筠的儿子李吉甫和他的孙子李德裕的功名富贵，与王氏一族也差不多相等，但他们忠直诚信仁爱的品德，却比不上魏公父子。由此看来，王氏一族的福分可谓方兴未艾。懿敏公的儿子王巩和我交往，他崇尚仁德，才华横溢，继承了他的家风，所以我把他的祖辈行事简录下来。铭文说：

呜呼哀哉！魏公的勋业，和他所种的槐树同样茂盛。他对着槐树寄予的希望，经过多年的努力才实现。文正公做了真宗朝的宰相，把国家治理得安定祥和。回到家中看那槐树，已经是树荫洒满庭院。我们这些小人物，兢兢业业，朝不保夕，寻找时机谋取利益，哪里顾得上修养品德？还有的人心怀侥幸，不耕种就希图有所收获。这世上如果没有君子，怎么能治理好这泱泱大国？都城的东边，就是晋公的房舍。那郁郁葱葱的三株槐树，就是王公仁德的见证。呜呼休哉！

# 思无邪斋铭

东坡居士问法于子由。子由报以佛语,曰:"本觉必明,无明明觉①。"居士欣然有得于孔子之言曰:"《诗》三百,一言以蔽之,曰思无邪②。"夫有思皆邪也,无思则土木也,吾何自得道?其惟有思而无所思乎?于是幅巾危坐③,终日不言,明目直视,而无所见。摄心正念④,而无所觉。于是得道,乃名其斋曰"思无邪"。而铭之曰:

大患缘有身,无身则无病。廓然自圆明⑤,镜镜非我镜。如以水洗水,二水同一净。浩然天地间,惟我独也正。

[题解]

这篇文章是苏轼被贬到惠州时为自己的小斋题写的铭文。这一年苏轼五十九岁,饱受磨难,只好躲进小斋,"无所觉,于是得道"。这种苦恼人的自我调侃,完全是作者对朝廷当中奸邪当政的一种讽刺。

[注释]

①本觉必明,无明明觉:有感知必然会明白,没明白才是真正的感知。②"《诗》三百"三句:出自《论语·学而》篇。③幅巾危坐:穿戴整齐端然而坐。幅巾:古代士大夫包裹头用的整幅长巾。危坐:端坐。④摄心:收束尘心。⑤圆明:佛教谓彻底觉悟。

[译文]

东坡居士向弟弟子由问法,子由用佛家语作为回答,说:"有感知必然会明白,没有明白才是真正的感知。"东坡居士欣欣然品味出孔子讲过的一句话说:"《诗经》三百篇,用一句话来概括它,叫做'思无邪'。"有思想都是邪恶的,无思想就是土木,那么我又从何而悟得其中的道理呢?恐怕只有思想却又没有所思想的事情吧?于是戴好巾冠,正襟危坐,整日不言,睁眼直视,而无所见。收回心思,端正念头,而无感觉。于是自以为悟得大道,便为自己的斋房取名为"思无邪",继而为它写了篇铭文说:

有大祸患是因为有了这个躯体,没有这个躯体就不会有病。心如旷野自然会感觉空明圆融,那照见我的镜子里并不是我,而只是一面镜子。如同用水来洗水,二水同样地干净。浩然苍莽的天地之间,只有我才是真正得道的。

# 择胜亭铭①

维古颍城②,因颍为隍③。倚舟于门,美哉洋洋。如淮之甘,如汉之苍。如洛之温,如浚之凉④。可侑我客,可流我觞⑤。我欲即之⑥,为馆为堂。近水而构,夏潦所襄⑦。远水而筑,邈焉相望。乃作斯亭,筵楹栾梁⑧。凿枘交设⑨,合散靡常⑩。赤油仰承⑪,青幄四张。我所欲往,一夫可将⑫。与水升降,除地布床。可使杜蕡,洗觯而扬⑬;可使庄周,观鱼而忘⑭;可使逸少,祓禊而祥⑮;可使太白,泳月而狂⑯。既荈我茶⑰,亦醪我浆⑱。既濯我缨⑲,亦浣我裳。岂独临水,无适不臧⑳。春朝花郊,秋夕月场。无胫而趋,无翼而翔。敝又改为,其费易偿㉑。榜曰"择胜",名实允当。维古至人,不留一方。虚白为室㉒,无可为乡㉓。神马尻舆㉔,孰为轮箱㉕?流行坎止㉖,虽触不伤。居之无盗,中靡所藏㉗。去之无恋,如所宿桑。岂如世人,生短虑长㉘。尺宅不治,寸田是荒。锡瓦铜雀㉙,石门阿房㉚。俯仰变灭,与生俱亡。我铭斯亭,以砭世盲。

[题解]

作者在朝廷中屡遭小人谗害,自请出知颍州。在这里,作者别出心裁地修建了一座以树木为墙的亭子,取名"择胜",体现出作者渴望自然、渴望真诚、不愿与势利小人同处一朝的淡然心情。

[注释]

①择胜亭:《爱日斋丛钞》说:"东坡守汝阴,以帷幙为择胜亭。"②颍城:颍州,在今安徽阜阳。③因颍为隍:谓借颍水为护城河。颍水源出河南登封,东经临颍、项城、沈丘、鹿邑,合于颍河,至寿州正阳镇入淮,谓之颍口。④浚(xùn):深挖。⑤可流我觞:旧俗每年夏历三月三日,人们于水边相聚宴饮,以袚除不祥。后文人于环曲水流旁宴集,在水上流放置酒杯,任其顺流而下,杯停在谁面前谁便取饮,称为"曲水流觞"。⑥即之:在它旁边。⑦近水而构,夏潦所襄:谓此亭不能太近于水,否则夏季洪水一来便会被淹掉。夏潦:夏季的大水。襄:谓大水漫上丘陵。⑧筵楹枀梁:谓开始建造此亭,梁柱等一应皆备。筵,以竹篾蒲苇等编织成席,用来铺地为坐垫。楹,厅堂前的柱子。枀,谓立柱与横梁间成弓形的承重结构。梁,屋梁。⑨凿枘交设:谓铆榫相交,成其结构。凿谓榫眼,枘谓榫头,楔入凿中。⑩合散靡常:在哪里结合在哪里分开没有固定的规矩。⑪赤油:谓以红油涂饰器仗车舆等。⑫一夫可将:一个仆人随同前去就可以了。⑬可使杜蒉,洗觯而扬:据《礼记·檀弓》载,知悼子死后未葬,晋平公饮酒,师旷、李调侍坐,击鼓鸣钟。宰夫杜蒉听到钟声,来到堂上,先敬师旷,后敬李调。平公问他为什么。杜蒉说:他们各有错误。平公明白自己也有不当之处,说道:"寡人亦有过焉,酌而饮寡人。"杜蒉洗而扬觯。觯,古代饮酒器,圆腹大口,形似尊而小。盛行于商周。⑭可使庄周,观鱼而忘:《庄子·天运》载:"庄子与惠子游于濠梁之上。庄子曰:'儵鱼出游从容,是鱼之乐也。'惠子曰:'子非鱼,安知鱼之乐?'庄子曰:'子非我,安知我不知鱼之乐?'惠子曰:'我非子,固不知子矣;子固非鱼也,子之不知鱼之乐。'"⑮可使逸少,袚禊而祥:晋代王羲之等人于三月三日齐集于山阴兰亭,作曲水流觞之戏,"袚不祥也"。会后王羲之写下了千古名篇《兰亭集序》。⑯可使太白,泳月而狂:《容斋随笔》卷三载:"世俗多言李太白在当涂采石,因醉泛舟于江,见月影俯而取之,遂溺死,故其地有捉月台。"⑰荼我荼:谓把荼菜的涩、苦味洗掉。荼(tú):一种很苦的野菜,此指苦味。⑱醪我浆:谓可以就地酿酒。醪(láo):浊酒。⑲濯我缨:洗濯我的冠缨。《孟子·离娄》上说:"沧浪之水清兮,可以濯我缨。"喻超脱世俗,操守高洁。⑳无适不臧:怎么待着都很舒服。臧,好。

择胜亭铭　267

㉑敝又改为，其费易偿：破旧了以后很快就可以修复，工程简单，耗费很少，容易支付。㉒虚白为室：谓人清虚无欲则道心自生。《庄子·人间世》说："虚室生白，吉祥止止。"㉓无可为乡：按，无可或误，当作"无何"，即"无何有之乡"，指空无所有之处。《庄子·逍遥游》："今子有大树，患其无用，何不树之于无何有之乡，广莫之野。"成玄英疏解说："无何有，犹无有也。莫，无也。谓宽旷无人之处，不问何物，悉皆无有，故曰无何有之乡也。"㉔神马尻舆：典故出自《庄子·大宗师》，谓以尻为车舆而随心所欲地遨游自然。尻（kǎo）：屁股。㉕轮箱：车轮和车厢。㉖流行坎止：水流遇到高坎便自动停止。㉗中靡所藏：亭中没有储藏任何东西。㉘生短虑长：人生很短暂，考虑的事情却很长远。㉙铜雀：铜雀台，魏武帝曹操所建，遗址在今河南安阳。㉚石门：春秋鲁国外城之门。《论语·宪问》说："子路宿于石门。"阿房：秦始皇所建的阿房宫，构建十分华丽。

**[译文]**

一座古老的颍州城，借着颍水作为它的城池。把舟船靠近城门，这如画的美景令人陶醉。它就像淮水那样甘甜，就像汉水那样苍绿。就像洛水那样温和，就像深水那样清凉。它可以为宾客佐酒，可以像曲水一样流觞。我想在这颍水之滨，建造馆阁建造厅堂。如果贴近水边来构筑，担心夏天的洪水会把它淹没。离开水边修建厅阁，正可以与颍水遥遥相望。于是建了这座亭台，华美的前柱栾木的屋梁。榫孔相交，离合变换，都符合常度。红色油漆，上下涂满，青青幔帐，架设四方。我想前去，一仆随往。亭与水面，同升同降。扫除地面，铺设席床。可使杜蒉，洗净杯盏高高举起；可使庄周，在此观鱼而把自我淡忘；可使王羲之，洗除污垢得到吉祥；可使李太白，歌咏月色欣喜若狂。它既能为我把荠菜去除涩苦，又能使我的浊酒变得甜香。它既能洗濯我的冠缨，也能洗净我的衣裳。不仅仅是临水，这里无处不美妙难忘。它是初春清晨的踏花之地，也是仲秋夜晚赏月的广场。鲜花没腿而集于此处，月光无翅而飞散四方。如果嫌窄，又可改建，所须之费，也易筹集。取名叫做"择胜"之亭，名符其实，甚是恰当。古之贤人，从不滞留在一个地方。他们把清净当做居室，把一无所有当成故乡。就像天马驾车，哪有什么车轮和车厢？随处而行随处而止，虽然触景，亦不悲伤。住处没有盗贼，家中没有珍藏。离去无所留恋，如同宿在林野郊荒。哪里像世上凡人，生命苦短忧虑绵长。自身得不到修养，内心也一片荒凉。金碧辉煌的铜雀之台，石门牢固的阿房之宫。俯仰之间变幻破灭，与他们的生命一同消亡。我为此亭写铭，用以针砭世上的愚盲。

# 祭司马君实文①

左仆射赠太师温公之灵:呜呼!百世一人,千载一时。惟时与人,鲜偶常奇②。公事仁宗,百未一施③。独发大议,惟天我知。厚陵之初④,先事而规,帝欲得民,一尊无私。母子之间,莫如孝慈⑤。人所难言,我则易之。神宗知公,敬如蓍龟⑥。专谈仁义,辅以《书》、《诗》。枉尺直寻⑦,愿公少卑⑧。公曰天子,舜禹之资。我若言利,非天谁欺⑨?退居于洛,四海是仪⑩。化及豚鱼⑪,名闻乳儿。二圣见公⑫,曰予得师。付以衡石⑬,惟公所为。公亦何为,视民所宜。有莠则锄,有疾则医。问疾所生,师老民疲⑭。和戎上策⑮,决用无疑。此计一定,太平可基。譬如农夫,既辟既菑⑯。投种未粒,刈获而炊⑰?宾客满门,公以疾辞。不见十日,入哭其帷。天为雨泣,路人垂洟⑱。画像于家,饮食必祠。刈我众僚,左右畴咨⑲。共载一舟,丧其楫维⑳。终天之诀,宁复来思?歌此奠章,以侑一卮。呜呼哀哉!

[题解]

苏轼与司马光交往很久,彼此交心。苏轼因乌台诗案遭贬七年后,是司马光把他召到朝廷委以要职。对于司马光,苏轼是非常有感情的,也基本上肯定司马光的执政理念,所以这根擎天大柱倾倒之后,苏轼感情上很难接受,不但写此祭文,还撰写了司马温公的神道碑。

[注释]

①司马君实：司马光，字君实。参看本书《司马温公神道碑》。②鲜偶常奇：很少合契，常难并存。③公事仁宗，百未一施：谓司马温公侍奉仁宗皇帝时，虽然也有很多抱负，却都没能付诸实施。④厚陵：英宗皇帝死后葬于永厚陵，后世遂以厚陵代指英宗。⑤母子之间，莫如孝慈：英宗即位之后，因为有病，和当时垂帘听政的曹太后发生了很大矛盾。司马温公规劝二人应该母慈子孝，后英宗与太后和好如初。⑥蓍龟：古代占卜用的器具。蓍指蓍草，龟指龟板。⑦枉尺直寻：屈折的只有一尺，伸直的却有一寻。比喻在小处稍稍委屈，以求得更大利益。此处指的是神宗想任命司马光为枢密副使，但希望他不要反对新法。枉：弯曲；直：伸直；寻：古八尺为一寻。⑧少卑：稍让一步。⑨我若言利，非天谁欺：意思是说我如果也跟着王安石大谈财利，那不是欺骗上天吗？⑩四海是仪：四海之内的人民都把他当成瞻仰的表率。⑪化及豚鱼：谓有生命的动物都受到了司马光的仁爱感化。⑫二圣：哲宗皇帝和他的祖母太皇太后高氏。当时哲宗年纪小，太皇太后垂帘听政，故称二圣。⑬衡石：喻国柄重权。衡，古代量器名。石，古代一百二十斤为一石。⑭师老民疲：谓西北的军队已经非常辛苦，变法后的百姓已经非常疲惫。⑮和戎上策：指司马光执政后，采用与西夏及西北诸蕃讲和的策略，不再以兵戎相见。⑯既辟既菑：开垦土地。菑（zī）：初次垦殖的土地。⑰投种未粒，矧获而炊：种下种子还没等它们长成颗粒，怎么可能用来炊饭？矧（shěn）：何况。⑱垂涕：流泪。涕（tì）：本指鼻涕，此处指人失声痛哭的状态。⑲畴咨：咨询访问。⑳楫维：船上的桨和车上系伞盖的大绳。

[译文]

苏轼致祭于尚书左仆射、赠太师司马温公灵前：啊！百代才出了这样一位伟人，千年才欣逢当今的盛世。时机和贤人，很少合契，常难并存。司马公始奉仁宗皇帝，胸中的韬略还未能施展，只是发表了宏壮的议论，当时只有上天才知道它的分量。英宗即位之初，你及时地规劝他说：想要得到民心，一定要屏弃自己的私欲。皇帝与母亲之间，只有子孝母慈，才能使天下人敬服。他人认为难

祭司马君实文 271

以出口的话语,你出于至诚脱口而出。神宗皇帝了解你,爱敬你,把你当做宗庙中的神器。你对神宗皇帝讲论仁爱信义,并把《诗经》、《尚书》的大义说给他听。神宗对你说,让你稍稍委屈一点,不要计较升迁的迟早。你却说:"天子有舜、禹的资质,我如果也大谈财利,那不是欺骗上天吗?"你退处于西京洛阳,成为天下四海尊崇的仪范。你的道德使鱼鳖都得到感化,你的英名连吃奶的孩子都知道。皇帝和太皇太后二圣见到了你,都说是得到了真正的老师。他们把铨选人才的大权交给你,任凭你自行安排天下大计。你做了些什么事呢?都是根据百姓的需要来制定政策。有杂草就除掉,有疾病就医治。天子询问天下的疾患是如何产生的,你说这都是因为军队冗多百姓困疲。与戎狄通好的政策不能改变,一定要坚持下去。只有确定了这个基本国策,才能达到天下的大治。好比是农夫,虽然开垦了田地,不去播撒种子,又怎能有所收获?宾客们站满你的门前,你因病重不得相见。谁知道十天没见到你,竟然痛哭于你的灵前。上天为你降雨哭泣,没见过你的人也满面泪水。全国的人都把你的画像供奉在家中,一饮一食先要向你祝祷,更何况我们这些僚属,都曾在你身边亲聆教诲。好比同在一条船上,如今却丧失了船桨和缆绳。这令人心碎的诀别,怎能不使人永致哀思?我奉上这篇祭文,并敬上一杯清酒。呜呼哀哉!

# 祭韩忠献公文①

维元祐八年②,岁次癸酉,十一月初一日乙亥,端明殿学士兼翰林侍读学士、左朝奉郎、定州路安抚使兼马步军都总管、知定州军州事、上轻车都尉、赐紫金鱼袋苏轼,谨以清酌庶羞之奠,昭告于魏国忠献公之灵:

呜呼!我生虽晚,尚及昔人③。堂堂魏公,河岳之神。四十余年④,其德日新。钟鼎有尽,竹帛莫陈。惟其大节,蔽以一言。忠以事君,允也上臣⑤。我与弟辙,来自峨岷⑥。公罔罗之⑦,若获凤麟。契阔艰难,手书见采⑧。勿以大匠⑨,笑彼汗颜⑩。援手拯溺,期我于仁。岂知无用,既老益顽。意广才疏,将归丘园。上未忍弃,界之中山⑪。公治此邦⑫,没食其民⑬。我独何幸,敬践后尘。公惟人杰,而不自贤。堂名阅古⑭,以古律身⑮。况我小生,罕见寡闻。敢不师公,治民与军。虽无以报,不辱其门。

[题解]

韩琦是北宋著名的三朝元老,为北宋王朝的稳定和发展作出过很大贡献。苏轼年轻时曾得到韩琦的青睐,其父死后,又受到韩琦助葬的馈赠。这篇祭文,没有罗列韩琦一生的丰功伟绩,只选取了他在定州任上修建阅古堂一个侧面加以描述,这样便把自己的不得志与前辈的风采有机地结合了起来。文章繁简得宜，情感深沉，字字透出对国家和民族命运的关切。

[注释]

①韩忠献公：仁宗、英宗、神宗三朝宰相韩琦，死后谥曰忠献。《宋史》有传。②元祐八年：1093年。这一年苏轼从朝廷出任定州知州。③尚及昔人：还能见到前朝的名臣。④四十余年：谓韩琦在三朝之中担任重要官职长达四十余年。⑤允也上臣：堪称贤德的宰臣。上臣，贤臣。⑥来自峨岷：苏轼是蜀中眉州人，故言来自峨眉山、岷江一带。⑦罔罗：同"网罗"，谓得到宰相韩琦的收用。⑧手书见采：指苏轼写给韩琦的书信建议都得到了韩琦的采纳。⑨大匠：巨匠哲人。⑩汗颜：因羞愧而汗发于颜面，泛指惭愧。⑪畀之中山：投放到中山府任职。中山府，即定州的府名，在今河北定州。⑫公治此邦：韩琦在仁宗庆历八年（1048年）四月至皇祐五年（1053年）正月间为定州知州。⑬没食其民：谓直到韩琦死后，定州人民还在祭奠他。古代称受祭祀的人为血食之人。⑭堂名阅古：韩琦知定州时，修建了一座堂，名叫阅古堂，著有《阅古堂记》。⑮以古律身：用古代贤哲的标准来要求自己。

[译文]

元祐八年，岁次癸酉，十一月初一日乙亥，端明殿学士兼翰林侍读学士、左朝奉郎、定州路安抚使兼马步军都总管、知定州军州事、上轻车都尉、赐紫金鱼袋苏轼，恭谨地用清酒佳肴作为供品，昭告于已故魏国忠献公的灵前：

啊！我虽然生为晚辈，还有幸见到前朝元老大臣。英伟的魏公，你真是黄河嵩山所降生的神人。四十多年间，你能够使仁德日日更新。钟鸣鼎食的相位虽有终结，而载于史书的业绩却多得无法陈列。作为你的大节，一句话就可概括，那就是：忠心地侍奉君王，是贤德的宰臣。我和弟弟苏辙，来自峨眉山下。你对我二人加以提拔，就像是得到了凤凰麒麟。茫茫数载，我的书信建议都得到了你的采纳。你没有以高显自居，耻笑我辈的庸蠢无知。而是伸出挽救溺者的大手，希望我们修养完美的自身。谁知道我不堪造就，年纪衰老反而更加顽钝。志大才疏，打算弃官归乡。皇上不忍心抛弃我，把我安置在中山府担任守臣。韩公你曾经任此郡太守，故后得到此州民的供奉。我是何等地幸运，恭敬地来步你的后尘。韩公本是人中的俊杰，却从来不以贤者自居。你的厅堂取名为"阅古"，那是用古代贤人的标准来约束自身。何况我这个后生之辈，平生少见寡闻。岂敢不以韩公为楷模，来治理一郡的军政和民事。纵然是对你没有回报，也万不可有辱你的门风。

# 惠州祭枯骨文①

尔等暴骨于野,莫知何年。非兵则民,皆吾赤子。恭惟朝廷法令,有掩骼之文②;监司举行③,无吝财之意。是用一新此宅④,永安厥居。所恨犬豕伤残,蝼蚁穿穴。但为藂冢⑤,罕致全躯。幸杂居而靡争,义同兄弟;或解脱而无恋,超生人天⑥。

[题解]

这是作者在惠州贬所时写的一篇祭文,所祭对象为路边无名死者的残骨。作者对于这些死难者寄予了无限的同情,不愿看到他们的尸骨暴露于荒野之中,故而与监司官员一起收葬了这些骨殖,并愿他们从此得以安宁,超生为人。

[注释]

①惠州:在今广东惠州,是苏轼贬谪的地方。②骼(gé):枯骨、尸骨。③监司:宋代中央之下、州郡之上有一级区划叫路,路分中设有经略安抚使、转运使、提点刑狱等官。这些官员都负有监察州郡的职责,统称为监司。举行:执行。④此宅:指收葬无名枯骨的大坟墓。⑤藂冢:聚集在一起的群坟。藂,"丛"的异体字。⑥超生人天:佛教称人死以后转世托生为超生。人天,佛教谓人界与天界。此处指重新托生为人。

[译文]

你等把尸骨暴露在荒野,已经不知道有多少年了。你们不是士兵就是农民,都是我朝的黎民。朝廷的法令之中,有掩埋无主尸骨的条文；监察部门执行此举，毫不吝惜财力。把此墓修缮一新，使你们在此长久安眠。可恨鸡犬将你们伤残，蚂蚁蝼蛄穿透了穴地。因为很难完整地把尸骨收拾齐全，因此建造一个丛冢。幸而你们杂居一处各不相争，亲如兄弟；若有人得到解脱就无须顾恋此处，尽快地超生人间。

# 朱亥墓志①

崔嵬高丘②,其下为谁?惟魏烈士,朱亥是依。时惟布衣③,不震不惊④。晋鄙在师⑤,孔严不孤⑥。进承其颐⑦,视如豚猳⑧。昔其在屠,谁养其威?鼓刀市人⑨,谁者畏之?世之勇夫,杀人如蒿。及失所难⑩,或失其刀。惟是贫贱,无以自豪,是谓真勇。士之布衣,其亦在养⑪。有或不养,临事而恐。惟是屠者,其养可取。

[题解]

通常的墓志铭,都是为刚刚死去不久的当代人所作的。而这篇墓志,却是为一千多年前的一位勇士朱亥写的,实际上不是真正意义上的墓志,而是借墓志的形式抒发自己对古代志士仁人的由衷景仰和无限感佩。作者认为,真正的志士仁人未必都是贵族学子,即使是一介平民,只要能修养自身,也可以成为万古流传的英雄。

[注释]

①朱亥:战国魏大梁人,有勇力,为屠夫。秦兵围赵,赵求救于魏,魏公子无忌欲救之,使朱亥袖四十斤铁锤锤杀晋鄙,夺其军,遂退秦兵,赵得以存。事见《史记·魏公子列传》。②高丘:指朱亥的坟墓。③时惟布衣:朱亥当时只是个没有官职的平民。④不震不惊:谓朱亥面对生死抉择既不震怖也不惊恐。⑤晋鄙:魏国将军。魏安釐王二十年,秦昭王击破赵国长平之军,又进兵围邯郸。魏公子无忌的姐姐为赵惠文王弟平原君的夫人,多次给魏王及公子

无忌写信，请求他们发兵救魏。魏王命大将晋鄙率领十万军队救赵。秦王派使者威胁魏王说："我用不了多久就会攻破赵国，谁敢救赵，我拿下赵国后一定要惩罚他。"魏王害怕，派人制止晋鄙留在邺地坚守，名为救赵，实际上是在观望。魏无忌多次请求魏王，魏王惧怕秦国，没有答应无忌的请求。魏无忌知道无望，于是前往秦军，发誓与赵国俱死。后在侯嬴指示下，窃虎符而往，见屠者朱亥，请朱亥与他同行。朱亥笑道："我乃市井屠夫，今公子有急难，正是我效命之秋。"于是随无忌来到邺地，假称魏王命令魏无忌前来接替晋鄙。晋鄙心中怀疑，朱亥拿出四十斤重的大铁锤将晋鄙杀死，于是魏无忌指挥晋鄙之军，救了赵国。⑥孔严：十分森严。不孤：不孤单，不单独。⑦迸承其颐：谓走到晋鄙面前，不动声色地与他对视。颐，下巴。⑧视如豚豭：谓面对大将晋鄙，如同面对平日所杀的猪一样毫无惧怕之心。豚：泛指猪。豭（jiā）：公猪。⑨鼓刀市人：鼓刀之市民。此处指朱亥乃鼓刀之屠夫。⑩及失所难：等到他失掉了威严。⑪养：谓涵养君子的情操、勇气和意志。

[译文]

　　高大的山丘，下面埋藏的是谁？魏国的壮士朱亥，他在这下面掩埋。当时他只是个平民，没有震惊天下的声名。晋鄙统领着魏国的大军，兵力强大绝不孤单。朱亥接受公子的嘱托，面对强敌如同操刀屠猪。他以往只是一介屠夫，谁来培养他的勇气？一个提刀屠宰的市井之辈，有谁惧怕他？世上那些勇猛的武将，平日里杀人如同割蒿。到他们遇到强劲的对手，可能会吓得丢失了武器。正是由于朱亥生于贫贱，没有值得夸耀的功绩，这样的勇气才是真正的雄风。由此而论，布衣之士，其勇气也应在平时培养。如果平日不加培养，遇到危难就会惊慌失措。我看朱亥这位屠夫，他培养勇气的做法很值得借鉴。

# 亡妻王氏墓志铭

治平二年五月丁亥①,赵郡苏轼之妻王氏卒于京师②。六月甲午,殡于京城之西③。其明年六月壬午,葬于眉之东北彭山县安镇乡可龙里先君先夫人墓之西北八步④。轼铭其墓曰:

君讳弗,眉之青神人⑤,乡贡进士方之女⑥。生十有六年而归于轼。有子迈⑦。君之未嫁,事父母;既嫁,事吾先君、先夫人,皆以谨肃闻。其始,未尝自言其知书也。见轼读书,则终日不去,亦不知其能通也。其后轼有所忘,君辄能记之。问其他书,则皆略知之。由是始知其敏而静也。从轼官于凤翔⑧,轼有所为于外,君未尝不问知其详。曰:"子去亲远,不可以不慎。"日以先君之所以戒轼者相语也。轼与客言于外,君立屏间听之,退必反覆其言曰:"某人也,言辄持两端⑨,惟子意之所向,子何用与是人言?"有来求与轼亲厚甚者,君曰:"恐不能久。其与人锐,其去人必速⑩。"已而果然。将死之岁,其言多可听,类有识者。其死也,盖年二十有七而已。始死,先君命轼曰:"妇从汝于艰难⑪,不可忘也。他日汝必葬诸其姑之侧⑫。"未期年而先君没⑬,轼谨以遗令葬之。铭曰:

君得从先夫人于九原⑭,余不能。呜呼哀哉!余永无所依怙⑮。君虽没，其有与为妇何伤乎？呜呼哀哉！

**[题解]**

本文是为亡妻王弗写的墓志铭。苏轼和王弗结婚时，王弗才十六岁。这位女子是苏轼生命中的第一个伴侣，聪慧贤淑，在青年苏轼心目中留下了极为美好的印象。文章记述了王弗不少生活琐事，让人读了之后感到十分真切。十年之后，苏轼还梦见王弗，并写下那首情真意切的《江城子》："十年生死两茫茫，不思量，自难忘。"不知感动了多少人。

**[注释]**

①治平二年：1065年。这一年苏轼刚刚从凤翔府幕僚任满回到汴京。②赵郡：唐宋时赵州的郡名，在今河北赵县。这里指的是苏轼的郡望。③殡：临时安排死者遗体。④眉：眉州，苏轼的故乡。彭山县：眉州属县，在今四川彭山。先君先夫人：苏轼的父亲苏洵和母亲程氏。⑤青神：在今四川青神。⑥乡贡进士：科举时代中乡举的贡士。宋朝举子须先通过乡试，才有资格参加次年在京城举行的国家会试和殿试，殿试通过之后才真正成为进士。所谓"乡贡进士"，其实还不是进士，只是当时人们对通过乡举者的一种尊称。方之女：据宋朝人王宗稷所编《东坡先生年谱》考证，王弗并不是王方的亲生女儿，而是他兄弟家的女儿，由他抚养长大。准确地说，王弗应该是王方的侄女。⑦有子迈：王弗生过一个儿子苏迈，是苏轼的长子。⑧官于凤翔：苏轼嘉祐六年（1061年）中制科后，被授予凤翔府签判。⑨言辄持两端：意思是说话圆滑，主人爱听什么他就说什么。⑩其与人锐，其去人必速：他和人结交太快，抛弃人也会很快。⑪从汝于艰难：在你最困难的时候嫁给你。王弗嫁给苏轼时，苏轼还没有中进士。⑫葬诸其姑之侧：安葬在她婆婆坟墓之旁。⑬未期年而先君没：王弗死后不到一年，苏洵也去世了。苏洵死于治平三年四月戊申。⑭九原：春秋时晋国大夫的墓地。后用来代指墓地。⑮无所依怙：失去了依靠。

**[译文]**

治平二年五月丁亥，赵郡苏轼的妻子王氏，逝世于京师。当年六月甲午，暂埋在京城以西。第二年六月壬午，安葬于眉州东北彭山县安镇乡可龙里先父先母坟墓的西北方八步处。苏轼为她作铭文说：

　　王氏名叫弗，眉州青神县人，是乡试举人王方的女儿。十六岁那年嫁给我，生了儿子苏迈。她未嫁之前，侍奉自己的父母，出嫁后，侍奉我的先父、先母，都以谨慎恭肃受到称道。刚嫁过来的时候，她从没说过自己读过书。看见我读书，就整日都不离开，我也不知道她能读懂。后来有些诗文连我都忘记了，她却还能记得。问她别的书，也差不多都读过，我这才知道她既聪敏又文静。她跟随我任职于凤翔府，我在外面做了什么，她没有一次不问得仔仔细细的。她说："你远离父母，处事不能不谨慎。"每天都用先父告诫我的话提醒我。我与客人在外室交谈，她就站在屏风后边听，回到屋中就反复地说："某某人，说话两面讨好，一味顺着你的心思说，你跟这种人交谈有什么用？"有个人来想和我结交成亲密朋友，她说："恐怕不能长久。他能与人这么快就成为密友，这种人背叛你也一定会很快。"后来果然像她说的那样。她临终的那一年，说过的许多话都很值得记起，简直像是哲人说的话。她死的那一年，仅有二十七岁。她刚去世时，先父交待我说："你夫人是在你艰难的时候跟从你的，你不能忘了她。以后你一定要把她安葬在你母亲的墓旁。"没到一年，先父就去世了，我遵从先父的遗愿把她埋葬。

铭文说：

　　她得以在九泉之下跟随先母，可我却不能。呜呼哀哉！我永远没有了依靠和恃怙。她尽管已经去世，又怎能使我对她的感情有所减弱？呜呼哀哉！

# 朝云墓志铭[1]

东坡先生侍妾曰朝云,字子霞,姓王氏,钱塘人[2]。敏而好义,事先生二十有三年,忠敬若一。绍圣三年七月壬辰[3],卒于惠州,年三十四。八月庚申,葬之丰湖之上栖禅山寺之东南[4]。生子遁,未期而夭[5]。盖常从比丘尼义冲学佛法[6],亦粗识大意。且死,诵《金刚经》四句偈以绝[7]。铭曰:

浮屠是瞻[8],伽蓝是依[9]。如汝宿心[10],惟佛之归。

[题解]

这是一篇很短小的墓志铭,但死者是伴随作者二十几年的红粉知己,在作者被残酷的政治折磨得万念俱灰之时,想要求得心理宁静,唯有寄托于佛门,所以这篇墓志铭看起来不是多么悲怆哀伤,但作者内心的无奈与无助却溢于言表:他希望爱妾在佛的抚慰下安眠,也希望自己死后同样如此宁静与安然。他实在惧怕这个变诈百出的罪恶世界了。

[注释]

①朝云:苏轼担任杭州通判时所收的侍妾,当时朝云只有十三岁。元丰六年,朝云生了一子,取名苏遁,一年后夭折。朝云是一直陪在苏轼身边的女人,对苏轼忠心耿耿,直到绍圣间死于惠州贬所。她死后,苏轼非常悲痛,写了这篇墓志铭悼念她。②钱塘:在今浙江杭州。③绍圣三年:1096年。此时苏轼被贬惠州已经三个年头。④丰湖:惠州境内的湖泊名。⑤未期而夭:没到一年就夭折了。期(jī):周年。⑥常:通"尝",曾经。比丘尼:佛教称归入

佛门且受持具足戒的女子，即老尼姑。⑦《金刚经》：佛教经典名。偈（jì）：阐述佛理的诗。绝：死去。⑧浮屠：又作"浮图"、"佛陀"，即佛。⑨伽蓝：又作"僧伽蓝"意为众园，又称僧院。原指僧众所居的园林，后用来称寺院。⑩宿心：本来的心意。

[译文]

我的侍妾名叫朝云，字子霞，姓王，钱塘县人。她聪敏而且好义，服侍我二十三年，忠诚爱敬始终如一。绍圣三年七月壬辰，她在惠州去世，终年三十四岁。八月庚申，埋葬在丰湖上栖禅山寺的东南方。她生过一个儿子取名叫遁，不到一岁就夭折了。她生前经常跟随一个叫义冲的尼姑学习佛法，也能大致了解一些佛家妙理。临终前，嘴里念诵《金刚经》中的四句偈语而逝。铭文说：

她敬仰佛门，愿归佛教。希望上天能鉴怜她素来的心愿，让她魂归佛国。

# 荐鸡疏①

罪莫大于杀命,福无过于诵经。某以业缘②,未忘肉味,加之老病,困此蒿藜③。每翦血毛,以资口腹。惧罪修善,施财解冤。爰念世无不杀之鸡,均为一死;法有往生之路④,可济三途⑤。是用每月之中,斋五戒道者庄悟空⑥,两日转经若干卷⑦,救援当月所杀鸡若干只。伏望佛慈,下悯微命,令所杀鸡,永离汤火,得生人天⑧。

[题解]

这是一篇苦中作乐的戏谑小文。作者被贬到黄州,精神极度苦闷。有一天他想吃鸡,宰杀之际,他信口吟诵了这篇疏文。表面看似乎在为鸡鸣不平,实则也在感叹被人豢养之物,都是任人宰割的可怜虫,不知道自己何时才能脱离苦海,"得生人天"。

[注释]

①荐:追荐。疏:疏文,向神灵陈述事项的一种文体。②业缘:佛教语,即因缘果报的过程。老百姓通常所谓的业缘,多简单地指人在尘世上的未尽之缘。③蒿藜:野蒿子和蒺藜。此处泛指杂草。④往生:佛教净土宗认为:人能一心念佛,与阿弥陀佛的愿力相感应,死后能前往西方净土,化生于莲花之中。⑤三途:佛教语。佛教称地狱道为火途,畜牲道为血途,恶鬼道为刀途。可济三途,意思是可以挽救三途之上冤死的亡灵。⑥五戒:佛教指不杀生、不偷盗、不邪淫、不妄语、不饮酒为五戒。庄悟空:庄严地体会空的道理。⑦转

经：翻来覆去地读经。⑧得生人天：能转世托生为人。

[译文]

罪恶没有比杀生更重的，福德没有比念经更强的。苏某以业障的缘故，不能忘记吃肉。加上既老且病，又困于这蒿子藜藿的穷苦生活之中。每每杀鸡，以满足口腹之欲。我惧怕自己的罪孽，于是就积修善行，布施钱财来化解冤业。因想到世间没有一只鸡不遭杀戮，总之都必然一死；而佛法却有化生之说，可以挽救冤死的亡灵。因此每到一月之中，我都要吃斋默诵五戒之道，两天之内诵经若干卷，为当月被杀死的若干只鸡祈福。愿佛祖大发慈悲，怜悯微小的生灵。让当月被杀的鸡，能够永远地脱离汤火，得以转世到人世间。

# 东坡羹颂

东坡羹,盖东坡居士所煮菜羹也。不用鱼肉五味,有自然之甘。其法以菘①,若蔓菁②、若芦菔③、若荠④,皆揉洗数过,去辛苦汁。先以生油少许涂釜缘及瓷碗,下菜汤中。入生米为糁⑤,及少生姜,以油碗覆之,不得触,触则生油气,至熟不除。其上置甑⑥,炊饭如常法,既不可遽覆,须生菜气出尽乃覆之。羹每沸涌,遇油辄下,又为碗所压,故终不得上。不尔羹上薄饭,则气不得达而饭不熟矣。饭熟,羹亦烂,可食。若无菜,用瓜、茄,皆切破,不揉洗,入罨⑦,熟赤豆与粳米半为糁。余如煮菜法。应纯道人将适庐山⑧,求其法以遗山中好事者。以颂问之:

甘甘尝从极处回⑨,咸酸未必是盐梅⑩。问师此个天真味⑪,根上来么尘上来⑫?

[题解]

这篇小文是苏轼元丰四五年间谪居黄州时所作。此时作者虽然身处逆境,但能时时保持积极乐观的人生态度,苦中作乐,不为挫折摧垮。这种精神很值得今人学习。

[注释]

①菘(sōng):即今大白菜,南朝时传入中国。②蔓菁:又名芜菁,蔬菜名。③芦菔:即萝卜。④荠:荠菜,一二年生草本植物。叶丛生,羽状分

裂，叶被毛茸。嫩叶可以食用。⑤糁：入生米为糁，即熬粥之意。⑥甑：蒸食物所用的炊具，底部有孔，古用陶、青铜制成，后用木制。俗名甑子，今陕西尚有甑糕，即用此物蒸成。⑦罨（yǎn）：捕鱼鸟的网子，此处为覆盖之意。⑧应纯道人：苏轼家乡眉州人。元丰中，巢谷、应纯等曾到黄州来看望苏轼。⑨甘甘尝从极处回：意谓甜到极点，反而不觉得甜了。甘甘，甘而又甘。⑩盐梅：古代主要的两种调味品。《尚书·说命》有"若作和羹，尔惟盐梅"的说法。⑪天真味：纯粹自然的味道。⑫根上来么尘上来：是从根上来的还是从尘上来的？这是一句双关语。根：佛家指能产生感觉、善恶观念的机体或精神。佛教以色、声、香、味、触、法为六尘，眼、耳、鼻、舌、身、意为六根。根尘相接，便产生六识，导致种种烦恼。

[译文]

东坡羹，乃是东坡居士所煮的独特菜羹。这种羹不需要鱼肉和种种调料，故而具有自然的香味。制羹的方法，用大白菜杂以少许的蔓菁或者萝卜，或者荠菜，都要搓洗几遍，把它们原有的苦味搓掉。先用生油少许涂抹釜沿儿和瓷碗，把菜汤放到其中。然后加入生米开始熬粥，再加入一点生姜，用涂油的碗将它盖住，但是不能直接碰触，一旦触到，就会产生油气，直到粥熟也去不掉。菜上面再罩上甑锅，之后煮饭就和平常一样了，甑锅不能盖得太早，一定要等到生菜的气味出尽了之后再盖。粥羹每当沸滚，遇到油便塌下去，又被碗压住，所以永远不可能冒出来。不这样操作，菜羹上面便会溢出一层米粒，结果热气到不了顶端，米饭最终煮不熟。等到米饭煮熟，菜羹刚好煮烂，就可以食用了。如果没有大白菜，用瓜、茄子代替也可以，将它们全都切开，不必揉搓清洗，放到有罩的锅里，饱满的红豆和粳米各半放入粥锅，其余都和上述煮菜的方法相同。应纯道人打算到庐山去，向我询问菜羹的制作方法，以便送给山里那些喜好新鲜事儿的人。我写了这篇颂问他：

甜到极点，反而不觉得甜了，调出咸酸味道未必一定要用盐和梅。敢问道人这个天然的香味，是从根上来的呢，还是从尘上来的？

# 养老篇

软蒸饭，烂煮肉。温美汤，厚毡褥。少饮酒，惺惺宿①。缓缓行，双拳曲②。虚其心，实其腹。丧其耳，亡其目。久久行，金丹熟③。

[题解]

这篇小文也是作者谪居黄州时写的。苏轼从不把自己当成什么伟人，主张入乡随俗。在黄州时，他经常和朋友交流养生的心得，本文就是一篇浓缩了的养生经。

[注释]

①惺惺宿：意思是睡觉时不要睡得太死，须保持一定的清醒。杜甫《喜观即到复题短篇》之二："应论十年事，愁绝始惺惺。"陆游《不寐》诗："困睫日中常欲闭，夜阑枕上却惺惺。"②双拳曲：双手不要垂下，而是虚握成拳。③金丹：本指方士所炼长生不老的仙丹。这里指的是内丹，即人体内的精气神。

[译文]

把饭蒸得软而又软，把肉煮得烂而又烂。临睡前烧锅热汤洗个澡，床上一定要铺上厚厚的毡褥。睡前务必少喝酒，睡下不要像死猪。走路时要慢慢行，把双手握成空拳最舒服。心里千万别装太多事，肚里一定别受委屈。别人爱说什么由他去，眼里也像啥都没看见。坚持每天多走路，时间一长底气自然足。

# 徐州谢奖谕表①

臣轼言：伏奉今月四日敕，以臣去岁修城捍水②，粗免疏虞③，特赐奖谕者。奔走服勤④，人臣之常事；褒称劳勉，学者之至荣⑤。自惟何人⑥，乃辱斯语⑦。臣轼诚惶诚恐，稽首顿首⑧。伏念臣学无师法，才与世疏。经术既已不深，吏事又其所短。累忝优寄⑨，卒无异称。宽如定远之言，平平无取⑩；拙比道州之政，下下宜然⑪。乃者河决澶渊⑫，毒流淮泗⑬。百堵皆作⑭，盖僚吏之劬劳⑮；三板不沉⑯，本朝廷之威德。而臣下掠众美，上贪天功。独窃玺书之荣，以为私室之宝？此盖伏遇皇帝陛下，天覆四海，子养万民。哀无辜之遭罹，特遣使以存问。既蠲免其赋调⑰，又饮食其饥寒。所以录臣之微劳，盖将责臣之来效。臣敢不躬亲畚筑⑱，益修今岁之防；安集流亡，尽复平时之业？庶殚朽钝⑲，少补丝毫。臣无任⑳。

[题解]

这篇表是作者任徐州知州时写的。作者到徐州知州任的第二年，河北大水，殃及徐州，当时情况非常危急，苏轼率领一州士民奋勇救灾，终于保住了城内居民没有受灾。为此，朝廷给予他嘉奖。文章把功劳上归天子，下归百姓，尤其强调了徐州军民在救灾中起到的巨大作用。

[注释]

①徐州谢奖谕：熙宁十年，黄河在河北曹埽决口，直奔徐州。苏轼亲自

来到军营，说道："河将害城，你们虽然是禁军，也该尽力救灾。"于是驻军手持畚锸修筑了东南长堤，首起戏马台，尾到城墙。大水奔涌到堤下受阻，城池得以保全。偏偏又遇大雨日夜不止，水势暴涨，苏轼在城上指挥，命官吏分堵而守，最终水不进城。朝廷为此降诏褒奖。②去岁修城捍水：本文写于救灾的第二年，所以称去岁修城捍水。③粗免疏虞：仅仅是避免了因粗疏而犯错误。④服勤：官吏为职事尽心尽意不怕辛劳。⑤学者：读经书出身的人。古代做官的人都是读书人，泛称为学者。⑥自惟：自己考虑。⑦斯语：指玺书上的褒扬文字。⑧稽首顿首：古代九礼中的两礼。稽首指双膝双手至地，头垂下但不至地；顿首为最高礼节，双膝双手至地，头也至地。此处是表疏一类文字中的习惯礼貌用语。⑨忝（tiǎn）：有辱。优寄：优厚的委派。指此前朝廷的委任。⑩定远之言，平平无取：《后汉书·班超传》载，后汉班超以功封为定远侯。当初他在西域，被召，以任尚代其职位，班超对任尚说："塞外吏士难养易败，对他们应该宽其小错，掌握大节即可。"班超离任之后，任尚对属僚说："我以为班超有什么奇策，那几句话，实在平平。"⑪道州之政，下下宜然：《新唐书·阳城传》载，阳城任道州刺史，赋税没能按时征缴，考课时被评为最差的下下等。⑫澶渊：北宋澶州，在今河南濮阳。⑬淮泗：淮水和泗水，均在今江苏境内。⑭百堵皆作：出自《诗经·大雅·鸿雁》。毛亨注解说："一丈为板，五板为堵。"意思是所有的木板都用上了。⑮劬劳：辛勤劳苦。劬（qú）：过分劳苦。⑯三板不沉：还差三块木板的高度，洪水就漫进城了。⑰蠲免其赋调：朝廷因灾减免该州的常税。蠲（juān），除去。调，指调发的徭役。⑱畚筑：挑着畚箕去修筑。⑲殚：尽。朽钝：作者的谦称。⑳臣无任：古代奏疏类文字结束时的套语，意思是臣不胜惶恐。无任，无法承受的意思。

[译文]

臣苏轼言：恭敬地见到本月四日的敕书，因臣去年修筑城墙阻止洪水，仅仅是没有因粗疏大意而犯下过错，却得到了朝廷的奖谕。臣以为，为民事奔走而勤于自己的职事，乃是为臣子的分内之责；朝廷褒奖官吏勤劳自勉，乃是读书人最大的荣耀。自思臣是何等样人，竟能承受如此的表彰。臣苏轼诚惶诚恐，稽首顿首再拜。

臣私下以为自己的学业本无师法，才干与他人相比尤为疏浅。本来经术就根底肤浅，为官又恰恰是自己的短处。多次得到朝廷优裕的派遣，始终也没有特殊的建树。迂阔得像定远侯班超的言论，平淡无奇不值得取用；疏拙得像阳城在道州所施之政，评为下下之等实属应该。日前黄河在澶州决口，奔腾汹涌直达淮河泗水。能用来堵水之板全部用上，那也是属僚吏人的辛苦劳作；仅差三板而水不进城，更是朝廷的天威仁德。而臣苏轼怎可对下占有士民的辛劳，对上贪天之功据为己有，私吞圣旨给予的荣誉，作为自家的宝藏？这完全是由于遭遇皇帝陛下，像高天遮蔽四海，像养育子女般地养育万民，因无辜百姓横遭灾祸，特地派遣使臣前来慰问。既免除了常规的税赋，又赐予他们果腹御寒的衣食。之所以记录下臣微不足道的辛劳，无疑是对臣未来治效的极大激励。臣怎敢不亲身参与修筑墙垣，加固今年的防洪设施；安顿召集流亡在外的州民，尽快恢复灾前的百业？臣一定尽朽钝之力，希望能对王事有些小的裨益。臣苏轼不胜惶恐之至。

# 凤翔太白山祈雨祝文①

维西方挺特英伟之气，结而为此山。惟山之阴威润泽之气②，又聚而为湫潭③。瓶罂罐勺④，可以雨天下，而况于一方乎？乃者自冬徂春⑤，雨雪不至，西民之所恃以为生者，麦禾而已。今旬不雨⑥，即为凶岁。民食不继，盗贼且起。岂惟守土之臣所任以为忧⑦？亦非神之所当安坐而熟视也。圣天子在上，凡所以怀柔之礼⑧，莫不备至。下至于愚夫小民，奔走畏事者，亦岂有他哉？凡皆以为今日也。神其盍亦鉴之⑨？上以无负圣天子之意，下以无失愚夫小民之望。尚飨。

[题解]

这是作者最初担任签书凤翔府判官公事时写的一篇祝文。这类文字属于实用文体，有时候也能写得深刻感人。又因为它往往是州郡官员为一方百姓祈求神灵的文字，所以更能体现地方官心系百姓的真诚而焦灼之情。

[注释]

①凤翔：宋代府名，在今陕西凤翔。太白山：凤翔境内的山名。祝文：古代祭祀神鬼或祖先的文辞。刘师培《文章学史序》说："以人告神，则为祝文，诔辞。"②山之阴：古代称山南为阳，山北为阴。③湫潭：积水而形成的池潭。④瓶罂罐勺：指不多的雨水。罂（yīng）：古代盛水的瓦器，小口大腹，比缶大。⑤自冬徂春：从冬到春。徂（cú）：到，去。⑥旬不雨：十天不下雨。古代十天为一旬。⑦守土之臣：为朝廷看守一方土地的臣子。通常指郡太

守、县令等地方官员。⑧怀柔：以仁政怀抚百姓。⑧盍（hé）：何不。

[译文]

西方挺拔特立英杰伟壮之气，凝聚而成为此山。此山以北蔚秀润泽的阴气，又凝聚成为池潭。一瓶一勺之水，就可以滋润天下，何况是一方土地呢？此前从入冬直到开春，雨雪没有降临，西方百姓赖以存活之物，不过是夏麦秋禾而已。如今一旬之内再不下雨，就将成为灾凶之年。百姓陷入饥荒，盗贼也会继之而起。岂止是州太守以失职为忧虑？山川之神也不该对此熟视无睹。圣明的天子在上，凡是能够敬天礼神的举措，没有一件没有施行。下到愚昧的小民，往来奔走害怕生事，岂有别的希求？不过都是为今日的旱情而忧虑。神灵何不看一看呢？对上不辜负圣明天子的仁慈之心，对下不辜负愚昧小民的热切盼望。请你接受我的祭飨。

# 祭常山祝文①

洪维上帝，以斯民属于山川群望；亦如天子，以斯民属于守土之臣。惟吏与神，其职惟通②。殄民废职，其咎惟均③。哀我邦人，遭此凶旱。流殍之余④，其命如发。而飞蝗流毒，遗种布野。使其变跃飞腾，则桑柘麦禾，举罹其灾⑤，民其罔有孑遗。吏将获罪，神且乏祀⑥。兹用栗栗危惧。谨以四月初吉，斋居蔬食，至于闰月辛丑，若时雨沾洽，蝗不能生，当与吏民躬执牲币，以答神休⑦。呜呼！我州之望，不在神乎？父老谓神求无不获，克有常德，以名兹山⑧。其可不答，以愧此名？若曰："岁之丰凶在天，非神之所得专。"吏将亦曰："民之休戚在朝廷，我何知焉？"则谁任其责矣？上帝与吾君爱民之心，一也。凡吏之可以请于朝者，既不敢不尽；则神之可以谒于帝者，宜无所不为。尚飨。

[题解]

这是作者熙宁八年担任密州知州时写的一篇祝文。密州本属贫困地区，一遭水旱之灾，灾荒随至。所以作者到任后，须先向当地神灵致礼祷告，希望神灵能保佑一方百姓平安。

[注释]

①常山：在密州（今山东诸城）西南，下临州城。②惟吏与神，其职惟

通：官吏和神灵，在为百姓谋福祉这一点上，其职事是一致的。③其咎惟均：他们的罪责也是一样的。④流殍之余：没有流散和饿死的人。殍（piǎo）：饿死的尸体。⑤罹（lí）：遭受。⑥乏祀：没有人去祭祀。⑦神休：神明赐予的福祥。⑧以名兹山：用"常"给山命名。此山原来并不叫常山，是苏轼祷雨有应后给它取的名。《读史方舆纪要》卷三五说："宋熙宁八年，苏轼守密州，祷雨于此而应，因名。"

[译文]

神明的上帝，你把生民托付给了山川诸神；就像人间的天子，把生民托付给各地的守臣。官吏和诸神，二者的职事相通。官吏残害民众，诸神荒废职守，他们的罪过是相同的。可怜我一州之民，遭受如此大旱，尚未饿死的余众，其生命也已经危如悬丝。而飞蝗肆虐，铺天盖地布满原野。如果让这些害虫任意跳跃飞腾，那么桑林禾麦，便都要受到毁灭之灾，百姓哪里还会有人存活？那时守臣将要获罪，也无人再向诸神祭飨。因此我慌恐惊惧，恭谨地选定四月上旬始，斋戒而居，服食菜蔬，如此直到闰月辛丑而止，如果能够使雨水降下，蝗害减轻，我会与属官和州民带着牺牲财宝来报答神灵之恩。啊！我一州的希望，不就寄托在神灵身上了吗？父老们都说只要虔诚地向诸神祈祷，没有不应验的。就因为屡求屡验，才以"常"作为山名，如果它不应验，便愧对常山这个名称。如果山神说："年成的丰歉决定于上天，并不是山神掌管之事？"那么我也会这样说："百姓的安危决定于朝廷，我哪里知道这些事？"那么谁来安养百姓呢？上帝与我朝天子的爱民之心是一般无二的，凡是官吏应该向朝廷奏请的，谁敢言而不尽？那么，诸神应该向天帝奏告的，也应该尽力而为。请神灵接受我的祭飨。

# 北岳祈雨祝文①

  维元祐九年，岁次甲戌，四月壬寅朔，十六日丁巳，端明殿学士兼翰林侍读学士②、左朝奉郎③、定州路安抚使兼马步军都总管④、知定州军州及管内劝农使⑤、轻车都尉⑥、赐紫金鱼袋苏轼⑦，敢以制币茶果清酌之奠⑧，敢昭告于北岳安天元圣帝⑨：

  都城以北，燕蓟之南⑩，既徂岁而不登，又历时而未雨。公私并竭，农末皆伤⑪。麦将槁而禾未生，民既流而盗不止。丰凶之决，近在浃辰⑫；沟壑之忧⑬，上贻当宁⑭。仰止乔岳⑮，食于朔方⑯。卷舒云霓⑰，呼吸雨雰⑱。若其安视小民之急⑲，何以仰符上帝之仁？轼以短才，谬膺重寄⑳。倘有罪以致旱，宁降罚于微躬㉑。今者得请于朝，斋居以祷。旦夕是望，吁嗟而求。雨我夏田，兼致西成之富㉒；实兹边廪，少宽北顾之忧㉓。拜赐以时，敢忘其报？尚飨。

[题解]

  这篇祝文是苏轼知定州次年春季写的。他出任定州知州，完全是被革新派排挤出来的，而且随时都有可能继续遭贬，当时的心情相当沉重。但作为一州父母，农事不兴，仍然是他最大的心病，他能置自身荣辱于不顾，虔诚地向神灵祈祷，表现了作者时时处处以民事为重的无私襟怀。

[注释]

  ①北岳：恒山，在今河北定州以西。②端明殿学士兼翰林侍读学士：都

是宋朝的学士官名。端明殿学士是朝廷授予文臣的荣誉官；翰林侍读学士则是为皇帝讲授经史的官员，往往由翰林学士兼任。③左朝奉郎：苏轼当时的官阶。④定州路安抚使兼马步军都总管：宋仁宗庆历八年，分河北一路为四路，各置安抚使兼马步军都总管，统领一路数州的军政。⑤知定州军州及管内劝农使：宋代知州的全称为"知某州军州事"，后又加管内劝农使。⑥轻车都尉：苏轼的勋级。宋代的官制很复杂，有官、带职、学士衔、品级、爵位、勋级、官阶等很多项。⑦赐紫金鱼袋：宋代阶官不到三品以上，特许改换官服之色换紫，佩紫金鱼袋，称赐紫金鱼袋。也是朝廷给予高级文官的一种荣誉。⑧制币：御赐的钱币。⑨北岳安天元圣帝：北岳神灵之名。相传道教茅山派祖师茅盈曾于此山修道。⑩燕蓟之南：指北岳在燕地（今北京一带）、蓟州（今天津蓟县一带）的南面。⑪农末：农业和其他行业。古人称农业之外的工、商等业为"末"。⑫浃辰：十天半月的时间。古代以干支纪日，自子日至亥日一个周期十二天称为"浃辰"。⑬沟壑之忧：死去的担忧。古人不直接说死，而谓死为"填沟壑"。⑭上贻当宁：上帝赐予一些雨水，下方百姓便会安宁。贻：赠给。⑮乔岳：高高的山岳。⑯朔方：古代对河北地区的称呼。⑰卷舒云霓：意思是上天稍微一卷一舒，就可以成为云霓（接着便可下雨）。⑱呼吸雨霁：山神一呼一吸，就可以使雨水落下或停止。⑲安视：熟视无睹，安然不动。⑳谬膺重寄：很惭愧地接受了重大的委托。指担任一州知州之重任。㉑微躬：渺小的自我。㉒西成：指秋天庄稼已熟，农事告成。㉓北顾之忧：定州在京城开封以北，如果此地闹灾，朝廷必然牵挂北方的百姓，所以叫北顾之忧。

[译文]

元祐九年，岁在甲戌，四月壬寅初一，十六日丁巳，端明殿学士兼翰林侍读学士、左朝奉郎、定州路安抚使兼马步军都总管、知定州军州兼管内劝农使、轻车都尉、赐紫金鱼袋苏轼，以钦赐钱币、茶果和清酒作为供物，明告于北岳安天元圣帝灵前：

京师以北，古燕山蓟州之南，一年来谷物没有收获，如今又长时间未得到雨水，官府和私家所储存的粮米都已告罄，农夫和工商者都受到损害。麦子即将干枯，秋禾无法下种；百姓流亡，盗贼难以弹压。是凶年还是丰年，就决定于眼下这几天了。百姓饿死的惨剧，只要神灵施以雨露就可以避免。瞻仰你巍峨的北岳，你取食于朔方生民。你伸伸手臂就能使云来云往，你呼吸吐纳就可为雨为晴。如果你心安理得不顾小民的急难，又怎能合于上帝的仁慈之心？苏轼以微浅之才，冒得一方帅臣的重任。如果是我有罪而导致了干旱，我宁可使惩罚加于我一人之身；如今我已得到朝廷的恩准，斋戒静居向神灵祈祷。我每时每刻都盼望着雨云，焦心如焚地向神灵祈求。望你能降下雨水滋润夏旱的农田，并使秋天庄稼也获得丰收；充实边地的粮库，宽解朝廷对北方边境的担忧。我依时向神灵致上诚敬，又怎敢忘记对你的回报？敬请山神接受我的祭飨。